谭丕模—著 林昭—整理

20世纪中国文学史著作丛刊·第一辑 主编 陈文新 余来明

中國文學史綱

生活·讀書·新知 三联书店

图书在版编目(CIP)数据

中国文学史纲 / 谭丕模著；林昭整理. —北京：
生活·读书·新知三联书店，2022.8
(20世纪中国文学史著作丛刊. 第一辑)
ISBN 978 - 7 - 108 - 06217 - 8

Ⅰ.①中…　Ⅱ.①谭…②林…　Ⅲ.①中国文学—文
学史　Ⅳ.①I209

中国版本图书馆 CIP 数据核字 (2022) 第 037897 号

责任编辑　成　华
封面设计　米　兰
出版发行　生活·讀書·新知 三联书店
　　　　　(北京市东城区美术馆东街 22 号)
邮　　编　100010
印　　刷　江苏苏中印刷有限公司
排　　版　南京前锦排版服务有限公司
版　　次　2022 年 8 月第 1 版
　　　　　2022 年 8 月第 1 次印刷
开　　本　880 毫米×1230 毫米　1/32　印张　17.875
字　　数　372 千字
定　　价　89.00 元

前　言

　　谭丕模(1899—1958),本名谭洪,号披朦,笔名洛如、一洪、千英、孤君、斯徙、曙光、平、规,湖南省祁阳县人,是我国重要的文学史家、思想史家和教育家,也是最早用唯物论的观点和方法研究中国文学史的学者之一。

　　早期唯物论文学史观的确立经历了从机械套用到系统深入的动态过程。从整体上来说,表现为社会史进入文学史的过程,"封建"这一概念在文学史中的确立是这一过程中最为突出的特征。从具体的文学史书写来说,表现为阶级性反映论的发展过程,"社会背景"先行的书写方式、阶级对立的阐释模式和"劳动说"的唯一正确性为文学史书写确定了固定的书写范式。在早期唯物论文学史观确立的过程中,谭丕模的《中国文学史纲》颇具代表性和典型性,不仅在于其完整地呈现了唯物论在指导文学史书写时所提供的新视角和带来的新问题,更在于其在文学史书写过程中的反思和修改对当下重写文学史具有源头性的启发作用。

一、谭丕模的生平

1899 年,谭丕模出生于湖南省祁阳县湖塘湾村的一个书香之家,家风正直开明。谭丕模从小接受了良好的传统文化教育,最喜爱读《论语》、《史记》和《资治通鉴》,对中国传统思想和史学研究有浓厚的兴趣。与此同时,谭丕模的少年时代也正是中国社会急剧变化之际,在其父谭祚垓、其兄谭丕绩的影响下,谭丕模培育了炽热的爱国情怀和强烈的报国理想,对新文化、新思想也充满了向往与好奇。

1922 年,谭丕模考入北平高等师范学校国文系,开始接触马克思主义,并对文学史产生了浓厚的兴趣。在北平求学期间,谭丕模开始学习《共产党宣言》《国家与革命》等马克思主义理论著作,关心国家危难,在"三一八"事件后参加天安门前反对八国最后通牒大会并向段祺瑞政府请愿,也曾在反帝反军阀斗争中遭奉系军阀逮捕入狱,从这时起谭丕模的思想与时代紧密地联系在一起。与此同时,谭丕模也开始了文史哲方面的系统学习,鲁迅、钱玄同、吴承仕等先生的教导培养了他严谨的治学态度和方法,在这时谭丕模开始了第一次文学史书写的尝试,"是跟着刘师培氏的写作路线跑的,只写先秦一段,约两万多字"①,并未出版。

毕业后,谭丕模一方面投身于抗日文化运动,担任北

---

① 据谭丕模《中国文学史纲·序》(1947 年版),见张谷、谭得伶主编《文学史家谭丕模评传》,北京师范大学出版社 2005 年版,第 269 页。

京《新晨报》社论撰写人、教育副刊和新闻副刊编辑主任，与吕振羽、郑侃、刘思慕等人创办《新东方》杂志，以遏制帝国主义、振兴中华为己任。另一方面，继续从事学术研究和教学活动，先后任教于北平师范学校、民国大学、朝阳大学、华北学院、北平女一中、粤北中山大学师范学院、国立桂林师范学院等。根据在北平师范学校授课讲义，谭丕模出版了《新兴文学概论》《文艺思潮之演进》和《中国文学史纲》(1933年版)。1933年版《中国文学史纲》是谭丕模中国文学史书写的第二稿，也是其首次出版的文学史著作，从西周一直写到1932年。书写这一版的文学史时，年仅34岁的谭丕模是意气风发的，在他看来，这部文学史虽然仅花了八九个月的时间编写而成，但与以往的文学史迥然不同，尤其是所运用的新兴社会科学的方法更是其引以为豪的。但在之后的文学史研究和书写中，谭丕模逐渐感觉到自己对于唯物主义的片面理解和机械运用，在1947年出版的《中国文学史纲》中反思自己1933年的文学史，认为虽然当时自己企图运用科学的方法，但仍然"有很多不科学的意见"①。在思想史方面，谭丕模出版了《宋元明思想史纲》和《清代思想史纲》，对当时来说是有现实意义的思想史研究。

新中国成立后，谭丕模先后担任民盟湖南省支部委员会委员兼文教委员会委员，湖南省人民政府委员，《光明日报》《文学遗产》首届编委，《文艺学习》编委，先后任教于湖

---

① 据谭丕模《中国文学史纲·序》(1947年版)，见张谷、谭得伶主编《文学史家谭丕模评传》，北京师范大学出版社2005年版，第269页。

南大学和北京师范大学，继续开设"中国文学史"等课程，并受教育部委托，主持起草和修订《中国文学史》教学大纲。1958年，谭丕模作为中国文化代表团成员赴阿富汗和阿拉伯联合共和国访问，途中飞机失事，不幸遇难。

谭丕模的学术研究与其唯物主义的学习具有一致性。20世纪30年代，谭丕模怀着一腔热情大胆地将唯物论引入文学研究之中，在当时的环境下，这不仅是一种治学方法，更是一种学术勇气。吕振羽在为《新兴文学概论》作序时直言："因为很同情谭先生的勇敢和努力，才敢来替本书写这篇序。"①此后，谭丕模的唯物史观逐渐成熟，注意用辩证的方法，避免机械论，李达评论《宋元明思想史纲》、顾颉刚评论《清代思想史纲》时都指出谭丕模用严正的科学观点进行学术研究。在其学术生涯中，谭丕模最为注重的是文学史的学习和研究，唯物史观的成熟也体现在文学史的书写和修改之中。在1933至1947年间，谭丕模从未间断文学史的学习和写作，其间六易其稿，两次出版。此后由于身体原因和担任行政工作，他一度搁置了文学史书写，直至1953年又恢复了文学史的写作。1954年第七稿、第三版《中国文学史纲》由高等教育出版社教材编审处印出，作为"高等学校交流讲义"。此版文学史引发了许多讨论，谭丕模收到各方意见后，又立即进行了修改，并由人民文学出版社再次出版。这是谭丕模《中国文学史纲》的最后一版，也是其运用马克思主义及其唯物史观研究文学史的

---

① 谭丕模《新兴文学概论》，北平文化学社1932年版，第7页。

最终成果。

　　马克思主义及其唯物史观被系统地介绍到中国,并对中国学界的各个领域产生影响,可以追溯到五四时期。从李大钊发表《我的马克思主义观》,提出"一切社会上政治的、法制的、伦理的,简单说,凡是精神上的构造,都是随着经济的构造变化而变化"①开始,唯物论引起了社会史、学术史及哲学领域相关学者的关注,陆续产生了大批相关译著和学术研究著作②,同时在文艺理论方面就文艺基本内涵、文学阶级性等一系列问题展开了论争③。经过研究和讨论之后,一部分学者接受了唯物论,并将其作为自己治学术史的指导思想。就文学史而言,唯物论正式进入并指导文学史书写,要从谭丕模的《中国文学史纲》(1933年版)说起。从20世纪30年代到50年代,谭丕模《中国文学史纲》四个版本的变动和修改,也生动地反映了唯物论在应用于文学史书写的早期从机械套用到系统深入的动态过程,是60年代两部统编教材的前奏。

　　① 据李大钊《我的马克思主义观》,见蔡尚思《中国现代思想史资料简编》第一卷,浙江人民出版社1982年版,第174页。
　　② 从二十世纪二十年代开始,国内开始大量译介马克思主义著作,如《资本论》《反杜林论》《自然辩证法》等,引发了国内一批学者对唯物论原理的讨论,如李达的《社会学大纲》和《辩证法的唯物论问答》等。在中国古代社会和传统学术方面,也产生了一些研究著作,如郭沫若的《中国古代社会研究》《甲骨文字研究》等。
　　③ 1928年,文坛上出现了以鲁迅为首的"语丝派"和太阳社、创造社之间关于革命文学和无产阶级文艺的阶级性、战斗性的论争,无产阶级文艺有从文艺理论问题向意识形态问题转变的倾向。

二、从"封建"社会到"封建"文学——社会史中的文学史

唯物论文学史观,首先要求文学是社会生活的一部分,"专就文学而了解文学是不能了解文学的"①。根据唯物论的观点,文学的起源、作用都具有实际功用性。与此相应的,文学史这一体例在被引进中国时,民族国家观念就是最重要的写作基础,早期文学史著者以文学史作为保存和弘扬"国粹"的重要方式。从这一点来说,唯物论与文学史的结合,首先表现在以社会史入文学史,书写社会史中的文学史。

社会史中的文学史,就是用社会史中的最新研究成果指导文学史的书写,用社会史的结论来解决文学史中一些尚有争议的问题。文学史的分期问题一直是文学史书写中悬而未解、颇具争议的问题之一。20世纪30年代以前,文学史分期基本实现了从以王朝更迭为依据向划分为几段长的历史分期的转变。如何将文学史划分为几个长的历史分期,每位文学史著者都有自己不同的见解,但依据大都是文学自身的嬗变,比如黄人所分"文学全盛期""文学华离期"等,谢无量依据"创造文学""国家文学""模拟文学"和"平民文学"的变迁所划分的上古文学、中古文学、近古文学、近世文学等。20世纪30年代,唯物史观对文学史产生影响之后,便出现了一种新的划分方式,那便是以中

---

① 李长之《论研究中国文学者之路》,郜元宝、李书《李长之批评文集》,珠海出版社1998年版,第402页。

国社会的阶段划分作为中国文学的阶段划分，而中国社会的阶段划分则是以唯物史观的社会发展史为纲。谭丕模的《中国文学史》（1933年版）就是这一时期以唯物史观为纲的典型代表。在这里，我们以"封建"这一观念为切入点，考察"封建"一词从社会史进入文学史的过程，以此观察唯物论文学史观的形成和早期特点。

将"封建"作为一种社会性质和中国社会的发展阶段之一，是马克思主义社会形态五段论应用于中国历史研究的结果。1923年，李达首次提出周秦至清末是封建社会："中国是个农业国家，自周秦以至满清末年，可说是长期的农业经济时代。和这长期的农业经济相适应的政治组织，是封建的专制政治。两千多年之间，经济组织上没有发生重大的变化，所以政治组织上虽有转朝易代的波澜，而在实质上也没有发生重大的变化。"①在此之前，中国早有"封建"这一概念。"封建"最初是指西周在宗法制维系下封邦建国的政治制度，西周之后开始逐步瓦解，直至秦统一后全面实行郡县制，取代了封建制。后来，"封建"的范围有所扩大，柳宗元《封建论》将"封建"这一制度上溯到夏、商，马端临《文献通考》又往下将秦汉至唐宋"封"而不"建"的制度也囊括其中。但在中国传统观念中，"封建"始终只是一种政治制度，而非社会形态。最早将西方的"feudalism"引进中国，并以此等同于"封建"的是严复。严复一开始将"feudalism"音译为"拂特之制"，后逐渐译为"封建"："封建

---

① 李达《中国商工阶级应有之觉悟》，《新时代》1923年第1卷第4期。

者,宗法、军国二社会间之闰位也。"①可以看出,此时的"封建"已不单单是一种政治制度,而被理解为一种社会形态或社会发展阶段。马克思主义传入中国后,中国社会的封建性质逐渐确立,并在中国共产党的会议宣言中得到深化。直至 20 世纪 30 年代,中国历史上存在封建社会这一观点,在中国社会史领域几成为定论,不过就封建社会究竟存在于中国历史上哪一个时代、何时形成、何时崩溃的问题,学者展开了激烈的论战。有相当一部分学者认为西周为封建社会之典型,秦以后封建社会已经崩溃,这是在中国原有"封建"概念和西方"feudalism"之间试图进行调和。

　　"封建"这一概念从社会史系统地进入文学史,是从 20 世纪 30 年代开始,准确地说,是从谭丕模的《中国文学史纲》(1933 年版)开始。"我们要知道中国文学史开展的阶段,应当先知道中国社会历史开展的阶段"。② 在论及中国文学史的开展阶段时,谭丕模首先确立了社会史的标准,并对当下中国社会历史的研究和讨论发表了自己的见解。谭丕模列举了郭沫若、陶希圣和王宜昌对于中国社会发展阶段的特点:"郭沫若谓西周以前是原始共产社会,西周时代为奴隶社会,春秋以后为封建社会,而开始崩溃于十九世纪中叶,直到现在还是这种制度的残余占优势。陶希圣谓封建社会在春秋战国时代便已结束,转变为商人资本与

---

　　① (英)甄克思(E. Jenks)著,严复译《社会通诠》,商务印书馆 1981 年版,第 75 页。
　　② 谭丕模《中国文学史纲》,北新书局 1933 年版,第 6 页。

土地的封建剥削交互影响而成的经济构造；目前金融资本商人资本支配了一切。王宜昌谓五胡十六国以前为奴隶社会，十六国以后为封建社会，现在为资本主义社会。"[①]但对于以上诸说，谭丕模表示均不赞同，并提出自己的观点，认为从西周到鸦片战争，中国都处于封建社会；自鸦片战争之后，封建社会开始崩溃，直到现在还在崩溃的过程中。谭丕模对于中国历史发展阶段的论断，其依据在于生产关系的变化。之所以将西周至鸦片战争之前划分为封建社会，是因为这一时期始终停留在封建的生产关系上。在封建社会期间，又划分为若干小的阶段，比如，从西周到周厉王出奔前夜，为初期封建社会，生产关系表现为小农经济和贵族经济之间的对抗，而此时文学也随之表现为"封建贵族的享乐意识和美化被压迫的农民生活的麻醉意识"；再比如，从周厉王出奔到秦始皇统一前，由于中国商业资本随生产技术进步而逐渐发达，冲破原始封建经济的堤防，而进入初期封建社会崩溃时期，而此时文学则表现为"感受生活压迫的没落的封建贵族和被压迫的农民群众的厌世思想"[②]。从这里可以看出，谭丕模对于中国社会历史发展阶段的划分是以经济基础决定上层建筑的马克思主义观点为依据，认为封建的生产关系和经济状况决定了社会的封建性质，又将社会历史发展阶段的划分直接应用于文学史之中，体现出社会经济政治对于文学的决定作用。

谭丕模对于封建社会的划分几乎囊括了整个中国古

---

① 谭丕模《中国文学史纲》，北新书局1933年版，第6—7页。
② 谭丕模《中国文学史纲》，北新书局1933年版，第8页。

代社会,在这样的观点下,中国古代文学基本都是封建社会下产生的文学。在1933年版的《中国文学史纲》中,谭丕模对于封建社会中的文学书写,大体按照以下两个原则:一、将封建制度和封建意识作为统摄文学的总体纲领和评判文学的价值判断;二、在具体问题的处理上,只关注封建的生产关系对于文学的决定作用,忽视作品的文学性分析。首先,我们以《诗经》为例:在1933年版的《中国文学史纲》中,谭丕模将《诗经》作为初期封建制度下的历史材料,既不像传统学人那样重视《诗经》的经学地位,也不似改良一派更多地发掘《诗经》的文学性,而是依照社会发展阶段的不同,将《诗经》分为两大部分:一部分是初期封建制度时代的作品,这一时期的农民经济是封建贵族经济的附庸,《诗经》作为当时文学形式的代表,描述的是封建贵族的生活和被压榨农民的生活;另一部分是初期封建制度崩溃时代的作品,这一时期没落的封建贵族和工农群众受着新兴商业资本家和旧封建贵族的双重压迫,因而《诗经》中也充满了没落的贵族的厌世意识和农民阶级觉醒的意识。从内容上来看,这种分类和评价体系是将《诗经》作为封建生产关系的附庸,完全不同于风、雅、颂的传统分类;在艺术分析上,既放弃了传统赋、比、兴的分析,也没有引入新的艺术理论。再比如,对于"李杜优劣论"这一问题的处理,也与传统的学术观点迥然不同。在此之前,对于李杜的评价一直存在"扬李抑杜""扬杜抑李"和"李杜并重"三种看法,或谓李白"天才自放",或谓杜甫"尽工尽美",都是从诗人的才情、诗歌的艺术和对诗体的贡献方面予以褒贬，只不过由于个人见解和时代环境的差异造成了不同的评价。而谭丕模首先依据经济社会的发展状况，将诗歌同这一时期的其他文学形式一样，划分为四种类型：表现个人主义感伤的作品，表现无关得失的旷达意识的作品，表现社会散乱和人民苦痛的作品，表现贵族内心的苦闷和生活的暇裕的作品。而李白则被归为个人主义感伤一类，李白作为一般士大夫阶级，对于封建领主产生不满，又无法脱离封建领主而另寻出路，所以诗歌表现出颓废、幻灭、愤激的意识①，比如将《将进酒》理解为厌世思想的体现；相比较之下，杜诗则属于表现社会散乱和人民苦痛一类，代表农民阶级反抗封建贵族阶级，显然更具有社会现实性和思想深刻性，远非李白的虚无个人主义可比。但谭丕模此时对于杜诗也不能全然满意，因为杜诗虽然暴露了社会的黑暗，但仍然找不出社会黑暗的原因，所以得不到积极的结论。② 在这样的评价体系中，李杜诗歌的时代性得到了充分的体现，但二者的超时代性却掩盖在封建意识的论断之下，而后者才是李杜的"万丈光焰"。由此可以看出，唯物论在进入文学史的初期，虽然将文学研究纳入更广阔的视野中，使得文学史书写有了崭新的切入角度和思维方式，但是由于马克思主义中国化的早期的不成熟，也存在着一定的机械性和片面性，需要后世的不断完善和修改。

　　然而，对比同时代的其他文学史，可知谭丕模是最早

---

① 谭丕模《中国文学史纲》，北新书局1933年版，第124页。
② 谭丕模《中国文学史纲》，北新书局1933年版，第144页。

将唯物史观运用于文学史的一批学人。20世纪30年代，文学史书写的主流仍然是传统学人与新文化学者两种书写路径的较量，争论的焦点在于文学的定义与范畴、对于语体文白的褒贬和取舍，在这过程中新文化学者的纯文学史观逐渐占了上风。纯文学观念在30年代的优势地位不仅体现在多部以纯文学史命名的文学史之中，比如刘经庵《中国纯文学史纲》、金受申《中国纯文学史》，还体现在这一时期的文学史著者对于杂文学的激烈批评和排斥："象谢无量、曾毅等辈所著的一类'文学史'，有许多人都美其名曰'广义的'；反之，则如我的'文学流变史'便是狭义的了。然而我终于认定，惟有这'狭义的文学史'才是真正的文学史；所以，便毅然决然地照此做去。至于那广义的，我只好称之为'杂董'。"①对此，谭丕模吸收了纯文学史观中能与唯物论相通的部分，比如将文学限定在纯文学的范畴，肯定文学史总体的进化发展等，也批评了一些文学史著者割裂文学与时代的观点，比如胡适以今之语体文白衡量古之语体文白，因而舍弃了所有的文言作品，在谭丕模看来，这是不考虑时代变迁的结果。与此同时，唯物论也开始进入同时代文学史著者的视野。这里我们不得不提到以下三部具有唯物论意识的文学史：郑振铎《插图本中国文学史》、童行白《中国文学史纲》、贺凯《中国文学史纲要》。郑振铎重视社会时代对于文学的作用，认为人是"社会的动物"，"我们不相信有一个人是完全的'遗世而独立'

---

① 郑宾于《中国文学流变史》，北新书局1930年版，第20页。

的。……无论什么作家,时代的印象与地方的色彩,都是不期而然地会印染于他们的作品之上"①。肯定社会时代是作家作品的先决条件,这是唯物论影响文学史写作的初步体现,但郑著并没有贯彻这一原则,而是更重视文学超越"时"与"地"的崇高性和不朽性。相比较而言,童行白坚定地将社会政治作为文学的基本背景:"文学为社会上精神产物之一,不知各时代社会上政治之背景,则不能明晓各时代文学之底蕴。"②但政治对于文学的作用,本质在于经济基础的决定作用。比起童行白的《中国文学史纲》,贺凯的《中国文学史纲要》更注重挖掘经济的基础作用:"我们所要求的新时代的文学史,是从社会进化的阶段中寻求文学的推演与转变,由物质生活所反映的意识形态中,而求出文学的产生与存在的价值。"③在分析具体文学形式和文学作品时,贺著会交代当时的封建经济关系,以及当时的经济对文学作品形成的作用,但贺著不是将文学作品首先置于封建社会的封建制度之中,再探究封建制度背后的封建生产关系,而是把生产关系和文学作品进行单一的联系,因而常常会表现出理论框架与作品分析的割裂性。以上三部文学史是唯物论文学史观形成过程中的三种类型,由于在各个方面的片面性,无法建立起完整的唯物论文学史观。相比较而言,谭丕模一方面对唯物史观有较为深入

前言

13

---

① 郑振铎《插图本中国文学史》,北平朴社 1932 年版,第 5 页。

② 童行白《中国文学史纲》,上海大东书局 1933 年铅印本,任慧编《民国时期中国文学史著作廿七种》(第六册),国家图书馆出版社 2015 年版,第 295 页。

③ 贺凯著《中国文学史纲要》,北平文化学社 1931 年版,第 2 页。

的了解和研究,对中国社会发展历史有自己的见解和论述,这是他将文学置于社会背景中分析的基础;另一方面坚持运用唯物论的辩证法研究文学史,认为"文学是社会意识形态之一,其存在根据与其发展历程,绝对不是偶然的、超时间的,却是社会经济基础上之必然的产物,而被社会经济基础所决定"。① 这些都表明谭丕模自身对于马克思主义理论的理论素养是深厚的,因而对于唯物主义的哲学上的、历史上的把握是全面的,虽然此时仍然难免表现出理论运用过程中的不成熟,但对于唯物论文学史观的建立有开创之功。

三、从现实性到阶级性——文学史中的反映论

反映论是唯物主义认识论,反映论文学史观是唯物论文学史观的重要表现。"无论来自中国传统中的现实主义因素,还是法国作家巴尔扎克或画家库尔贝的现实主义,或者是俄国作家果戈理及批评家别林斯基、车尔尼雪夫斯基、杜勃罗留波夫的现实主义,都没有来自苏联的'社会主义现实主义'有威力。因为有哲学的反映论作基础,有无产阶级政治的需要,又有革命领袖的最后决策,反映论文学观遂成为 1950 年代以后中国文学史研究和文学史撰写的根本依据和核心观念。"②新中国成立以后,反映论文学观在中国文学史书写中确立了主导地位,尤其是五六十年

---

① 谭丕模《中国文学史纲》,北新书局 1933 年版,第 6 页。
② 蒋原伦《20 世纪中国文学史研究观念的演变》,北京大学出版社 2019 年版,第 94 页。

代,随着《中国文学史教学大纲》的审定、高校学子的集体编撰以及余冠英等主持编撰的《中国文学史》和游国恩等主持编撰的《中国文学史》的出版,反映论彻底发挥出纲领性的指导作用,对文学史的影响一直延续到当下。在此之前,反映论早已进入文学史的书写之中,早期唯物论者对于反映论文学史书写模式的探索是重要铺垫,在这一探索过程中,谭丕模的中国文学史书写所起的作用是显而易见的,至最后一版的《中国文学史纲》,已经基本具备了反映论文学史的整体框架和理论内核。

对中国文学史书写产生巨大影响的马克思主义反映论具有以下两个特点:一、它并非是一种镜像的反映,而是能动的反映;二、这种能动性,在中国早期的唯物史观中,表现为阶级性。阶级性是反映论的重要限定词,反映论认为文学是社会现实的反映,但现实是阶级社会中的现实,是苏化的"社会主义现实主义",与文艺理论中的现实主义不同,而文学则是服务于,或至少是反映劳动阶级的文学。

反映论是一种唯物主义认识论,首先是建立在社会存在决定社会意识、经济基础决定上层建筑的基础之上,所以文学史中的反映论首先要阐明社会经济对文学的决定作用、文学对社会经济的反映,以及在叙述时遵循与经济活动最直接相关的社会要素的逻辑优先性。因此,文学史中出现了专门论述社会经济政治决定作用的段落或章节,作为每个时段文学史叙述的开端。20世纪30年代,已经出现了这样的叙述。童行白的《中国文学史纲》在每章都设"总论"一节,指出:"文学为社会上精神产物之一,不知各时代社会上政治之背景，则不能明晓各时代文学之底蕴；本书有鉴于此，于各时代政治之兴替略叙述焉。"①张雪蕾的《中国文学史表解》为曾毅《中国文学史》之表解，但对于曾毅不专论政治经济表示遗憾："惟先生（曾毅）终不免局于时代特独之影响。而于历代政治经济之影响于社会文学者，未之详焉。……文学史之观念与任务，至今日当更有截然不同者。……吾人所求之文学史，固不能离社会生活以立言，且亦不能忽于种族兴亡与糅合之变而视为无足论者。"②但童著中的总论只论政治，不论经济，且在每一章的实际书写中，总论的内容叙述的是社会历史之兴替与文化之概况，并未贯彻叙"政治之兴替"这一原则。而张雪蕾只是在曾毅的《中国文学史》的基础上有所设想，并未付诸文学史的写作实践。然而，在同时代的谭丕模的《中国文学史纲》中，每章已经有固定的一节来阐述社会经济、政治和文化中一方面或多方面的内容，作为这一时段文学史叙述不可或缺的背景，比如，在"原始封建制度崩溃时代的文学"一章中，第一小节先说明战国末年小封建领主相互兼并的情况，以此交代当时的社会现状，以及由此而产生的文学概况；在"封建制度破坏时代的文学"一章中，第一小节总述这一时期的社会现象，从封建经济的动摇，到封

---

① 童行白《中国文学史纲》，上海大东书局一九三三年铅印本，任慧编《民国时期中国文学史著作廿七种》（第六册），国家图书馆出版社2015年版，第295页。

② 张雪蕾《中国文学史表》，商务印书馆一九三九年铅印本，任慧编《民国时期中国文学史著作廿七种》（第十册），国家图书馆出版社2015年版，第511页。

建制度的破坏，到思想信仰的崩溃，以此来观察当时的意识形态，以及意识形态之中的文学倾向。在40年代的《中国文学史纲》和50年代的两部《中国文学史纲》中，谭丕模将每一章的第一小节固定下来，在名称上也统一为某一时代的"社会背景"，尤其是最后一版的《中国文学史纲》，对于这一体例的书写已经非常成熟：从形式上来说，先交代一时期主要的文学形式，再从经济、政治、文化三方面分析其原因，已经成为固定的模式；从内容上来说，对马克思主义理论的运用也更为全面深入，分析社会经济时，对于封建政策与地主经济、土地兼并与小农经济、手工业与商品经济，以及三者之间的关联互动都有较为准确的把握。这种"社会背景"的书写体例，经由《中国文学史教学大纲》的统一规范①后，在后来的文学史中以"绪论"、"概论"或"概说"的模式固定下来。

阶级性反映论的另一重要特征是"艺术起源于劳动"说的绝对正确性。艺术起源于劳动既是唯物主义哲学论证的结果，也是阶级论阐释的需要。首先，马克思主义关于劳动创造人的相关理论是"劳动说"的理论根基，在此基础上，普列汉诺夫的《艺术论》进一步阐释了艺术与劳动的关系，他批评了此前的"游戏说"，认为劳动古于游戏，再就劳动和艺术产生之先后进行分析，得出艺术产生于劳动的

---

① 《中国文学史教学大纲》由高等教育部审定，经中国文学史教科书编写委员会讨论通过，由高等教育出版社于1957年出版，作为中国文学史教科书编写和各校讲述中国文学史的依据。《中国文学史教学大纲》中明确规定了每章开头的"绪论"这一体例。

结论:"劳动古于艺术,及人类一般地从功利的观点去观察对象及现象,然后才在自己对于它们的关系上立于美的观点。"①除此之外,劳动对于艺术的作用以及在一切社会活动中的绝对优先性也是文学史中"劳动阶级"或"劳动人民"相关论述的基础。其实,早期的文学史著者并没有关注文学起源的问题,至多只有对于文学发展脉络的分析,比如谢无量《中国大文学史》有"名与字之起原"、"诗之起原"和"散文之起原"三节,但主要是追溯字、诗和散文的最初形态,并不是探究其产生的背后动因。在文学史中开始探究文学产生的原因,起源于新史学对于文学史的影响,新文化学人不满于传统史学"知有事实而不知有理想"②,认为史学应该说明历史之前因后果。在新史学的影响下,越来越多的文学史开始讨论文学起源的问题,对中国文学史书写影响最大的是文学起源于情感说和文学起源于劳动说。文学起源于情感,是中国古来有之的观念,有很多文学史著者都继承这一观点,比如,林之棠认为:"文学原于人类天性之自然,非偶然也。人心之中足以引起文学之思想作用者殆为情感。"③曾毅也说:"文学生于人之情感,亦决非自唐虞始也。"④刘经庵则更坚定地表明:"中国文学

---

① 蒲列哈诺夫著,林柏重译《艺术论》,南强书局1929年版,第152页。

② 梁启超《新史学》,《饮冰室合集·文集》第九册,中华书局2015年版,第4页。

③ 林之棠《新著中国文学史》,北平华盛书局1934年版,第3页。

④ 曾毅《订正中国文学史》,上海泰东书局一九二九、一九三〇年铅印本,任慧编《民国时期中国文学史著作廿七种》(第三册),国家图书馆出版社2015年版,第37页。

的发生，自人类有语言始，远在文字之前；因为人生不能无情感，有感于中，即发泄于外。……这就是文学的起源。"①文学起源于劳动，在20世纪50年代以后的文学史中成为一种固定的认识，在此之前，亦有很多文学史秉持这一观点，如童行白《中国文学史纲》、隋育楠《中国文学史话·序》、张长弓《中国文学史新编》、张雪蕾《中国文学史表解》等。还有一些文学史并不坚定地主张某一种起源说，而是列举诸说而有所偏向。刘大杰的文学史书写是较为典型的例子，初版《中国文学发展史》中刘大杰谈到起源问题时，语气并不坚定："艺术的起源，前人多主张起源于游戏，近来许多新型学者的研究，则主张起源于劳动。蒲力汗诺夫在《原始民族的艺术》内，费了很长的篇幅，说明劳动先于游戏，实用的生产先于艺术。"②在后来的文学史修改之中，刘大杰将艺术起源于劳动的观点逐渐置于不容置疑的地位。苏雪林在《中国文学史》中讨论文学起源问题时，也列举了当时的各种观点：有情感说，有本能冲动说（包括游戏本能，模仿本能，吸引本能，自己表现本能），有实际需要说（包括宗教、劳动），接着表明自己的观点："上述诸说分观之则病其偏，合观之则得其全，折衷取舍是在读者自己。——照我个人的意见以第三说为比较有理。"③

在文学起源的问题上，谭丕模始终是劳动说的坚定拥护者。20世纪30年代，谭丕模还没有在文学史中讨论到

---

① 刘经庵《中国纯文学史纲》，东方出版社1996年版，第3—4页。
② 刘大杰《中国文学发展史》上，中华书局1941年版，第7页。
③ 苏雪林述《中国文学史》，台中光启出版社1980年版，第22页。

文学起源的问题，但在此前的《新兴文学概论》中，已经表明了自己的观点：在论"文学的本质"时，谭丕模认为文学"最原始的形式就是诗"①，接着在论"诗歌"时，又表明诗歌的形成源于劳动："诗歌是文学的祖先，这是开始于人类语言开始之时。人类在原始时代，共同劳动，共同生活。当劳动之际，为增加劳动的效力或减少劳动的痛苦，发生一种有节奏的声音。这种有节奏的声音，自然是感情的流露，其始只凭着口头的创造和记忆的传播，后来才用文字记述或创作，而成为今日之诗歌。"②由此可以看出，谭丕模在 30 年代已经秉持着劳动说的观点了。在 40 年代和 50年代的《中国文学史纲》中，就都有专门的一节来论述"文学的起源"，尤其是最后一版的《中国文学史纲》中，谭丕模对劳动说的论述更为全面，也更加表现出苏化的特征。首先，从理论上论述语言、诗歌、音乐这些文学的最初形式都是起源于劳动，以此来论证文学起源于劳动，主要是引用波格达诺夫的论证过程。接着，以《诗大序》和《吕氏春秋·古乐篇》中叙述诗、乐、舞的内容为例，说明"艺术是一定的生产行为之意识的摹仿"，因而中国文学也符合"文学起源于劳动"这一原则。③ 这也是以后的文学史中论述"文学起源于劳动"时最常用的两个例证。

---

① 谭丕模《新兴文学概论》，北平文化学社 1932 年版，第 16 页。
② 谭丕模《新兴文学概论》，北平文化学社 1932 年版，第 93—94。
③ 谭丕模《中国文学史纲》，人民文学出版社 1958 年版，第 14 页。

四、早期唯物论文学史书写范式的建立

从 20 世纪 30 年代到 50 年代，谭丕模《中国文学史纲》的修改颇具代表性和典型性：一方面，将一些书写模式和概念固定化、格式化，比如：在每个章节，欲述文学，"社会背景"先行的书写方式逐渐成为一种固定格式；"劳动说"成为文学起源的唯一正确答案；阶级斗争的范围扩大化，在谭丕模的文学史书写中，阶级对立已经从最初的西周往前推到了殷商时代。这些叙述在以后的文学史中成了不证自明的常识。另一方面，更多地考虑文学自身的一些因素，从绝对的政治化转变为政治第一、艺术第二的评价标准。谭丕模《中国文学史纲》的书写和修改生动地反映了早期唯物论文学史书写范式的建立过程，这个过程是矛盾的，形式逐渐僵化，而内容又逐渐丰富；艺术标准有了一定的独立性。在这两极的拉扯之中，文学史书写努力寻求平衡，早期唯物论文学史书写范式就是在这样动态发展的过程中建立起来。关于文学史中的政治标准和艺术标准，我们可以举两个典型的例子：

文学作品分析从政治标准一刀切到政治标准与艺术标准二分，且艺术标准并不完全依附于政治标准，对李煜词的分析是较为典型的例证。谭丕模在初版《中国文学史纲》中，对李煜词只有思想内容上的分析："我们可以把它（李煜词）划做两个时期：亡国以前的，多半是些'烂嚼红茸，笑向檀郎唾'的艳词，充满了富贵淫佚；亡国以后的，多

半带有国破家亡的遗恨，充满了悲哀的感情。"①并且没有多少正面的评价。使这一状况发生改变的，是 1943 年毛泽东的《在延安文艺座谈会上的讲话》："各个阶级社会中的各个阶级都有不同的政治标准和艺术标准。但是任何阶级社会中的任何阶级，总是以政治标准放在第一位，以艺术标准放在第二位的。"②文学史书写中"思想内容"和"艺术成就"这种二分的阐释模式也是从此开始。以当时的立场来看，这使得艺术标准在文学史中有了一席之地，使文学评价在爱国主义、阶级性、人民性和现实主义之外有了新的更贴合文学本身的评价标准，以解决政治和艺术不同步时遇到的尴尬。在最后一版《中国文学史纲》中，谭丕模不仅开始重视李煜词的艺术特征——善用白描，并且将其词的思想性和艺术性分开看待，肯定其在艺术上的成就，以及对词的发展的贡献："过高地估计李煜作品有爱国思想和人民性是不妥当的。不过李煜在艺术上是有成就的。……我们认为李煜词的思想性赶不上它的艺术性；肯定他的词有一定程度的真实生活和真实感情，基本上是现实主义的，肯定他在词的发展上的地位。"③在 1955 年发表于《光明日报》的《我对于李煜词讨论的一些意见》一文中更加明确地提出："李煜运用了白描的创作手法，以最通俗、最现实的语言，表现他最沉痛而又绝望的感情，忠实有

---

① 谭丕模《中国文学史纲》，北新书局 1933 年版，第 161 页。

② 毛泽东著，中共中央文献研究室编《毛泽东文艺论集》，中央文献出版社 2001 年版，第 73 页。

③ 谭丕模《中国文学史纲》，人民文学出版社 1958 年版，第 307 页。

力,给词开辟了一条大路。这样批判地肯定李煜,并不减低李煜在中国文学史上的地位。"①并且就思想性和艺术性的评价的问题做出补充:"思想和艺术是不能分割的;但思想和艺术的关系,有时固然是完全相适应的,有时不一定完全相适应。即是说,有的时候作品有一定的思想性,但艺术性却较差;有时作品有一定的艺术性,但思想性却较差。李煜的词,是艺术性较高、思想性较差的范例。这样批判地肯定李煜,我认为要合乎事实一点。"②这是艺术标准开始进入早期唯物论文学史书写并拥有一定独立性的例子。

艺术标准不仅拥有一定的独立性,还能够反过来影响政治标准。这里我们以对李白的评价为例,前文中提到在初版的《中国文学史纲》中,由于李白自身的阶级性以及其诗歌思想内容的消极厌世,谭丕模对李白的评价并不很高。但是,在之后的文学史书写中,李白的形象逐渐扭转过来,尤其到了最后一版的《中国文学史纲》中,不仅在艺术成就上高度肯定了李白,并且在思想内容方面也不再存在"瑕疵"。首先,李白的身份从"一般士大夫阶级"③变成了"家庭成分,已不可考""出身微寒"④,于是在阶级属性上能够与下层劳动人民统一战线,因而李白的诗歌从"个人

---

① 谭丕模《古典文学论文集》,长江文艺出版社 1958 年版,第 39 页。
② 谭丕模《古典文学论文集》,长江文艺出版社 1958 年版,第 39 页。
③ 谭丕模《中国文学史纲》,北新书局 1933 年版,第 124 页。
④ 谭丕模《中国文学史纲》,人民文学出版社 1958 年版,第 251 页。

主义感伤"①变成"由为个人打抱不平扩充到为国家为人民打抱不平"②。在思想内容上,李白的诗歌具有了人民性和现实性,"同情人民"③"揭发当时社会的腐败"④。仍然以《将进酒》为例,在初版《中国文学史纲》中,《将进酒》是厌世思想的代表,到了五十年代,《将进酒》中充满了乐观与信心:"他的《将进酒》,有豪迈的乐观精神,也有愤愤不平的情绪,像火山一样从文字中爆发着。"⑤"(李白)充满了事业的信心,所以高歌着'天生我材必有用'。"⑥不仅如此,《将进酒》还体现了爱国主义与人民性:"'连峰去天不盈尺,枯松倒挂倚绝壁,飞湍瀑流争喧豗,砯崖转石万壑雷。'这不仅形象地显现出蜀道的艰难,而且也形象地呈现出祖国山河的雄壮。'地崩山摧壮士死,然后天梯石栈相钩连',这不仅歌颂了人民创造性的劳动,而且歌颂了我们祖先开国的艰难。"⑦最后,李白作为民族的骄傲,获得了极高的评价:"在世界诗域里,很少有李白这样爽朗、豪放、热情、自由的诗,我国有李白这样伟大的诗人,实在值得骄傲!"⑧其诗在文学史中的重要地位也得到肯定,其思想内容获得了和艺术成就一样高的赞扬:"李白的诗,内容与形

---

① 谭丕模《中国文学史纲》,北新书局1933年版,第124页。
② 谭丕模《中国文学史纲》,人民文学出版社1958年版,第251页。
③ 谭丕模《中国文学史纲》,人民文学出版社1958年版,第255页。
④ 谭丕模《中国文学史纲》,人民文学出版社1958年版,第253页。
⑤ 谭丕模《中国文学史纲》,人民文学出版社1958年版,第260页。
⑥ 谭丕模《中国文学史纲》,人民文学出版社1958年版,第257页。
⑦ 谭丕模《中国文学史纲》,人民文学出版社1958年版,第258页。
⑧ 谭丕模《中国文学史纲》,人民文学出版社1958年版,第251页。

式是统一的、和谐的。他的生活实感,用他的独创的形式表现,所以能创造一种新的格律。"[1]由此我们可以看出,政治标准的评价,其形式的意义时常超过其内容的意义,具有不确定性,当一位作家拥有极高的艺术成就时,其政治标准的评价也可相应地发生改变。这既是对唯物论文学史观进一步认识的结果,也说明了以政治为纲的文学史书写在实际操作中会遇到诸多问题。

谭丕模《中国文学史纲》四个版本的演变生动地反映了唯物论文学史观发展和早期唯物论文学史书写范式建立的过程。从1933年版,到1947年版,再到1954年版,实际上是对唯物论的认识不断深入和全面、对文学史材料不断补充完善的过程。在1947年版的《中国文学史纲》中,谭丕模提到1933年版的文学史是自己"企图用科学方法写的"文学史,但现在看来"其中有很多不科学的意见"[2]。所谓"不科学的意见",主要表现在将唯物论简单化,笼统地以经济基础去解释文学现象:"社会经济进展至某一阶股,则文学亦随之进展至某一阶段;社会经济停滞在某一阶段,则文学亦停滞在某一阶段。"[3]在1947年版中,谭丕模就修改了这一观点,认为文学变迁要考虑社会基础、文艺思潮、文学家个人的生活环境等多方面的因素,并强调:"形式的变革,多半被内容规定;但是内容对于形

---

① 谭丕模《中国文学史纲》,人民文学出版社1958年版,第260页。
② 李何林《读谭丕模著〈中国文学史纲〉》,《李何林选集》,安徽文艺出版社1985年版,第184页。
③ 谭丕模《中国文学史纲》,北新书局1933年版,第6页

式的变化，也只是主要的因素，却不是唯一的因素。"①这一文学史研究方法的变化无疑对文学史书写的影响是巨大的。1954年的《中国文学史纲》延续了这一观点，并明确指出研究文学史的方法是要"正确地掌握历史唯物论和辩证唯物论的科学方法"②。从1954年版到1958年版，是对文学史中激烈的斗争性和尖锐对立的阶级性的反思和调整。在《绪论》中，作为指导思想的劳动人民的"斗争性"和文学作家的"阶级性"的字眼消失了，取而代之的是"中国文学的人民性和现实主义精神"，并且现实主义的指导意义不再是政治思想方面的："一部中国文学史，就是一部现实主义和反现实主义的斗争史。"③而表现为文学创作方法上的圆融，承认现实主义的复杂性以及与浪漫主义相互交织的关系，尤其是对于"既不是现实主义，也不是属于现实主义范畴的浪漫主义；既没有反动思想，也没有'人民性'"④的作品，也能够认可其在文学史上的必要性，表明谭丕模对于唯物论文学史观的思考已经达到非常成熟的阶段。

在唯物论文学史书写范式建立的过程中，还有另外两种书写路径的探索，这里我们以刘大杰的《中国文学发展史》和北京大学中文系1955级学生集体编著的《中国文学史》为例。刘大杰在初版《中国文学发展史》中就表现出了

----

① 李何林《读谭丕模著〈中国文学史纲〉》，《李何林选集》，安徽文艺出版社1985年版，第184—185页。
② 谭丕模《中国文学史纲》，上海商务印书馆1954年版，第5页。
③ 谭丕模《中国文学史纲》，上海商务印书馆1954年版，第8页。
④ 谭丕模《中国文学史纲》，人民文学出版社1958年版，第11页。

对唯物论的初步兴趣,比如对于"劳动说"的认可、重视社会形态对文学的重要性等,但此时刘大杰书写文学史的态度是兼收众说的,充分肯定唯美文学在历史上的进步性和人性的觉醒,对于唯物论并没有系统深入的认识。后来三次大规模的改写,是在特定的政治因素影响之下的结果,虽然全盘接受了唯物论的基本观点,但从理论研究的角度并没有对唯物论有更进一步的认识,反而妨害了初版中的文学性。而北京大学中文系1955级学生集体编著的《中国文学史》则是与此完全不同的路径,从一开始就坚定地用唯物论指导文学史的写作,但这时年轻学子们所谓的"唯物论",只是单纯地将唯物论作为政治斗争的工具,并没有从历史的、辩证的角度进行学术理论的研究,因此不可避免地对前人的文学史有激烈的批判[1],对经典的文学作品进行简单粗暴的处理[2],这一点在初版的文学史中尤为明显,到一年后的修订版就有了大幅的改动。谭丕模的文学史书写不同于以上两种路径,其一在于谭丕模深厚的马克思主义理论素养,谭丕模运用历史唯物主义和辩证唯物主义的观点研究中国古典文学和中国社会思想史[3],为文学史研究提供了基础;其二在于谭丕模对唯物论的研究

----

[1] 见1958年版的《中国文学史·前言》中对于林庚、陈子展的严厉批判。参考北大中文系文学专门化1955级《中国文学史》,人民文学出版社1958年版,第5页。

[2] 参考1958年版的《中国文学史》对于《诗经》的表述,仅将其作为保存周代民歌的材料。

[3] 见谭丕模著《古典文学论文集》《新兴文学概论》《清代思想史纲》《宋元明思想史纲》。

是学术性的,是带有批判性和反思性质的。我们试举一个简单的例子来看谭丕模与以上二者的不同:普列汉诺夫的《艺术论》在早期唯物论文学史中基本是作为真理性的认识而存在,不论是刘大杰《中国文学发展史》、北京大学中文系1955级学生集体编著《中国文学史》,还是其他的唯物论文学史中,都是直接引用普列汉诺夫《艺术论》中的观点并表示肯定,但谭丕模在1958年版的《中国文学史纲》中对此有辩证的分析,他首先肯定了普列汉诺夫对于艺术的感情和思想的认识:"一篇文学作品展示在读者面前的时候,往往是感染着很浓厚的思想感情。所以普列汉诺夫说:'艺术也表现他们的感情,也表现他们的思想,然而并非抽象地,而借了灵活的形象而表现,艺术最主要的特质就在此。'"[1]但随之又批判地指出了这一认识的不足之处:"普列汉诺夫的看法,还是不够全面的。即是说,他在说明艺术不是抽象地表现思想时,没有指出艺术是再现客观现实。"[2]这一批判的认识来源于谭丕模对于唯物论的深刻认识。谭丕模治文学史的谨慎态度以及研究唯物论时反思和批判的精神,使得其文学史书写在唯物论文学史观确立的过程中起到了不可替代的作用;其文学史不断修改的过程中,相关概念逐渐明晰,基本框架逐渐完备,书写模式逐渐固定,建立起了早期的唯物论文学史书写范式。

谭丕模《中国文学史纲》第一版于1933年8月由北新书局出版,第二版(第一分册)于1947年1月由桂林文化

---

① 谭丕模《中国文学史纲》,人民文学出版社1958年版,第1页。

② 谭丕模《中国文学史纲》,人民文学出版社1958年版,第2页。

供应社出版,第三版(上册)于1954年11月由上海商务印书馆印刷,中央人民政府高等教育部教材编审处发行,第四版(上册)由人民文学出版社出版,其虽为1952年版,但直至1958年5月才第一次印刷发行,后记写于1956年,明确指出此版是对1954年版的修订,因此此版为第四版,也是最终版。本书的整理以《中国文学史纲》第四版为底本,第四版仅出版上册,唐以后的部分用第一版的内容加以补充。第一版和第四版的排版为繁体竖排,现改为简体横排,按照现行标点进行点校,并统一修改了以下字词:"甚么"统一改为"什么";"那末"改为"那么";表疑问时,"那"改作"哪"。对于可确定有误的内容,以注释的方式加以说明。其间难免错漏,还祈方家教正。

目　　录

一　绪论

（一）研究中国文学史的目的、要求

研究中国文学史，究竟要达到一个什么目的、要求？这是首先要弄明白的一个问题。

在未说研究中国文学史的目的、要求以前，应当先说明文学的特殊性，划清文学与非文学的界限。

文学既有感情，又有思想，我们同意 L. 托尔斯泰所说文学要传达感情的说法，但是感情是受思想支配的，没有思想意识的感情是不可想象的东西。一篇文学作品展示在读者面前的时候，往往是感染着很浓厚的思想感情。所以普列汉诺夫说："艺术也表现他们的感情，也表现他们的思想，然而并非抽象地，而借了灵活的形象而表现，艺术最主要的特质就在此。"（《艺术论》）思想与感情在人类意识过程中，本是交互发展、交互渗透的，所以绝不能划出一个不相侵越的界限。不过，感情受思想的支配，是必然的。某人在感情上的喜怒哀乐，是以某人的思想作支配的。同时，思想要借艺术形象而传给别人，由于环境和阶级的限制，所得的效果是不一样的。

"然而把作品的内容归结为思想，使思想脱离作为思想的源泉的现实客体，这也是不对的。"（依·萨·毕达可夫语，见《文艺学引论》）因而普列汉诺夫的看法，还是不够全面的。即是说，他在说明艺术不是抽象地表现思想时，没有指出艺术是再现客观现实。车尔尼雪夫斯基早在19世纪60年代就指出："艺术本身对人所起的作用比活生生的现实更大。"又说："艺术作品的目的和作用也是这样，它并不修正现实，并不粉饰现实，而是再现它，充作它的代替物。"（《生活与美学》："艺术的第一目的是再现现实。"）即车尔尼雪夫斯基告诉了我们：艺术不只是表达了作者的思想感情，而且在再现客观现实。

文学与科学同是客观现实的反映。它们的分野，不是本质的不同，而是表现的形式不同。我们要分别它，只有从表现的形式去寻找，才能找出文学与科学的分野处。用分析和推论的形式写出来的文字，给人以理性的说服，这便是科学。用表现、描绘写出来的文字，给人以形象的感染，这便是文学。所以缅·斯尼科夫在《论社会主义现实主义的基本特征》里说："从科学上来认识世界，在本质上是没有区别的，它只是在形式上有所区别。科学是以科学概念的形式来反映世界，而艺术则是以艺术形象的形式来反映世界。"这已把科学与文学的共同点和分歧点都说得比较明确。不过，苏联还有其他文学理论家对这一问题，提出更明确的认识。他们以为文学的特征不仅是形式。因为文学的形式是由被反映的客体（对象）的特点所决定的。当我们谈到文学和科学的区别的时候，不能不考虑到它们所反映和研究的对象的特点。例如：社会科学主要是研究社会发展规律，文学主要是再现现实生活、人的性格和内心感受。因此，在认识现实和变革现实方面，文学和科学的任务是一致的。但是，由于反映和研究的对象不同，而决定了认识方法和表现形式的差异。文学是艺术思维，科学是逻辑思维，这两者认识方法又是互相联系的。这说明了文学与科学的关系是很微妙的。我们认为文学是意识形态之一，是属于美学范畴，是语言的艺术，以灵活的艺术形象手法，流露感情，表达思想，再现客观现实，成为阶级斗争最尖锐的精神武器。

那么，学习中国文学史的目的，就是要站在工人阶级的立场，用辩证唯物论和历史唯物论的观点、方法，研究中国文学发展过程中一切现象变动的因果关系，来阐明中国文学发展的规律性。

中国历史悠久，文学发展的现象非常错综复杂。我们要从这种错综复杂的文学现象中，理出它的条理、系统，找出它的发展规律性。要达到这个目的，是一种非常艰巨的工作。

我们研究中国文学史，还要达到几个要求。

为了加强对今天中国文学方向的认识。今天中国文学的方向，是为社会主义建设而斗争的方向，在社会主义建设的任务完成之后，还要走向为共产主义建设而斗争的方向。就是说：今天中国文学，是在为社会主义建设服务，写工农兵在各个战线上的英勇斗争的形象和高贵的品质。我们要认清今天中国文学的方向，就要认清中国文学过往的来程，从认识来程去认清方向，是有效的。M. 杜勃雷宁说："过去时代的作品还是活着,保持着它们的意义而成为光荣的传统,成为表现人民群众观点的继续不断的民主主义的发展路线,成为不仅认识过去那个时代,而且认识我们这个时代的手段,成为美的实物。"(《文学的社会意义》)我们研究中国文学史,就要认识中国文学发展的规律——中国过去的文学在中国社会发展规律支配下发展着,今天的中国文学还是在中国社会发展规律支配下发展着,而且是在接受并充分地发展过去中国文学的民主主义的优良民族传统的基础上成长起来的。我们认清了这一点,就会加强对今天文学为社会主义建设的信心。

为了了解历代人民真实的生活面貌和心理状态。文学是现实生活的反映,是人类灵魂的塑造。伟大的作家,伟大的作品,没有不刻画时代精神的实质,没有不反映当时人民生活的真实面貌,没有不道出当时人民心理上的现实要求,没有不在当时历史条件下起过推动社会进步的作用,构成了真实的历史影像。直接被剥削、被压迫的人民,固然在把自己所感受的生活苦痛歌唱出来;而那般比较接近或很接近人民的知识分子,以"阶级叛逆"的姿态,也在写出社会不合理的事实和自己所经历的不幸遭遇,在作品中印上自己的痕迹,这些作品是历史上没有掺过水的最可靠的史料。还有一些世界观基本上是反动的知识分子,也有意无意地在作品中反映了统治阶级的骄淫、奢侈的生活,我们可以从这些作品中,认识统治阶级的生活相,又可以从这些作品的反面,推测出劳动人民的悲惨命运。我们通过研究各个时代的作品,去了解各个时代的真实的历史影像;加强我们对祖国过去的热爱,更从而加强对今天的祖国和明天的祖国的热爱。

为了正确地接受文学遗产、继承和发扬前代作家勇于揭露生活真实的现实主义精神。我国有很丰富的、悠久的、优秀的现实主义的文学传统。在我们的历史上，产生过许多为人民所敬爱的作家，自然也产生了许多为人民所传诵的作品，比之世界任何民族的优秀作品都无愧色。我们要遵照毛泽东同志的指示：用批判的态度去接受它，吸收其民主性的精华，剔去其封建性的糟粕。研究中国文学史，就可以有系统地接受祖国文学遗产，正确地继承与我们现代文学有血缘关系而且有价值的文学遗产。因此，接受遗产不仅是为了保存遗产，而更重要的是为了今天与明天的发展。周扬同志在中国文学艺术工作者第二次大会上说："我们应当从学习古典作品中更好地了解中国人民的过去，以便更好地表现现代，指出现代的斗争和过去的斗争之间的不可分的联系，从而用爱国主义的精神教育人民。"（《为创造更多的优秀的文学艺术作品而斗争》）那么，我们接受遗产，可以更好地创作更多地为社会主义建设而服务的优秀作品，进行思想教育和美学教育。

同时，研究中国文学史，就要把旧的遗产与新的文艺作为有机的联系。既要认清新的文艺是旧的遗产的发展，又要认清旧的遗产必须通过新的方法的整理，足够认清优秀的古典作品对今天的人民还能发挥其应有的作用。周扬同志又说："新的文学艺术是不能脱离民族的传统而发展的，只有当它正确地吸收了自己民族遗产的精华的时候，它才能真正成为人民的。另一方面，旧的遗产也只有在新的思想基础上加以整理之后，才能完全适合人民的需要。"（同上）那么，我们为了使旧的遗产"真正成为人民的"和"适合人民的需要"，必须经过一番科学的整理、分析、批判工夫。同时，我们为了创作更多的作品，必须吸收旧的遗产中的精华。

此外，研究中国文学史，又要找出各时代的革新的文体怎样从旧遗产的基础上成长起来的。文学不断在发展，内容与形式也不断在变迁，但这种变迁，不能完全割断历史。留里科夫说："文学过程在不断地发展着，随着生产的需求，正在创造出许多新的形象，新的表现形式——在文学运动中，我们已看到先进的传统与革命的革新的巧妙汇合。"(《古典作家的遗产与苏维埃文学》)那么，创造新形式也必须与接受遗产相结合。

（二）　研究中国文学史的方法

　　为了达到上述的目的、要求，一定要采取科学方法，对中国文学作系统的研究。

　　1. 运用辩证唯物论、历史唯物论和马克思主义的美学观，历史地、具体地研究作家和作品，探求文学发展的规律。

　　我们在前面就提到过，中国文学历史悠久，文学发展的现象非常复杂；但不管怎样复杂，也还有它的规律性的。我们研究中国文学史，要从中国文学发展的复杂性找出它的规律性。我们不仅是看到文学现象的表面；而且要透过这些文学现象去发现它的本质；同时也不要为了追求规律，而把文学复杂的现象简单化。

　　我们分析作品，要从具体形象出发，同时，也要与作者、时代相结合。离开作品的具体形象固然不妥当；把作品的形象与作者、时代孤立起来，也是不妥当的。我们要辩证地处理作品、作者和时代的关系。

我们不仅要辩证地去看文学现象与本质，而且要历史地去看文学现象与本质。也就是说：研究中国文学史，不要违背历史唯物主义。毛泽东同志说："无论何人要认识什么事物，除了同那个事物接触，即生活于（实践于）那个事物的环境中，是没有法子解决的。不能在封建社会就预先认识资本主义社会的规律，因为资本主义还未出现，还无这种实践。"（《实践论》）我们可以运用这套理论来批判中国文学：即不能以今天要求于作家的水平要求古典作家；如果以今天的水平来要求古典作家，那就违背历史唯物主义了。拿爱国主义来举例：作品中的爱国主义，由于历史的条件不同而各有不同的内容。亚科布列夫说："在历史和文学课中比较过去的人和现代的人的爱国行为和事迹的时候，主要地要强调革命前与苏维埃爱国主义极大的不同。把两者看成一样的（这是事实），只能混淆学生的认识，使他们对于苏维埃爱国主义不能有一个正确的观念。"（《关于学校思想教育工作的一些问题》）我们不能拿现代的爱国主义来权衡古代的爱国主义。古代的爱国，往往结合忠君，虽然有它的局限性，但仍然有它那时代的积极作用。我们不能拿现代的爱国主义来否定古代的爱国主义。

马克思主义的美学特征，就是真实与美感相结合。它反对纯美论，也反对纯真论，而是要做到真美交融。"我们要认识到在这种真美交融的背后，是有阶级性在起决定作用的。"

2. 运用"剔除其封建性的糟粕，吸收其民主性的精华"的精神来探求中国文学的人民性与现实主义精神。

中国文学的内容很复杂，有为封建阶级服务的作品，也有为人民服务的作品，前者是封建性的糟粕，后者是民主性的精华，我们要有区别地对待。拿什么尺度去对待？就是拿人民性的内容和现实主义的创作方法，当作权衡一篇作品的标准。因为我们研究中国文学史，要掘发作品的人民性和现实主义精神。

直接表现了在统治阶级重压下人民的生活斗争、人民的思想、感情和要求的东西，固然是有人民性，但作品的人民性，不一定只局限于写人民的东西。"在这里，重要的是那观察现实生活的角度，观察重要（从人民群众观点来看的）问题的角度，它在客观上使作家接近了人民的情绪和期望"。（A·伊瓦盛科《论文学的人民性问题》）即是说，一篇作品，不一定直接写人民，而是从人民的利益出发来写的，都可以算作人民性的作品。"以往时代的作家创作，大部分是描写统治阶级生活的。但他们的创作所以成为'劳动群众的历史'的事实，所以成为民族的财产，就在于这些作家能够'从下面'，即用被剥削者眼睛来看'上层人物'的生活；就在于从他们身上，即从'生活的主人'身上看出狭隘、阶级特权、必然灭亡的历史命运特征性。"（同上）中国古典作家描写人民被剥削、被压迫、生活苦痛的作品很多，描写得也很深刻。这些作品都是"从下面"，即从被剥削者眼睛"从人民群众观点来看""上层人物"以及整个社会生活的，表现了强烈的人民群众的情绪和期望。我们要好好地把它掘发出来，是有深刻意义的。

我们认为人民性是文学作品的思想内容，现实主义精神是文学创作方法。但这两者不可分割，而是紧密地联系着。

因而，有人民性的作品，一定具有现实主义精神；有现实主义精神的作品，一定有人民性（也有非现实主义的作品，具有一定程度的人民性）。比如在创作上经常密切地结合生活，忠实地反映生活，善于抓住生活中的矛盾和冲突，准确地描绘封建社会的现实生活，生动地表现我国劳动人民的勤劳、勇敢、智慧、善良的性格，正面地或侧面地反映了被压迫的人民和统治者之间的不可调和的矛盾，从创作方法说，这就是现实主义精神；从思想内容说，这就是作品中的人民性。所以，我们分析古典作品，不仅要分析一篇作品中所表现的人民自己的生活、愿望和要求，而且还要分析一篇作品用生动的形象描绘当时人民的真实生活，构成艺术的说服力。重视作品的现实主义精神，同于重视作品的人民性。

现实主义很复杂。它有时和浪漫主义纠缠不清。的确，这两种艺术方法，不是彼此孤立和没联系的。现实主义艺术中有浪漫主义因素，浪漫主义艺术中也有现实主义因素。因而所写出的作品，看不清是现实主义还是浪漫主义。高尔基谈俄国的浪漫主义与现实主义的关系说："优秀的艺术家中，现实主义和浪漫主义又是常常结合在一起的。巴尔扎克是现实主义者，但他也写了和现实主义距离得非常遥远的作品，如《鲛皮》等小说。屠格涅夫也写过浪漫主义精神的作品，同样地，从果戈理到契诃夫、蒲宁及其他我国伟大作家，也是这样的情形。这种浪漫主义和现实主义的结合，特别是我国优秀文学上的特征，它在我们文学中，给予了使全世界受到极明显、极深刻的影响的力量和独创性。"（《我的文学修养》）在我国古典作家中，也有同样现象。比如屈原，基本上是一位伟大的现实主义诗人，同情人民，忠实地反映现实，暴露了楚国统治集团的罪恶；但有时也杂有浪漫主义的因素，上天下地，找这个说说，找那个说说，申诉他不得实现理想政治和受政治迫害的心情。李白基本上也是现实主义诗人，同情人民，反抗权贵。他在他的"古风"和其他的诗里，正面地暴露了唐玄宗、杨贵妃的荒淫和他们爪牙的罪恶。但是他在《古风十九》里，也杂有浪漫主义的因素，把自己刻画得非常清高、飘逸，来衬托出安禄山残害生灵的罪恶。我们不能看到他们在作品中流露了浪漫气氛，就轻视他的现实性，进一步否定他是现实主义诗人。我们要以实事求是的精神，把这些多少带有浪漫性的现实主义作品多加发掘。

还有那些有现实基础的浪漫主义作品，也可以把它摆在现实主义范畴里来讲（单独讲也可以）。《西游记》是著名的浪漫主义作品。它不是照客观来写的。它把客观写成自己的希望，但也间接地反映了社会生活。我们也要把这些具有现实基础的浪漫主义的作品发掘出来，因为它们具有一定程度的进步意义。

塑造典型形象，一定要结合现实主义。也就是说，典型形象的塑造，一定要根据实际生活。毛泽东同志说："但是文艺作品中反映出来的生活却可以而且应该比普通的实际生活更高，更强烈，更有集中性，更典型，更理想，因此就更带普遍性。革命的文艺，应当根据实际生活创造出各种各样的人物来，帮助群众推动历史的前进。例如一方面是人们受饿、受冻、受压迫，一方面是人剥削人、人压迫人，这个事实到处存在着，人们也看得很平淡；文艺就把这种日常的现象集中起来，把其中的矛盾和斗争典型化，造成文学作品或艺术作品，就能使人民群众惊醒起来，感奋起来，推动人民群众走向团结和斗争，实行改造自己的环境。如果没有这样的文艺，那么^①这个任务就不能完成，或者不能有力地迅速地完成。"（《在延安文艺座谈会上的讲话》）现实主义精神，最好是通过典型形象的塑造才能体现得更突出，发挥文学战斗的威力。

还有一些作品，既不是现实主义，也不是属于现实主义范畴的浪漫主义；既没有反动思想，也没有"人民性"，但在某种程度上可以给人以新鲜的感觉，或描写的精工，也应给它适当的篇幅来讲述。

此外运用与文学有关的科学知识，也是很要紧的。我们要运用文字学、训诂学、古汉语等知识，跨过文字的障碍；运用中国通史，说明了文学与其他文化之不可分性，和文学在"两种文化"斗争中的重要性。同时也说明了文学是从社会基础反映出来和作家是不能离开时代精神、个人环境成长的。

---

① 原为"那末"。本书中的"那末"统一修改为"那么"。

二 原始共产制时代（唐、虞、夏以前）的文学

（一）原始共产制时代文学的社会背景

在伟大的祖国土地上，早在 40 万年以前就有人的活动，"北京人"的发现，很具体地证明了这种推论的确实性。伟大的祖国文学就伴随着人的活动而产生。

世界各民族的原始社会的发展，一般地都是有客观规律的，我们的原始社会的发展也没有例外。从生产工具说，我们的原始社会，经过了旧石器时期发展到新石器时期。从氏族制度说，是经历着原始氏族制度的发生、发展、繁荣和解体诸阶段，经历着母系氏族过渡到父系氏族，从群婚、杂婚、血缘家族到配偶婚姻、到一夫一妻制。从生产发展说，有"有巢氏""燧人氏""伏羲氏"等古代传说，正是原始人的生活和生产的发展，即是由巢居到用火、到渔猎的反映。

人类一出现，就要向自然界作斗争。人类向自然界作斗争，是原始社会的主要现实。神话传说，就是原始人在劳动过程中所产生的思想感情,也是原始人向自然界斗争的精神动力。在原始社会的神话传说中,可以看到原始人对人类生命创造的幻想,可以看到原始人向自然斗争的意愿、结果,可以看到原始人劳动生活的动态,可以看到原始人的文化创造和发明。

（二）中国文学的起源

　　恩格斯说:"政治经济学家说：劳动是一切财富的源泉。其实劳动和自然界一起才是一切财富的源泉,自然界提供劳动以材料,而劳动则把材料变成为财富。"(《自然辩证法》)这里所谓"财富",当然包括了精神财富——文学在内,也就是说,劳动是文学创作的源泉。波格达洛夫说:"问语言从何发生？从劳动的呼声发生。人类正当做什么一种工作紧张用力的时候,他的呼吸器和发声器每每应和了他那努力,不知不觉发出一定的声音……我们即使不见劳动者的姿势,只听到了这种劳动的呼声,也便可以知道劳动者在做什么。这种虽不能说是正确意义的言语记号,但也是我们能够完全理解的表示劳动活动的记号。它和言语的不同处,在于它是无意识的原始性的东西这一点。……这种呼声的劳动中全群的成员一样,……那是不言而喻的。他们的肉体,既共同生活在相近的血统关系和自然条件的缘故，非常相似，几乎没有差别，那些呼声当然也可作为表示各种劳动活动的记号，为各人所理解，于是就有原始'语根'，其数目不过二三十个。但后来的积渐发达中，却变化发展分化了。其中无意识的原始的性质，逐渐成为有意识的，终于形成后世巨人的语言。"（《社会形式发展史》）又说："音乐最古形式的歌谣，并非如今日我们所理解的将言语和音乐结合为一个有节奏全体的东西。……然而人类共同劳动时，也会从那呼声中作出了劳动歌，它在后来，给予语言以起源。那使一齐劳动的人用力齐合的努力，既使劳动呼声带了规律的节奏，它就成为原始的歌谣。音乐的起源，分明也在共同劳动里，在共同劳动里除了劳动呼声之外，也还有与它同时并起的规则的音响。例如木匠工作时候，所生的斧声之类。还有为了要使各人用力能有同时性，由谁敲击木棍，整齐劳动调子的时候，也有声响，这种木棍，便是那最初乐器大鼓的原型萌芽。"（同上）这在说明语言、歌谣、音乐，都是起源于劳动。不过，最初的歌谣，大约只有声调而没有辞句，后来由于语言的发达，才把有意识的辞句装到声调里去而成为歌谣。蒲息尔说："诗歌最重要的起源之一，实为劳动。人当集团的韵律而劳动之时，为使工事容易，在初时或发喊声及不清楚的声音，但其后却渐渐具有调子而变化为歌声。劳动、音乐及诗歌，在其初实是不可分的三位一体。"（《劳动与韵律》）这也在说明文学起源于劳动。

中国文学的起源，也是符合这个原则的。《诗大序》说："在心为志，发言为诗，情动于中，而形于言，言之不足，故嗟叹之，嗟叹之不足，故永歌之，永歌之不足，不知手之舞之，足之蹈之也。情发于声,声成文,谓之音。"这把意识、语言、呼声、歌谣、舞蹈、音乐,都认为与诗有系统的关系,也是劳动、音乐、诗歌三位一体的说明。《吕氏春秋·古乐篇》也说:"昔葛天氏之乐,三人操牛尾,投足以歌八阕:一曰载民,二曰玄鸟,三曰遂草木,四曰奋五谷,五曰敬天常,六曰达帝功,七曰依地德,八曰总万物之极。"从"操牛尾""投足"以"歌",说明了诗歌、音乐、舞蹈三位一体,从"八阕"的题目看来,又说明了艺术是一定的生产行为之意识的摹仿。鲁迅在《不识字的作家》(《且介亭杂文》)里,说我们祖先在劳动时所发出的"杭育杭育"的声音,就是创作,这也是文学起源于劳动最形象的说明。①

---

① 鲁迅在《门外文谈·不识字的作家》里说:"我想,人类是在未有文字之前,就有了创作的,可惜没有人记下,也没有法子记下。我们的祖先的原始人,原是连话也不会说的,为了共同劳作,必需发表意见,才渐渐的练出复杂的声音来,假如那时大家抬木头,都觉得吃力,却想不到发表,其中有一个叫道'杭育杭育',那么,这就是创作;大家也要佩服,应用的,这就等于出版;倘若用什么记号留存了下来,这就是文学;他当然就是作家,也是文学家,是'杭育杭育派'。不要笑,这作品确也幼稚得很,但古人不及今人的地方是很多的,这正是其一。就是周朝的什么'关关雎鸠,在河之洲,窈窕淑女,君子好逑'吧,它是《诗经》里的头一篇,所以吓得我们只好磕头佩服,假如先前未曾有过这样的一篇诗,现在的新诗人用这意思做一首白话诗,到无论什么副刊上去投稿试试吧,我看十分之九是要被编辑者塞进字纸篓去的。'漂亮的好小姐呀,是少爷的好一对儿!'什么话呢?"(《且介亭杂文》)

（三）原始共产制时代的神话传说

马克思说："希腊神话不仅是希腊艺术的宝库，而且是希腊艺术的土壤。"（《政治经济学批判·导言》）同样中国神话不仅是中国艺术的宝库，而且是中国艺术的土壤。马克思又说："任何神话都是在想象中间或通过想象而控制自然，支配自然，赋予自然威力的形体的。""神话是在人们的幻想中经过不自觉的艺术方式加工过的自然界和社会形态。"（同上）在中国古代流传着一些很健康、很美丽的神话，直接或曲折地表现了古代劳动人民可宝贵的梦想与愿望，代表着人们对落后的与不合理的现实进行的斗争，是生产力低下阶段的原始人企图控制自然、征服自然、支配自然的结果。

中国神话传说，产生的时代很早，而记录的时代很晚，而且是用散文记录，断简残篇，很难理出一个有头有尾的系统，但依旧能代表了我们远古的祖先那种美丽而健康的思想感情。

现在先谈谈我们人类的生命是怎样出世的神话传说。

在《太平御览》引《风俗通义》里所记载女娲"抟黄土为人"的故事多美丽！在天地初开的大地上没有人类，女娲开始用黄土和水塑成一个个的小泥人。由于她工作过于疲劳，只得拿一根绳子蘸了一些黄泥浆，向地面上一洒，而溅落的泥点都变成了有生命的人。这反映了母系氏族社会中的妇女既有造人的本事，又有崇高的地位。

又在李冗①《独异志》里记载女娲兄妹结婚生子的故事也很美丽。天地初开，大地上荒凉到没有人，只有在高高的昆仑山中，留有女娲兄妹二人。他们为了人类的将来，"议以为夫妻"，从此人类绵绵不绝地繁生。这里又保存了母系氏族社会中杂婚的遗痕。

这两个记录的神话与原始神话有很远的距离，因为神话是跟着社会的生产力、生产关系的发展而发展。记录者可能把民间流行的神话素材，加上记录者的时代特点，多少修改了原始神话的面貌。比如女娲造人的神话，在人类阶级社会出现后，就给它加上"富贵"人与"贫贱"人之分。又如女娲兄妹结婚的神话，在封建礼教森严的社会里，就给它加上"又自羞

---

① 关于《独异志》的作者，历来有"李亢""李元""李冗""李尢""李伉"之说。《新唐书·艺文志》《宋史·艺文志》均著录为"李亢"。《崇文总目》《说郛》载为"李元"。明万历年间商濬所刻稗海丛书本作"李冗"，《四库全书总目》中所录《独异志》作者为"李尢"。1937年商务印书馆编修的《丛书集成》中的《独异志》和1983年中华书局点校本都从"李冗"一说。李剑国《唐五代志怪传奇叙录》、宁稼雨《中国文言小说总目提要》考为"李伉"。

耻,乃结草为扇,以障其面。今取妇执扇,象其事也。"这个
尾巴。

现在来谈谈原始人类与自然界作斗争的神话传说。

在《淮南子·览冥训》里记载女娲补天的故事也很美丽。
在占代,天柱断了,大地的一角被震垮。天露出缺口,地裂成
深坑。森林大火,地泛洪水,猛兽鸷鸟也趁机出来吃人。女娲
非常关心一手制造出的人受灾受难,于是选了许多美丽的五
色石头,补好天上的窟窿。还怕它再垮,又杀了一只大鳖,斩
下它的四腿去支住天。后来又杀掉一条黑龙,烧了许多芦灰
把洪水塞住。这里又反映了古代劳动人民向自然斗争的英勇
和改造自然的愿望。

在《淮南子·本经训》里记载后羿与旱灾、毒蛇、猛兽作斗
争的故事。在唐尧时代,十个太阳出现在天上,禾苗烧焦了,
草木烧枯了,人民没有可吃的东西。这时,毒蛇猛兽也一起危
害人民。唐尧乃命后羿上射九日,下杀毒蛇猛兽,人民真高兴
极了。这里可以看出原始人征服自然的意志和跟自然斗争的
伟大气魄。

在《山海经·海内经》《海外北经》《大荒北经》,《国语·晋
语八》,《汉书·武帝本纪》颜师古注引《淮南子》等篇,对治洪
水有功的鲧、禹创造一些神话传说以资歌颂。孟轲在这些神
话传说基础上,刻画鲧、禹与洪水作斗争的英雄形象。在那洪
水横流、泛滥于天下的情况下,人民无地可居;但他们并不屈
服于自然的威力,禹以忘我的精神,抱着"天下有溺者,犹己溺
之也"(《孟子·滕文公》)的心怀,在外八年,三过其门而不入,
卒平洪水,消灭了自然灾害对人类生命的威胁。

这些神话传说，以想象的艺术，表现了原始人向自然斗争的意愿。这些神话传说，在我们面前展开了祖先的生活史图景，并表现了原始人对他们所创造的工具能力的信仰和对掌握这种工具而斗争的英雄的歌颂。

此外，在《山海经·大荒北经》《归藏易》《史记·五帝本纪》，张守节《正义》引《龙鱼河图》、《通鉴外纪》记载黄帝与蚩尤作战的神话传说里，可以看到种族战争的激烈和民族成长的一部分过程。

（四）　小结

　　神话传说是人民口头创作长期孕育的产儿，是中国文学最原始的文学形式，是中国伟大的、丰富的文学遗产的始祖。它是有现实性的，因为它的幻想根源于现实生活；同时也是有浪漫性的，因为它代表了原始人类对美好幸福的追求。以后文学上的现实主义的创作方法和浪漫主义的创作方法，都是神话传说进一步的发展。

　　神话传说是有强烈的斗争性的文学，是服务于生产、服务于劳动的文学。在原始社会里，人类积极地争取生存，是他们生活在现实中唯一的最迫切的任务。他们积极地征服自然、改造自然，发出了顽强的可贵的斗争欲望。这些欲望，通过极其美丽的形象表现出来，给后代富于斗争性的文学树立了楷模。在原始社会里，人类把他们的能力理想化、夸大化，好像预先感到它们未来的发展。如想象中的生产思想，往往成为后来重大发明的动力。

　　神话传说的主人公，往往是原始社会的英雄人物的化身。在原始社会里，人类往往依照自己的幻想和希望创造了神话，自然也依照自己的形象创造了神。因而在人民的口头创作中，神，往往英雄化；英雄，也往往神化，于是那一般不平凡的英雄故事，变为神话传说的重要材料。后羿射日，鲧、禹治水，就是突出的例子。

　　照上面所说，神话传说的确是中国后世文学的"土壤"。它具有新奇奔放的幻想，也具有对现实的积极态度，为后世作家创作提供了丰富的素材，我们要珍视它。惟这些神话传说，是人民口头创作，在人民口头流传，没有文字记载，还不能把它当作有文字后的中国文学史的序幕。

（四）小结

三　奴隶制时代（殷商）的文学

——约公元前十七世纪至公元前十二世纪

历史家所称的殷商时代，正是中国奴隶制统治的时代。中国社会发展到殷商时代，生产技术已进入到青铜器时代，生产、食器、酒器、兵器，普遍使用青铜器。在文化方面，产生了鼎彝铭文，并使用青铜器刻画甲骨，文化大大地提高了一步。

在殷商时代，已由畜牧业发展到农业，前期畜牧业超过农业，后期农业超过畜牧业。从甲骨文所记载的牛、羊、马、豕来看，从记载狩猎的情况来看，可知当时畜牧业很发达。从甲骨文所记载的田、畴、疆、井、麦、来、粟、黍、蚕、桑、酿酒来看，从记载卜风、卜雨、卜年等事实来看，可知当时农业也很发达。

在殷商时代，人类已经分化为两个阶级，国家已经成立。由原始部落社会踏进了初具国家规模的奴隶社会。由于生产力向前迈进了一步，有政治权力的人利用自己的权力去掠夺财富，有了积蓄，便产生私有财产制。又因为部落与部落之间争夺牧地耕地，战败的部落变为奴隶，战胜的部落变为奴隶主，奴隶主便利用国家机构统治奴隶。从甲骨文所记载的侯、宰、巫、祝等字来看，从甲骨文所记载的小、臣、奚、奴、妾、役等字来看，统治阶级与被统治阶级有显著的分别，奴隶制度很显然存在。从掘发殷墟的墓，发现了殉葬的人骨百数十具的现象来看，被统治的奴隶有为奴隶主殉葬的义务。又从古史上有"纣有臣亿万""纣有亿兆夷人"等记载来看，更明显地有亿万奴隶供奴隶主纣王驱使，奴隶制度的存在更是无疑了。

畜牧生活、农业生活以及奴隶生活，都从当时的文化艺术反映了出来，甲骨文和《易》卦爻辞就简单地记载这些生活。

就现有的文献来看，中国文学产生在殷商时代。中国文学史，就应该从殷商时代的甲骨文和《易》卦爻辞讲起。

固然，在《古诗源》里辑录了殷商时代甚至原始共产制时代的诗歌，但多系后人伪造的，不能当作原始共产制时代或殷商时代的文学材料。

在《尚书》中，有《商书》，甚至有《虞》《夏书》，史实可靠性比较大。但是这些文字，不是后人伪造的，便是后人追述的，也不能当作虞、夏时代或殷商时代的文学材料。

所以，我们只能把可靠的甲骨文和比较可靠的《易》卦爻辞，当作殷商时代的文学材料。

甲骨文是现有文献中的最原始的文学，散文韵文尚没有界线。这种文学作品，刻在甲骨上。甲骨文是殷商时代的文学，因为所发现的地方在殷墟（河南安阳小屯村），而甲骨所刻的文字，又多殷商帝王的名字。它的字形像文字画，同样的字而有许多不同的形，这恐怕是离原始文字不远的文字。这种文字是于一八九九年发现的，到现在前后出土的已有很大的数量，经过多数学者的研究，已有大部分能读，为中国最可靠的原始文学材料。

甲骨文反映了畜牧生活，卜牧、卜刍，得牛、得羊，均在甲骨上有记载。反映了农业生产，卜风、卜雨、卜年，均有记载。反映了奴隶生活，站在奴隶主的立场写奴隶生活，有奴隶参战的记载，有驱使奴隶耕种的记载，有教奴隶舞蹈，供奴隶主享乐的记载，有用烧、杀、埋等方式虐待奴隶的记载。从这里可以看出古代奴隶主剥削、压迫奴隶的简影。

甲骨文记载着许多人格化的神，如浚、契、土、季、亥，都有很朴素的、简单的神话记载，为后代神话传说储藏了一些素材。因为在殷商时代的社会生产力还很低，人们对自然界和社会形态有一定的认识力和幻想力。神话传说中的幻想，正是当时生产力低微的反映。这殷商时代人们的幻想，还不能像希腊那样写成有高度艺术性的神话故事。

甲骨文已有相当的写作技术。它的文字已有韵脚，有节奏，是劳动节奏的配合，是劳动音律的和谐。我们看"南方受禾，癸卯贞，东方受禾，□受禾"的语句，看"癸卯卜，今日雨，其自东来雨，其自西来雨，其自北来雨，其自南来雨"的语句，都是在每句话的末尾用同一字押韵，真是有旋律美。这种押韵法，在《诗经》的《苤苢》诗中还保存这种形式，在今天的民歌中也还有一部分保存这种形式。甲骨文在记载的技术上也很高明。单就"贞王狩禽获之辞"（《天壤阁甲骨文存》第七十九片甲)来说,它能表现获得牲口的时间,获得牲口的人名,获得牲口的类别和数字,甚至能表现获得牲口的方向。在使用文字写作的初期,有这样高明的写作技术,已经够我们惊羡了。不过,它只有叙述,没有形象,这是尚未成形的古代文字的必然现象。

《易经》是从殷商到秦、汉千多年来古代哲学的总集。卦爻这一部分，是殷商时代的产物。所谓"丧羊于易""丧牛于易"是殷商祖先王亥的故事；所谓"伐鬼方"，是殷商时代对外的武功；所谓"帝乙归妹"，是殷末帝乙嫁妹给文王父亲王季的故事。从这些史实来看，卦爻是殷商时代的作品，不会有多大问题了。

卦爻反映了父系中心社会。"纳妇吉，子克家。"（蒙九二）"咸亨利贞，取女吉。"（咸亨）"得妾以其子。"（鼎初六）子可以克家，女子可以出嫁做妾，当然是父系中心社会的事。至于"晋如愁如，贞吉，受兹介福于其王母。"（晋六二）郭沫若同志把这个"王母"，解释为古代社会中的女酋长，这恐怕是母系制度的残存，在那时已经少见了。在殷商时代，婚姻制度已有血统的限制了。"舆说辐，夫妻反目。"（小畜九三）"鸿渐于陆，夫征不复，妇孕不育。"（渐九三）"入于其宫，不见其妻。"（困六三）"恒其德贞，妇人吉，夫子凶。"（恒六五）夫妻对称，似已有一夫一妻的现象。但还存在掠夺婚姻的制度。在"匪寇婚媾"（暌上九）"屯如邅如，乘马班如，匪寇婚媾"的辞句中反映了出来。

卦爻反映了畜牧生活。"畜牝牛。"（离）"丧羊于易。"（大壮六五）"丧牛于易。"（旅上九）"丧马勿逐自复。"（暌初九）"羝羊触藩。"（大壮上六）"牵羊悔亡。"（夬九四）"马匹亡。"（中孚六四）"见豕负涂。"（暌上九）丧牛、丧羊、丧马和猪仔负涂都值得记载，因为它们是时代的财富，也就是人们的生活基础，所以看得很贵重。还有男女共同劳动生产的形象。"女承筐，无实；士刲羊，无血。"（归妹上六）男子剪羊毛，女子用筐子来盛，浸染着劳动愉快的感情。

卦爻也反映了农业。"不耕获，不菑畬。"（无妄六二）这是鼓励耕种的格言。惟卦爻记载农业的地方不多，而记载酒的地方很多。"樽酒簋贰，用缶。"（习坎六四）"困于酒食。"（困九二）"有孚于饮酒。"（未济上九）这说明了酒很发达，无疑是说明农业的发达。

在殷商时代，社会上已形成坐食者与生产者两种集团。"好遁，君子吉，小人否。"（遁九四）"小人用壮，君子用罔。"（大壮九三）这里所谓"君子"与"小人"，不是品格差异的名词，而是地位差异的名词，充分反映了奴隶主与奴隶两种不同生活的对立。

再从卦爻的形式说，有质直的短句，也有比兴意味的韵语。像前面所引的辞句，何等质直！前面所引"舆说辐，夫妻反目",这是带有比兴意味的辞句,拿车子解脱了辐的自然现象,来象征了夫妻不和的社会现象。前面所引"鸿渐于陆,夫征不复,妇孕不育",这也是带有比兴意味的辞句,拿飞在天上的鸿鸟不应飞下陆地的自然现象,来说明丈夫不在家,妻子不应生孩子的道理;而"陆""复"与"育"叶韵很和谐。又如"其亡其亡,系于苞桑"(否九五)之句,念起来更是铿铿有声。"亡"与"桑"韵叶得很妥帖。我们可以说,卦爻辞是甲骨文的发展,从直述到描写,从无韵脚到有韵脚,从无比兴意味到有比兴意味,这种发展的线索是很明显的。

在原始共产制时代，就产生了一些神话传说，的确是中国文学的肥沃的土壤。殷商时代的文学，承继了过去的神话传统，可能有发展，但还是处在一个萌芽的状态中，是口语的而非书面的。因此当时民间的歌谣，没有被甲骨文记载下来。不过，甲骨文所记载的文字，与当时的口语文学——歌谣，不会有很远的距离，至少含有口语文学的成分。我们用甲骨文补上殷商时代的文学空白，是可以的吧。

比甲骨文较晚的卦爻辞，文学成分比甲骨文的文学成分要增多，因为卦爻辞是甲骨文的发展。我们可以说，甲骨文是书面文学出现的标志，卦爻辞是书面文学出现后的进步的标志。

甲骨文的写作技术的确很幼稚，可是记录了奴隶社会的生活真实，虽然没有形象，但还具备了画面上的线条，为卦爻的成长准备了条件。

　　卦爻是从甲骨文成长而来的,虽然也很幼稚,也没有形象;但在画面上的线条比甲骨文的线条要鲜明一点,多少具备了一些文学雏形。从启下的关系说,卦爻担负了萌芽状态的文学的成长使命,完成了《诗经》降生的准备工作。

四　地方分权的封建制时代（西周、东周、春秋、战国）的文学

——约公元前十一世纪至公元前二世纪

（一）地方分权的封建制时代文学的社会背景

从西周到战国有两部文学杰作：一部是《诗经》，一部是《楚辞》。从空间说，《诗经》是黄河流域的作品，《楚辞》是长江流域的作品。从时间说，《诗经》是西周初年到春秋中叶的作品，《楚辞》则是战国时代的作品。《楚辞》是受过《诗经》的影响，但又有它的独特性、创造性。

在散文方面，有历史文学《国语》《左传》《国策》的诞生；在许多学术论文中，有很多带有文艺性的散文。

我们试寻找这些优秀的、伟大的作品产生的社会基础。

从经济方面说，殷商末年，周人勃兴于陕西渭水流域。周始祖后稷是姜嫄的儿子，传说他是农业的发明者。有了农业的发明，扩大了对自然的征服、占领和开发，树立了灭商的物质基础。

周灭商后，解放了大批奴隶，也就改善了生产关系，提高了社会生产力，而产生了一个农业繁盛的社会。耕种工具的进步，农业作物的增多，农业经营规模的扩大，都表现了超越殷商的生产水平。

从政治方面说，周武王灭商以后，建立了封建帝国，历史家称它做西周。武王弟周公大举东征，又灭了五十多个国家，征服了殷商在东方所残存的势力，更扩大了帝国的基础。他们在政治上建立了等级制度，这等级制度是以土地所有为基础建立的。天子把土地分给诸侯，诸侯把土地分给大夫，这样形成了经济的等级，也就形成了政治的等级，建立了地方分权的封建制，进入了一个新的历史时代。

从文化方面说，在周帝国的经济政治的基础上，有了光辉灿烂的文化，孔子称赞它"郁郁乎文哉！"（《论语》）是有根据的话。我们看《周书》中的诰文，出土的铭文，还放射出西周文化的光辉。

以上是《诗经》的《周颂》《大雅》产生的物质基础。

周平王东迁以后（公元前七七〇），历史家称它做东周。东周的前一段（公元前七二三—公元前四八一）叫做春秋，后一段（公元前四〇三—公元前二二一）叫做战国。

在春秋、战国时代，发明了铁，广泛地使用了铁，更提高了社会生产力。当时铁犁和耕牛已逐渐使用于农业，铁制工具已应用于手工业生产，促进了农业、手工业的发达，进而促进了商业的发达。诸侯的城堡，开始发展成初期的城市。由于生产力的提高，土地所有逐渐由诸侯和大夫手中转移到一个新兴地主阶级和农民阶级手里，改变了土地所有的关系，同时也发展了地方经济。在西周，经济最发达的地方是渭水流域；

到了春秋，整个黄河流域的经济都发达起来了。

由于地方经济的发展，政治也起了很大的变化。在西周时代，黄河流域分布着无数侯国，封建等级制度的社会秩序比较安定；到了春秋时代，社会秩序失去平衡，强大的诸侯用武力兼并了弱小的诸侯，形成齐、宋、晋、秦、楚争霸的局面；到了战国时代，社会秩序更加动荡，形成秦、楚、齐、韩、燕、魏和赵七雄并峙的局面，有从割据走向统一的趋势。

在经济、政治发生剧烈变化的条件下，社会问题日趋严重，而新事物也不断地出现。有些出身于"士"阶层的知识分子，使用他们的智慧，运用他们的观察能力和概括能力来解决社会问题，或笔录其解决方案，或发挥其高湛哲理，写成大量的学术论文，出现了所谓百家争鸣的局面。孔子一派的儒家，是保守与革新两派的调和论者，对于周公所遗留的典章文物有所整理，也有所革新。同时把过去贵族专有的官学，推进为"有教无类"的私学，于中国社会文化的进步起了推动作用。老、庄一派的道家，对于当时尔争我夺的社会现象表示不满，从没落贵族的痛苦体验中看出事物的发展与变化，在中国哲学范畴里是有贡献的。在政治上反对一切进步的文明，主张回到"小国寡民"的原始社会，固然有消极意义；但是与当时万恶统治者坚决不合作，又有积极意义。墨子一派的墨家对科学有伟大的贡献。兼爱、互利是他的基本思想，非攻、节用、薄葬、非乐即从这种基本思想派生出来的。尚贤、尚同是他的主要政治主张，用来打击儒家的等级政治制度，反映了农民和小手工业者的思想意识。商鞅、韩非一派的法家主张中央集权，提倡法治，反映了新兴地主阶级的政治要求。形成代表不同阶级利益的四大流派。

在文化工具上，由于物质文化上升，书写效能提高，金石竹帛广泛使用。

《小雅》《风》诗的产生在上述的社会基础上；历史文学《国语》《左传》《国策》和用艺术形象所写出的散文也产生在上述的社会基础上。

战国时代，由割据走向统一。秦经商鞅变法，由于社会制度的优越，国家强盛，逐渐负起了统一中国的使命。各国形成合纵与连横两大阵营的斗争，楚国的政策在两大阵营中动摇不定。楚国由强大到衰落。楚国统治者内部腐化，卑鄙地欺压人民，在外交上走向投降，也就是走向灭亡。屈原是与这些腐化分子不断作斗争的。这是战国晚期出现伟大的爱国诗人屈原的社会基础。

1. 研究《诗经》所应注意的问题

《诗经》本来是一部内容丰富的文学作品，是中国古代诗歌最早的总集，也是中国古代文学的珍贵遗产。但从汉代谥上一个光辉的称号——"诗经"后，经历代经学家的曲解，丧失了它的本质。我们今天研究《诗经》，应先从事一些分析批评的工作，将经学家所加于《诗经》的道学家意味抹掉，给它以真正的历史的评价。

《诗经》中的诗，是从哪儿来的？过去有太师采诗说与反对说的争论，也有孔子删诗说与反对说的争论。固然，反对太师采诗说没有多少根据，就是主张太师采诗说的也没有说明问题的本质。我们是太师采诗说的赞成者。周代统治者为了观察民隐、了解民情，以作为制造统治方案的根据，向民间采集诗歌，是可能的。至于采诗的方案，是否像《礼记·王制篇》《汉书·食货志》、何休《公羊传注》所说的那样具体，①那就很难说了。其次，反对孔子删诗说固然很少根据，就是主张孔子删诗说的，也没有说出所以然的道理。② 我们认为做删诗工作的，多为卿大夫，恐怕不只限于孔子一人，也许孔子是删诗的重要人物，因为孔子是整理中国古代文化的重要人物。

　　《诗经》中的诗，究竟分为几类呢？过去有很多不同的说法。我们以为《诗经》中的诗，在未找到更好的分类方法以前，仍照旧说分为《风》《雅》《颂》三类。《雅》《颂》多是士大夫诗歌，《风》多是民间诗歌。所谓赋、比、兴，乃是诗的写作方法。

　　《诗经》中的诗，究竟是什么时代的作品？我们以为《周颂》是西周初年的作品，《商颂》《鲁颂》是春秋时代的作品，《大雅》大约是西周中叶到末叶的作品，《小雅》大约是东周以后的作品。《风》诗也有西周初年的作品，但大部分是春秋时代的作品，不过《诗经》里的诗，可能有一部分是周代诗人利用前代诗歌素材写定的。

---

　　① 《礼记·王制篇》说："天子五年一巡狩，岁二月东巡狩……命太师陈诗以观民风。"《汉书·食货志》说："孟春之月，群居者将散，行人振木铎徇于路以采诗，献之太师，比其音律，以闻于天子。"何休《公羊传注》说："男年六十，女年五十无子者，官衣食之，使之民间求诗。乡移于邑，邑移于国，国以闻于天子。"

　　② 司马迁是主张孔子删诗的："古者诗三千余篇，及至孔子去其重，取可施于礼义；上采契后稷，中述殷周之盛，至幽厉之缺，始于衽席。……三百五篇，孔子皆弦歌之，以求韶、武、雅、颂之音。"（《史记·孔子世家》）欧阳修、章炳麟也是这样主张。反对孔子删诗说的人也不少。孔颖达直斥："司马言古诗三千余篇未可信也。"（《毛诗正义·诗谱序疏》）江永也斥"史迁为妄说"。（《乡党图考》）此外崔述在《考信录》《读风偶识》，赵翼在《陔余丛书》里均反对孔子删诗说。我们以为他们的争论没有抓住问题的本质，是多余的。

《诗经》中的诗,是有它的特点的。

从内容说,是很丰富的,几乎触及社会的全面。从生产劳动、恋爱、战争、祭祀到宴会,都有很生动的画面。它有快乐,也有痛苦;有歌颂,也有讽刺;有申诉,也有暴露;有怨恨,也有反抗,真是多方面的。

从作者说,有人民的口头创作,有卿大夫的歌唱。除了非常少数的诗篇外,大致是无名氏之作,因为人民口头创作占绝大篇幅。

从风格说,人民口头创作既占很多篇幅,它是从群众中来,又回到群众中去的东西,因而所代表的思想感情、艺术风格,都是集体的而非个人的,充分地反映了阶级矛盾和阶级斗争。

从技术说,多以叙事为主。贵族生活的舒适、奢侈,农民生活的朴素、痛苦,两个阶级的斗争,都采取叙事的手法而表现出来。

从形式说,《诗经》的诗多半是四言的,但也有少数参差不齐的句子;多重叠的句法,但也有分章叙述的章法。

下面分别分析《风》《雅》《颂》。

2.《风》诗

《风》诗共一百六十篇,所谓十五《国风》,是指十五种含有地方差异的乐调,也就是指十五个地方的民歌,反映了十五个地方的风土人情,主要是反映农民的生活、思想、感情。

在十五《国风》中,以恋歌占绝大篇幅,黄河流域,平原千里,桑间陌上,为劳动人民活动的场所,男女在共同劳动的基础上，建立了依慕的感情，进而互相热恋。这些感情是真挚的、健康的，通过艺术形象的诗句流露出来，而产生所谓恋歌。过去的经学家，往往拿政教颜色抹在恋情脉脉的《风》诗面貌上，这样曲解《风》诗，真是没有道理！只有比较开明的朱熹透视了《风》诗的本质，所以说《风》诗"多出于里巷歌谣之作，所谓男女相与咏歌，各言其情者也"。(《诗经集传》)这种说法是很正确的。

恋歌的题材是很丰富的。有写女子深切地怀念爱人，并回忆与爱人在城阙幽会的情景，如《子衿》；有写男子等待爱人姗姗来迟的焦急心情，并回忆爱人遗赠的愉快，如《静女》；有写男女手持花束同游水滨相谐谑的情景，如《溱洧》；有写男女在桑间幽会，企图逃避采桑人窥破秘密的害羞情态，如《十亩之间》；有写男女互相热爱而至恋床不起的情态，如《鸡鸣》；有写男女互恋而达到结合的目的，如《野有蔓草》；有写女子一心要爱她的意中人而不顾父母劝阻的，如《柏舟》；有写女子被男子遗弃过着啜泣生活的情景，如《中谷有蓷》；有写寡妇昼夜不息地思念亡夫的，如《葛生》；各种形象，通过各种线条表现出来，成为古典诗歌中的典范。

我们认为在这些恋诗中，写得最生动的，要算《将仲子》。这首诗的主题，是在雕塑一个恋爱中的女子怀念她的爱人，却又畏惧旁人批评的心理矛盾。她心爱的人一向所采取的求爱方式，比较粗暴，逾墙攀树，易于张扬，以致招引了父母的责骂，招引了兄长的责骂，招引了邻人的议论。由于舆论的压迫，以致女子产生很大的顾虑，也想不出更妥善的办法来减少他们的恋爱的障碍，也想不出更妥善的办法把爱人的影子在脑里缩小。诗中再三强调"岂敢爱之",正是她对他爱之深的呼唤,暗示她心爱的人另外找一种比逾墙攀树更好的办法,以便较顺利地达到最后的目的。文字表面好像有点消极,骨子里却寓有火热一样的爱,这是诗的含蓄,也是诗写作技术高明的表现。我们可以从这首诗看出在封建礼教压迫下的女子对礼教反抗的矛盾心情。《诗经》注这首诗是讽刺郑庄公不听祭仲的劝谏,这是歪曲的说法。

《氓》在恋歌中也是最好的一首。它的内容与《将仲子》不同,写作手法也不同。《将仲子》是描写一个女子正在热恋中的思想感情,《氓》是描写一个女子被遗弃后的思想感情。《将仲子》的每节词句,多是相同的,用重叠的句法,使主题突出。《氓》的每节词句是完全不同的,按着客观事物发展来写的。《氓》的主题是刻画一个女子由初恋到热恋、到冷淡、到被遗弃的过程,充分地揭示了女子感情的变化。诗人写出男子原来肯定的东西,就是后来背叛的东西。男子假借买丝的名义向女子求爱,连媒人还未找到手就急于想和女子结婚,"言笑宴宴,信誓旦旦",处处表示感情热烈、真挚!等到目的达到之后,男子的感情就变了,女子虽然吃苦耐劳,也不能取得男子的欢心,反而得到粗暴的回答。诗人描写男子热爱女子,正是有意衬托出男子遗弃女子的冷酷无情。用女子看到现状回忆过去的手法,用女子看到自然现象联系自己命运的手法,加重感情。善用比喻,用"桑之落矣,其黄而陨",说明女子色衰被弃的悲哀。用"淇则有岸,隰则有泮",说明女子被弃后的孤单。末数句对负心男子表示更愤慨,斩钉截铁地发出"亦已焉哉"的呼声,表示离婚的决心。我们读完了这首诗,恍惚有一位精神颓丧的女子哭泣地控诉旧礼教的罪恶，有强烈的感染力。

《风》诗有些反映劳动的诗篇。《采蘩》是在描写在水边采蘩采藻的情景；《驺虞》是在描写获得丰富猎品的情景。在劳动诗中写得最好的，要算《芣苢》。这首诗，刻画了妇女集体采芣苢的劳动过程：先拾地上的，后来就摘，采了许多，用衣衿兜回去。在集体劳动时，大家歌唱，互相安慰、鼓励、激发，"是极精确地适应着那种劳动所特有的生产动作的韵律"（普列汉诺夫《艺术论》），有解除劳动疲劳和增强劳动效率的作用。在写作技术上，言词真实，音韵和谐；外形语言的反复，增加了声音修辞上的美。我们现在读它，好像出现了一群妇女在集体劳动和歌唱的形象。方玉润批评这首诗说："读者试平心静气，涵泳其诗，恍听田家妇女，三三五五，于平原旷野，风和日丽中，群歌互答；余音袅袅，若远若近，忽断忽续，不知其情之何以移而神之何以旷？则此诗不必细绎而自得其妙焉。"（《诗经原始》）这个批评是很恰当的。

《风》诗也有很多反映军役的诗篇。《陟岵》写征人想家的情态很生动。《鸨羽》活画出一个征人受连年战争之累，没有时间耕种，没有能力养活父母，在那里怨天尤人的惨呼，真是凄切动人。《伯兮》描绘出农民离乡背井、抛弃农事，为封建领主扩充领土进行不义战争的苦痛，也是娓娓动人！《东山》刻画征人在归途中的生活苦痛，刻画征人在归途中幻想家庭里的凄凉，刻画征人在归途中幻想妻子对他的怀念，刻画征人在归途中回忆当年新婚的快乐。想象力很丰富。通过征人在归途中的见闻和心情，反映了战乱的现实。在春秋时代，兼并之风日炽，战争就是兼并最后的手段。一般人民供封建诸侯的驱使而久历戎行，备尝各种苦痛。这种苦痛，诗人灵活地用现实主义的手法刻画出来。

《风》诗也有反映农奴被榨取的形象的诗篇，显示贵族阶级与农奴阶级之间存在着不可调和的矛盾。封建诸侯是土地所有者，便向农奴施以赋税、徭役种种剥削，成为贵族阶级生活资料的源泉，而农奴们愤恨地在剥削压迫下，过着悲惨的生活。《七月》就是一幅活生生的农奴被榨取过着悲惨生活的图景。农奴终年劳动，把劳动所得的献给贵族，一会儿献衣裳，一会儿献猎品，一会儿献劳力，一会儿献冰、献羊、献酒，自己过着"无衣无褐，何以卒岁"的生活，过着"采荼薪樗，食我农夫"的生活。把这两种不同的生活摆在一起，虽然没有表示对敌对阶级作反抗的情绪，而字里行间，却蕴藏仇恨的怒火。

由于贵族地租劳役的残酷剥削，农奴之于贵族，常发生供不应求的现象，逼得农奴对那些寄生的、贪婪的、自私的贵族发生反抗的情绪，《伐檀》诗就强烈地申诉了贵族阶级不劳而获的罪行。这首诗共分三节，每节的开始，都在刻画农奴劳动的情况和劳动的环境。在劳动的进行中，大家怒吼地向贵族质问："你们不耕种，怎么有那么多的农作物？你们不打猎，怎么有那么多的猎品？"他们反复质问、热骂、嘲笑，使主题更显明，使阶级仇恨更加深。诗人抓住重要的侧面来写，把农奴辛勤劳动所获得的财富（农作物、猎品），变为不劳动的贵族所有这 ·不公平的特征写出来。这样对比的描写，突出地画出了贵族不劳而获的罪行；同时也很突出地画出了农奴英勇斗争的形象。我们读了这首诗，好像有一种形象：一大群农奴，一面劳动，一面歌唱，一和一唱地集体诉苦，非常富于反抗性、鼓动性。《葛屦》诗里也发出了不平鸣：农女终年辛勤，做衣裳供贵族享受，而自己却穿着葛布鞋在那里履霜，也刻画了农女不屈服的神态。他们在无可奈何的情况下，在《硕鼠》诗里表示了决心逃走，企图逃到"乐土""乐国""乐郊"去，好过舒服的日子。谁知各国的封建主也要抢夺物资，筹备战费，一样地向人民身上打主意，因而剥削人民已成为"滔滔者，天下皆是也"的现象。他们没办法，只有"永号"以泄愤，是杂有悲观的成分，但在这悲观的成分中，还是蕴藏着反抗统治阶级的火力。诗中所用的比喻，把统治者比作贪狠的鼠，更是深切动人！

《风》诗不完全是民歌，也有一部分没落贵族阶级的挽歌。在用战争方式的兼并过程中，当然有许多弱小国家，被强大的国家所兼并，许多旧贵族阶级没落下来，再也不能享受当年的华贵生活。《权舆》诗里表示没落者的今昔感：从前吃的是丰盛的菜，现在连饭也吃不饱，显现了没落者的悲哀。在没落的过程中，他们不得不降低了生活了。"衡门之下，可以栖迟"（《衡门》）了。"泌之洋洋，可以乐饥"（同上）了。吃鱼吧，不一定"必河之鲂""必河之鲤"（同上）了。娶妻吧，不一定"必齐之姜""必宋之子"（同上）了。在《匪风》里刻画了没落的贵族久不吃鱼和久不坐车的那种羡慕心情。在《有狐》里刻画了没落贵族"无服""无带""无裳"的那种悲哀的心情。在《黍离》诗里刻画一位没落者行坐不安，心神恍惚的神态，并且长吁短叹说："知道我的人倒以为我有苦衷，不知道我的人以为我有什么希求，老天爷呀！我怎么变成这样的人了。"这写得多么惨痛！在《园有桃》诗里，描写一位没落者在不得开交的时候，不是狂歌当哭，便是狂奔泄愤，不谅解他的，不是说他骄逸，便是说他无聊，更进一步引起人家的注意，这个问他是什么人？那个问他为什么这样？谁知道他没落的苦味！在《北门》诗里惨呼着"终窭且贫，莫知我艰"；在《兔爰》里是惨呼着"我生之后，逢此百凶"。时代一天天变乱，多数诗篇都在表现没落者的急躁。此外，还有许多诗写没落者流离失所的苦痛，有许多诗篇写没落者厌世享乐的神情，有许多篇写没落者有家室之累的心情。可以说是当时活的历史。

《风》诗的内容多半是很健康的，真实的。在写作技术上，采用兴起、对比、叙事各种方式。善于写出客观事物的发展过程，善于把握客观事物的矛盾，善于选择客观事物的重要侧面。语言优美，能摄取生活中的诗意。语言也复杂化，多重叠句，用重叠句加重感情；多用双声叠韵，用双声叠韵表示了旋律美。风格朴素而自然，为后世文学写作技术打下了基础。

3.《雅》诗

《雅》诗共一百零五篇。从时间说：最早是成王时代的作品，而以厉、宣、幽三朝的作品为最多。

"雅"是一种音乐，卿大夫有意识地把庙堂布置成庄严肃穆的气氛，表现出华贵典重的生活。《雅》诗中没有一首恋歌，就是有力的证明。凡是庙堂上所用的音乐，称作"雅乐"；凡是反映卿大夫生活意识的诗，称作"雅"诗。

《雅》诗有《大雅》《小雅》之分。大、小《雅》的分别当从音乐的关系上去寻求。"大雅"大致是和平中正之音，表现一种庄严享乐的情调；"小雅"大致是悲哀凄凉之音，表现一种乱世悲哀的情调。

《大雅》诗的主要内容，有一部分是歌颂自己民族的发展。《生民》是在描写周帝国始祖后稷初生时的神话性，歌颂后稷在农业发明上的成就。在这首诗的第一段，描写后稷的母亲姜嫄怎样踏着上帝的脚拇指的印而怀孕，这里透露了在姜嫄时代，还保存母系氏族社会的残余。不然，怎么会踏着上帝的脚拇指的印而怀孕？又怎么生了后稷而遗弃呢？在第二段里描写后稷被遗弃的情景：忽而把他遗弃在"隘巷"而没有被牛羊踏死；忽而把他遗弃在"平林"而有樵夫抱归；忽而把他遗弃在"寒冰"之上而有飞鸟覆翼。用这带有神话性的描写，是企图提高周人崇拜祖先的感情。在第三段里描写后稷怎么聪明，怎么喜欢耕种，怎么善于耕种，种得的庄稼那样好看，那样肥大，那样结实，自然获得多量的农产品。把农产品再经过"舂""揄""簸""蹂""释""烝"诸手续，而成为高贵的祭品。在末一段描写后稷对农业既有改进，又有劳绩，应当把他配享宗庙。后稷究竟有无其人，我们无法考证，这或者是周人农业发明的象征者。在这首诗中，有人物，有故事，并杂有富于现实性的神话，是《大雅》诗写得比较好的史诗。

《公刘》是在描写周帝国远祖公刘率领部落迁徙和建都豳地的情景。这里有携带干粮、拿着兵器再去开辟土地的画面，这里有公刘率领部落在胥生活繁庶的画面，这里有公刘选择广大的平原以建都、建筑很多的房舍以安居的画面，这里有公刘率领部落欢宴和被尊为领袖的画面，这里有周部落组军以自卫、彻赋以足用的画面，这里有公刘发现有泉流的豳地建都的画面。这些画面是画得很生动、逼真的，今天我们读到这首诗，远可以想象到当时迁徙、欢宴、建都的情景。

此外，在《绵》里描写周部落在肥美的草原上建筑房子，说明了逐渐由穴居走向室居。在《皇矣》里描写周文王是希世之圣，憧憬上帝对他殷殷的期望。在《大明》里描写周人武力的强大，牧野战争的激烈，两方兵力的雄厚，活跃在纸上。

我们把《生民》《公刘》《绵》《皇矣》《大明》这几首诗合起来看，周帝国建国的艰难过程，活跃在我们的眼前，这真是活的史诗。

《大雅》有一部分诗是在歌颂对国家民族有贡献的人物。《烝民》在歌颂仲山甫的才德。歌颂了仲山甫的政绩："出纳王命，王之喉舌。赋政于外，四方爰发。"歌颂仲山甫的工作态度："既明且哲，以保其身。夙夜匪解，以事一人。"在五六两节里更是集中地描绘仲山甫的做人典则，在七八两节里更是集中地颂扬仲山甫筑城于齐的威风。诗里这样歌颂仲山甫的才德，也就是歌颂了宣王是一位任贤使能的君主。《江汉》在歌颂召伯虎平淮的功绩，勉励他在军事上、政治上有发展，至于"于疆于理，至于南海"；至于"矢其文德，洽此四国"。具体地表现了并歌颂了宣王的政治中兴。

《大雅》也还有一部分诗，在反映厉王时代的政治败坏，人民生活的苦难，即经学家所谓"变大雅"的诗。在《民劳》里发出"无纵诡随，以谨丑厉，式遏寇虐，无俾正败"的警告，也发出"民亦劳止，汔可小康""汔可小休""汔可小息""汔可小愒""汔可小安"的祈求。在《荡》里曾作"匪上帝不时，殷不用旧。虽无老成人，尚有典刑。曾是莫听，大命以倾"的怨言。在《抑》

里发出"天方艰难,曰丧厥国。取譬不远,昊天不忒。回遹其德,俾民大棘"的浩叹。在《桑柔》里发出"於乎有哀,国步斯频。国步蔑资,天不我将。靡所止疑,云徂何往"的绝望。这些诗,都是西周末年诗人的声音,也就是人民的声音。

《云汉》是在刻画人为的灾害(阶级内部的矛盾)影响下的自然灾害。一切耕种的东西好像烧焦了的一样,这种旱象一天天发展下去,简直没有法子阻止。到了这个时候,上帝不管我们,祷告也没有用处了;连发明农业的始祖后稷也装作不知道了,所有的"群公先正"也不能来援助我们了,"父母先祖"也只有忍心看我们受苦了。这样强调自然灾害的严重,更衬托了人为灾害的严重了,也就是暗示了政治的大变动快要到来——西周的灭亡。

《小雅》诗的内容,较之《大雅》诗更复杂、更丰富,深刻地反映封建社会矛盾深化的过程。

《小雅》有一部分诗是反映了统治者祭神、欢宴的情景。《甫田》诗是在描写贵族获得丰富的农产品的欢愉形象。这首诗分四段:首段刻画庄稼的茂盛,二段刻画祈祷田神的欢愉,三段刻画田保鞭策农奴勤耕的情景,四段刻画收获的丰富。农奴这般勤劳,所获得的代价是"我取其陈,食我农人"。在这里透露了贵族剥削农奴的残酷性。

《楚茨》诗是在刻画贵族宰剥烹饪、祈神求福的形象。在这里有一大群男女在这儿烹饪欢宴的画面,有贵族们用芬芳祈神求福的画面,有贵族们既醉既饱之后还希冀幸福绵延不绝的画面。

《宾之初筵》是在刻画欢宴愉快的情态。开始写与宴者如何众多,酒肴陈列如何丰富,音乐如何和谐;继而写初宴时如何有礼貌,如何小心,如何有秩序;最后则在刻画与宴者在酒醉之后如何失威仪,如何出言无状,如何笾豆凌乱,如何舞态失常。把与宴者由有礼貌发展到没有礼貌,由常态发展到醉态,都抓住了,这可以说是周代贵族生活的缩影。

《小雅》诗有一部分是反对兼并的,可以说是贵族阶级日趋没落的吊词。如《节南山》刻画贵族阶级内部的矛盾和强烈的冲突,强调没落的贵族在没落过程中的恐慌、牢骚。战争是兼并最后的手段。东周以后,强有力的贵族用战争掠夺他人的土地、人民,就驱使人民上战场。这般有父母妻子的征夫离开幸福的家乡而踏上残酷的战场,自然有依依不舍的情态,或者有眷念家乡的心情。《小雅》中的《四牡》《采薇》《小明》和《皇皇者华》,就是最优秀的反战歌曲。但在另一方面,也还有歌颂抵抗侵略战争的作品,在《出车》里歌颂了抵抗猃狁的英雄,即是其杰出的典型。

在兼并的激流中,有些卿大夫劝告统治者要积极从事政治改革,企图和缓阶级的矛盾,所以产生大量的谏诤诗。有些卿大夫高呼着"忧心如醒,谁秉国成? 不自为政,卒劳百姓"(《节南山》)。有些卿大夫高呼着"旻天疾威,敷于下土。谋犹回遹,(邪僻)何日斯沮(止)"(《小旻》)。唤起统治者的注意。在兼并的激流中,有些卿大夫埋怨时代,诅咒时代,或惨呼"知我如此,不如无生"(《苕之华》)! 或惨呼"鲜民之生,不如死之久矣"(《蓼莪》)! 或惨呼"父母生我,胡俾我瘉,不自我先,不自我后"(《正月》)!

在兼并的激流中,被统治的人民在统治者残酷压迫下,有阶级觉醒。同情人民的卿大夫用艺术形象的诗句把它记录下来，便产生了不少有阶级觉醒的诗篇。《大东》是在表示劳动者所建筑平而直的道路，不满意"君子"行走的情绪。《四月》是在流露卿大夫遭受苦难、无地可逃的愤懑情绪。《何草不黄》是表现辛勤不息的劳动者不愿担负繁重工作的牢骚。在《北山》诗里，把两种不同的生活型用对比的方式刻画出来：一种人只是休息，只是睡眠，只是叫号，只是饮宴，只是说空话；而另一种人则操作不已，奔走不已，什么事也要做，还要担心着做错受责。这些矛盾现象，在两相对比之下特别鲜明。

《雅》诗的篇幅很长，是分章的，这说明了卿大夫的写作修养高、气魄大、文字雅，也说明了加工的程度较深，能反映卿大夫的生活，能捉住卿大夫的激励的感情，能刻画时代的繁荣和时代的变乱。自然有时杂有消极的有毒素的思想，我们应当加以批判。

4.《颂》诗

《颂》诗在《诗经》中的篇幅最小，只有四十篇，分《周颂》《鲁颂》《商颂》三种。《周颂》是西周的作品，《鲁颂》《商颂》是春秋时代的作品，因为《商颂》是宋诗。[①]

---

① 关于《商颂》时代问题，有今文经派与古文经派两种不同的主张。今文经派主张《商颂》是宋诗，古文经派主张《商颂》是商诗。我们采取魏源、王国维、梁启超的意见，同意今文经派的主张。他们提出三个有力的证据。从内容上说：《殷武》之首章有"挞彼殷武，奋伐荆楚"之句。次章有"维女荆楚，居国南乡"之句。考楚开国在周灭殷商之后。《左》昭公十二年说：（转下页）

"颂"是舞曲,是天子、诸侯的音乐,是巩固统治权力的精神工具,有显著的功利作用的。因而《颂》的内容,满纸都是在渲染掠夺财物建立国家的英雄祖先的功德,一点也找不出《风》诗那样痛苦的影子。

《周颂》主要是歌颂周帝国统治者的功德。周帝国开国最值得记录的事业,就是翦灭殷商而做了天下的宗主。这件事,当然要在他们每次祭宗庙所歌的乐章里表现出来。《周颂》中所谓《大武》者,即是表现这件伟大武功的舞曲。根据《礼记》《乐记》的记载,《大武》是一种有六种曲词的舞曲。究竟哪①六章诗是《大武》的曲词?《毛诗序》很显明地告诉了《武》《酌》两章是《大武》的曲词。②《左》宣公十二年又告诉了《桓》《赉》两章是《大武》的曲词。③ 又据王国维在《周大武乐章考》里考证的结果,断定《昊天有成命》《般》是《大武》的曲

(接上页)"昔我先王熊绎,辟在荆山,筚路蓝缕,以处草莽,跋涉山林。"据《史记·三代世系表》考定熊绎与成周成王同时,楚国在周成王时代还停留在"筚路蓝缕,以处草莽"的野蛮时代,这证明周以前并无楚国的存在。魏源说:"楚人入春秋,历隐、桓、庄,闵止称荆,至僖公二十二年始称楚,安得高宗即有伐楚之名?"(《诗古微·商颂发微》)更证明所谓"奋伐荆楚"与"维女荆楚"之"荆楚",乃是春秋时代的国名。其次在《殷武》之卒章,有"陟彼景山,松柏丸丸"之句,毛、郑对于景山无解释,王国维在《观堂集林·说商颂》里,考定景山为宋国都商丘附近之山。再从形式上说:《商颂》文体不古,与《小雅》的笔调很接近,可能与《鲁颂》同时。

　　① 原为"那"。表疑问时,统一改为"哪"。
　　② 《毛诗序》:"《武》,奏《大武》也。""《酌》,告成《大武》也。"
　　③ 《春秋》宣公十二年《左传》楚庄王说:"武王克商,……又作《武》,其卒章曰:'耆定尔功。'其三曰:'铺时绎思,我徂惟求定。'其六曰:'绥万年,屡丰年。'""耆定尔功",是《武》最末一句,"铺时绎思"两句是见于《赉》诗中,"绥万年"两句见之于《桓》诗。

词。^① 这六章诗，都在集中地歌颂周文王、武王建国的艰难和建国的功绩。

《鲁颂》是在歌颂鲁僖公伐楚的功绩，《商颂》是在歌颂宋襄公伐楚的功绩。

《颂》诗多是抽象的叙述，很少有形象，也很少有充沛的感情。因为《颂》诗是宫廷诗人奉命来写的。

不过，在《颂》诗中也有一些描写农业生产的诗，如《载芟》《良耜》描绘大规模的生产形象，从垦地、播种、收获到祭祀祈福的全部过程，活跃在纸上。不过，《载芟》着重在劳动队伍伟大和禾苗迅速成长这两方面的刻画，而《良耜》则着重在从事收获和丰收情景这两方面的刻画。这两首诗的目的意识性，都在祈求丰年，扩大生产，沉醉在享受劳动成果的愉快气氛中。此外《臣工》《噫嘻》《丰年》等篇，也一致地在祈求农业丰收。

《颂》诗多作祭祀用的，祭神化了的人，祭居在特殊地位、超人地位的英雄祖先。这样歌颂祖先的功德，有增加统治阶级的权威气氛的作用。

---

① 《周大武乐章考》："《大武》六篇，其四篇皆在《周颂》，则六篇亦当于《颂》中求之。今考《周颂》三十一篇，其有'夙夜'字者凡四：《昊天有成命》曰：'夙夜其命，宥密。'《我将》曰：'我其夙夜，畏天之威。'《振鹭》曰：'庶几夙夜，以永终誉。'《闵予小子》曰：'维予小子，夙夜敬止。'而《我将》为祀文王明堂之诗，《振鹭》为二王以后助祭之诗，《闵予小子》为嗣王朝庙之诗，质以经文序说不误。惟《昊天有成命》序云：'郊祀天地也。'然郊祀天地之时，不应咏歌文武之德，又郊以后稷配天，尤与文武无涉。盖作序者见此诗有'昊天'字而望文言之，若《武》夙夜在今《周颂》中，则会此篇莫属矣。如此，则《大武》之诗，已得五篇。其余一篇，疑当为《般》。何则？《酌》《桓》《赉》《般》四篇，次在《颂》末，又皆取诗之义以名篇。前三篇既为《武》诗，则后一篇亦宜然。此《武》诗六篇之可考者也。"（《观堂集林》）

春秋、战国时代的金石文和一部分汉赋，都从《颂》诗发展而来的。

5.《诗经》的影响

《诗经》的内容是丰富多彩的，它的艺术成就也是很高的，几千年来对我国民族生活产生很大的影响。人民群众往往以《诗经》中所显示的美学标准来判断事物的丑恶和善良，来权衡社会政治生活的贤明和黑暗，它的现实主义的创作方法，已经成为后代作家进行创作的"百世楷模"。所以说，《诗经》不仅对人民群众的精神生活，同时对人民群众的政治生活，也产生巨大的影响。它是我们伟大民族的作品，它不但在我国文学史上有极重要的地位，即便在我国民族生活史上也有很大的价值。

1. 《楚辞》独特的风格

《楚辞》是楚国的文学作品。楚国文化较中原文化要落后，在周成王时代，它还是一个野蛮民族。它的政治何时与中原发生血缘关系？它的文学何时与中原发生血缘关系？现在无明文可考。因此，楚国文学固然也承继了中原文学的优秀传统，但还有它的特殊风格。

《楚辞》有浓厚的浪漫性，想象力很高，但在基本精神上还是真实地反映了现实。屈原那种远大的政治理想，是孟轲政治理想的发展，正是楚国现实政治的黑暗、腐败的基础上生长出来的。屈原在他的作品中突出的表现着。

《楚辞》有热烈的感情，像火山一样地在爆发。屈原有正义感，有爱国观念，爱憎是很分明的，从他的文字里流露出来。

《楚辞》有很强烈的神话性。农作物须土质的培植和日月风露的滋养，于是对天地日月风雨都假想出主宰者，摆在崇拜的偶像中，《九歌》多写神，是与他们生产劳动分不开的。

2.《楚辞》中最古的诗歌——《九歌》

有人把《诗经》二《南》当作楚国最古的作品。若从二《南》所涉及的地点——江汉来说，可以说得上是楚国最古的文学；但从作品所引用的人物——召公虎、平王、齐侯来看，恐怕还是中原文学。再就它的形式来说，与代表中原文学的《诗经》的风格没有两样，怎么够得上称为《楚辞》？

《中国诗史》的作者，也肯定二《南》是楚国最古的作品；惟从二《南》到《九歌》之间，还有一种过渡的作品。他认为《子文歌》《楚人歌》《越人歌》《徐人歌》《接舆歌》《孺子歌》《庚癸歌》是从二《南》到《九歌》之间的桥梁。《子文歌》是楚令尹子文作令尹时的作品，《楚人歌》是楚庄王时代的作品，《越人歌》是楚子皙时代的作品，俱载之于《说苑》。《徐人歌》是歌颂延陵季子不忘故的情节，载之于《新序》。《接舆歌》是孔子六十三岁时作的事（据《孔子世家》），载之于《论语》。《孺子歌》也系孔子时代的事，载之于《孟子》。《庚癸歌》是吴国申叔仪所歌唱的，载之于《左传》。约系公元前七世纪至公元前五世纪时代的作品。他以为有了这些作品在写作技术上的积蓄，才有《九歌》在写作技术上的高度表现。惟《说苑》《新序》两书，是汉代刘向所作，所记载春秋、战国时代的故事多不可靠，宋代叶大庆曾有正确的指责（《考古质疑》）。即就《子文歌》本身来说："子文之族，犯国法程。"这样的句调，完全是汉人的口吻。《楚人歌》的语调与《风》诗很相似。据《说苑》所载：此诗系楚人因诸御己谏楚庄王罢层台而作；惟在诸御己的谏辞中，有"吴王不用子胥而越并之"之句，楚庄王筑层台是在公元前七世纪之末，吴灭越则在公元前五世纪之中，哪有两百年以前的谏词中，引用两百年以后的故事之理？这简直是自己打自己的嘴巴，当然靠不住。《越人歌》有原文、译文两种，原文的真实性远超过译文；但是原文不容易读懂。《徐人歌》含义很浅，造句简单，看不出是《楚辞》与非《楚辞》的界碑。《接舆歌》《孺子歌》都牵连到孔子，而孔子是否到过楚国是有问题的。那么，这两首诗，也不敢肯定是楚国的产品。只有《左传》所载的《庚癸歌》比较接近《楚辞》；但又说不出它的社会基础。能够说得出社会基础的，只有《九歌》了。我们就是这样肯定《九歌》是《楚辞》最早的诗歌。

　　《楚辞》反映了楚国末期社会的生活，也反映了早期社会的生活。楚国建国比较晚，文化落后，宗教思想笼罩着全社会，而"巫"就在这种宗教思想笼罩着的社会里产生了。巫常打扮得像神一样的来祀神，《九歌》就是用以祀神的一种歌辞。他们祭祀时，一面舞蹈，一面奏乐，一面歌唱，这又说明了古代艺术是舞蹈、音乐、诗歌三位一体的结合，《九歌》就是代表宗教与艺术结合所产生的文学。在解放前，湖南还流行以巫祀神的风气。巫所唱的内容，多是言情的；巫所唱的腔调，与湖南人念古文，读祭文，唱花鼓戏（《刘海砍樵》的腔调，即是显著的例子），甚至唱湘剧高腔，都很接近，这或者是巫歌唱的腔调的保留或发展。一九五三年湖南举行民间艺术会演，有很多优秀节目，也可能是《九歌》派生出来的。

《九歌》，王逸、朱熹都肯定它是民歌，惟经过屈原修改，我同意这个看法。① 把屈原以前的楚国文学空白填上，说明了楚国文学的来龙去脉。不过，《九歌》不一定是道地的民歌，它的文字艳丽，绝没有粗鲁的句子，大致是经过文人删改的，而删改的可能是屈原。就是说，《九歌》经过屈原删改、加工，才成为一种定稿的。

《九歌》有十一篇，都是祀神的巫歌，描绘了各种神的面貌。在内容上大部分是言情的，写得最好的，要推《湘君》和《湘夫人》。

《湘君》刻画少女怀念男子的情景，《湘夫人》则刻画男子怀念女子的情景。二者有高度的想象力，但也最富于现实性。

---

① 我说《九歌》是民歌，有三个理由。第一，从现在文献来看：王逸在《九歌序》说："屈原放逐，窜伏其域，怀忧苦毒，愁思沸郁，出见俗人祭祀之礼，歌舞之乐，其词鄙陋，因为作《九歌》之曲。"朱熹在《楚辞集注》说："荆蛮陋俗，词既鄙俚……原既放逐，见而感之，故颇为更定其词。"照王逸的说法，《九歌》是从原有的民歌改作的；照朱熹的说法，《九歌》是从原有的民歌修改的。那么，民间有《九歌》已无庸怀疑。现存的《九歌》，只存在是屈原改作或修改的一个问题。不论是修改或改作，多少存在着民歌的成分，这是可以肯定的。第二，从《九歌》所涉及的地名来看："令沅湘兮无波"（《湘君》)的"沅湘"，"望涔阳兮极浦"（同上）的"涔阳"，"遗余佩兮醴浦"（同上）的"醴浦"，"洞庭波兮木叶下"（《湘夫人》)的"洞庭"（距郢都相当远)，"沅有茝兮醴有兰"（同上）的"沅醴"，这些水名，都在现在的湖南境内，湖南人民把本地的水名搬到诗歌里去，这是很平常的事。屈原是贵族，可能生在郢都（今湖北的江陵县)，在未放逐前，当然没有到过湖南，他怎么知道湖南这么多水名？ 相反地，他不引用郢都附近的水名，这是他放逐到湖南后修改民歌的有力反证。第三，从《九歌》的内容来看，《九歌》中除《国殇》外，内容尽是言情的，与湖南的"巫"所歌唱的内容完全相同。湖南的"巫"多半把所在地的活的艳事编成故事，这当然是《九歌》的残存和保留。况且《九歌》中所用的花草名字：蕙、兰、桂、椒、菊、芷、荷、薜荔、芙蓉、杜若、辛夷、杜衡、女萝，都是湖南现有的花草名。有此理由，我暂时把《九歌》摆在民歌的地位。这个民歌，是经过屈原删改的，而删改的时间，当然是在他放逐到湖南以后。

《湘君》可以说是一幅少女怀春图。少女正在怀念着爱人,责难爱人为什么迟迟不来,责难爱人为什么在水洲徘徊?她打扮得很美,乘舟去迎接他。游尽了湘江,也游尽了沅江,还是找不到爱人的影子。她又想乘舟北进,横渡大江去找,但又感到横渡大江的不容易。于是吹箫以寄思,于是悲恸地追思。

她疯狂了,早晨驾着车子在江上往来,黄昏又在水边徘徊,只看到鸟儿在屋上,流水在阶下空流,还是看不见爱人。少女更悲哀了,抛玉玦、遗玉佩,着重于等待、绝望心情的刻画,但是少女最后还是放宽心怀地等候着爱人。

《湘夫人》则是一幅男子怀念女子的画图。着重在对爱人望而不见,相遇无缘这一方面的刻画,与《湘君》恰成了对比。

天使降在北岸,远望是仿仿佛佛,渺渺茫茫。诗人布置了一个遥思的气氛,又布置了一个藏娇的"金屋",着重于相思的侧面刻画。于是他苦闷了,抛袂遗襟,表示绝望的心情。

只有《国殇》不是恋歌,是在赞美为国牺牲的战士,歌颂他们的英勇的战斗精神,也歌颂他们的壮烈牺牲精神。上面展开一场惊心动魄的战斗,也呈现一片惊心怵目的惨状,有鼓励人民拿出坚强的意志来保卫祖国的教育作用。

3. 楚辞的奠基者、中国第一个伟大诗人、登上世界文学史上最高峰的人物——屈原

（1）屈原的生平、时代

屈原是中国优秀文体楚辞的奠基者,是中国伟大爱国主义诗人最早的一人,也是登上世界文学史上最高峰的人物最

早的一人。一九五三年九月间,全世界人民开会纪念世界四大文化名人,屈原即是其中之一,不是偶然的。

有人说没有屈原这个人,也有人说屈原是一个"弄臣",这都是侮辱屈原的说法。屈原是实有其人的。关于他的生死年月,说法很不一样,我同意郭沫若的推论:屈原生于楚宣王三十年正月初七日,死于顷襄王二十一年五月初五日(公元前三四○—公元前二七八),活了六十二岁。

我们过去对屈原的认识很不够,甚至有错误的认识,经过郭沫若大力提倡,才慢慢地把我们这些错误的观念加以纠正,把认识不够的地方提高到比较有认识的阶段来。我们要想做到对屈原更正确的认识,还有待于我们今后更多的努力。

屈原的时代,正处在各国互相兼并、战争频繁、形势趋于统一的前夕。由于互相兼并的结果,只剩下秦、齐、楚、韩、赵、魏、燕七国;而以秦、楚、齐为最强,他们都具有统一全国的条件。在这七国当中,又分成两个阵营:一个是连横派,主张东西横断面的大联合,向秦国妥协、投降,以张仪为代表;一个是合纵派,主张南北纵面的大联合,"山东诸国"的大联合,反抗秦国,以苏秦为代表。七国之间及一国的内部,也都展开了这两个政治主张的斗争,尤其是秦、楚、齐三国之间和它们的内部。楚国就常常徘徊在两大阵营之间,也常常徘徊于两个政治主张之间。屈原的态度是很坚决的,一向站在反抗秦国的立场,和主张投降秦国的分子作不调和的斗争。当时连横派的领袖张仪常来楚国作间谍活动,屈原是力主把他杀掉的,但是楚国的楚奸上官大夫靳尚、郑袖、子兰之流,是与张仪互通声气,初则包围楚怀王,后来又包围了顷襄王,执行了屈辱外交政策,以致屈原落得个由疏远而放逐的下场。

屈原被疏远、被放逐后,秦国对楚国更加之以强烈的政治攻势,向楚国内部散布亲秦、降秦的妥协思想,很毒辣地破坏齐楚的联盟,很毒辣地骗去楚怀王,使他客死秦国。在屈原自杀的那一年,秦攻占楚国大部分土地,并攻占了楚国国都郢,楚国一天天走向灭亡了。

屈原是楚国没落的贵族。少年时代,受过很好的文化教养,有丰富的政治知识、历史知识、文学修养。他的思想,基本上是儒家的,但也杂有法家、道家的成分。青年时代,曾得楚怀王的信任,作过仅次于宰相的左徒,后来又做过三闾大夫,曾起草过法令,也曾经常参与国家大事,应对诸侯,为楚国政治外交上的主要人物。屈原四十岁以后,连横派在楚得势,怀王的左右如靳尚、子兰、郑袖有计划地出卖楚国,也就更残酷地剥削人民、压迫人民,屈原站在国家人民的立场,向这些楚奸进行激烈斗争。一方面在文学上给楚奸以尖锐的打击,另一方面却对楚怀王、顷襄王存在着幻想。

郢都沦陷后,屈原眼看到国破家亡,看到人民流离失所,这使他多年的忧愤达到了顶点,对楚王的希望、幻想,彻底幻灭了,对楚奸的愤恨也达到了爆炸的程度,乃投汨罗江自杀,对楚奸、对秦国作宁死不屈的抗议。

(2)屈原作品的思想内容

屈原的作品,《汉书·艺文志》说他有二十五篇,《九歌》中的十一篇,已在前面还它以民歌的地位。其他最可靠的,要算《橘颂》《离骚》《天问》《抽思》《涉江》《哀郢》《怀沙》七篇了。这七篇除《橘颂》外,诚如郭沫若所说:"是他失意之后的诗,悲

愤、沉痛、抑郁、奔放,有时像狂风暴雨快要到来的一样,有时就竟直像狂风暴雨。"(《屈原简述》)

《橘颂》是他被疏远、被放逐以前的作品,是四言,是没有到过湖南吸收民歌形式而构成的独创风格,相反地,它还停留在《诗经》的写作阶段。《橘颂》的内容,是在借橘的坚贞来比喻本人坚贞不移的性格。所谓"独立不迁",所谓"深固难徙",都是描写"坚贞"的色素,象征了他自己的坚贞精神,也就是象征了他自己光明峻洁的人格。

《离骚》《天问》《抽思》《涉江》《哀郢》《怀沙》,是他被放逐以后的作品。《离骚》发挥了他的政治理想。《天问》提出了一百七十二个问题,总结了与古代劳动人民生活有关的神话传说。《抽思》以优美的、动人的语言,流露了他对乡土的热爱。《涉江》,虽然流露了苦闷,但还表现实现理想政治的坚持精神。他在国都沦亡之后,作《哀郢》,刻画在强暴的敌人侵略下的广大人民流离失所的痛苦,人民的痛苦与诗人的痛苦融化了。他流亡已九年之久了,祖国日益削弱,复员又已绝望,于是作《怀沙》宣告自杀,《怀沙》是他自杀前告别的绝笔。既表示对奸臣无比愤怒的心情,也流露不愿再生的决心。诗人献出自己的生命,来争取祖国的生存,终于在祖国的土地上——汨罗江自杀了。这种为争取祖国的生存的坚持精神,是我们所最敬佩的,也是屈原的伟大之所在。

《离骚》是一篇空前的长篇抒情诗,大致作于被放逐的时代。全篇有三百七十多句,含有极丰富的想象力,高度地结合了创造性的形式和人民性的内容。它的基本精神是现实主义的。

《离骚》的主要内容，是在发挥如何提高政治品质和如何治国安民这两大课题。

屈原在政治品质的修养上很努力。他常常以"纷吾既有此内美兮，又重之以修能"来勉励自己。又常常以"老冉冉其将至兮，恐修名之不立"来鞭策自己。希望在政治品质上有所提高，好来负担起治国安民的政治责任。

屈原在治国安民这一课题上，贯串了抵抗侵略和实现美政这两根红线。屈原的祖国一向是一个对外侵略的黩武主义国家。楚国疆域辽阔，都是多年用侵略的方式兼并许多弱小国家而来的。侵略的后果，就是加速了楚国君臣们的生活骄淫、腐化。《离骚》有些诗句，迸发着指向当时贪官污吏的怒火，严重地谴责他们只知贪利好财、勾心斗角、猜忌忠良、剥削大众这些无耻的行为。楚国对外侵略，不仅助长了官僚的骄淫、腐化，而且还破坏了山东诸国御侮的统一战线，给敌人以侵略的机会。《离骚》中有些诗句，就在借古代骄淫腐化的故事，来讽刺楚国君臣们的骄淫腐化，来警告楚国君臣们要认真地惨痛地接受历史教训。

屈原一方面反对侵略别人，同时也反对人家来侵略我。他有反投降、反屈辱外交的理论根据，同时也有反投降、反屈辱外交的实际活动。他自己出使齐国，联齐以抗秦，他坚决反对与齐绝交的外交政策。他也不同意楚怀王亲自出关与秦进行失去平等原则的和平谈判，这些都是他反投降、反屈辱外交政策的实际活动。他在《离骚》中对于投降、屈辱外交，也提出严重的抗议，指出了那些"党人"——投降派只想苟且偷安的道路是黑暗而又危险的。他表示了坚决的态度：反侵略不是为自己而是为了君王。一会儿表示："岂余身之惮殃兮？恐皇舆之败绩！"一会儿表示："苟余情其信姱以练要兮，长顑颔亦何伤！"在他那个时代，君王是祖国主权的象征。爱国常常是通过忠君的行动来体现的。因此屈原的忠君，是有反侵略的一面，也有人民性的一面，应当是特别值得表扬的。

屈原虽然这样严正地谏诤君王，这样尖锐地与"党人"作斗争，但是楚国的君王是昏庸的，楚国的投降派的势力仍然很大，屈原敌不过他们，楚国终于给他们带到衰亡的道路。诗人屈原有预见性，在《离骚》里讽刺了五国朝秦暮楚的混乱现象，讽刺国人没有了解他的政治理想——美政。在《涉江》中表示热爱祖国的"奇服"，热爱祖国的"切云"冠，他把热爱祖国的思想深入到生活细节，足以看出屈原爱国思想的深度。

在春秋、战国时代，一般知识分子如果不见用于祖国，就去投奔他国，争取他国的统治者录用。纵横家朝秦暮楚，经常离开自己的祖国而周游列国，作纵横捭阖的勾当。只有屈原爱国的态度很坚决，他虽然被疏远、被放逐，可是他宁愿在自己的国土里过着流浪的生活，绝对不踏出国门进行勾结外国来威胁祖国的勾当。他有时也有离开祖国的念头，所以在《离骚》的篇末惨呼："已矣哉！国无人，莫我知兮，又何怀乎故都！"但他一在天空望见自己的祖国，御者也悲伤起来了，马也不肯前进，终于停止了远行。这种宁愿在祖国潦倒也不愿离开父母之邦的精神，也是他爱国主义的高度表现。

屈原是要实行美政的。他看到人民的灾难重重而热泪奔流。在《离骚》中低吟着："长太息以掩涕兮，哀民生之多艰。"在《哀郢》中低吟着："皇天之不纯命兮，何百姓之震愆！"我们就可以想到诗人与当时的人民是怎样血肉相连。

实现美政是同情人民的具体表现。他不断地向贪官污吏进行剧烈的政治斗争，他不断地揭露贪官污吏祸国殃民的罪行。"众皆竞进以贪婪兮，凭不厌乎求索。""世溷浊而嫉贤兮，好蔽美而称恶。"这是他谴责贪官污吏的呼声。他之所以被楚怀王疏远，被顷襄王放逐，就是他进行剧烈的政治斗争的后果。在另一方面，他衷心向往尧、舜，所以高倡着："彼尧舜之耿介兮，既遵道而得路。"

要实现美政，就要集中人才，参加各级政治机构。所以高倡着："举贤而授能兮，循绳墨而不颇。"在封建社会里，"人存则政举，人亡则政息"是有相当的意义的。屈原主张在贵族中培养人才，作为建设国家的骨干。《离骚》所说"余既滋兰之九畹兮，又树蕙之百亩"，就是在发挥这个真理，并在努力于此真理的实践。单从贵族群中重新培植建设人才是来不及的，还要将人民中的优秀分子，超级录用，《离骚》中详述历代有事业心的帝王录用那些苦力、屠夫、卖唱的人而得到的成就，来鼓励楚国君王的超级录用。最令人佩服的，屈原只是为了一些人才投闲置散而悲哀，并不以自己丧失政治地位而感伤。他这种功成不必在我的精神，也就是屈原忘我精神的高度表现，也就是屈原高贵品质的具体表现。

屈原这种宝贵的意见，楚王是不会采纳的，自然会自食其亡国的后果。

（3）屈原作品的艺术成就

屈原有高度的艺术修养，突破了旧有形式而创造出一种新形式，巧妙地表达了自己的感情，而且使人民和自己的感情在艺术的表现上获得统一。他在艺术上有高度成就，表现在下列几方面：

创造了新的诗歌形式。他把《诗经》的四言，发展为《楚辞》的七言，把《诗经》的叙事，发展为《楚辞》的抒情，把《诗经》的短篇，发展为《楚辞》的长篇，把《诗经》的比兴法推进了一步，把神话的想象力推进了一步，把民间文学的形式、结构、风格也推进了一步。他综合了神话、《诗经》、先秦散文和民间传说的精华而予以提高，开创了诗歌的新时代。

深刻地表现自我。《诗经》的诗，是集体创作，很少是自我表现；先秦散文虽间有自我表现，可没有屈原诗歌那样鲜明、深刻、突出。屈原在《离骚》中交织着现实与想象，描绘着屈原在现实斗争中的矛盾、焦急、苦闷而又坚强战斗、不妥协的爱国形象。他在《离骚》中首先写出他的身世、品质，逐次写出他所思、所愿、所作、所见，发抒意绪低昂的心怀，中间插入尧、舜三王和桀、纣、羿、浇这些人物的得失成败，一方面衬托了楚王的昏庸、奢淫，另一方面流露了诗人爱祖国、爱人民的政治意图，很具体地表现了自我。我们可以说，屈原表现自我，不是抽象的、概念的，而是通过具体形象，使读者对他这种形象发生无限的敬意。

展开高度的想象力。"他把宇宙中的森罗万象都看成是有生命的存在，而且都可以用来替他服务。他把风、雨、雷、电、云、月，作为他的侍从、御者、卫士，使凤凰和龙替他拉车子，让他在天空中驰骋。他忽而飞到了天国的门前，忽而攀上了世界的屋顶，忽而跑到了西极的海边，结果是上天下地都不能满足他的要求，而不得不决心自杀。"（郭沫若《屈原简述》）

这里有极其丰富、美妙的想象。他又假设许多和自己主张不同的人物如女嬃、灵氛、巫咸来劝慰，还是不能动摇他那种坚强不可动摇的信念。他在不得实现政治主张而受迫害的情况下，一会儿想向虞舜陈述自己的苦衷（"就重华而陈辞"），一会儿想端坐衣襟、虔诚地申诉（"跪敷衽以陈辞兮"），一会儿想灵氛为他卜吉凶（"命灵氛为余占之"）。他这样天马行空地刻画自己曲折、复杂、委屈的心情，都奔放着丰富、瑰丽的想象。

善于吸收民间文学形式。由于他热爱人民，关心人民，因此虚心地学习民间的艺术形式、结构、风格，来丰富自己的作品，并把民间艺术形式予以提高。他吸收了民间祭歌——《九歌》的营养，灌注在自己的作品中去；他又给《九歌》以修饰，而使《九歌》增高了它的艺术价值，即是他学习民歌的优异成绩。他活用了民间语言、声调，写地方的事物，有浓厚的民族色彩。他采用了民间所熟悉的"羌""蹇""凭""侘傺""婵媛"等字汇，来活泼他的作品。这样大胆采用方言，加强了他的作品的生动力。

巧妙地把现实主义与浪漫主义结合。屈原创作的方法，基本上是现实主义的。他暴露了楚国统治集团的丑恶，劝告楚王接受历代统治者的兴亡教训，符合人民的愿望、要求。这样的安排、表现，还不是现实主义手法吗？但是，诗人火热的感情、夸张的手法，幻想的骋驰，在作品中也突出地表现着，这不能不说是浪漫主义的成分。屈原这样把现实主义与浪漫主义结合，并不削弱现实主义，相反地，而是在加强现实主义。我们可以说，巧妙地把现实主义与浪漫主义结合，是屈原作品的独创风格。

（4）屈原作品对后世的影响

屈原是一位爱国战士。他坚持反对侵略和实现美政的立场，有很丰富的斗争生活，因而在创作上产生很多的光辉诗篇，提高了民间形式，建立了民族形式，实在是中国文学史上第一个伟大诗人。

在屈原的作品中有强烈的爱国感情，给后世以很大的鼓舞。宋玉是直接受他的影响的人，《九辩》是一篇《离骚》型的作品。汉代司马迁以《离骚》那种汪洋澎湃的精神写《史记》，唐代李白以《离骚》那种夸大、奔放的手笔写诗篇。中国新文艺先进大师鲁迅是很热爱屈原的，他在《汉文学史纲》里对屈原有很崇高的评价，在《中国小说史略》里整理过屈原所采用的神话传说。郭沫若同志也是热爱屈原的，他既作了《屈原研究》，对屈原作全面的估价，又作《屈原》剧本，使屈原爱国的形象更活现。屈原经过他正确的估价后，消除了或削弱了那些歪曲屈原的意见。

屈原在人民中的影响也是很大的。从每年端午节各地热烈举行龙舟竞赛来纪念这一点看，就可以体现出来。

（5）屈原的承继者——宋玉

宋玉是比屈原稍后的作家。他固然是屈原的承继者，但由于他的遭遇与屈原有距离，就形成了作品内容的距离，也就形成了形式的距离，他们依据不同的思想爱好，进行了不同的创作。

宋玉的历史，在司马迁的《屈原列传》后面，王逸的《楚辞注》里，一致说他是一位"失职"的士大夫。《韩诗外传》《新序》，也有片断的记载。此外便不容易找到他的生活的真实材料。他的生死年月，大致生于顷襄王九年，死于负刍五年（秦灭楚之年——公元前二九〇年至公元前二二二年），他自己在《九辩》里说"贫士失职而志不平"，这已画出他的阶级成分的简影。

宋玉的作品，《汉书·艺文志》说有十六篇，《楚辞章句》载有两篇，《文选》载有五篇，《古文苑》载有六篇，即使全都是真的，也只有十三篇。我以为最可靠的要推《九辩》和《招魂》①两篇了。

《九辩》是一篇诅咒社会、诅咒时代的作品。他处在楚国灭亡的前夕，很少有爱国的积极行动，只有一天天空喊悲哀，他的作品赶不上屈原，基本道理就在此。他高呼着"悼余生之不时兮，逢此世之佪攘"。高呼着"处浊世而显荣兮，非余心之所乐。与其无义而有名兮，宁穷处而守高"。这种没有积极精神的思想，至少表现了他对现实社会不满的愤懑情绪。

他在《九辩》里刻画秋天的色相，非常肖妙；刻画秋天的声貌，也非常肖妙。把抒情的骚，推向状物的赋，从宋玉这篇作品中，可以找出痕迹来。

《九辩》主要点在悲秋，是中国悲秋文学的第一篇。悲秋，还是歌颂秋天？"悲"不是真的"悲"，而是一种低徊咏味。真的悲秋是痛苦的，是希望赶快消灭它的。可是他们在低徊咏

---

① 司马迁说《招魂》是屈原作的，我找到两个证据，否认司马迁的说法：第一，《招魂》的特点是铺张描写，刻画细致，这与《离骚》的风格不同，可能是《离骚》这种形式的发展。第二，《招魂》的乱曰说："路贯庐江兮"，据《中国诗史》："楚王从国都出行到南方打猎。但庐江在什么地方？李兆洛、杨守敬的考证，即今之青弋江（在安徽东南），顷襄王二十一年以前都鄢郢，恰在庐江之西，当然不合于'南征'二字，这是非屈原作的铁证，后来徙都陈城，方向也不合。考烈王十年，又徙都钜阳，距离太远，不合于原文所述打猎之事。故我们以为《招魂》必作于考烈王二十二年徙都寿春以后，其作者当以宋玉为宜。"

味，一面嚷着悲哀，一面又希望悲哀不要太快地过去。为了忍受，就必须美化悲哀，从悲哀中找诗意。《九辩》就是在这种气氛下的产物。

宋玉的《招魂》，较之《九辩》更要讲究描写。像纵横家的口吻，特别强调东西南北的危险而不可居，只有回到自己的故乡，把故乡加以夸大的描写。这篇作品，可以说是由骚到赋的一块跳板。骚本在抒写作者的感情，赋则在刻画客观景物，《招魂》则由前者推向后者。因而《招魂》既没有骚那样浓厚的感情，也不像汉赋那样专门在状物，好像是骚、赋之间的东西。严格地，它比较接近汉赋。此后，无名氏的《大招》，是与《招魂》同样的风格。

其他如景差、唐勒，无作品可述。

荀卿是赵人，曾仕齐，因被谗奔楚，春申君以为兰陵令，后家兰陵。他与宋玉是同时的作家。在散文上有很大的成就，其所作的《荀子》，综合了儒、法两家的学说，对于中央集权的封建制理论的建树，是有贡献的。在文学上，作有《礼》《知》《云》《蚕》《箴》篇五赋，有议论，也有描写，是散文与骚体的混合物，是有创造性的。其所作的《成相篇》，运用人民口头创作体，表现了贤人政治的要求。

西周初年的《尚书·周书》篇，由于文字简古与幼稚，还不能运用它来写历史文学，即是说，那时代的历史，还不能把政治事件的演变和人物的活动很生动地写出来。到了春秋、战国以后，由于散文与韵文的分工，历史家往往以形象的语言，开始作历史的写真，表现历史上的人物活动，就产生几部优秀的历史文学作品：《国语》《左传》和《国策》，而以《左传》在文学上的影响为最大。

1. 记录春秋时代政治活动的《国语》

《国语》不是左丘明所作（司马迁和班固均有此主张），而是出于春秋时代各国史臣的手笔，反映了春秋时代政治活动的简影（起于周穆王，终于鲁悼公），这里面所刻画的人物，有肯定的，也有否定的。在《鲁语》的《晋人杀厉公》和《季文子相宣成》两节里，两个比较健康的人物，从朴素的文字表现出来。

在《晋人杀厉公》里，记载里革的言论是多少有革命性和人民性的。鲁成公听到晋厉公被杀的消息，询问群臣："这是谁的责任？"群臣不发言，只有里革侃侃而谈，大胆地肯定是厉公自取，肯定由于历年罪恶的积累引起人民共愤的结果。里革并罗举历史上暴君被杀的事实，作为他这一理论的根据。这里直接含有教育鲁成公的意义，间接含有教育当时所有的暴君的意义。

在《季文子相宣成》里，刻画鲁国宰相季文子的俭朴形象很生动。季文子以自己的生活艰苦，去体念国人的生活艰苦；从自己对妾马俭朴，去感染士大夫对妾马俭朴。这样关心人民，的确是封建社会中不可多得的宰相，有推动统治者崇尚俭朴的教育作用。

《国语》写反面人物也很生动。在《晋语》的《施教骊姬夜半而泣》和《反自稷桑》两节里，刻画骊姬的毒辣很突出。骊姬谋害太子申生，企图立自己的儿子奚齐为太子，使用种种阴谋，夜半哭泣，软化献公，挑拨献公与申生的感情，助长献公仇恨申生的信念，拉拢重臣里克，完成杀申生、立奚齐的计划。叙述故事情节来衬托了骊姬是一位大阴谋家。在这里，又附带地表现了里克是一位两面性的人物，里克听到献公计划杀申生的消息后，首则表示中立，继则称疾不朝，表示了他很圆滑、机灵、不敢一边倒，时刻设法适应环境以保存自己。这位不敢积极参加斗争，被动地卷入了斗争的人物，恍惚就在眼前，不能不说是这两节文字的写作成功。

《国语》的写作艺术，较之《尚书》《春秋》要跨进了一大步。

它记事简明，对话生动，文字也间有风趣，人物也微有个性。但与稍后的《左传》的语言、风格比起来，是要差一点。

2. 记录春秋时代政治活动的《左传》

《左传》的作者为左丘明。司马迁曾记载："鲁君子左丘明……因孔子史记，具论其语，成《左氏春秋》。"（《史记·十二诸侯年表序》）大致是可靠的。

《左传》是左丘明利用各国史书材料所写出来的作品，也是反映春秋时代的政治活动的，可是作者使用了文学上不可缺少的因素——想象力，集中地表现了政治的活动，韩愈批评"左氏浮夸"（《进学解》），不是毫无根据的话。

不过，《左传》是有现实性的。它广泛地反映了社会风习，在客观效果上对统治集团的黑暗、罪恶起过暴露的作用。

在第一篇《郑伯克段于鄢》里，通过家庭具体事故，具体地反映出封建社会统治集团内部的矛盾、斗争。

在左丘明时代，每一个封建主都在蓄意扩大封建领土，诸侯与诸侯间的兼并，大夫与大夫间的争夺；诸侯想夺取天子的王位，大夫又想夺取诸侯的王位，这是封建领主经济制度发展的必然结果。《郑伯克段于鄢》刻画郑伯家庭的内讧，指出了封建家庭所发生矛盾、斗争的全面因素。

在这篇作品里，起初描写郑伯与共叔段对于王位的争夺，继而描写郑伯与共叔段对于领土的争夺，终于诉之战争。战争的结果，郑伯胜利而共叔段失败，连母亲也转入了斗争的漩涡中。母亲姜氏一向是祖护共叔段的。郑伯打败了共叔段，由仇视共叔段而仇视母亲姜氏，做出断绝了母子关系的断然处置。后又以颍考叔的调解，恢复了母子的感情，也就恢复了母子的关系。在这里，有几个紧张的场面：姜氏劝武公立共叔段，这场面何等紧张！姜氏为共叔段一再请封，这场面何等紧张！其后共叔段一再扩充领土，这场面何等紧张！郑伯的家臣祭仲等一再劝告郑伯讨伐共叔段，这场面又何等紧张！到了郑伯出兵讨伐共叔段，这是紧张的场面达到了最高潮，也是说明了郑伯兄弟母子的矛盾、斗争达到最高潮了。

在这里，又刻画了几个人物个性。郑伯的性格是阴险的、虚伪的，通过祭仲、公子吕多次劝谏而烘托了出来，又通过颍考叔的劝谏而体现了出来。姜氏的性格是有偏爱的，通过她请立共叔段，一再请封共叔段，参与共叔段叛变的预谋诸具体事实更烘托出来了。共叔段的性格是贪狠无厌的，通过他既得广大封域——京，还要兼并西北两边的邑，积极准备袭郑诸具体事实而体现出来。这些人物性格，是从封建家庭和封建社会制度下产生的。

这些人物，或借动作，或用自己的言论，或以特殊的场面的布置，来表现鲜明的形象，而且具有强烈的感染力，这不能不说作品的艺术性是很强的。

这篇作品的结构、组织是很严密的。共叔段叛变的行为是有计划的，一次比一次露骨。祭仲、公子吕的谏词，是有层次的、有差别的，一个比一个分量加重，更体现出作品组织结构的严密性。末了，又插上了颍考叔以君食遗母的小故事，更增加了这篇文字的复杂性和人情味。唯最后有"君子曰"一段，是画蛇添足，用教训口吻点出，反而要损害艺术价值。

在《曹刿论战》里，把曹刿刻画成一个政治家兼军事家的形象。曹刿在政治上主张得民心，获得广大人民的支持，作为战争胜利的先决条件。他又有比较高明的战略与战术，他运用"彼竭我盈"的战略，乘敌弱点予以痛击。加之观察周密，判断正确，故一战而胜强大的齐国。

《左传》写战争的篇章很多，也很出色。在《晋楚城濮之战》《秦晋殽之战》《齐晋鞌之战》《晋楚鄢陵之战》《吴楚柏举之战》中，把战争产生的原因、战争胜负的预测、作战的部署、交战的情况、战争的结果以及胜败的原因，都有细致的描写，使复杂的战争，安放在井井有条的文字组织中，这几篇作品是一种有形象的军事原理，对后世发生了兵书的作用。

在《崔杼弑君》中，通过崔杼弑庄公的过程，揭露了君臣之间的荒淫无耻。在另一方面，又塑造出晏子那样不死淫君、不畏权臣的正面形象。在《商臣弑父》中，描写商臣为了夺取政权不惜杀戮自己的父亲，着力揭穿统治者的伦常的虚伪性。在艺术上，通过楚王与子上的对话和商臣与潘崇的对话，突出地表现了统治者内部斗争的残酷性。

《左传》全面地、主动地、完整地记载着春秋时代的政治活动和社会面貌，并雕塑了在这政治活动下的人物个性。

《左传》记事准确，语言精练，描写有重点，结构很谨严，概括力也很强，从人物形象反映了历史的现象和本质，从分析批判来处理历史事件，呈露着婉转多姿的风貌，标志着历史文学前进的里程碑，不仅对后世历史文学打下了基础，而且对后世散文也起了一定的影响。

3. 记录战国时代政治活动的《国策》

《国策》又名《战国策》，是战国时代各国史臣的笔录，或策士自己所记的言行（司马迁和班固说《国策》的作者可能与蒯通有关）。这里面显示了战国时代诸侯间力量的对比和矛盾的加深，也刻画了战国时代策士纵横捭阖的姿态，而以《齐人有冯谖》的冯谖最为典型。

本文刻画了典型的策士形象。起初叙述冯谖在孟尝君门下受到菲薄的待遇而抚剑长叹非常失意；后来计谋百出，今日为孟尝君市义于薛，明日又为孟尝君在薛建宗庙。他替孟尝君积累了政治资本，完成了"狡兔三窟"的计划。活画出了一个有策士身份的人物。写冯谖为孟尝君深谋远虑，突出地显现出冯谖的能力。在这里叙述了几件出人意料的事件，增加文字的复杂性。首先孟尝君征求门下客为他到薛去收债，而平时被目为"无能"之客的冯谖却愿意前去，实出于孟尝君意料之外。合券收债很麻烦，非有相当时日不成，而冯谖则先日出发，次晨即归求见，这又出于孟尝君意料之外。孟尝君嘱冯谖市其家所没有的东西，当然是指物质而言，谁知冯谖所市的乃是精神物——"义"。虽然冯谖所市的义，是孟尝君后来的政治资本；但是孟尝君在当时并没有感觉到，这更出于孟尝君意料之外。有此三件出人意料之外的事点缀其间，使所刻画的策士形象具有鲜明的色素。

本文从头到尾都贯串着抑扬法。先叙冯谖之穷，至于"不能自存"；后叙冯谖显贵、千金百乘，俨然是一个大外交家，这是从生活方面来抑扬冯谖。先叙冯谖"无能"，孟尝君左右很轻视他，后叙冯谖既能"会计"，又能"市义"，既能挟梁以胁邻，又能拒梁以得齐信任，这是从能力方面来抑扬冯谖。先叙孟尝君对冯谖市义不悦，后叙孟尝君受薛的百姓爱戴而得意忘形，这是从孟尝君对冯谖的态度方面来抑扬冯谖。从此一抑一扬，如阴阳二电相冲击，在文字中发出灿烂的火花。

在各国《国策》里，写纵横家苏秦的地方很多，而以《苏秦始将连横》为生动。在这里活画出一个说得"天花乱坠"的策士形象。前文叙述苏秦说秦惠王，说秦国的地势如何好，国力如何强，国王如何贤能，劝惠王并诸侯，吞天下，并举历史上并吞的故事来强化自己的理论，但是惠王不能采用；后文叙述苏秦游说六国，劝六国连合以抗秦，被六国的君王采用了，当了六国共同的宰相。全文由秦不用苏秦，写到六国重用苏秦，由苏秦的不得志，写到苏秦的得志，这其中的变化，本文都在细致地雕塑着，塑出了一位精细的策士形象。

冯谖、苏秦的纵横捭阖，乃是战国时代兼并剧烈的具体表现。

此外，在《赵策·武灵王平昼》节里，刻画赵武灵王"将胡服骑射，以教百姓"的坚毅精神，有深刻的现实意义。他"有高世之功者必负遗俗之累，有独智之虑者必被庶人之恐"的远见。他有"论至德者不和于俗，成大功者不谋于众"的勇气。他有"圣人观其乡而顺宜，因其事而制礼"的变革决心。他在多方面阻挠之下，去进行移风易俗的工作，终于收富国强兵的效果，突出地表现了赵武灵王"利其民"的英明形象。

《国策》不仅塑造出许多纵横捭阖的策士形象，而且也塑造一些为国为民的贤君形象。

《国策》的写作艺术很高。每论说一个问题，能纵横反复，曲尽其意。且能巧妙地运用寓言故事，体现出大道理，这是《国策》的特色，也标志了历史文学的进步。

1. 散文的特征

周代散文，已发展到成熟的阶段，为后世散文树立了楷模。

它的特征表现在下列几方面：

它具有各种不同的风格。这一时期的散文，有它独特的个性，有它独创的风格。《孟子》独创的风格是富于雄辩性，笔锋咄咄逼人，大有"若决江河，沛然莫之能御"（《梁惠王》章）之慨。《墨子》独创的风格是富于逻辑性，三表法是他辩论析理的工具。他每讲一种道理，在正面说明之后，还要加以反面的说明；既说明一般性的原理、原则于其前，复举例以资证明于其后，加强理论的说服性。《庄子》独创的风格是富于想象力。他那种汪洋澎湃的精神，迫切要求解放自由的伟大气魄，通过他的丰富的想象的形象突出地表现着。《韩非子》独创的风格是深刻性。他分析一件事理,笔锋锐利,反复举出多种例证来证明自己的理论,说服力很强。各种不同的风格表现"百家争鸣",在这以前固然看不见,这以后也是很少见到的。

它们是站在不同的角度反映了时代。在春秋、战国时代,由于生产工具的进步,由于领主经济走向地主经济,由于地方分权走向中央集权,是一个剧烈变动的时代。散文家处在这一个剧烈变动的时代,各人发挥自己对时代的看法。每一位散文家都站在不同的角度上反映时代。一般散文家对时代不满则是一致的;究竟把时代推向哪儿去?则意见纷纭。孔子不满意"天下之无道也久矣"(《论语·八佾》)和"君不君,臣不臣,父不父,子不子"《论语·颜渊》)的社会现象,而主张"君君、臣臣、父父、子子"(《论语·颜渊》)和"正名"(《论语·子路》)以安定社会。孟子不满意"争地以战,杀人盈野;争城以战,杀人盈城"(《孟子·离娄上》)和"庖有肥肉,厩有肥马;民有饥色,野有饿莩"(《梁惠王》)的社会现象,而主张施行"仁政""仁义"以安定社会。墨子不满意"诸侯各爱其国,不爱异国,故攻异国以利其国"(《墨子·兼爱上》)的社会现象,而主张"兼爱""互利"以改革社会。老子不满意"民之饥,以其上食税之多"(《老子》七十五章)和"法令滋彰,盗贼多有"(五十七章)的社会现象,而主张"小国寡民"(八十章)、"绝圣弃智""绝仁弃义"和"绝巧弃利"(十九章),以否定当时的物质文化。庄子不满意"仁义之端,是非之涂,樊然殽乱"(《庄子·齐物论》)的社会现象,而主张"同乎无知,其德不离;同乎无欲,是谓素朴。素朴,而民性得矣"(《庄子·马蹄》)。韩非不满意"博习辩智如孔、墨,孔、墨不耕耨,则国何得焉?修孝寡欲如曾、史,曾、史不战攻,则国何利焉"(《韩非子·八说篇》)和"无功而受事,无爵而显荣"(《五蠹》)的社会现象,而主张"以法为教"(《显学》)"不期修古,不法常可"(《五蠹》)以改进社会。从时代的矛头所指的方向说,有主历史前进的,故韩非说:"今有构木钻燧于夏后氏之世者,必为鲧、禹笑矣;有决渎于殷、周之世者,必为汤、武笑矣;然则今有美尧、舜、汤、武之道于当今之世者,必为新圣笑矣。"(《五蠹》)有主历史后退者,故老子力主恢复"甘其食,美其服,安其居,乐其俗"(《老子》八十章)的原始自然状态。也有主因袭与革新相结合,故孔子致力于在旧社会的基础上略加革新,从关心民瘼来求得统治权的巩固。

它说明了思想的承继与发展、吸收与批判。春秋、战国时代的思想流派,非常复杂。同流派的思想家有承继,也有发展。不同流派的思想家有吸收,也有批判与攻击。从"仁"的道德表征来说,孔子把"仁"当做道德的总体,有独创性的发明。到了孟子时代,则由比较抽象的"仁"发展为比较具体的"仁义"。墨子虽也重视"仁义",但墨子对于"仁义"的理解,不同于儒家对于"仁义"的理解。儒家认为"亲亲为仁""亲亲为义",即是说"仁义"是有等差的。墨子则认为"兼即仁即义矣"(《兼爱》),以没有等差的"兼爱""互利"为"仁义"主要内容。至于道家、法家则根本反对"仁义"。道家认为"仁义之端,是非之涂,樊然殽乱"(庄子语)。法家认为仁义是"尘饭涂羹,可戏而不可食"(韩非子语),肯定"仁之不可以为治亦明矣。"(同上)。再从对于政治上的大一统的看法来说,孔子主张"尊周",到孟子则主张"定于一",而到了荀子则力主"法后王"。

从这里可以看出作家本身的承继发展的线索。法家韩非虽同意荀子的"法后王"的主张,但又主张法治来代替荀子的礼治。墨子是赞成大一统的,但他主张"视人国若其国"(《兼爱》),消灭私有团体,成为"共有共享"的团体来统一天下。老、庄对于大一统的看法,与儒、墨、法都不同,他是主张"小国寡民"与大一统思想相对抗的。照这两个例子看来,同一道德表征,而有许多不同的看法;同一政治主张,而有许多不同的意见,承继、发展、吸收、批判、攻击,紧密地交叉,发放着"百家争鸣"的火花,也是春秋、战国时代的散文特征。

它普遍地使用寓言形式。寓言是以抽象的概念通过具体故事来反映现实的文艺形式。这种文艺形式,有时披着神话的外衣,有时以纵横家的风度,担负了讽刺现实的使命,有强烈的战斗性。寓言是从《诗经》的比兴法扩充和发展而来。周代诸子开始用比兴法于散文范畴。"岁寒然后知松柏之后凋也"(《论语·子罕》),这是借"松柏"在"岁寒""后凋"的自然现象,来说明有节气的人经得起严重的考验。"子在川上曰:'逝者如斯夫,不舍昼夜。'"(同上)这是借川流不息的自然现象来说明时光一去不复返的可畏。墨子在《非攻》上用"入人园圃,窃其桃李""攘人犬豕鸡豚""入人栏厩,取人马牛"等逐步在发展的窃盗行为,来衬托出诸侯"大为攻国"的罪恶。上面这些例子,都是使用比兴法来表现抽象的哲理。散文发展到了战国时代,比兴法进一步发展为寓言,很形象地叙述事情借以说明道理,增强了文字说服力。我们看《孟子》的《攘鸡》《揠苗》《齐人》,《庄子》的《庖丁解牛》《匠石运斤》《坎井之蛙》,《韩非子》的《郑人买履》《涸泽之蛇》《举烛》,《列子》的《愚公移山》《亡铁》，都是通过感性式的表现达到理性的认识，发挥高度的讽刺作用。作者把高尚的政治意图和人生理想，借寓言的形式突出地、鲜明地呈露在读者的面前，标志着散文高度的发展。

2. 散文发展的规律

西周的散文，记事是简单的，谈不上说理，而且没有语助词在文字中起活泼作用，形成一种简古的风貌。到了春秋中叶以后，由于社会的需要，散文有长足的进步——由简单的记事阶段发展到复杂的记事阶段，由纯粹的记事阶段发展到透彻的说理阶段，由无语助词阶段发展到有语助词阶段，由无作品标题阶段发展到有作品标题阶段，由思想矛盾尖锐阶段发展到思想逐渐综合阶段。

从西周到春秋中叶的散文，记事非常简古，可以《周书》和《春秋》为代表。《周书》二十篇，其中有后人增益的或晚出的，只有几篇"诰"可靠。这些"诰"记事很扼要，很有条理，也保存了几分婉转的风貌。《春秋》记事简单，有规律，就是一种"以事系日，以时系年"（杜预《春秋序》）的记事法，比《尚书》稍通俗，但是一样显现着简古的风貌。在另一方面，也很少文学趣味。自春秋中叶以后，记事文的规模益趋堂皇，结构益趋复杂，语言益趋形象，富于文学趣味。

西周的散文，只是单纯地记事，谈不上说理。《尚书》是属于记事的史书，已不消说；即属于说理的《易经》，说理也不过是那么一回事。到了春秋中叶以后，说理文大大进步了，在主题的发挥上，在论证的逻辑性上，不断集中和加强，产生许多非常详尽、非常深湛的说理文字。《论语》是早年的说理文的形式,已属可观;到了《墨子》《孟子》《庄子》《荀子》的说理文,都不仅是产量多,而且变化多端了。

在春秋中叶以前的文字,没有用过之、乎、也、者、矣、焉、哉等语助词。《周书》的几篇诰,找不出语助词,出土的铭文也是一样的没有语助词。到了春秋中叶以后,语助词发达起来了。《论语》所谓"君子人与? 君子人也!"的"与"和"也",就是语助词。"与"字与现在的"吗"字同义,"也"字与现在的"啊"字同义。这两句话,若译成现代语,即是说:"他是君子吗? 他是君子啊!"有了"与""也"两字摆在句子里,不仅区别了上一"君子人"与下一"君子人"的意义不同,而且使这两句语气也要传神得多。这些活泼的语助词,在西周是没有的,而在春秋中叶以后,到处都运用这些语助词来美化词句。

从西周到战国的散文,没有标题,很早的《尚书》固然没有标题,就是春秋末年的《论语》,战国初年的《孟子》也还没有标题。现在《尚书》《论语》《孟子》所标的题,是后代编辑人加上去的,也犹之《诗经》的标题是后代编辑人加上去的一样;而加上标题的方式,就是采取篇首两字为题。到了战国末叶以后,《庄子》《荀子》《韩非子》这些著作出来,有标题了。标题的作用,就是说明了一篇作品有了中心主题,作者围绕着这个中心主题立论或描写,使问题说得更明确、更突出,这是散文的一大进步。

在春秋、战国之交的散文家,彼此相互批判、攻击,达到非常尖锐的程度。孟子攻击杨朱的"为我"思想是"无父",攻击墨翟的"兼爱"思想为"无君",竟至于破口大骂他们是"禽兽"。孟子又攻击许行"与民并耕而食"的思想是"乱天下",是"相率而为伪者也"。同时,墨子也向儒家进行反攻。他攻击儒家"亲亲为仁""亲亲为义"的道德表征,而发挥他的"兼相爱,交相利"的理论;攻击儒家只局限在贵族阶级内部中的选贤政策,而发挥他不分等级的选贤政策。道家也向儒家进行反击。道家攻击儒家"有亲非仁也",攻击儒、墨两家"举贤则相倾"。理论的对立,真是达到白热化的程度。到了战国末年,各家思想走向综合的道路,走向拿法家思想来统一儒、墨、道三家思想的趋势。荀子是一位半儒半法的人物,第一次体现了思想综合的趋势。他在政治上主张"法后王",是与法家思想一致的。他发挥了带有政治内容的礼治,这与儒家思想很接近;在人性论上,他吸收孟子的性善论和杨朱的"为我"论,发展为性恶论。到了韩非,思想综合的趋势,更加明朗。他吸收了商鞅的法、申不害的术、慎到的势,吸收儒家的正名思想,吸收了荀子的性恶论,吸收了墨子的尚同思想,也吸收了道家的唯物论,高度地糅合了儒、墨、道三家思想,突出地表现思想趋向综合。而标志达到思想综合的高峰者,要推《吕氏春秋》。前人称《吕氏春秋》为"杂家",即是这个道理。这种思想走向综合的趋势,即是政治趋向大一统的说明。

在这时期散文成就最大的,要推孟子与庄子。儒家的学说经过孟子整理而成为一套完整的体系。道家的学说,经过庄子发挥,也建立了一套完整的体系。不仅分别地在文学上有很大的影响,而且分别地在思想上也有很大的影响。

3.《论语》中的散文

《论语》是孔门学生的笔记。虽是一部哲学书,但其中有很多富于文艺性的散文。这部著作,可以代表儒家开山祖孔丘的思想。孔丘字仲尼,鲁人(公元前五五一——公元前四七九)。他做过鲁国的宰相,杀少正卯,高倡正名。他的思想,是朝着政治大一统的方向走的,有进步的一面。不过,他是以"托古改制"的方式来进行改良工作的,自然有不彻底的地方。

孔丘是有很高的文艺修养的人物。像前面所引"子在川上曰:逝者如斯夫,不舍昼夜"(《子罕》),像"岁寒然后知松柏之后凋"(《子罕》),用自然现象来象征他的宇宙观和人生观,非常富于说服力和感染力,因而在他训练下的学生也有相当高的文学修养。

我们看《先进》中的《侍坐》,雕塑人物个性何等生动!这段文字,是孔丘师生"言志"图,显示了孔丘师生各个不同的政治怀抱。当子路、曾皙、冉求、公西华与孔子闲谈,曾皙弹琴助兴,孔子很温情地对他们说:"你们平时总是说没有人知道你们,万一有人知道你们而要重用你们的时候,你们有什么办法呢?"子路听得孔子开导后,乃"率尔而对"。"率尔"二字,把子路率直、坦白的个性,活跃在纸上。本来,子路那种率直、坦白的个性,在《论语》中常常提到。子路不耻"衣敝缊袍",孔子称赞他为"不忮不求,何用不臧"!子路经常背诵这两句话,这表示子路是一位心里不能藏话的人。子路怀疑孔子以"正名"为治卫施政之先的议论,直斥之为"子之迂也",这表示子路是一位爽直不阿谀的人。子路听到孔子道不行浮海的感慨后,就非常高兴,孔子斥之为"好勇过我,无所取材",这正是表现了子路粗暴的本色。他如《先进》章里有"子路行行如也"(刚强貌)的形容,《雍也》章里有"由也果"的赞许,孔子预言子路"不得其死然",这在说明子路是一个性情勇敢、心怀坦白的人物。本文写出"率尔而对",那是最恰当的形容。子路"对"些什么呢？他毫不隐瞒地把自己的政治怀抱吐露了出来。由于子路说话太率真，竟引起孔子的讪笑。其次，征询冉求之志，冉求很谦虚地说了一番。再次征询公西华之志，公西华接受孔子讪笑子路的教训，说话更谦虚了。最后轮到曾皙说了，这时曾皙正在鼓瑟，不得已舍瑟而起，经孔子一再督促才发言，大得孔子的称赞。本文错综复杂，在子路言志之后，杂以"夫子晒之"，推波助浪。在冉求、公西华言志之后，孔子沉默不表示意见。在曾皙言志之后，则大加称赞。从言志的态度上说，子路是自告奋勇说的，措辞夸大；冉求、公西华经孔子督促后才肯说，措辞谦虚；曾皙经再度督促之后才肯说，措辞更洒洒落落。再从言志的内容上说，子路表示既可以组织人民外抗强敌，内拯饥馑，还可以提高人民的道德水平；冉求表示只能使人民足衣足食，可不能使人民受礼乐的熏陶；公西华表示愿在两国国君"会同"时做赞礼工作；曾皙则表示要专于从事礼乐教化工作。各个不同的人物个性，活跃在纸上；孔子赞成什么，反对什么，也活跃在纸上；已具有小说的结构了。

再看《楚狂》等三章歌颂孔子积极救世的精神，也很生动。在这三章里，叙述孔子为了实现他的理想政治，率领学生恓恓惶惶地到处"问津"，就是到处碰钉子，也没有丝毫减退他争取从政的热情，活画出孔子为国为民的那种热心政治的形象。作者为了使孔子热心政治的形象更突出，又刻画了三个不同个性的隐士形象来衬托孔子。在第一章里写楚狂狂歌过孔子的车前打击孔子的从政的热情，在第二章里写长沮、桀溺用大局无可挽回的绝望心情打击孔子从政的热情，在第三章里写荷蓧丈人责难孔子专门游说而不从事生产打击孔子从政的热情。他们分别用"趋而避之""耰而不辍""植其杖而芸"等态度表示坚决的打击。孔子对这些隐士们的奚落怎样呢？孔子对楚狂想下车说服他，对长沮、桀溺用"天下有道，丘不与易也"的理论来批判他们"滔滔者，天下皆是也，而谁以易之？"的绝望心情的错误，对荷蓧丈人"洁身"隐居，认为是"乱大伦"的事。通过楚狂等对孔子的讽刺、谩骂，而孔子还是耐心地去争取他们、说服他们，更体现出孔子为国为民的积极精神。在这三章里批判了楚狂等人消极避世的态度；但对于他与万恶的统治者不合作和从事生产，则是肯定的。通过这三个隐士的对话、歌唱，更体现出当时社会战乱、黑暗的程度，也更体现出在战乱、黑暗时代下的人们那两种截然不同的处世态度。

《论语》描写孔子的思想生活，篇幅较短，是春秋末期和战国初期的散文形式。它在语言上精练扼要，又使用多量的虚词，从人物的语气，体现了许多不同的人物形象。

4.《墨子》中的散文

《墨子》的文章，有墨翟自己执笔的，也有是他的学生记录的。墨翟是春秋、战国之间的伟大科学家和思想家，能与儒家分庭抗礼。尚同、尚贤、非攻、非乐、节用、节葬、天志、明鬼，是他的思想主要构成部分，是从农奴和小手工业者的利益出发的。他本来富有科学思想，但他大谈其天志、明鬼，披上了宗教的外衣，这是他以宗教家的姿态出现，争取农奴和小手工业者群众团结在自己的周围的一种战略。

《墨子》中的文字，本来是析理辩难的文字，逻辑性强；但是有好些地方写得很形象，所以有些带有文艺性的散文。

现在举《公输》一章为例。

在《公输》一章里，雕塑出墨翟是一位很英勇的和平战士。开始写墨翟听到楚国造云梯攻宋的消息，他昼夜不息的，甚至连脚走破也不能减退他的止战的热情，而去见楚国的主将公输盘。继而写墨翟用种种道理去说服公输盘和楚王。他的说服方法，是采用有形象的语言，发挥高度的说服力。继而写公输盘与墨翟进行战争的演习，公输盘九次进攻而九次被墨翟击退的情况。最后，写得更紧张了：公输盘企图杀墨翟，幸而墨翟早已有以禽滑厘为首的一群学生三百人持械候楚寇于城上的准备待免，终于达到了止楚攻宋的目的。在这里，不仅雕塑了墨翟理直气壮地说服了公输盘与楚王的形象，而且说明了墨翟不仅要有智慧，更要有群众，有组织，才能以实力战胜楚国，才能达到和平的目的。墨翟这一群人对于和平的努力——不怕辛苦，不怕牺牲的号召和平的精神，不仅是在讽刺好战的楚王，而且讽刺了当时所有的好战的君主，有高度的人民性。

5.《孟子》中的散文

孟轲，字子舆，是战国时代儒家学派中的大思想家，也是战国时代出色的散文家。《孟子》一书多出于孟轲（公元前三九〇—公元前三〇五）自己的手笔，记载他比较有系统的政治理论和人生哲学。战国初年，兼并之风日炽，吃人的暴君暴政，到处都出现。他也是儒家学派的主角之一，但他多少是站在人民的立场,宣扬"仁君""仁政"的理论,虽在企图安定封建社会的秩序,却含有为人民大众谋福利的成分,斥责万恶的统治者为"民贼""独夫",含有民主思想的因素。他所写的《孟子》,富于逻辑性、雄辩性,也富于说服力、鼓动力,有"沛然莫之能御"的风格。他常用艺术形象的文字,衬托出他那鲜明的理想政治,争取统治阶级来实践。他以"五十步笑百步"的道理,来说明梁惠王仁政的不够;以"梃与刃"杀人的道理,来说明"暴政"杀人的凶残。他一贯用显而易见的自然现象,来比喻不容易理解的社会现象,是最成功的一个。《孟子》的结构,已发展到长篇巨制,使散文推向较高级的形式。

他在《孟子见梁襄王》章里很显明地暴露了梁襄王的粗暴无能。起初,作者在直觉上肯定梁襄王"不似人君";此后在客观上找一些材料,来证明他的直觉的正确性;从他与梁襄王一席对话里,突出地显现着梁襄王的粗暴无能,但是他还是耐心地争取梁襄王来实现他的"仁政"。他为了说明行仁政是统一天下的唯一办法,打一个非常浅近的比喻:"王知夫苗乎?七八月之间旱,则苗槁矣,天油然作云,沛然下雨,则苗勃然兴之矣,其如是,孰能御之?今夫天下之人牧,未有不嗜杀人者也,如有不嗜杀人者,则天下之民,皆引领而望之矣。诚如是也,民归之,犹水之就下,沛然谁能御之?"他用"天油然作云""沛然下雨"的自然现象,来象征不容易理解的"民归之"的社会现象,这个比喻多富于形象性! 多么有鼓动力! 这本来是他的政论,但又是他的艺术作品。他在《寡人之于国也》章歌颂改善人民的经济生活的措施;在《庄暴见孟子》章鼓励梁惠王施仁政于民。主张统治者"与民同乐",同是推行"仁政"的有力言论。

他在《齐人》章里，雕塑"齐人"卑鄙无耻的形象。齐人每日赴东郭墦间乞求祭余，回家来向妻妾进行欺骗说，"每日与我饮食的，尽是富贵中人"。初则引起妻妾的怀疑，终于被妻妾发觉秘密。妻妾正在对泣、责骂，而齐人得意洋洋地从外来，继续向妻妾进行欺骗、撒娇，真是活现了齐人的丑态。这种丑态，是封建社会中常见的现象。孟轲创造这个典型，是在讽刺那般专靠纵横捭阖为生的人们，也就是讽刺那般以剥削为生的"富贵利达"的人们。这段文字，在描写上是很成功的，有政治教育的作用。此外在《攘鸡》章揭露统治者的伪善，在《揠苗》章讽刺不遵照客观规律办事的人们，文字非常有力量。

6.《庄子》中的散文

《庄子》多出于庄周（公元前三六五？—公元前二九〇？）的手笔。庄周是战国时代的大哲学家，对现实非常不满，常暴露现实，讽刺现实，他把世界看得很大，有积极意义。愤激、牢骚，交织在他的作品中，有它的积极因素。这是好的。但是他逃避现实，他否定绝对真理的存在，又是值得批判的。

庄周的文字属于哲学范畴，也属于艺术范畴，笔力非常恣纵自如。他编造了许多寓言和故事，来发挥他的哲学思想。想象力那样丰富、奔放，文字技巧那样纯熟、灵活，描写那样细致，巧妙地说明了生活的真理。

《逍遥游》和《齐物论》，是庄周的代表作。

《逍遥游》的主题思想，是在用世界的广阔、鲲鹏的伟大，衬托作者自己胸襟的宽阔、眼光的远大。这种想法，是有进步意义的。在庄子时代，统治者眼光短小，胸襟狭窄，常常争夺土地和财富，来满足统治者的物质欲望，以致发生"争地以战，杀人盈野；争城以战，杀人盈城"（《孟子》）的残酷现象。他的《逍遥游》把空间拉得很宽，把时间拉得很长，劝人不必受空间、时间的束缚去枉费心机。他一切不在乎，"且举世而誉之而不加劝，举世而非之而不加沮"。他绝心利禄，"故夫知效一官，行比一乡，德合一君而征一国者，其自视也亦若此矣"。他的欲望不大，"鹪鹩巢于深林，不过一枝；偃鼠饮河，不过满腹"。他逍遥于万物之外，倾向自由解放。这种浪漫主义的表现手法，有讽刺统治者争夺的作用；虽然这又是庄子唯心论的表现。

《齐物论》的主题是说明真理的相对论，否定绝对真理的存在，达到"彼亦一是非，此亦一是非"的结论，达到"仁义之端，是非之涂，樊然殽乱"的结论。在这里，对知识的追求是消极的，但否定当时权威思想支配一切，还是有它的进步性。他在技术上，用多种比喻来说明是非、生死、寿夭的相对性，有它的说服力。在这里把风木的形态写得更细致、形象。

此外，在《养生主》篇中，写庖丁解牛时的姿态非常细腻：手怎样动？肩怎样使劲？膝怎样伸缩？皮骨声、刀响声，凑成一片，而且是很有音节的，其姿态有如"桑林"之舞，其合节有如"经首"之善，因而博得文惠君的赞叹。庖丁解释他解牛的技术，不是技术之高，而是明理之深。他挥用很薄的利刃，而入于有空间的骨节，自然不会损害刀，用力少而收效速。这种写解牛的技术到了妙境。一在显示养生的哲学，这种哲理是消极的，是取消斗争的，应该加以批判。一在显示事物的规律性,叫人们服从客观的规律,费力少而收效大,这又是值得我们学习的地方。

在《徐无鬼》篇写匠石运斧的神妙,真是令人惊心动魄。他描写郢人施广领大袖,以仰涂,而领袖不污,有小飞泥误着鼻端,小到有如蝇翼之薄,叫匠石把这小飞泥砍掉,匠石运斧去砍那鼻端上的小飞泥,运斧之快,至于成风,郢人听他运斧来砍,端立而不畏惧,把小飞泥砍完而不伤鼻。这写匠石运斧的神妙到了家。庄周创造这个故事,是在显示"知音之难"的真理,同时也流露了他自己的思想不见容于时代的委屈心情。

在《天地》篇里写丈人弄水浸畦,透露他的保守思想。他同意匠人取水,采用落后的方式,来反抗子贡所贡献的进步方式。至于写到丈人反抗子贡的态度,由"仰而视之"到"忿然作色笑",活画出丈人反抗情绪的变迁。他有这种保守思想,就看不到社会的前进,只是对现实消极的不满,甚至还企图要历史开倒车,充分表现了庄周的主观愿望与社会客观的矛盾。

庄子的文章具有极大的说服力,闪耀着智慧的光芒,呈现了汪洋恣肆的风格,影响后世文学很大。

7.《韩非子》中的散文

《韩非子》本来是一部有权威的政治著作,为战国晚年伟大政治思想家韩非所作。韩非是韩国的公子,秦始皇十四年(公元前二三三年)使秦,被李斯所谗遇害。他虽然是贵族出身,但其理论大多代表了新兴地主的要求。因而他的著作,不仅综合了法家先驱者吴起、商鞅、申不害三家之长，而且综合了儒、墨、道三家之长。他认为社会是进化的，主张政治大一统，因而他不仅喊出变法的口号来，而且努力于变法的实践。他终于做了变法的牺牲者。他的著作，是由地方分权制推向中央集权制的政治动力。他为了更有效地说明他的政治主张，多半通过故事的躯壳，因而在他的著作中有很多文艺性的散文。

韩非在《十过》中就通过讲故事，说明了他的政治理论。我以为故事讲得最生动的，就是《晋献公欲假道于虞以伐虢》一节。在这节文字里，显示了晋献公有拓土的野心，谋臣苟息有拓土的智谋；显示了虞公有好利的短见，谋臣宫之奇有忠国的计划。把晋、虞两方面的阵容，针锋相对地陈列出来，的确是紧张极了，后来献公绝对听从苟息之言，而虞公丝毫不听宫之奇之谏，一成功，一失败，乃事理之当然。末了，写献公伐虞成功之后那种欣悦的情态很逼真。当苟息奉还"璧""乘"的时候，献公兴高采烈地说："璧还是一样的，马齿就增加了！"充分表现了胜利者的口吻。这个故事把"顾小利则大利之残"的政治理论表达了出来。在韩非的著作中，不知有多少小故事，来说明大道理；他用艺术形象说明大道理，是有说服力的。韩非的政治主张能够实现，固然是历史发展的必然，而他的作品宣传力量之大，也不能说没有关系。

此外，他在《五蠹》里主张按照社会情况去办事，得出"世异则事异""事异则世变"的结论，是符合历史要求的。他在《说难》里用连串的故事，抨击君主的罪恶，显示人臣在君主面前不容易说话的畏惧形象。

他的文字非常锐利，为后世政论文树立了楷模。

其他如《礼记》《尹文子》《荀子》《吕氏春秋》中，都有一些很秀美的散文。老子的《五千言》，也是一部秀美的韵文化的散文。

（六）　小结

西周、东周、春秋、战国的文化，已发展到灿烂的阶段。农业、手工业在生产领域里高度发展，封建制度在政治领域里初具规模。文化工具的飞跃进步，学术发展到"百家争鸣"的局面。配合政治文化发展的文学也大大地提高了一步；文学与非文学也逐渐分工，韵文与散文分道扬镳，产生了有多样性的、有崇高艺术价值的文学作品。

在韵文方面，有《诗经》《楚辞》两部伟大作品，光辉灿烂，为我国古代文学的珍贵遗产。《诗经》在兼并战争频繁和诸侯关系复杂的春秋战国时代，已成为士大夫的修辞学的课本。士大夫在纵横捭阖的场合里，在朝聘燕飨的场合里，没有不引用《诗经》中的成语，作为外交辞令的。在先秦古籍中，也常常引用《诗经》中的成语，以作自己立言的有力根据。因此，《诗经》既是当时交际界的工具书，又是当时著作界的重要经典。

《诗经》到了汉代，谥上了一个辉煌的"诗经"的封号后，在文学上的影响，远不及在经学上的影响了。一般经学家改变了《诗经》的文学面貌，而易以"圣功王道"的道学面貌。在经学上的影响越扩大，在文学上的影响越减少。即是说，一般经学家拼命塞住《诗经》的文学之流，另开辟了一条经学之流。经学家这样多事，这又是与中央集权政治的建立分不开的。不过，《诗经》的写作技术——现实主义的创作精神，赋、比、兴的写作手法，既已打下了基础，成为后世诗人共同遵守的写作轨范。《楚辞》是继承了《诗经》和散文的优秀遗产，又吸取了楚国民间文学的优秀部分，开创了诗的新面貌，比《诗经》的现实主义的精神更跨进了一步。它在当时政治上的影响是很大的。所谓"楚声"（即《楚辞》）已成为秦末反秦的宏壮歌声，发生了反暴秦的强大的组织作用。从文学本身来说，在后代的影响也是很大的。以后汉代的辞赋、历史文学、六朝的五言诗、唐诗、宋词、元曲、明清小说，都与《楚辞》的血脉息息相关。

在散文方面，历史文学和散文，都有很多的成就。《国语》《左传》《国策》继《周书》《春秋》有惊人的发展，他们创造很精练的叙事文，能把一件事情的发生、发展和结局诸过程，很完整地、很形象地、很生动地描写出来。汉代司马迁就在他们的辛勤建筑的基础上把历史文学发展到高峰，而产生有高度思想性与艺术性的《史记》。

春秋、战国的散文家，也就是当时杰出的思想家。《论语》的记载多么简练含蓄，《墨子》的风格多么质朴，《孟子》的笔锋多么锐利有感情，《庄子》的想象力多么奔放、丰富。因此，他们作品的说服力、吸引力、鼓动力都很大，真可以称得上是中国散文的光辉典范。这些散文的光辉，不仅是直接照耀着下一代的汉代，简直是照耀着千古。

我们可以说，原始文学、殷商文学，不过是中国文学开幕的前奏曲，而周代文学才是中国文学的正式序幕。

五　中央集权的封建制创始时代（两汉）的文学

——约从公元前三世纪至公元二世纪

　　两汉文学的主要形式是辞赋。它是以整饬古典的形式，表现国家大一统、经济繁荣诸内容，为巩固两汉帝国中央集权的封建制的政治而服务。另有一种与辞赋对立的文学形式，那就是民歌。它是用通俗的歌谣形式，而以人民的现实生活为内容的乐府诗歌。乐府诗歌发展下去，经文人的传习、模拟，便蜕化为文人抒情的五言诗。在历史文学方面，产生了一部暴露统治阶级的罪恶、抒发作者爱憎感情的历史文学巨著——《史记》。

　　在两汉，从经济上说，大地主经济空前的繁荣，封建主积累了大量财富。自战国以来，地主经济逐渐代替了领主经济。两汉建国之后，地主经济更飞跃地发展。西汉自高帝以至文、景之世，代代有减轻或豁免田赋的命令，其间有十三个年头没有收过一文田租。这样，地主受惠多而农民受惠的比较少。

《文献通考·田赋考》引荀悦曾有这样一段批评:"古者什一而税,以为天下之中正也。今汉氏或百一而税,可谓鲜矣。然豪强人占田逾侈,输其赋大半,官家之惠,优于三代,豪强之暴,酷于亡秦。"从这里可以看得到地主经济发达的动态。汉初各封建主都是家财万贯,就是这样田赋政策下的后果。吴王刘濞拥有盐田铜山之利,《汉书·食货志》称他"即山铸钱,富埒(比)天子",常以"寡人金钱在天下者,往往而有"自诩。梁孝王更是豪华的大封建主,《史记·梁孝王世家》称他:"筑东苑,方三百余里,广睢阳城七十里,大治宫室,为复道,自宫连属于平台三十余里。得赐天子旌旗,出从千乘万骑,东西驰猎,拟于天子。出称警,入言跸……多作兵器弩弓矛数十万,而府库金钱,且百巨万,珠玉宝器,多于京师。"这班封建主的财富,已经可观了,而汉武帝的财富,更远超过他们。《史记·平准书》描写汉武帝的财富说:"汉兴七十余年之间,国家无事,非遇水旱之灾,民则人给家足。都鄙廪庾皆满,而府库余货财。京师之钱,累巨万,贯朽而不可校(数)。太仓之粟,陈陈相因,充溢露积于外,至腐败不可食。"《史记·武帝本纪》写武帝的建章宫的建筑:"度为千门万户,前殿度高未央。其东则凤阙高二十余丈。其西则唐中数十里虎圈。其北治大池渐台,高二十余丈,名曰泰液。池中有蓬莱、方丈、瀛洲、壶梁,象海中神仙龟鱼之属。其南有玉堂、璧门、大鸟之属。乃立神明台、井干楼,度五十余丈,辇道相属焉。"《三辅黄图》写未央宫的装饰:"以木兰为棼栋,文杏为梁柱。金铺玉户,华榱璧珰,雕楹玉磶,重轩镂槛,青琐丹墀,左城右平。黄金为璧带,间以和氏珍玉,风至,其声玲珑然也。"《三辅黄图》又写清凉殿的陈设:"清凉殿夏居之则清凉也，亦曰延清室。《汉书》曰'清室则中夏含霜'，即此也。董偃常卧延清之室，以画石为床，文如锦，紫琉璃帐，以紫玉为盘，如屈龙，皆用杂宝饰之。侍者于外扇偃，偃曰：'玉石岂需扇而复凉耶？'又以玉晶为盘，贮冰于膝前，玉晶与冰同洁。"从地主生活的豪华，更体现出地主经济的繁荣。

配合地主经济的发达，商品经济也很发达。《史记·平准书》这样记载："至若力农畜工虞商贾，为权利以成富，大者倾市，中者倾县，下者倾乡里者，不可胜数。""富商大贾，或蹛财役贫，转毂百数，废居居邑，封君皆低首仰给。"《汉书·食货志》也记载着："商贾大者，积贮倍息，小者坐列贩卖。操其奇赢，日游都市。乘上之急，所卖必倍。故其男不耕耘，女不蚕织，衣必文采，食必粱肉。亡农夫之苦，有仟佰之得。因其富厚，交通王侯，力过吏势。以利相倾，千里游遨，冠盖相望，乘坚策肥，履丝曳缟。""由是观之，富无经业，则货无常主，能者辐辏，不肖者瓦解。千金之家，比一郡之君。巨万者乃与王侯同乐，岂非所谓素封者耶？非耶？"从商品经济的发达，也体现地主经济的繁荣。

手工业的发达，刺激了商业的活动，也有助于地主经济的繁荣。当时煮盐、冶铁、纺织等业，有一定规模的经营，都超过了前代的水平。

不过，地主经济愈发达，土地兼并的现象愈严重，农民生活愈痛苦。董仲舒描写汉初农民生活苦痛说："贫民常衣牛马之衣，而食犬彘之食。重以贪污之吏，刑戮妄加，民愁亡聊，逃亡山林，转为盗贼。"（《贤良对策》）贡禹描写汉元帝时代农民生活苦痛说："今民大饥而死，死又不葬，为犬猪食。人至相食,而厩马食粟,苦其大肥,气盛怒,至乃日步作之。"(《汉书·贡禹传》)这种社会情况,与地主经济的繁荣,成了鲜明的对比。

从政治来说,建立和巩固了中央集权的封建制。秦始皇统一了中国,建立了中央集权的封建制的秦帝国,这种政治的建立,不仅适应了当时发展的经济形态,而且使中国封建社会取得向前发展的机会,给后代封建帝国树立了规模。到了刘邦篡夺农民领袖陈涉起义的胜利果实后,又建立了统一的、中央集权的封建制的西汉帝国。刘邦杀尽可能反叛的功臣名将,并订立了"非刘氏不得王"的政规。封建主之间,是有血缘关系的。通过这种血缘关系而把他们团结在汉天子的周围,不许他们有野心、有异动,这已为中央集权的封建制铺平了道路。到了景帝削平七国之乱以后,残存的地方分权的封建割据,又经过了一次清洗。武帝即位,在他的祖先奠定国家大一统的基础上,在大地主经济空前繁荣的情况下,推行主父偃的"推恩分封"的政策,肃清了分散的封建领主政权的残余,进一步征服了世为边患的邻邦,掌握了无限的政治权力,而中央集权的封建制从而更加巩固。

从文化来说,由于大地主经济与商业资本结合,造成汉武帝时代的文明。汉武帝为了巩固统治地位,听从董仲舒的意见,推崇儒术,罢黜百家,实行思想统治。建元五年(公元前一三六)搜集图书,置五经博士,凡太学生能通一经者补文学掌故。无非是因国家实力充足,一切都要考究起来,要做到"文章尔雅,训辞深厚"。加之文化工具的突飞猛进,笔发明之后,纸也发明了(《三辅故事》说汉武帝时就有纸)。这两者的发明，对先秦的口语文学转移为书面文学多少起了推动作用。自纸笔发明后，书写文字改进了，缮写技术改进了，文字就由繁复的籀篆，渐进为比较简易的隶书。由于文字的改进，实用的需要，促成一般文人研究文字的兴趣。司马相如作《凡将篇》，扬雄作《训纂》《方言》，即是他们研究文字学的成果。两汉的辞赋家多半在文字学上也有成就，因为辞赋家既要作瑰丽的文字，不得不考究字义、字音、字源。章炳麟说"小学（文字学）亡而赋不作"（《国故论衡》），很充分地说明了辞赋与文字学的关系。

在这进入历史的新时代，大地主经济日趋繁荣，政治日趋大一统，国家威望日趋强大，大一统的思想文化日趋发达，辞赋家就用瑰丽的文字作铺张的描写，穷情状貌，究极变化，刻画汉帝国的繁荣、统一和强大，显示汉天子尊严的姿态，担负巩固中央集权的政治任务。

在地主经济日趋繁荣的过程中，土地集中，农民备受生活苦痛，不得不发出巨大的反抗声音，民歌得以发达。统治阶级为了加强封建统治，设乐府衙署搜集民歌（自然还杂有享乐的成分），意图通过搜集的民歌去掌握民情，乐府民歌得以保存。

由于经济、政治、思想、文化有了变化，一切发展着的社会形态提高了人们的认识力和表现力，适应西汉封建社会发展水平而产生了伟大的《史记》。

1. 辞赋的特征

辞赋是一种有特殊风格的文学形式，具备了下列几个特征。

辞赋的主要内容，就是歌颂帝王功德，点缀宫廷生活。在两汉，对内削平割据，对外扩充疆土，政权空前的集中，帝王是神圣万能的人物，他的动作是超人格的、永久的、尊大的。辞赋家没有一个不致力于这方面的歌颂。司马相如歌颂汉武帝的武功，王褒歌颂汉宣帝的隆盛，班固歌颂汉光武帝的"恢复区宇"，张衡歌颂汉和帝的"文德武德"。在西汉，经济空前的繁荣，钱多到算不清，谷多到腐烂没人吃，煮盐、冶铁、铸钱、纺织等事业很发达，物质文明超过了前代的水平。辞赋家又没有一个不致力于这方面刻画的。枚乘就开始刻画了狗马声色,此后司马相如、扬雄则赞扬游猎、女色、音乐,班固、张衡颂扬京都富丽。那么,歌颂与娱乐,几成为汉赋最主要的组成部分。司马迁批评汉赋"虚辞滥说"(《司马相如传赞》),刘勰批评汉赋"诡滥愈甚"(《文心雕龙·夸饰篇》),就是责难他们有过分的歌颂和夸大的描写而言。

辞赋的规模是壮阔的,描写是辉煌的。拿许多零碎的材料,加以组织排列,体制特别显得宏伟。比如《七发》是组织音乐、饮食、车马、宫女、游猎、观涛、说理等七件事物而成。《两都赋》是组织地势、出产、郊畿、宫阙、园囿、田猎、嬉游、颂德等八件事物而成。《子虚》《上林》《羽猎》写游猎的队伍何等壮大! 写游猎的场所何等辽阔! 写游猎的技术何等神妙! 写音乐何等雄壮! 写女色何等妖艳! 形式整饬,用字古奥,迹近空虚,意境浮夸,用许多不同的字形容描写,企图增加文字外形的美丽,作为帝王精神上的娱乐品。

辞赋的形式是散韵的综合。辞赋中有叙事,有描写。叙事则用散文,描写则用韵文。《七发》叙述楚太子与吴客对话的时候,用散文;而形容音乐、滋味、女色等的时候,则用韵文。《子虚》《上林》叙述子虚、乌有、亡是公问答的时候,则用散文;形容游猎的队伍、猎技、猎品等的时候则用韵文。《两都》叙述西都宾与东都主人问答的时候用散文,形容京畿、宫阙等的时候则用韵文。这种散韵结合的形式,在殷、周金石文字中偶尔出现,在后世说唱文字中更是流行。

在辞赋中,特别体现出汉帝国的气魄雄壮、国力富强,也还有些保留了社会生活、风俗制度的面貌。

2. 辞赋的渊源

汉赋是从接受了过去的文学遗产发展而来的。

汉赋是从楚辞的母胎里妊育下来的。刘勰说:"赋也者,受命于诗人,拓宇于楚辞也。"(《文心雕龙·诠赋篇》)欧阳修说:"《离骚》作,而文辞之士兴。"(《唐书·艺文志序》)章学诚也说:"《渔父》之辞,未尝谐韵,而入于赋,则文体承用之流别,不可不知其渐也。"(《文史通义》)一致地承认楚辞是汉赋的前身。但是汉赋并不等于楚辞,而且有本质上的差异,司马迁、班固早有定论。"屈原死后,楚有宋玉、唐勒、景差之徒皆好辞,而以赋见称。"(《史记·屈原列传》)这明明白白告诉辞与赋是有区别的。"大儒孙卿及楚臣屈原离谗忧国,皆作赋以风,咸有恻隐古诗义,其后宋玉、唐勒,汉兴,枚乘、司马相如下及扬子云,竞为侈丽闳衍之词,没其风谕之义。"(《汉书·艺文志》)这明明白白指出了差异之所在。具体说来,辞多侧重于抒情,赋多侧重于状物;辞多反映现实,赋多夸大现实;辞好像是一个含笑多情的妙龄美女,赋好像一个无温暖无表情的蜡质美人。这个变化的转扭者,恐怕要推宋玉、唐勒、景差了。

汉赋的外形,特别显得壮阔;夸张的气味也显得十分浓厚,这当然是受了纵横家的影响。所谓纵横家的自身,是从哪里诞生的? 我们以为是从"大、小行人"演变而成的。据《周礼·秋官》大、小行人:"掌奉使典礼之职,引仪象历诸官,皆典谒四方之宾客者也。"这里已说明了所谓"行人"的职责。不过要做一个"行人",应具备何种条件呢? 我们看《汉书·艺文志》说:"古者诸侯卿大夫交接邻国,以微言相感;当揖让之时,必称诗以谕其志。"这简直是可与刘勰所说"赋也者,受命于诗人"一语互训。本来"行人"如果不能"称诗"的话,怎么能负担"行人"的使命? 所以"典谒四方宾客"的"行人"都要"娴习词令",而且没有哪个不"称诗"的。"行人"到了后来,就是纵横家。他们不仅是"称诗以谕其志",而且语言非常夸饰,因为要争取封建主的信服,不用夸饰的语言是不行的。辞赋家专门学习纵横家虚夸的伎俩,把纵横家虚夸的语言变为虚浮的文字。关于辞赋虚夸的情况,刘勰说得很具体:"自宋玉、景差,夸饰始盛,相如凭风,诡滥愈甚。故上林之馆,奔星与宛虹入轩,从禽之盛,飞廉与鹩鹊俱获。及扬雄《甘泉》酌其余波,语瑰奇,则假珍于玉树;言峻极,则颠坠于鬼神。"(《文心雕龙·夸饰篇》)这与邹忌劝《齐王纳谏》和淳于髡《谏长夜饮》的虚夸没有区别。

汉赋是从《雅》《颂》发展而来的。班固说:"赋者,古诗之流也。"(《两都赋序》)这已肯定汉赋祖述于《诗经》。他接着又说:"雍容揄扬,著于后嗣,抑亦《雅》《颂》之亚也。"(同上)这更具体地指出汉赋渊源于《诗经》的《雅》《颂》部分。《雅》《颂》有很多的诗,在歌颂周民族的发展和祖宗的功德,在反映贵族们的农产品的丰富和祭祀饮宴的欢乐,也有在劝告统治者不要过度地剥削人民,而要与人民休养生息。汉赋则在"或以抒下情而通讽谕,或以宣上德而尽忠孝"(《两都赋序》),其目的意识性与《雅》《颂》同。不过,汉赋的篇幅更大,刻画面更广,分段描写更精细,这更说明了汉赋是《雅》《颂》部分的发展。

汉赋是从李斯的刻石文发展而来的。秦始皇灭六国,完成中国大一统的政治任务后,需要一种表现君主集权的文字,以发挥统治者的威力。李斯的刻石文，就负起了这个使命。《史记》上所载的《泰山》《琅琊台》《之罘》《东观》《碣石》《会稽》诸文，无一不出于李斯之手，也无一不在歌颂秦始皇完成大一统的功业。汉景帝以后的文人，看到汉代大一统的规模，多走李斯歌颂的道路，大量制造歌颂的作品；此风发展下去，于是产生许多"虚词滥说"的汉赋。

总上所说，汉赋是出于楚辞，可是与楚辞各异其神；汉赋是出于纵横家，可是与纵横家各异其途；汉赋是出于《雅》《颂》，可是比《雅》《颂》的规模宏伟；汉赋是出于李斯的刻石文，可是比李斯的刻石文壮阔。这是一种文体发展错综微妙之所在。

3. 辞赋的发展与分化——司马相如是汉赋的典型人物

贾谊是西汉最早的辞赋家，他的辞赋是楚辞转向汉赋的重要标志。（公元前二〇一一公元前一六九）他的身世与屈原很相近。屈原最初得到楚怀王的信任，任左徒之职；贾谊最初也得到汉文帝的信任，列公卿之位。屈原"入则与王图议国事，以出号令"，甚有权势；贾谊则"诸律令所更定及列侯悉就国，其说皆自谊发之"，权势不亚于屈原。屈原后为"上官大夫所谗"；贾谊则有"绛、灌、东阳侯、冯敬之属尽害之"。屈原是"王怒而疏屈平"；贾谊则"天子后亦疏之"。屈原被谗后"涉湘、沅"；贾谊也是渡湘水到长沙。那么，贾谊的遭遇与屈原同，而作风自然也相似。

贾谊是一位策士，有纵横驰骋的风度。他鼓吹中央集权，具体主张"众建诸侯而少其力",也就是主父偃的"推恩分封"同样意义的主张。可惜文帝没有采取他的建议,致演成吴、楚七国叛变的惨剧。

贾谊的名作是《吊屈原赋》和《鹏鸟赋》。前者是借吊屈原以自吊,把个人与屈原结合起来,感叹自己的怀才不遇和遭受流放,以批评楚国末年的黑暗,对是非莫辨、正邪倒置的汉代表示愤恨。后者是发挥他的达观思想,而归结到儒家乐天知命的道路上来。这说明了贾谊的坚持精神远不及屈原的地方。在作《吊屈原赋》时代,他是很热衷政治的;由于他的政治理想不能实现,就想用文字把胸中的忧郁一齐向外发泄;文字有如开花炮弹,接二连三地射了出来,正对着他的政敌射击。到了作《鹏鸟赋》时代,斗争的勇气退减了一些,连剩下那些忧郁也把它藏到心之深处,于是变成一个听天由命的人,"澹乎若深泉之静,泛乎若不系之舟",文字也就有点像气球随风飘荡了。不过他这种具有生活实践的具体内容的忧郁,那就是动人的真情的流露。

枚乘(?—公元前一四一)是汉赋的奠基人。他先后做过吴王、梁孝王的食客。吴王反,他屡次上书劝谏。在政治上也是主张中央集权的。

枚乘的名作为《七发》。《七发》是以假说楚太子有疾,吴客往见的情节做主题。吴客用巧妙的辞句去感动太子,有精神治疗法的作用。在写作技术上,是采用了鳞次格的手法写的。从《七发》的整篇说:音乐、饮食、车马、宫女、游猎、观涛、说理这七件事,是依次写下去,一件比一件说得动听,也像纵横家游说诸侯那样极尽外交辞令之能事。再从观涛一节说:

由"其起始也",写到"其少进也",再写到"其旁作而奔起也",循序渐进地写下去,紧紧地抓住了涛之起伏过程,显示了祖国大江的波涛的雄伟和壮观。他这样细致地刻画景物,朝着大赋的方向走,奠定了汉赋的基础。

司马相如(公元前一七九—公元前一一七)把汉赋推到最高峰,更向靡丽壮阔方面发展。他出身贫寒,曾在临邛卖酒为生,经狗监杨得意介绍给汉武帝,做过武帝的"语言侍从"。他的名作为《子虚赋》《上林赋》《大人赋》。

《子虚赋》《上林赋》《大人赋》同是以游猎为题材。《子虚赋》本是假设有楚人子虚、齐人乌有各赞自己国君游猎之盛,《上林赋》是后来又有一位亡是公抬出天子的苑囿来压倒子虚、乌有两人所说的。《子虚赋》是从东西南北高低上下分段描写,这种分段描写的手法,后来成为汉赋一般性的法式。他描写猎技的神妙:"雷动熛至,星流霆击。弓不虚发,中必决眦。洞胸达掖,绝乎心系。"所以获得"掩草蔽地"的猎品。子虚铺张扬厉猎事前后种种形态,乌有先生更替齐王夸张了一番,说齐国的地方"吞若云梦者八九,于其胸中,曾不蒂芥"。他这样夸大游猎的乐趣,所以武帝读罢兴"朕独不与此人同时"之叹。

《上林赋》是《子虚赋》的续篇,描写天子苑囿之广,林木之茂,禽兽之多,动员之众,远要超过《子虚赋》所描写的盛况。单就猎技一项来说,怎么射走兽? 怎么射飞禽? 分段描写,较之《子虚赋》所描写的猎技更要神奇,所以能获得"填坑满谷,掩平弥泽"的猎品。接着写音乐、美女,来恢复猎后的疲劳。所写的音乐,比《子虚赋》所写的音乐要雄壮;所写的美女,比

《子虚赋》所写的美女要娇艳，是统治者奢侈生活的一个重要侧面。

最后又假托天子的口吻说："嗟乎！此大奢侈，朕以览听余闲，无事弃日，顺天道以杀伐，时休息于此。恐后叶靡丽，遂往而不返，非所以为继嗣创业垂统也。于是乎乃解酒罢猎……发仓廪以救贫穷，补不足，恤鳏寡，存孤独，出德号，省刑罚，改制度，易服色，革正朔，与天下为更始。"在这里是多少有些讽谏的作用，表现为国为民的理想和要求。

《大人赋》是在描写帝王神仙的乐趣。汉武帝征服四夷之后，现实生活够满足了，于是向超现实生活方面去追求，几次游东莱、登之罘，向海上蓬莱求快乐。因而司马相如使用高度的想象力来写《大人赋》。我们看他描写飘然上征一段，多么神奇！在这里写一个人慢慢"高纵"，徐徐"上厉"，腾云驾雾，上游九天。驰骋"玄阙"，停车"寒门"，俯视人间，仰观天际。这样美化苍天，所以武帝读罢，飘飘然有凌云之志。他的讽谏方式，在这里收到相反的效果。

司马相如另一部分作品，表现汉武帝极度的权威与对外的武功，这可拿《难蜀父老书》和《封禅遗札》做代表。这两篇作品，是一种赋化的散文。他歌颂汉武帝"群生沾濡，洋溢乎方外"。他歌颂汉武帝"仁育群生，义征不谌，诸夏乐贡，百蛮执贽"。这样过分地鼓励对外战争，那么汉武帝由对外族抵抗战争发展为向外族侵略战争，司马相如的作品可能是起过推动作用的。

司马相如的创作方法：规模壮阔，体制宏伟，没有阴沉抑郁的气氛；音节和谐，词汇丰富，益增文字的瑰丽成分。惟内容不够充实,意境近乎浮夸,没有作者自己的个性、感情。这是宫廷诗人的通病,司马相如也不能例外。

王褒是汉宣帝时代的辞赋家,咏物赋的创始者。他把专以游猎、女色为题材,转变为以细小物件为题材;把规模壮阔的风格,转变为纤弱淫靡的风格;把堆积夸张的手法,转变为密巧细微的手法。他所作的《洞箫赋》就具备这些特征。他这样细致地刻画细小物件,对后世描写细致上是起过推动作用的。他还有一篇非赋体的《僮约》,用方言叙述了奴隶对奴隶主应有的勤劳,不仅没有同情其所描写的人物,而且对所描写的人物表示鄙视、奚落,这无意中透露了残存的奴隶制的罪恶。

到了扬雄(公元前五三—公元一八),尚模拟,把赋推向定型化,集中在歌颂与游猎两方面描写,为统治者帮闲。到了晚年觉悟了,才认识到自己的赋是“雕虫篆刻,壮夫不为”。

班固(公元三二—九二)则专以京都为题材,陈述了东西两都的富丽,从地势、出产、郊畿、宫阙、园囿、田猎、嬉游、颂德多方面描写,不仅体现出东汉帝国物产的富饶,而且体现出东汉帝国气魄的伟大。有这样一套壮阔的架子,缀上许多零碎材料,给以后赋家开辟一条写国都的道路。

张衡(公元七八—一三九)是一位科学家兼辞赋家。他所作的《二京赋》,尚铺张,重堆垛,字锤句炼,竟花十年的工夫。在内容上表现了广泛的社会生活、风俗、制度,并刻画工艺,在客观上还反映了劳动人民雕刻、建筑的卓越艺术。在这篇赋中,也多少含有讽刺的成分:“恣意所幸,下辇成燕。穷年忘归,犹弗能遍。”“耽乐是从,何虑何思?”这是借讽刺西汉荒淫无耻的统治者，借以讽刺东汉荒淫无耻的统治者。唐代杜牧的《阿房宫赋》，描写秦始皇的宫女"有不得见者，三十六年"，显然是受张衡这种写作手法的影响。

张衡后来写赋倾向抒情，以《离骚》型的风格，表现不满意现实的真实感情，开辟了抒情小赋的道路。他所作的《归田赋》《髑髅赋》，篇幅简短，有反抗情绪，是汉赋新生的喜讯。

《归田赋》是在集中地抒发"仕不得志"的愤怒感情。一开始就写出他离京归田的原因："游都邑以永久，无明略以佐时，徒临川以羡鱼，俟河清乎未期"，大有怀才不遇之感。不得不惨呼着"谅天道之微昧，追渔父以同嬉"，不得不惨呼"超埃尘以遐逝，与世事乎长辞"。他的人生态度，是"苟纵心于物外，安知荣辱之所知"。这是愤怒已极之辞。他在作《二京赋》时代，宫廷文学的气味还很重，到了写《归田赋》的时代，没有宫廷文学的影子了。

赵壹是张衡以后最有战斗性的辞赋家。他憎恨统治者，誓不为官。在乡里，恃才倨傲，常遭豪强迫害，几至于死，幸有友人营救得免。他写了一首《穷鸟赋》，即是流露了被迫害的心情。他描写一个穷鸟，"穷"到这样的程度："毕网加上，机阱在下。""飞丸激矢，交集于我。"在这种情况下，"思飞不得，欲鸣不可。举头畏触，摇足恐堕"。这是他对迫害他的人的控诉与抗议。

他最著名的抒情小赋，就是《刺世疾邪赋》。在这篇赋里，是以愤激的心情，揭露社会的不平。他们"宁计生民之命？为利己而自足"。他们自私自利，不管老百姓的死活。他很勇敢地指责"邪夫显进，直士幽藏"的社会现象，也指责"故法禁屈挠于势族，恩泽不逮于单门"的社会现象，这已揭露了统治者虚伪的本质。由于社会存在着这样多的不平现象,更使他痛心疾首,所以发出"宁饥寒于尧、舜之荒岁兮,不饱暖于当今之丰年。"他宁愿在尧、舜荒年里受饥寒,而不愿在现在的丰年里图饱暖,这憎恨不平社会到什么程度!

赵壹这种揭露现实、反抗现实的思想,很可能受王充《论衡》的影响。

蔡邕是东汉末年最有文名的作家,著有《蔡中郎集》。其中多碑铭,很少反映社会现实,也就没有什么价值了。但他所作的《述行赋》,就很深刻地揭露社会上不合理的现象,把两个对立阶级的生活,作了对比的刻画:"穷变巧于台榭兮,民露处而寝湿。消嘉谷于禽兽兮,下糠秕而无粒。"从这里可以看出统治阶级与人民的生活是很悬殊的,给骄奢淫逸的统治者以无情的打击。

此后,赋分化为两种类型:一种只汇集典故,如左思的《三都赋》、木华的《海赋》、郭璞的《江赋》,有似后世的汇书。一种是抒写个人感情,如王粲的《登楼赋》、曹植的《洛神赋》、向秀的《思旧赋》、陶渊明的《闲情赋》、欧阳修的《秋声赋》、苏轼的前后《赤壁赋》,都是承继了张衡抒情小赋的衣钵。

汉代辞赋,从词汇、对仗方面说,影响了六朝骈文,甚至影响了六朝的五言诗。从文体、内容说,影响了后世诏诰、奏疏、告示及八股试帖,也影响了说唱文学。

汉代的辞赋,虽然是统治阶级的东西,现在已失去了它的服务作用,但其中有些东西是可以吸收的,所以用一些篇幅来叙述它。

当两汉宫廷诗人正挥写古典的贵族的辞赋点缀宫廷生活的时候，上层社会也有少数人在高歌发泄自己的感情，刘邦的《大风歌》，即是其杰作。在民间也有不少的无名诗人在那儿高歌着自己的诗歌，反映了广大人民群众的思想、感情和愿望。这些诗歌，在汉初由于一些下层社会的人登上了政治舞台，就把它带到上层社会去；到了汉武帝时代，由于乐府有计划地搜集，又把它保存了一部分下来。

在乐府诗歌中有庙堂诗歌，也有民间诗歌。庙堂诗歌如《房中乐》《郊祀乐》，是为了祭天地、祭祖宗和宫廷享乐的。在客观效果上，都起了巩固和推动封建社会的作用，这里打算不提。

1. 乐府民歌的特征

乐府中的民歌,是有它的特征的。

乐府中的民歌,是继承《风》诗的现实主义传统的。在汉代,参加生产劳动的人民,从自然界得到感兴,很自然地透过诗歌流露出来;在生活上所感受的痛苦,很热情地透过诗歌反映出来;在生活上有迫切的要求,很真实地从口头溜了出来;生活的欢乐,劳动的愉快,相互唱和出来。它是很真实地反映了人民的思想、感情、愿望和要求。它是从《风》诗发展下来,成为一个延续不断的、更丰富、更有力的现实主义传统。

乐府中的民歌,由斗争性不强发展到斗争性很强。汉代所保存的乐府民歌,没有《诗经》的《国风》,《楚辞》那样强烈的战斗性,这可能是汉代的统治阶级接受前代《国风》《楚辞》发生亡秦的组织作用的教训,把那些有强烈战斗性的民歌删掉了,或者经过修改之后,失去原来的战斗面貌了。其次,在汉代经济繁荣的条件下,可能有些人民对统治阶级存在着一种幻想,削弱他们反抗歌声的战斗性了。不过,到了东汉末年,也还发出一些有反抗性的歌声,那是因为东汉末年统治阶级拼命掘挖自己的坟墓,人民也就不得不为他们唱出葬歌了。

乐府中的民歌,由简单的叙事形式发展到简单的故事形式。西汉的民歌,只是简单地叙事,或简单地抒情,还保存几笔传神的《风》诗面貌。到了东汉中叶,就有简单的故事形式的诗歌出现。像《陌上桑》这样的诗歌,有人物、有发展、也有结局,即是民歌发展的里程碑。虽然人物个性不怎么突出,究竟也还粗具了人物个性的规模,较之《风》诗只抒情或叙事的篇章要显得壮阔多了。建安时代的《孔雀东南飞》，即是从《陌上桑》的基础上发展而来的。

乐府中的民歌，由参差的杂言，走向整齐的五言。西汉的民歌，多是杂言的，像《薤露》《蒿里》《上邪》，都是用长短句的杂言，表现意态。到了东汉，民歌有慢慢发展为五言的趋势；到了东汉末年，五言不仅在民歌中占优势，在士大夫的诗歌中也占优势了。

2. 乐府民歌的来源

乐府是汉武帝置管乐章的衙署。后来凡是这衙署所制所采的歌谣，便称之曰乐府。而"乐府"这两个字，便成为有特殊风格的文体。汉武帝处在一个商业经济发达的时代，嗜好音乐，设立乐府，用了一位善唱的唱工李延年总理其事。于是"采诗夜诵，有赵、代、秦、楚之讴"（《汉书·礼乐志》）。所采来的民歌，大都是徒歌，可能是经过李延年的删改才合乐的。

还有从外族输入的乐曲。

外族输入的乐曲，不过是借外族的声调，填上汉族的辞句，也犹之今日有许多的中国歌是借用外国的谱子一样。因而两汉的外族乐词，还是反映了汉族人民大众的生活。

在两汉，外族乐输入最早的，要推《巴渝舞曲》。《晋书·乐志》说："汉高祖自将定三秦，阆中范因率賨人以从帝为前锋，及定秦中，封因为阆中侯。后賨人七姓，其俗喜舞；高祖乐其猛锐，数观其舞，后使乐人习之。阆中有渝水，因其所居，故曰《巴渝舞曲》。"阆中就是四川的阆中县，渝水就是现在的嘉陵江。那时候的蜀，还是一个新加入中国民族体系中的新民族(据云在秦惠王时代,伐蜀成功;到汉高祖时代,约有一百十年左右)。他们的乐曲传到中国,有文献可考的,恐怕这是最早的一次。可惜《巴渝古辞》,今已完全散佚,现存的多半是魏、晋以后的拟作。

《鼓吹曲》大致是从匈奴输入的。《汉书·叙传》说:"始皇之末,班壹避墬(地)于楼烦,致牛羊千群。值汉初定,与民无禁。当孝惠、高后时,以财雄边,出入弋猎,旌旗鼓吹。"这是"鼓吹"两字首见于中国典籍。《鼓吹曲》也许在这时期左右输入的。

在《鼓吹曲》输入后几十年,《横吹曲》也输入了。《晋书·乐志》说:"胡角者,本以应胡笳之声,后渐用之横吹,有双角,即胡乐也。汉张博望侯(骞)入西域,传其法于西京,惟得《摩诃兜勒》一曲,是为胡曲之本。'摩诃兜勒',皆胡语也。"宋代郑樵的《通志》也说:"角之制始于胡,中国所用鼓角,盖习胡角而为之也。"张骞第一次由西域回到中国来,是在汉武帝元朔元年(公元前一二六),《横吹曲》大致是在这个时候传进来了。

《鼓吹曲》和《横吹曲》都可以肯定是从外族输入的。这两种曲,只有《鼓吹曲》还保存了一部分,而《横吹曲》一首也不存在了。但从保存的《鼓吹曲》的内容来看,大部分还保存着民歌的本来面貌。若从曲调上来说,可以说它是外族乐;若从文词来说,那还是民歌,因为文辞是汉族人创作的。

3. 乐府诗歌的分类问题

在两汉乐府诗歌中的歌曲,以从民间采来的为最佳。这些歌曲,虽然免不了经过乐府中的人员润色以求合乐,但必还保存几分原来的面目。我们以为《汉书·艺文志·诗赋略》所载的民歌,多已遗佚。今日所存的两汉乐府,恐怕是东汉的作品,由魏、晋人保存下来的。据《宋书·乐志》说:"凡乐章古辞,今之存者,并汉世街陌谣讴,《江南可采莲》《乌生八九子》《白头吟》之属也。"《乐志》又说:"《相和》,汉旧曲也,丝竹更相和,执节者歌。"《乐府诗集》引《古今乐录》说:"凡相和,其乐器有笙、笛、节、鼓、琴、瑟、琵琶等七种。"

这些采来的民歌,大致都是徒歌,后来才合乐的。即是说,收入乐府之后,才有种种不同的音调。我们以为《汉书·艺文志·诗赋略》所录入的乐府诗歌,只有地域上的分别,没有音调上的分类。自从沈约的《梁书·乐志》起,始把古乐府中的一部分民歌,分为"相和、清商、大曲、楚调四类。清商之中,又分平、清、瑟三调。"到了宋代,郭茂倩在《乐府诗集》里又说:"《唐书·乐志》曰:平调、清调、瑟调,皆周房中曲之遗声,汉世谓之三调,又有楚调、侧调。楚调者,汉房中乐也。高祖乐楚声,故房中乐皆楚声也。侧调者,生于楚调,与前三调,总谓之相和。"似乎所谓三调,楚、侧又都可总相和。如照《宋书·乐志》所排列的情形来看,郭茂倩分类太笼统了。我们认为两汉乐府的分类,发生于东汉。班固的《汉书·艺文志》和《礼乐志》都没有提到乐府分类,即其证明。从东汉到齐、梁之间,由于印度语言的输入,音调发生剧烈的变化,声辞增衍的地方也很多。郭茂倩的话固然不合乎事实,就是《宋书·乐志》的分类,也未必合乎两汉乐府的真象。况且我们对于两汉乐府的分类不能专拘泥于名目。如果专拘泥于名目的考证,更不能弄清乐府的源流。就清商一类来说,《宋书》所载的,不知与两汉的是否相同？不过到了后魏时代的清商乐和隋、唐时代的清商乐,显然与《宋志》所说的清商乐有差异。可见虽是同一名目,实际上也有变化,我们又何必专从名目上来浪费笔墨？

4. 乐府民歌的思想性与艺术性

乐府诗歌中的民歌内容很复杂,有恋歌,有战歌,也有写人民生活痛苦的歌。血泪从文字流出,真是社会史的活的材料。

恋歌以《陌上桑》和《有所思》为最佳。

《陌上桑》一名《罗敷艳歌行》,是汉相和歌。它以轻松愉快的笔调,写一位有夫的妇女——罗敷在桑间拒绝"使君"无礼诱惑的情景,其目的在歌颂妇女的美丽、勤劳、智慧、坚贞,借以暴露封建官僚的无礼、淫乱,充溢了现实主义的精神。

《陌上桑》有多少民歌的成分？有多少文人润色的成分？很难断定。罗敷的故事在民间广泛地长期地流传着,民间诗人用顺口溜的方式编成诗歌传诵,并不断加工,到东汉中叶才把它记录下来,再经文人润色,也是可能的。在刻画装饰美的句子里,有骈俪气,可能就是文人润色的遗痕。不管文人润色多少,基本上还是保存了民歌的本来面貌。

在古今中外的民歌中,歌颂一般妇女的爱情的作品很多,《陌上桑》就是其中的范例之一。

作者布置了一个美的气氛,来显示罗敷的美。刻画她正在朝阳照耀的楼台整容的姿影,刻画她正在春阳满地的城南采桑的姿影,从环境的描写,来衬托出美人的美丽,这种处理题材的方法是好的。

接着刻画罗敷的装饰美，从头部的装饰，写到身部的装饰；从装饰的美，衬托出肉体的美，鲜明浓艳的色调，活跃着一副容貌不凡的形象。接着描写行人、少年、耕者、锄者望见罗敷而为之倾倒的情景，强调他们都爱罗敷来显示罗敷的美，为下文"使君"的诱惑埋下伏笔。

果然有一位过路的"使君"来诱惑罗敷，也含有显示罗敷美的作用。其中"五马立踟蹰"一语，真是下得神妙。"使君"被罗敷的美所迷惑，所以看到罗敷而立刻徘徊不前。用这种手法来形容罗敷的美，比较写装饰美和行人等为美倾倒更要有效。在这里，或用叙述，或用对话，或借动作，表示了"使君"对罗敷的惊异、羡慕、无礼，同时也表现了罗敷的爽朗、自负、机智。

在这首诗里所描写妇女美的手法，较之《诗经》《楚辞》所描写的妇女美更要复杂，更要传神，更要逼真，更要生动。

作者写罗敷的勤劳，所占的篇幅很少；但我们从"罗敷善蚕桑"一语，可以看得出罗敷是喜欢劳动的，从"采桑城南隅"一语，可以看得出罗敷是在参加劳动实践的。还有描写耕者、锄者的劳动，来配合罗敷劳动的画面。

这首诗写罗敷智慧、坚贞也很突出。当"使君"向罗敷提出"宁可共载不"的问语时，罗敷用"使君一何愚"一语责难使君，再补充"使君自有妇，罗敷自有夫"的理由严加拒绝。罗敷懂得封建社会官怕官的心理弱点，用夸耀自己丈夫的方式——盛夸自己丈夫的威风、英俊、漂亮的不凡气派和远大前途——来压倒"使君"，使狂妄的"使君"在罗敷锐利的辞锋下而自惭形秽。我们读到这里，就恍惚看到罗敷理直气壮地在桑间与恶势力作斗争的情景。罗敷不再像《七月》诗里的妇女感受"与公子同归"的危险，这与罗敷智慧分不开的。罗敷对"使君"不敢直接反抗，利用侧面的反抗，这不仅充满了反抗情绪，而且收到反抗的效果，她有代表千百万被压迫妇女的典型意义。

作者在暴露"使君"的淫乱方而，也是下过功夫的。前文所分析罗敷的智慧、坚贞，也就是"使君"淫乱的反面。作者刻画行者、少年、耕者、锄者对罗敷的美丽，或放下担子拈着胡子欣赏，或羞答答地欣赏，或忘耕忘锄地欣赏，对罗敷是没有伤害的。"使君"呢，他就超过了对罗敷单纯的欣赏，而进入到掠夺意图。作者用劳动人民不调戏罗敷的事实，衬托出"使君"对罗敷调戏的卑鄙。进一步说，作者愈刻画"使君"无礼、淫乱，愈是衬托出罗敷的坚贞、智慧。这是本诗艺术性很强的表现。也是本诗富于戏剧性的表现。

这首民歌，给后代文学的影响很大，从后代诗人广泛地拿罗敷做题材和广泛地接受它的写作手法这两者，可以看得出来。

与《陌上桑》同题材的，有《羽林郎》。《羽林郎》中的酒家胡姬被羽林郎调戏，更有甚于《陌上桑》中的秦罗敷被使君的调戏。因而酒家胡姬也以更顽强的反抗态度反抗羽林郎，到"不惜丝罗裂，何论轻贱躯"的程度。这里不仅显示了酒家胡姬的美丽、智慧、坚贞，而且显示了她的个性的顽强。

《有所思》是《鼓吹曲》中的恋歌，抒写男女青年内心的活动，是很真切的。诗中有"妃呼豨"三字，是"乐之声辞"，有声无义,有今日民歌中的"呀啊嘿"的作用。

我们认为这是连在一起的两首恋歌。因为两首都有"相思"的字眼,合乐时把它们编辑在一起,很有可能(当然是不对的)。大概在"勿复相思"以前是一首诗,"相思与君绝"以后又是一首诗。前一首诗在描写女子对爱人有"他心"的那种愤慨的心理状态。一个女子当她想念远在"大海南"的爱人的时候,准备拿起珍贵的赠品——一支镶着两颗明珠的玳瑁簪送给爱人,作为爱情表记,造成浓厚的爱情气氛。后来听到远在"大海南"的爱人有"他心"的时候,便将自己准备送给爱人的赠品焚毁。作者着力刻画了女子的愤怒,用重复一遍"摧烧之"表示女子愤恨不已,仅仅"摧烧之"还不够,还要加上"当风扬其灰",这一句更显示出女子心中愤怒之甚。从对待赠品的态度前后不同,表现她的爱憎分明、强烈。她以刚强的态度斩钉截铁地发出"从今以往,勿复相思"的诅咒声。这在讽刺封建社会男子玩弄女子的不合理,大有《王风·中谷有蓷》的风味。后一首诗是在描写一个女子正在热爱一位男子而又不敢热爱那种恐惧的心理情态。她担心偷偷相会时惊动了鸡犬,担心兄嫂知道他们来往的秘密时来加干涉,担心他们来往的秘密在大庭广众之中很快传遍时遭受奚落,而被迫地发出"相思与君绝"的沉痛声。活画出一个女子对枕边情人低语、一片惊惶的神态。这在讽刺封建社会婚姻的不自由,大有《郑风·将仲子》的风味。这两首诗的基本精神,都含有反抗礼教的基本因素,但各有独立的生命。如果摆在一起,反而不调和了。

写爱情坚贞的还有《上邪》。把女子忠诚于爱情的感情,用朴素有力的语言表现出来,诚如沈德潜所说:"山无陵下共五事,重叠言之,而不见其排,何笔力之横也。"(《说诗晬语》)与前两诗有同样的美学价值。

战歌以《鼓吹曲》中的《战城南》和《杂曲》中《十五从军行》为最佳。

《战城南》深深地流露了厌恶战争和反抗战争的感情。这里有死尸狼藉、鸟兽争食的惨状,有英雄(枭骑)战死、驽马悲鸣的阴影,有壮士出征、农村荒凉的情景,有征士一去不复归的绝望情态。这首诗色素暗淡,表情热烈。诗人通过战场景物的刻画,透露了战士在战斗前后的心理上的变化,真是一首反对汉帝国穷兵黩武的绝唱。这与铺陈汉帝国的军威武功的辞赋,恰成了一个对照,这是人民群众反抗好边功者的呼声。此后,陈琳的《饮马长城窟》,李白的《战城南》,与此诗同题材,而目的也相同,只不过加工的程度较这首民歌更深罢了。

《十五从军行》,写一位老兵到八十岁才得回乡,但他回到故乡时,他的家已被战争毁灭了。诗人着重渲染征人故乡的残破,这是直接对战争的诅咒,与杜甫的《无家别》有异曲同工之妙,可能是东汉末年军阀混战时代的反映。

写人民生活痛苦的歌,以《上留田行》《东门行》和《孤儿行》为最生动。

《上留田行》是写人民生活的痛苦的,血泪从文字中流露出来,真是社会史的活的材料。这不仅把董仲舒在《贤良对策》里所说"贫民常衣牛马之衣,而食犬彘之食"的抽象概念给以很生动的形象,而且又与辞赋家所描写宫殿、游猎、宫女、音乐的辞赋成了尖锐的对比。诗一开始就怀疑人类有贫富阶级的分别,愤愤地提出质问:富人为什么食稻粱? 我们穷人为什么吃糟糠？这里有鲜明的阶级觉醒而富于强烈的斗争性。随后又把这种不平等的现象归之于天命，很软弱地安慰自己：贫贱有什么关系呢？叹息是没有什么用处的，蕴藏着无可奈何的失望情调。两种不同的情调摆在一起，很突出地显示了农民的心理矛盾。在封建社会里，农民受地主剥削，不能维持最低限度的生活，对地主奢侈生活感到不满，提出抗议，是很自然的事。由于没有人指导他们以政治出路，农民们把生活上的苦痛，都归之于天命，也是很自然的事。这首诗，把农民由强烈的斗争性转变为安命论的情绪变化，紧紧地抓住了，每句下有"上留田"三字，有声无义，不是用来谐韵的，便是用来过板的。《乐府诗集》注为曹丕所作，像这样有阶级觉醒的诗，决不是没有过过穷困生活的曹丕所能写得出来，这可能是东汉无名氏的民歌。

《东门行》是在写一男子在无衣无食、全家无以为生的条件下，要拔剑出门行劫的斗争情景。开始写家中贫困到"盎中无斗米储，还视架上无悬衣"，挑选两件生活必需的东西——衣食缺乏，来烘托出贫困的形象。这里反映出男子在饥寒威胁的情况下，只有"拔剑出门去"，充分表现了男子有决心反抗的英雄气概。继写女子苦劝丈夫不要做行劫的勾当，宁愿在家中吃坏东西，不要出门去冒生命上的危险，这里表现出善良的女性形象。最后写男子的态度坚决：只有在年富力强的时候去行劫，不能在家里等着死。通过夫妇的对话，充分流露了穷人在封建压迫下的矛盾心理和反抗情绪，有高度的人民性和战斗性。

《孤儿行》写孤儿在封建家庭中所遭受的痛苦，并暴露了私有制的罪恶和封建伦常的虚伪。诗中写孤儿生活之苦，不亚于《僮约》所写奴隶生活之苦；写孤儿工作之重，不亚于《僮约》所写奴隶工作之重；写兄嫂管制孤儿之严，也不亚于《僮约》所写奴隶主管奴隶之严。诗人用孤儿畏惧兄嫂最突出的部分，来形容兄嫂的严厉，用孤儿对生之厌倦，来衬托孤儿苦痛的深度。诗中又把父母在时的生活舒适与父母死后的生活辛酸两两对比，更显出孤儿的辛酸与痛苦；而宗法社会中的大家庭制度的罪恶也显示了出来；在一定的程度上，还反映了封建社会人剥削人的基本问题。沈德潜批评这首诗说："极琐碎，极古奥，断续无端，起落无迹，泪痕血点，结掇而成。"（《说诗晬语》）这虽然是从单纯的艺术标准出发的评价，却说明了这首诗是有真挚感情的，且有高度的艺术性。

此外，《乌生八九子》《妇病行》，都是农民生活痛苦时所发出的呻吟声，或呼救声，绝不是文人雕琢出来的，当中或者有些经过文人润色，这是不可避免的事。

在两汉，辞赋压倒了诗歌，幸而有具有新鲜的生命力量的乐府民歌出现，好像是在黑暗中有着明灯放着灿烂的光彩。

5. 乐府民歌的蜕变——五言诗的降生

汉代初年作诗的形式，不是以《诗经》为楷式的四言，便是以《楚辞》为楷式的楚声。在这当中，乐府中民歌，有很多五言的，从内容到形式，都是劳动人民所创造，而且很优美。因而东汉的文人也慢慢模拟乐府，模拟劳动人民的艺术技巧了。由于他们受阶级的局限，士大夫的气息很浓厚，没有道地的民歌那样率真、亲切。乐府本来是要合乐来唱的，其题目不是在表明什么内容，而是在表明什么曲调。所以题目是固定的，文辞则常常变换，同题目而不同辞句。所谓《陌上桑》《孤儿行》，是调子的名目，标志所唱的什么调。历代文人喜欢模仿这种调儿，照着调儿来填词。到后来这些调儿有不合乐唱的趋势，而成为文人们抒情或叙事的文学形式——五言诗。《汉书·艺文志·诗赋略》所说"诵其言谓之诗，咏其声谓之歌"，这便是作诗不必合乐的说明，也是五言诗脱离乐府独立的说明。

五言诗起源于乐府中的民歌，在东汉，南方的楚声与北方的《国风》渐渐走上结合的道路。五言体的乐府如《陌上桑》《白头吟》，就是这两者结合后的产物。《国风》多半是四言的，形式整齐。这整齐的《国风》比那不整齐的楚声要容易记忆，这便带给楚声以整齐的成分。但是《国风》的形式，久已僵化了。四言的句子，两个字联成一组的音节，既平板，又单调；既不便于歌唱，又不便于写情写景，不得不把句子的字数增加，作为描写比较复杂的事物和感情的工具，便创造出五言体的乐府形式。

乐府中的民歌，以五言体为最优秀、为最进步，文人对之发生兴趣而加以拟作。那么，经过文人对五言体乐府的拟作阶段，然后才达到五言的新体诗的降生阶段的。不过五言的新体诗，虽导源于乐府，可是与乐府有一定的差异。乐府是民间的文学形式，而五言诗是士大夫的文学形式；乐府倾向于写社会，而五言诗倾向于写个人。所以五言诗继乐府而出现，乃是民歌的文人化。

文人创作的五言诗最早的要算班固的《咏史》诗，呆板、生硬，是一首不成熟的作品，钟嵘批评它"质木无文"（《诗品》），这是五言诗在草创模拟阶段的必然现象。秦嘉的《赠妇》诗抒写了夫妇间的真挚感情，钟嵘批评它"文亦凄怨"(《诗品》)，一首诗能流露了"凄怨"的感情，这标志着五言诗开始脱离了草创模拟阶段而逐渐臻于成熟的阶段了。

五言诗是我国文学史上一种重要的诗歌形式，它的产生，一般地说是渊源于西汉的民间歌谣，但到东汉时期才达到成熟的阶段。东汉时期的五言诗，尚未创造出辉煌旷达的境界来。后来逐渐发展，到建安以后经黄初、正始诸人的相继创作，才得独占诗坛，成为有时代意义的文学形式。《文心雕龙·明诗篇》叙述五言诗的发展过程为："又古诗佳丽，或称枚叔，其《孤竹》一篇，则傅毅之词，比采而推，两汉之作乎！观其结体散文，直而不野，婉转附物，怊怅切情，实五言之冠冕也。至于张衡怨篇，清典可味，仙诗缓歌，雅有新声。暨建安之初，五言腾踊，文帝、陈思，纵辔以骋节；王、徐、应、刘，望路而争驱。……正始明道，诗杂仙心，何晏之徒，率多浮浅。唯嵇志清峻，阮旨遥深，故能标焉。"我们说五言诗与乐府诗有一定的差异，而且有它自己的发展过程，但不能把它们的界限严格划分开来，因为有些作品有五言诗的成分也有乐府的成分，我们这里只作一般意义的区分。

五言诗成熟较早的作品，是蔡琰的《悲愤诗》。

蔡琰是蔡邕的女儿，在汉献帝兴平间，被胡骑掳去，在南匈奴住了十二年，生二子。曹操怜蔡邕死后无嗣，将她用金赎回，嫁给陈留董祀。她感伤乱离，作《悲愤诗》。这首诗是汉代著名的一首长诗，对社会生活描写逼真而简洁，对历史追怀部分动人而扼要。逼真的前提，是作者所写的情景，都是作者亲身所遭遇的；动人的事件，是作者对所写的对象，具有真挚的情感。她描写兵连祸接的惨状："斩截无孑遗，尸骸相撑拒。马边悬男头，马后载妇女。"挑选最惨绝人寰的部分来刻画。她描写思乡的感情："有客从外来，闻之常欢喜。迎问其消息，辄复非乡里。"也是抓住特征的部分来适当地描写或叙述。她描写故乡丧乱的遗迹："既至家人尽，又复无中外。城郭为山林，庭宇生荆艾。白骨不知谁，纵横莫覆盖。"真是凄切动人，绝无班固的《咏史》诗的"质木"风味，可算得五言诗比较成熟的作品了。本来在蔡琰时代，多数妇女受战争的蹂躏，当匈奴的俘虏。因而在这篇作品里，不仅有作者个人的感情，而且有多数被蹂躏、被俘虏的妇女的感情，不仅为作者个人鸣不平，而且为多数受蹂躏俘虏的妇女鸣不平。这是五言诗成熟时代的旗子。

在五言诗的草创时代，《古诗十九首》，要算是杰作了。

《古诗十九首》的名目，创于萧统的《昭明文选》。萧统在许多无名氏的古诗中，只选了十九首，遂成立了《古诗十九首》这个名称。古诗为什么失去作者的姓名呢？这也许是新体诗在草创时代作者不愿书名的缘故吧！

古诗有多少，现在无从知道。惟据钟嵘的《诗品》所说："古诗，其体源出于《国风》。陆机所拟十四首，文温以丽，意悲而远，惊心动魄，可谓几乎一字千金。其外《去者日已疏》四十五首，虽多哀怨，颇为总杂，旧疑是建安中曹王所制，《客从远方来》《橘柚垂华实》，亦为惊绝矣。"照上面所说，流传在齐、梁时代的古诗，约有五十九首之多。这五十九首的作者虽不明，我们可以断定其中有一部分时代较早的、有一部分时代较晚的。沈德潜说:"《古诗十九首》,不必一人之辞,一时之作。"(《说诗晬语》)是很有见解的话。究竟哪些诗时代较早,哪些诗时代较晚呢?我们认为钟嵘所说陆机所拟的节目和《玉台新咏》所题为枚乘所作的时代较早,其他诸节时代较晚了。陆机所拟的十四首,载于《文选》的有十二首。今日《文选》所载古诗的原作,除了《兰若生朝阳》,其余都列在"古诗十九首"中,这十一首诗,就是钟嵘所谓"文温以丽,意悲而远"的几首了。徐陵的《玉台新咏》选《古诗》共十七首,其中有九首题为枚乘所作,另外八首则为无名氏之作。最碰巧的是题名枚乘所作的九首,也就正是陆机所拟的一部分;而不题作者名氏八首,就没有一篇是在陆机所拟之中的了。因而我们这样想,钟嵘所批评的十四首,必是较早之作,所以徐陵肯定为枚乘之作,其他四十五首为时稍晚,所以有"建安中曹王所制"的疑词。大致自西晋到梁、陈之间,一般文人对于《古诗》都有这样的分别认识。萧统选文时,就忽略了这种时间上的区别,把许多不同时代的古诗统称之曰《古诗十九首》就完了事。我们若拿钟嵘说的陆机的拟作和徐陵的选录来比较,就可以纠正萧统对时间忽略的错误,更证明沈德潜的说法的正确性了。

《古诗十九首》的内容,是不一致的,其中有恋歌,有思乡歌,有怀人歌,有厌世歌。恋歌如《青青河畔草》《冉冉孤生竹》《迢迢牵牛星》《客从远方来》《明月何皎皎》,可与《国风》、乐府中的恋歌异曲同工。这些诗,表现了游子、思妇的哀怨,感情真挚、率真,风格自然、有力。思乡歌如《行行重行行》《涉江采芙蓉》,既承《豳风·东山》之遗,又开王粲《登楼赋》之先。前者是出征军人押解就道的别离图画,后者是出征军人在远方想念妻子的图画。这两幅图画,从内容上说,可以说是东汉末地方军阀混战的写实;从技术上说,可以说是速写的大手笔。怀人歌如《明月皎夜光》《凛凛岁云暮》,深深地流露离人索居的苦闷;前者借刻画秋夜的景象而透露出思念之苦,后者借刻画岁暮的严寒景象,而透露出梦想之深。浓厚的生活气息,动人的感觉,从文字活现出来。厌世歌如《青青陵上柏》《回车驾言迈》《驱车上东门》《生年不满百》,上承《唐风·山有枢》之遗,下开曹氏父子《短歌行》《善哉行》之先。这些诗,或对现实生活不满,或追求霎时间的物质生活,或对生存绝望,这就是中小地主畏惧贵族剥削和农民起义的动摇、绝望情绪的反映,也正是东汉帝国崩溃过程中政治黑暗、社会混乱的反映。

《古诗十九首》的写作技术是很优美的。诗的情调,有浓厚的感伤气氛,其所描写的自然景物所造成的凄凉、寂寞气氛,很调和地与之相适应。诗的风格,平淡、质朴,毫无半点雕饰痕迹,却又处处呈现着文人诗歌的色彩。诗的语言,用得像口语一样,抒写深沉含蓄的感情,保存了乐府民歌的平易浅近的面貌。

《古诗十九首》也是五言诗成熟时代的旗子!

1. 司马迁的《史记》是文学与历史统一的范例,达到古典文学与历史的高峰

历史文学发展到司马迁时代,已达到了高峰,《史记》就是达到高峰的标志。

《史记》是司马迁花了近二十年的精力所写成的巨著。司马迁,字子长,左冯翊夏阳人(公元前一四五—公元前八六——据王国维考证)。幼年家贫,做了一些辅助劳动,参加耕植畜牧工作,以此接近了人民。他的父亲司马谈,做了三十年的太史官,整理了一些史料;在思想上、人格上、治学态度上,都给司马迁以巨大的影响。司马迁的《史记》可能有一部分是从他的父亲所整理的史料改写的,至少有一部分是利用他的父亲所遗留的史料写成的。他在这样家庭环境培植下,

把他的天才集中在历史人物的雕塑上，根据历史事实来刻画人物的精神面貌、思想活动，使历史人物的描写达到真实的活现。他对于历史人物的记载，非常严肃、认真；如果掌握的材料不够，绝不强作解人。"故疑则传疑，盖其慎也。"(《三代世表》)这是他写作严肃、认真的座右铭。他的父亲期望他做"孔子第二"，期望他写成"第二部《春秋》"，这要给他很大的鼓舞。他以营救李陵，"就极刑而无愠色"，就是有这个因素在他的精神上激动他、支持他，使他在任何艰难的环境下，也不放弃他的《史记》的写作工作。他在《报任安书》里愤愤地说："所以隐忍苟活，幽于粪土之中而不辞者，恨私心有所不尽，鄙陋没世而文采不表于后世也。"他受刑之后，还是委曲地发展艺术天才，希望以"文采"传诸后世。也就是说，拿他自己所得到的历史知识，通过艺术形象，写成一部富有"文采"而又卓绝千古的《史记》。

　　司马迁为了了解历史的真实，曾游历了不少的地方。他到过江、淮、会稽、湘、沅、齐、鲁、彭城、大梁这些有历史意义的地方；他又奉使到过巴、蜀、滇这些少数民族居住的地方。这不仅对他搜集历史材料增高它的科学性、可靠性，更重要的就是对他的人格修养有极大的启示性、鼓励性。他到了会稽，听到越王勾践、伍子胥的传说，他到了大梁，听到信陵君、侯嬴的传说，他到了淮阴，听到韩信的传说，他到了齐、鲁，看到了孔子的遗风，或多或少地受到他们的精神感染。他的政治态度这样坚定，他的战斗精神这样倔强，是与他在游历中所受到历史上伟大人物的教育分不开。同时，在他游历的过程中，也更进一步地接近人民。

　　司马迁以营救李陵受腐刑，这是对他的人格的最大侮辱和精神上最大的残害。正是这样，从他自己受侮辱、受残害，就深切地联想到人民受侮辱、受残害，更加深对统治阶级的厌恶与仇恨和对被统治着的人民的同情与关怀。他爱憎分明：以讽刺的方式去反抗统治阶级，揭露统治阶级的罪恶，雕塑一些被否定的人物形象。在另一方面，以抒情的方式，同情并留恋在客观环境中挣扎失败的人物，同情并歌颂一些社会上的下层人物，雕塑一些值得肯定的人物形象。这种精神，贯穿到他所有的作品里去，因而产生了这样有生命、有艺术价值、在世界文学史上放着光辉的巨著。

　　《史记》记载黄帝以来至汉武帝时代的政治经济活动，计本纪十二、世家三十、列传七十、书八、表十，凡百三十卷，五十二万六千五百字。他有惊人的创造力：创造纪年的统一的"纪年表"，开辟"以事系人"的"纪传体"的新路，描写社会发展全面的历史面貌。他除了写政治活动外，还有《礼》《乐》《律》《历》《天官》《封禅》《河渠》《平准》八书，刻画精神文化的历史面貌，树立文化史的规模。他在《自序》里告诉写历史的动机说："述往事，思来者。"即是说，他要叙述人类历史的变动，是在指导历史发展的动向。他在《报任安书》里对历史下了一个比较有意义的定义说："欲以究天人之际，通古今之变，成一家之言。"也就是说，他这部历史书是在指导人事应当顺应自然的发展，获得历史变迁的概念，把许多历史材料装置在他的历史哲学的体系中，得出历史是向前发展的结论。

　　司马迁雕塑各时代的人物形象，上层社会的人物，下层社会的人物，一起在他的笔下体现了。他雕塑上层社会的人物形象,态度那么严肃、认真! 对国家人民有贡献的人,就雕塑一个善良的形象;对国家人民有罪恶的人,就雕塑一个凶暴的形象;就是雕塑汉代统治阶级的形象,他还是不留情面,用含蓄的文字来表达他的精神实质。他雕塑下层社会的人物形象也很认真、严肃,替平民立了传,描写平民被剥削、被压迫的悲惨命运,也描写平民与这悲惨命运作英勇斗争,燃烧着平民反抗统治阶级的怒火。最难得的是,他公然给佣工出身的陈涉列为"世家",对他起义的行动估价那样高,在《自序》里这样说:"桀、纣失道而汤、武作,周失其道而《春秋》作,秦失其政而陈涉发迹。"他把陈涉起义看作与商汤伐桀、周武伐纣、孔子作《春秋》有同样的价值。司马迁这样大胆,这不仅说明他的骨头硬,而且说明了他在歌颂陈涉起义的英勇行动。

司马迁用经济情况去说明社会问题。暗示了经济的变动是历史变动的决定因素。他在《货殖列传》里把贤人、隐士、廉吏、壮士、盗贼、妓女等各种各样的人的行为动机,都归结到"其实皆为财用耳"这个规律上来。在《平准书》里说,"钱益多而轻,物益少而贵",就发现了通货膨胀、物价昂贵的原则。他在这里指出了汉初的物质艰难,是战争破坏生产力之后的必然现象;指出了汉武帝末年经济凋敝、"盗贼"四起,是长期对外战争的后果。他这种从统治阶级的政策和对人民的剥削情况上去说明当时经济、政治的失败,这充分地说明了司马迁有朴素的唯物论的倾向。这种倾向,在《史记》中表现得最突出。

(1)司马迁歌颂历史上的肯定人物

司马迁表扬了历史上值得肯定的人物。

司马迁歌颂了反暴秦的英雄——陈涉与项羽。

在汹涌澎湃的反暴秦的革命运动中，产生不少的英雄人物，陈涉、项羽就是其中的杰出者。

陈涉是反暴秦的革命运动中的点火者，司马迁为他写了一篇《陈涉世家》以致歌颂；项羽是反暴秦的革命运动中的主力军的主帅，司马迁为他写了一篇《项羽本纪》以致歌颂。从这两篇文字，可以看出司马迁的反抗统治阶级横暴的坚强的政治态度。

司马迁对于反抗统治阶级的横暴、推动历史进步的英雄，备极赞扬；但又对于背叛人民、阻碍历史进步的部分却严加批判。他所写的《陈涉世家》和《项羽本纪》，就是体现了他这种爱憎分明的政治态度。

在《陈涉世家》的开始，描写陈涉在"佣耕"时发出"燕雀安知鸿鹄之志"的感叹，流露那种怀才不遇的心情，这已具体指出陈涉在青年时代就有非凡的志向，为陈涉未来高举反暴秦的义旗埋下了伏笔。

接着就描写陈涉起义的经过。他指出陈涉懂得政治策略，"诈自称公子扶苏、项燕，为天下唱"，利用在人民群众中有号召力的政治人物来号召人民群众。他指出陈涉也懂"先威众"的政治心理，"乃丹书帛曰'陈胜王'，置人所罾鱼腹中，卒买鱼烹食，得鱼腹中书"，利用人民群众的迷信观念以号召群众。他指出陈涉用"王侯将相，宁有种乎"的自负口吻以激励群众。他指出陈涉也走群众路线，"号令召三老豪杰与皆来会计事"，吸收群众的意见、智慧，共图大事。他指出陈涉也懂得有组织军事联盟的必要，"陈王乃遣使者贺赵，而徙系武臣等家属宫中，而封其子张敖为成都君。趣赵兵亟入关"。加强反暴秦的军事联盟。作者着重于陈涉抓住楚国人民仇恨暴秦的普遍心理的刻画，着重于陈涉用多种方法来发动群众的刻画。陈涉把反暴秦的火点起来，那反暴秦的火焰，燃遍了中国，终于达到亡秦的目的。司马迁对于陈涉发动反暴秦的义举，估价这样高，因为司马迁有仇视迫害人民任何暴力的心情与愿望。

不过，司马迁是一位现实主义者，忠实于现实。他固然用同情的笔调，歌颂陈涉的发难；同时对于陈涉在反暴秦的革命运动中所产生不可弥补的缺陷，并不隐晦。"或说陈王曰：'客愚无知，颛妄言，轻威。'陈王斩之，诸陈王故人皆自引去，由是无亲陈王者。"指出陈涉后来严重地脱离群众的错误。"诸将徇地，至，令之不是者，系而罪之，以苛察为忠。其所不善者，弗下吏，辄自治之。陈王信用之。诸将以其故不亲附。"指出陈涉轻信细言以致众叛亲离的错误。这两点的指出，对后世农民起义很有教育作用。

项羽是一位"力拔山兮气盖世"、击溃暴秦主力的英雄，所以司马迁在《项羽本纪》里给项羽塑造出一个勇敢、智慧、戆直的英雄形象，基本上肯定了项羽。正因为项羽是秦末豪杰并起的形势下的英雄人物，是在反暴秦的革命运动中锻炼出来的。配合陈涉所领导的农民军击溃秦军的主力，是项羽的光辉事业。因为项羽本身具备了许多封建时代的英雄特征，所包含的典型性比较丰富，所以创造项羽的典型，乃是艺术创造必然的要求。司马迁在"赞"里对项羽致以崇高的赞赏与景仰说："夫秦失其政，陈涉首难，豪杰蜂起，相与并争，不可胜数。然羽非有尺寸，乘势起陇亩之中，三年，遂将五诸侯灭秦，分裂天下而封王侯,政由羽出,号为霸王,位虽不终,近古以来,未尝有也!"这种评价,基本上是符合历史的真实的。后来项羽的思想行动,背叛了人民,也就背叛了历史,就陷入了英雄末路,造成了历史悲剧。所以司马迁在"赞"里又接着说:"及羽背关怀楚,放逐义帝而自立,怨王侯叛己,难矣。自矜功伐,奋其私智而不师古;谓霸王之业,欲以力征,经营天下,五年卒亡其国,身死东城,尚不觉寤,而不自责,过矣。乃引'天亡我,非用兵之罪也'!岂不谬哉?"这一批判,基本上是正确的,与马克思批判西金根的精神是相符的:"他的灭亡是因为他作为一个骑士,作为一个垂死阶级的代表,起而反对现存的制度。"(马克思《给拉萨尔的信》)司马迁在《项羽本纪》的后半节里都在讽刺或谴责项羽背叛人民,背叛当时比较进步的中央集权的封建制度。司马迁就本着这一原则来创作《项羽本纪》。

《项羽本纪》是用一种顺序描写法,依着项羽的年龄和事件发展的先后来描写的。全文可分为两部分:第一个部分是由项羽起义至分封诸侯将相止,写项羽的出身以及势力发展、兴盛的故事;第二个部分是写楚、汉相持以至楚衰落、败亡的故事。这两部分故事,作者借项羽分封诸侯将相这一点而联系起来。在分封诸侯前,项羽同情农民群众展开集体反抗暴秦的斗争,是向上发展的、主动的,是胜利者。在分封诸侯以后,项羽燃烧着封建贵族的思想,抛弃了农民群众,是向下衰退的、被动的,步入了英雄末路,是失败者。这已暗示了分封诸侯是在走地方分权的政治路线。由于项羽走错了政治路线,就是项羽失败的关键所在。

司马迁在这篇本纪里,着重在塑造项羽的英雄形象。先写项羽少年时代的学习情况,既不愿学"书",也不愿学"剑",要学"万人敌",要学军事上的战略与战术,这已经透露了项羽是一位有非凡气魄的人。但是项羽学到"略知其意",便"不肯竟学",这又显示了项羽有始无终的性格,埋下了后来败亡的伏线。其次,写项羽看秦始皇游会稽,发出"彼可取而代也"的政治要求,这更透露了项羽是一位有打倒暴秦信心的人。"虽吴中子弟皆已惮籍",这又显示了项羽盛气凌人的性格,埋下了后来脱离群众的伏线。

司马迁写项羽作战,叱咤风云,不可一世,真不愧为"万人敌"。项羽以二十四岁的青年起义反秦,杀了数十百人,就表现了他的才智胆略过人,也表现了他成就历史奇迹的开端。项羽杀宋义救赵,是代表反暴秦的正确军事路线的胜利。宋义奸诈、专横、自私、不恤士卒、不分敌友,充分暴露他那种投机、反动思想。项羽对他先礼后兵,先用正义的语言企图说服宋义,宋义还是执迷不悟,按兵不动。项羽为了统一反暴秦的军事力量,为了营救同盟的赵国,乃乘朝拜宋义的机会杀宋义,创造击溃秦军主力的军事条件,树立了项羽在诸侯军的威信。此后,项羽运用"破釜沉舟"的军事原则——"乃悉引兵渡河,皆沉船,破釜甑,烧庐舍,持三日粮。"以坚毅的姿态击溃秦军。在这里,歌颂项羽对农民军的坚强领导,歌颂项羽反暴秦的战略和决心,歌颂楚军在项羽领导下的英勇战斗精神。项羽击溃秦军主力后,更提高项羽在诸侯军中的威望:"诸侯将入辕门,无不膝行而前,莫敢仰视。"这不仅表现了项羽个人的智慧、英武、果断,也正是表现了项羽所领导的农民军力量的强大。

司马迁写鸿门之宴,表现了项羽戆直、宽大的性格,这是用另一种方式来添加项羽的英雄本色。项羽在鸿门宴请刘邦,是反暴秦的军事联盟趋向瓦解的尖锐表现:"范增数目项王,举所佩玉玦以示之者三,项王默然不应。"范增这样暗示项羽杀刘邦,而项羽并不接受范增的意见,因为项羽在思想上已受项伯"今人有大功而击之,不义也!不如因善遇之"的理论支配。这样写项羽胸襟宽大,也添加了项羽英雄的本色。范增没有办法了,只有叫项庄起来舞剑,伺机杀刘邦。当项庄舞剑,刘邦的生命受到严重的威胁时,樊哙去闯宴,"披帷西向立,瞋目视项王,头发上指,目眦尽裂"。项羽除采取自卫"按剑而跽"外,不仅对樊哙闯宴的行动不加责难,连对樊哙尖锐责难的言词也不加计较。作者这样刻画项羽爱抚樊哙是英雄,也就是有效地衬托出项羽是英雄。

司马迁在《项羽本纪》的前半截所塑造项羽的英雄形象,是很生动的,也是很真实的。

司马迁在《项羽本纪》的后半截,着重在对项羽背叛人民、背叛历史这方面的叙述。项羽究竟是贵族阶级出身的人,在他反暴秦的军事胜利之后,燃烧着称王称霸的反动思想的怒火。此后,司马迁就致力于项羽"屠咸阳""烧秦宫室""收其货宝妇女而东"诸方面的叙述,尤其着重项羽"自立为西楚霸王"和"立诸将为侯王"这方面的描写。从此,项羽与人民分了手,与人民的愿望背道而驰,与历史发展的动向背道而驰,造成诸侯将相的混乱局面,也就造成了诸侯将相对项羽先后叛变的形势。司马迁用很大的篇幅来描写这一些,是有讽刺和谴责作用的。

司马迁在《项羽本纪》后半截,虽然也在写项羽战斗力之强。写项羽在彭城,"大破汉军,汉军皆走,相随入谷、泗水,杀汉卒十余万人"。写项羽"至灵壁东睢水上,汉军却,为楚所挤,多杀汉卒十余万人,皆入睢水,睢水为之不流。围汉王三匝,于是大风从西北而起,折木、发屋,扬沙石,窈冥昼晦,逢迎楚军,楚军大乱坏散,而汉王乃得与数十骑遁去"。后来又写汉将楼烦怎样畏惧项羽,以至于"目不敢视,手不敢发"。写项羽怎样"射中汉王,汉王伤,走入成皋"。表面上好像是在渲染项羽的威武,一直占着上风。事实上,是在写项羽已到了"强弩之末"的境地,是在写项羽已步入"回光返照"的末路,为项羽未来扮演历史悲剧埋下了伏线。

司马迁写项羽之死,也写得很悲壮。垓下之围,表现了一个英勇、戆直的英雄与现实发展相抵触而造成悲剧的结果。当刘邦发动四面楚歌以瓦解项羽的军心时,使项羽骤然感到前途的绝望,发出"汉皆已得楚乎?是何楚人之多也"的惊恐!歌出"力拔山兮气盖世,时不利兮骓不逝"的悲凉慷慨的吼声。演出"项王泣数行下,左右皆泣,莫敢仰视"的悲凉凄惨的悲剧。司马迁这样细致地描绘英雄末路的情态,为项羽背叛人民、背叛历史致以无限的惋惜!

东城决战,是项羽最后一次表现了一个英雄的惊人的英雄行为。项羽只剩下二十八骑,在数千骑追击之下,他还能"披靡"汉军,斩汉将,汉将赤泉侯"追项王,项王瞋目而叱之,赤泉侯人马俱惊,辟易数里"。项羽决战三胜之后,还问自己的部下"何如?"部下"皆伏"。这不是夸耀项羽至死不屈的精神,而是批判项羽迷信个人武力和凭武力解决问题的错误观点。

从项羽"陷入大泽"事件的描写,从项羽不敢渡乌江事件的描写,作者是在企图用艺术形象,来指责项羽背叛人民的严重错误。

项羽的阶级本性,在反暴秦得到胜利之后,在他的思想行动上占着支配力量。那种封建割据的梦想,那种"衣锦还乡"的幻想,慢慢在他的思想中萌芽、滋长,转而支配了他的行动,走向背叛人民、背叛历史的道路。这就已经注定了他和刘邦——这个地主势力的代表,相当注意群众要求,代表新的生产方式,代表历史进步要求的刘邦的斗争必然失败的命运。虽然他个人的才气超过刘邦,他所领导的军事实力也超过了刘邦,他虽然"身经七十余战,未尝败北",但最后还是一个以战败者的身份走向自杀的下场。

我们要知道:司马迁笔下的项羽,不会与现实的项羽一模一样,因为笔下的项羽,是经过了艺术创造的过程,集中了、概括了项羽所有的英雄特征,表现了项羽的英雄本质,也批判了项羽的错误思想与行动,所以《项羽本纪》能成为古典文学最好的范例。

司马迁歌颂救赵存魏的信陵君,也歌颂了为燕复仇的荆轲,充分流露了他自己的爱国思想。

他在《信陵君列传》里,通过信陵君窃符救赵的故事,给信陵君刻画一个礼贤下士、从谏如流的爱国志士的谦虚形象。

信陵君所"下"的"士",都是多智多谋的人物,是用多种方式争取来的。信陵君争取侯嬴,是采取"厚遗"、自迎夷门、陪同侯嬴访屠者朱亥、置酒大会引侯嬴上坐诸方式;争取朱亥,是采取"往数请之"的方式；争取毛公、薛公，采取"间步往从此两人游"的方式；终于达到这些"士"与他共同合作致力于爱国事业。文中特别着重于侯嬴考验信陵君这方面的刻画：拿侯嬴的骄傲，作为衬托信陵君下士的鲜明颜色。信陵君所争取的士，都是智慧、勇敢、爱国的人物。当信陵君无法说服魏王出兵救赵、本人"欲以客往赴秦军"的时候，一般的士无以为计，而侯嬴能作出一套非常周密的救赵计划；当信陵君没有把握夺取晋鄙的兵权的时候，一般的士也无以为计，而朱亥能随信陵君之后袖大椎击杀晋鄙；当秦国出兵东击魏，信陵君又不愿回国协助魏王图存的时候，一般的士不知劝告，而毛公、薛公以国家为重的理由劝信陵君立即归国救魏。即是说，信陵君每到紧急关头，侯嬴、朱亥、毛公、薛公都能出力协助信陵君渡过，这是信陵君能礼贤下士的后果。

信陵君能从谏如流，这也是信陵君"下士"的重要色素。侯嬴劝信陵君访朱亥，他就"往数请之"；侯嬴为计划窃符，他就"从其计"；客劝告信陵君救赵不应有骄色，他就"自责似无所容者"；毛公、薛公劝信陵君不应见魏国被侵略而坐视不救，他就"立变色，告车趣驾归救魏"。他这样听从有群众基础的"士"的话，也就是说，他能集合士的智慧为自己的智慧，既能救赵存魏，又能却秦救魏。

信陵君在窃符救赵的客观效果上，起了爱国作用。事实上，信陵君在主观上也有以国家为重的爱国思想。当侯嬴劝他杀晋鄙的时候，他进行了杀与不杀的思想斗争，"泣"就是他思想斗争最尖锐的表现。他认为杀晋鄙是在削弱国家的战斗力量，不杀又不能完成救赵的政治任务。他终于以国家为重，以完成救赵存魏的政治任务为第一义,毅然作出杀晋鄙的处理。当信陵君窃符救赵成功的时候,他产生自己回国还是留赵的思想斗争,也产生把军队带在自己身边还是使将将其军归魏的思想斗争。他终于以国家为重,作出自己留赵、军队归魏的大公无私的处理。当秦国出兵伐魏的时候,他经过毛公、薛公的劝告,毅然归国发动五国军队击败秦军,这更是他爱国的具体行动。

作者善于反映矛盾。在《信陵君列传》里,充满了各种矛盾:有家庭内部矛盾、统治阶级内部的矛盾,表现在"魏王畏公子贤能,不敢任公子以国政"上,表现在信陵君有心救赵与魏王不愿救赵的意见分歧上。有统治阶级与被统治阶级的矛盾,本文虽然没有直接反映这一点,但从"父子俱在军中""兄弟俱在军中""独子无兄弟"者也在军中这些具体记载看来,说明了当时无限制的征兵,这直接影响农村生产、农民生活,这当然是统治阶级与被统治阶级的显著矛盾。至于国家之间的矛盾,更是复杂:赵、魏虽然同是秦国的侵略对象,但也有一定程度上的矛盾;魏王疑赵王打猎为侵边,魏王见赵国被围而徘徊不救;平原君鄙视信陵君与毛公、薛公交游,这件事不仅是个人对问题的看法不一致的问题,而是杂有国家对立的因素在。至于魏与秦那种不可调和的矛盾,则贯穿在全篇文字中。

作者把秦、赵之间的矛盾写得很突出。在篇首写着"秦兵围大梁……魏王及公子患之,"在篇末写着"十八岁而虏魏王,屠大梁"。从篇首到篇末,都贯穿着这一主要矛盾。当其他矛盾统一在魏、秦矛盾中的时候,魏国一切是和谐的、向上的,成为在国际上最有声誉的国家；当其他矛盾超过魏、秦间的矛盾的时候，魏王"使人代公子将"，信陵君乃"饮醇酒，多近妇女"作慢性的自杀，魏国就走上灭亡的道路。作者有意识地强调内部团结，是从爱国主义出发，这一点，在今天还有教育意义。

作者有意识地写出人民的力量。侯嬴、朱亥、毛公、薛公，是人民力量的代表者。他们的言论、行动，都是从国家人民的立场出发的，当然得到人民群众的拥护；而人民群众的力量、甚至人民群众的智慧，也就透过了他们的言论、行动体现出来。信陵君本人也很重视人民群众的力量。他在夺得晋鄙的军权后，把军中的父兄独子放归，用减少军队的数量来提高军队的质量，也就是用减军以增军的办法，以提高军队的精神战斗力量。即是说：让父兄独子放归，是有积极的政治意义的。放归的军人，可以从事农村生产，不至有粮食缺乏的顾虑；留在军中的军人，可以安心杀敌，不至有田园荒芜的顾虑。这样可以加强抗秦的战斗力量。

在《信陵君列传》里，有正面人物，信陵君是正面人物的主角，他有礼贤下士、从谏如流的以国家为重的忠义品质；侯嬴、朱亥、毛公、薛公也是正面人物，他们有牺牲、战斗的精神，有超人的智慧，集合他们的智慧、力量，才能完成信陵君救赵存魏、却秦救魏的爱国事业。这里也有反面人物，魏王自私自利，忌才害能，平原君庸俗，都是反面人物的色素。作者用反面人物的色素，衬托出正面人物的鲜明，有讽刺当时（指汉代）自私自利、忌才害能的统治者的作用。

最后，作者感叹着说："然信陵君之接岩穴隐者，不耻下交，有以也；名冠诸侯，不虚耳！"这几句感叹语，是有强烈的政

（四）历史文学的发达

157

治倾向,是在有意地讽刺张汤、桑弘羊这般小人当权。所以他在《楚元王世家》里便大呼说:"国之将兴,必有祯祥,君子用,而小人退;国之将亡,贤人隐,乱臣贵。……贤人乎!贤人乎!"他又在《匈奴列传》里感叹说:"且欲兴圣统,唯在择任将相哉!唯在择任将相哉!"这种善良愿望,是从国家人民利益出发的。

司马迁在《刺客列传》里通过荆轲刺秦王的故事,给荆轲塑出一个慷慨悲歌的侠士的壮烈形象。作者首先写荆轲刺秦王前的侠义气概。荆轲交接了燕国一般下层社会的群众,与狗屠和高渐离饮于燕市,酒酣高歌,既而相泣,旁若无人。这不仅画出荆轲是一位非凡人物,而且画出荆轲所接近的人也是非凡人物。荆轲交接了燕国处士田光,通过田光的介绍,接触了燕太子丹,而田光在完成介绍荆轲给太子丹的任务后即自杀。作者用田光自杀这一行动以刺激荆轲,这在添加荆轲的侠义色素。荆轲又交接了与秦王为敌的逃亡来燕的将军樊於期,而樊於期自愿献出自己的生命,为荆轲准备见秦王的条件,协助荆轲完成刺秦王的光荣任务。作者加上樊於期慷慨自杀一事,也在添加荆轲的侠义色素。其次写荆轲出发时的情况,布置悲壮的气氛。燕太子丹和宾客皆衣白衣,在易水道上为荆轲送行,造成荆轲不能生还的气氛。在别离的顷间,高渐离击筑,荆轲又为之和而歌。当荆轲歌"变徵之声"的时候,士卒皆垂泪涕泣;当荆轲歌"羽声慷慨"的时候,士卒皆瞋目冲冠,这说明了荆轲的感染力很强。其后写"荆轲就车而去,终已不顾",现出英雄主义的本色,也在添加荆轲的侠义色素。最后写荆轲刺秦王的情况,又布置了壮烈的气氛。当荆轲、秦舞阳在咸阳宫见秦王的时候，先写秦舞阳"色变振恐"一语，来衬托荆轲的勇敢；复用"荆轲顾笑"一语，来衬托秦舞阳的胆怯。由于秦舞阳的胆怯，已露出事情必败的迹象。及秦王发现匕首，荆轲刺秦王未及身，荆轲逐秦王，而秦王方环柱，惶恐不知所为，场面非常紧张。秦王得左右的启示，拔剑断荆轲的左股，荆轲还是贾其余勇以匕首擿秦王，不中，中铜柱，场面更加紧张。最后荆轲受了八创，还是倚柱而笑，箕倨以骂。这些素描，更突出地表现了荆轲的侠义精神。

司马迁这样同情荆轲，这正是作者爱国主义的精神和愤世嫉俗的感情的真实的体现。在司马迁的时代，还存在强暴侵凌孤弱的现象，需要荆轲式的人物起来斗争。这不仅是抒发作者内在的愤懑，而且是阶级斗争的具体反映。此外，司马迁在《廉颇蔺相如列传》里表现了将相"先国家之急，而后私仇"的团结御侮的精神，今日京剧的《将相和》即是利用这篇传记的情节改编的。司马迁在《李将军列传》里给李广塑造一个骁勇善战、爱惜士卒的大将形象，给后来班固写《李广苏建传》打下了写作基础。这两篇作品，也寓有高度爱国主义的精神。

司马迁除了歌颂反暴秦的英雄和爱国志士外，还表彰了许多伟大的历史人物。他表彰了政治家子产、商鞅、蔺相如等，表彰了军事家司马穰苴、孙武、孙膑、吴起等，表彰了义士鲁仲连、豫让、郭解等，表彰了思想家孔子、孟子、老子、庄子、荀卿、韩非等，表彰了文学家屈原、贾谊等。他肯定他们在政治上、军事上、文化上的成就和贡献，有时也还指出他们所存在的缺点，这不仅表现了历史家的严肃态度，而且表现了文学家的爱憎分明，体现了高度的人民性和现实主义精神。

（2）司马迁揭露封建统治者的罪恶

司马迁揭露万恶的封建统治者的精神面貌是很深刻的，几乎是形象的艺术再现。他非常仇视刘家的皇帝，从开国的皇帝刘邦起，一直仇视到直接管他的皇帝汉武帝（刘彻）止。

他在《高帝本纪》里，给刘邦绘画了一个流氓形象，绘声绘色地对刘邦进行口诛笔伐。

司马迁写刘邦在少年时代，不好好从事生产劳动，利用亭长的权力，好酒贪色，成为一个十足的酒色之徒，当然是流氓了。刘邦做了沛公，做了汉王，好酒色的习惯，更在发展。刘邦在郦食其面前"使两女子洗足"，在率领军队进入咸阳后，"欲止宫休舍"，这都在说明了他的好色之心随着军事势力的发展而有增无已。刘邦做了皇帝之后，并不因为他有了崇高的政治地位就改变了他的流氓性格。在群臣朝拜的面前，有意讽刺他的父亲说："今某之业所就，孰与仲多？"报复当年父亲骂他不从事生产的仇恨，这更是流氓的搞法了。

司马迁认为刘邦是一个十足的流氓，但又不敢集中在《高帝本纪》里骂他，于是分散在别的有关的纪传里去骂，减少统治者对作者的注意，以避免再度受迫害。在《叔孙通列传》里记载刘邦在第一次表演叔孙通为主子制造精神的统治工具——朝仪时，看到满朝文武百官"无敢欢哗失礼"的情况，乃得意忘形地说："吾乃今日知为皇帝之贵也。"这是十足地表现了流氓神态。在《项羽本纪》里记载项羽捉到刘邦的父亲，在刘邦的面前准备烹割，刘邦不但不着急，反而要求对方"分一杯羹"，这也是十足表现了刘邦的流氓派头。在《郦食其列传》

里记载楚汉战争时,有些读书人戴起儒冠来拜访他,他拿起儒冠当作小便桶,与人言,破口大骂,这也是十足地表现他是流氓。

司马迁以为骂刘邦是流氓还不够,还在《张丞相列传》里假周昌的口吻骂刘邦是"桀、纣之主"。在《佞幸传》里,作者直接出面骂"高祖至暴抗也"。我们可以从这些记载看出司马迁仇视刘邦的程度。

不过司马迁是一位忠于历史的人,他绝对不歪曲历史。他对刘邦在中国历史上所起的推进作用,还是肯定了下来。刘邦约法三章,为民除暴;豁达大度,从谏如流;不封六国后裔,朝着比较进步的中央集权的封建制度的方向走,建立了在中国历史上空前统一的大汉帝国;这一些司马迁都用了相当的篇幅把它写出来,保存了历史的真实。

司马迁在《封禅书》里(褚少卿所补的《孝武本纪》略同),给汉武帝画了一副幼稚无知、荒诞可笑的形象。

在《封禅书》中,写到汉武帝时,围绕着汉武帝"尤敬鬼神"这一主题而展开多种多样的荒诞无稽的故事,充满了阴霾、神秘的气氛。

自称"能使物却老"的李少君,劝汉武帝祀灶。以为"祀灶则致物,致物而丹沙可化为黄金,黄金成,以为饮食器则益寿,益寿而海中蓬莱仙者乃可见"。汉武帝果然相信他的话而亲自祀灶,并遣方士入海,求蓬莱、安期生之属。其后李少君死,"天子以为化去",这荒诞到什么程度!

齐人李少翁自称有招魂之术。汉武帝就请他招他心爱的李夫人之魂,果然"天子自帷中望见焉"。于是武帝拜他为文成将军，赏赐很多。后来李少翁又布置一个"与神通"的宫室，而神不至；李少翁又"为帛书以饭牛"以欺骗武帝，被武帝发觉才把他杀掉。

栾大自称有"黄金可成，而河口可塞，不死之药可得，仙人可致"的法术。武帝信以为真，不仅拜他为五利将军，而且使他佩六印，威震天下。

汉武帝虽然屡受方士的骗，仍执迷不悟。方士公孙卿在缑氏城上见仙人迹，武帝果然相信到缑氏城上去看仙人迹。后来公孙卿说在东莱见一长数丈的人的大迹，武帝果然去看，但不见人而只见迹。

司马迁在这篇书里给汉武帝以严厉的讽刺，不仅讽刺武帝幼稚无知、荒诞可笑，而且暴露了武帝的腐化、奢侈生活。作者对于武帝祀神的建章宫，描写得那样富丽堂皇，已鲜明地指出汉武帝是在广大人民痛苦的基础上来享受腐化、奢侈生活的。

汉武帝还支持了欺压人民的贪官污吏，司马迁在《酷吏列传》中，作了痛快的描绘。我们看杜周是怎样欺压人民的？"上所欲挤者，因而陷之；上所欲释者，久系待问。"他这样迎合主子的心理更进一步欺压人民，有人提出质问："君为天子决平，不循三尺法，专以人主意指为狱，狱者固如是乎？"杜周回答得很干脆："三尺安出哉？前主所是著为律，后主所是疏为令，当时为是，何古之法乎？"像杜周这样类型的官吏，是有代表性的。至于汉武帝所信任的张汤，在迎合主子的意图上、在排除异己的手段上、在欺压人民的残酷上，还要在杜周之上。他能做到"天下事皆决于汤"，以至"百姓不安其生，骚动"。痛恨到"则自公卿以下至于庶人咸指汤"。他如郅都、甯成、周阳、赵禹、义纵、王温舒、尹齐、杨仆、减宣等,都是统治者欺压人民的爪牙。

此外,司马迁在《滑稽列传》里记载卫青以金贿赂武帝的宠妃的母亲,武帝就拜卫青为郡都尉,显示了武帝受贿的丑貌;在《李将军列传》里记载霍去病在武帝面前杀死李广的儿子李敢,武帝替霍去病掩饰,显示了武帝包庇杀人犯的丑貌;在《酷吏列传》里,记载那些酷吏的残暴行为,都有武帝在后面撑腰,显示了武帝纵容酷吏的丑貌。司马迁这样大胆暴露和讽刺直接管他的汉武帝,这是说明了他是用生命在写《史记》,也说明了他有反抗暴力的战斗精神。班固说他"不虚美,不隐恶"(《汉书·司马迁传》),后世称《史记》为"谤书",是有道理的。

司马迁最痛恨为汉代统治者制造精神统治工具的叔孙通,特在《叔孙通列传》里把叔孙通雕塑成两面性的人物、投机分子。秦二世听到陈涉造反的消息向群臣问真实,叔孙通迎合二世的心理说这是"鼠窃狗盗",不必重视。叔孙通降刘邦后,为了迎合刘邦的心理,易儒服为短服,不进"诸生"而进"群盗壮士"。叔孙通在刘邦战胜项羽后,又迎合刘邦心理,替刘邦制造精神的统治工具——朝仪。这些投机的色素,都涂在叔孙通身上。后来又加上叔孙通的学生在得到一官半职后恭维叔孙通说:"叔孙生诚圣人也!"这一笔简直是匕首,插入了叔孙通的胸膛。

司马迁所写的否定人物,都渗入主观所厌恶的感情,所以写得那么令人厌恶!

（3）司马迁《史记》的艺术价值和艺术源流

司马迁的作品的艺术性是很高的。从上面所引述的作品看来，它的现实主义的精神，是很饱满的。此外，我们还可以指出他的写作方法的优点。

他统一了历史与文学。他所作的《史记》，综合了科学与艺术，既有依赖感性的理性作用，复有凭借受理性制约的感性作用。即是说：他把历史上带有真实性的事件，通过他的艺术手腕表现出来，既不同于小说和故事诗，也不同于一般历史的记载。它高度地结合了历史的真实性与艺术的形象性，突出地表现了进步与反动、光明与黑暗这两个阵营的斗争的历史形象。他创造了人物典型。《史记》既在写真人真事，又在创造典型。他所选择的人物，是具有代表性的，也就是典型性。他把没有社会地位的郭解写入列传，把只有六个月政权的陈涉写入世家，因为这两个人物是有典型意义的。他有时通过细节描写，去描绘人物的心理活动和与其相适应的外形特征，使人物活现、永生，发挥典型概括的作用。他所掌握的人物材料，经过了消化，染上了感情的色彩。他又摸清了人物的生活规律、思想逻辑，通过故事情节表现出来。他所写的《项羽本纪》，对项羽既歌颂，又批判，流露了作者对项羽的崇拜与惋惜的感情，通过了三件细节的描写，如杀宋义救赵、鸿门之宴、垓下之围，把项羽的生活规律和思想逻辑呈露在读者的面前。这就是有典型性的具体表现。在司马迁笔下的人物典型是丰富多彩的！

他采用了互见法。他为了要求艺术的完整性，采用了互见法。每一篇作品，都有一个中心主题，为了使主题突出，把那些与主题有冲突的部分移到别的作品中去。比如《信陵君列传》的主题，是在显示信陵君礼贤下士、集中人力与暴秦作斗争。而信陵君不收魏齐，是违背这个主题的；但又不便伤害历史的真实，只有把这件事摆到《范雎列传》中去。他为了与统治者作迂回的战斗，也采用互见法。他把在作品中容易被人发现是讽刺或攻击的部分分别移到别的作品里去。我们在上面所举的《高帝本纪》《孝武本纪》，没有把他们的罪恶、卑怯、残暴行为完全摆进去，而把它分散到别的列传中去，即是显著的例子。

他有严密的组织性。从全部《史记》来说，是"以人系事"的"纪传体"为主，雕塑了一些有代表性的人物；历史事件不能容纳在"纪传"之内的，则排列在"十表"或"八书"中去，使整个社会的历史形象都刻画出来，使《史记》成为一件完整的艺术品。单就"纪传"一项来说，他又根据政治地位和社会影响而分为"本纪""世家"和"列传"三类，从帝王到平民，只要对社会有贡献或对社会有罪恶者，挑选有典型性的人物加以雕塑，以期教育人民。篇幅、分量，或褒或贬，都是有分寸的，都统一在于人民有利这一观点上。再就"列传"一项来说，有单传、有合传，都是有原则的。有些合传已标明了原则，如"刺客""儒林""滑稽""酷吏"之类。有些合传并没有标明，但也是有意义的。比如：贾谊不与司马相如合传，而与屈原合传，这就暗示贾谊是屈原式的作家。至于每篇组织性之强，我们在前面讲《项羽本纪》《信陵君列传》时，都已交代过了。

他采用了民间口语。在司马迁的作品中，不仅是在写上层社会的人物，而且也在写下层社会的人物。他几乎注意到历史社会的每一阶层、每一角落、每一方面的动态。因而在他写人物对话时，绝对不避俗字俗语；相反地，他竟常常活用民间的俗字俗语。我们看《高帝本纪》中的吕后与父老对话，完全是民间口语。我们再看《陈涉世家》中陈涉故人的惊异语，看《张丞相列传》中的周昌力谏，不仅是口语，连口吃也描写出来。有了这些口语作用其间，更活跃了说话人的身份与神气，这与汉赋那种锤字的风格恰好成了一个鲜明的对比。

他创造了新的字汇。在司马迁的作品中，常常出现以前没有的字汇与名词，应用了从外国译音过来的字汇，也有把普通字灵活地巧妙地运用而使之新鲜起来的字汇，于是一字有数字之用，无形中语汇更丰富了。这些新的字汇的出现，是为了新的事物的命名与命意。《史记》好像一面镜子，反映正在发展中的地主经济繁荣和正在扩张中的中央集权的政治局面，历史面貌全改变了，非创造新的字汇，不足以表现这样的新时代和新形势。

他着笔恣纵自如。在司马迁的作品中，有浓厚的抒情气氛。处处有诗意，[①]有时如悲如慕的低吟，有时风驰电掣的高歌。这种风格，在先秦是看不到的，就是庄、孟的笔力，也要稍逊一筹。我们看《伯夷列传》《屈原列传》和《报任安书》那种汪洋澎湃的精神，那种郁郁不乐的气派，那种变化无常的情调，那种感伤意味很重的气质，充溢在文字中。作者爱什么、恨什么，有强烈的倾向性，也增强了作品的表现力量和批判力量。

司马迁的散文，没有哪一个优秀的散文家超过他；他的

---

① 鲁迅在《汉文学史纲》说："《史记》为史家之绝唱，无韵之《离骚》。"就有说《史记》像诗的意味。

《史记》在史学上的价值，也没有哪一部史书能赶得上它；他真是一位照耀千古的文学家兼史学家。

不过，由于司马迁遭受时代和阶级的局限，由于他个人遭遇的不幸，多少有点宿命论的思想和悲观情调。

司马迁接受遗产的态度，是认真、严肃的。他接受了《尚书》《春秋》那种真实、朴素的纪事法，接受了《国语》《左传》《国策》断片式的传纪体，接受了《孟子》《庄子》那种变化多端的写作手法，接受了《墨子》《荀子》《韩非子》那种概括力很强的笔法，综合、糅杂，并向前发展而成为司马迁独创的风格。

司马迁的影响，是多方面的。他在史学上的影响：他综合了以前历史家的叙述方法并加以创造，成为"通史""正史"的典范。他在诗歌上的影响：杜甫的史诗，燃烧着反抗的怒火，是从《史记》中所蕴藏的怒火的延续。他在戏曲上的影响：元人杂剧中的《赵氏孤儿》，借司马迁的《赵世家》中的故事，发挥反抗蒙古民族的战斗思想，杂剧中的《渑池会》、京剧中的《将相和》，都取材于司马迁的《廉颇蔺相如列传》，与司马迁的爱国基本精神是一致的。他在小说上的影响：施耐庵的《水浒》，写人写事，处处都放在群众斗争的基础上，是《史记》的斗争性的高度发展。至于他在散文上的影响，更不消说，从刘向、王充、陶渊明、韩愈、柳宗元、欧阳修、归有光、方苞以至近代林纾，没有哪一个不是向他学习的。

2. 班固的《汉书》

历史文学发展到班固时代，渐渐走下坡路。班固所作的《汉书》，从内容上说，没有像司马迁的《史记》那样有高度的战斗精神,把酷吏中的张汤、杜周抽了出来,即是他与统治阶级进行妥协的具体表现;从艺术上说,没有像司马迁的《史记》那样生动、那样形象的人物,《汉书》有好些"列传"是历史文字而不是历史文学。

班固是断代史的创始者。他继承父业,利用乃父班彪所作的《后传》六十五篇作为他的写作基础。他又做过兰台令史,这是国家的藏书机关,给他搜集史料的方便。他的《汉书》分为纪、传、表、志四类,花费了二十多年的光阴,尚未完成,其后下狱死,妹昭代为续成。

在班固时代,散文骈偶化的程度加深,因而他的文字也比《史记》简洁、整饬,这样就很难传达人物的神气而流露真挚的感情。不过,班固在有些作品中,还能用朴素的文笔作毫无虚矫气的散文,雕塑出历史人物的艺术形象,流露了他的爱国主义思想。他在《李广苏建传》里,给李广画成一个骁勇善战的将军形象,又给苏武画成一个有强烈的民族气节的使臣形象,给东汉的外交工作者、边防工作者以精神上的鼓舞。

在《李广苏建传》里,对李广深切地同情。李广与匈奴作战四十年,功绩甚伟,不仅不能封侯,还要落得一个自杀,这已为李广鸣不平。

作者描写李广善射:能"射杀虎",能"中石没矢","度不中不发",具备了骁勇善战的将军的条件。

作者描写李广治兵的态度:少说话,爱惜武器,与士卒共甘苦,常以赏赐赐部下,常作军事上的演习,也是骁勇善战的将军应具备的条件。作者为了突出地说明李广有大将风度,用程不识治兵态度的严,来衬托李广治兵态度的宽,同时显现出李广在士卒群众中的威望。

最后描写李广作战之勇,是很入神的。有一次李广被敌人生擒,负伤,置两马间,李广伪装死,乘机夺得胡儿马脱逃。有一次李广以少数兵与匈奴多数兵作战,士卒皆恐,他一面叫自己的儿子"身先士卒"地深入胡骑,一面自己则"意气自如"地以安军心。具有指战员的高度的镇静劲。李广在"洞悉敌情"的原则下,以少数兵追击多数兵,歼灭了敌人,他在"兵不厌诈"的原则下,以少数兵伪装多数兵,脱离了虎口。他这样多谋多智,匈奴人给他以"飞将军"的称号,在西汉的国防上有过贡献。

李广虽然这样为国防献出自己的力量,但终于不得封侯,甚至还要被迫自杀,这又透露了统治者忌才的罪恶。

班固在司马迁给李广所绘的轮廓线条上添加了一点颜色,使李广的形象很鲜明。

在同传中,把苏武也是写得很生动的。开头叙述苏武为效忠而两次自杀:第一次自杀被部下劝阻,第二次自杀,"气绝半日复息",这举动何等壮烈!

接着写卫律逼苏武投降:初用利诱的手段去招降苏武,苏武不为所动;后又用威胁的手段去招降苏武,苏武还是不为所动。

接着写苏武的生活穷困,也是够我们惊心动魄了。匈奴幽苏武于大窖中,不给饮食,但是不死;后移苏武到北海牧羊,也不给廪食,还是不死。在这绝望的时候,忽然得到於轩王的资助,但不久又失去了资助,这样曲折地写苏武与穷困作斗争,也在添加他民族气节的色素。苏武经过了十多年饥寒磨炼，单于以为苏武的民族气节磨光了，乃派李陵第二次去招降苏武，苏武以死拒降。很突出地描写出苏武坚持不屈的精神，有加强东汉帝国精神的国防作用。

不过，在班固的作品中，有许多的历史文字而不是历史文学。我们拿司马迁在《项羽本纪》所写鸿门之宴和班固在《高帝本纪》所写鸿门之宴来比较，可以显出班固历史文学的拙劣了。司马迁写鸿门之宴，是在表现伐秦胜利会师，表现项羽、刘邦矛盾的表面化及其增长。其中有叙述、有描写、有对话，史实错综活泼，文字蓬勃飞舞，场面惊心动魄。这紧张的场面，一个一个地接连出现，好像火花一个一个地接连放出，表现两方斗争的尖锐。同时，在这段文字里，表现了许多不同的脸谱，有智囊如范增、张良、陈平，有勇士如樊哙，有义士如项伯，有自大、仁厚、质朴、犹疑如项羽，有谨慎、权诈、机智及擅长拉拢联系如刘邦，这许多不同的脸谱，显示了许多不同的个性，也显示了两方得失兴败的前途，这是司马迁艺术手腕高超的表现。回头看看班固在《高帝本纪》里所写的鸿门之宴，只有抽象的概念的叙述，没有形象，自然没有艺术价值。虽然取材与司马迁相同，而写作手法远落在司马迁之后，只可以说是历史文字了。在班固的《汉书》中，这样的历史文字多得很。

还有一点要说明的，就是《史记》以写社会作中心。刻画了从黄帝以至西汉武帝时代的社会活动，刻画了社会上各阶层的人物个性；而《汉书》则是以写帝王作中心，虽然也刻画了一些人物，但是这些人物，都是服从于西汉统治阶级的。把描写社会为中心的历史，转变为只写帝王卿相为中心的历史，使历史局限于帝王家谱的圈子里，这说明了班固的《汉书》是为帝王服务的作品。

此后，只看到了历史文字而不容易见到历史文学，主要原因，是文学和历史分工了。

汉代的散文，虽然受了辞赋的影响而逐渐走向骈文的道路，向富丽堂皇的方向发展；但是朴素明快的散文，也在曲折的道路上发展着，而且是丰收。历史文学是属于散文范畴的，有很高的艺术成就，前面已经讲过，这里不必再论。有些散文依然保存哲学论文的附庸面貌，如《淮南子》《法言》《论衡》《昌言》等。《淮南子》《昌言》不打算在这儿论述；而《法言》《论衡》中关于文学批评的部分，打算移到批评文学里面去论述。有些政论文很有文学意味，如贾谊的《治安策》《过秦论》，晁错的《论贵粟疏》，都是富有表现力的散文。有些散文脱离哲学论文而独立成为一种特殊风格的文体，较之春秋、战国时代依附在论文领域中的散文要前进一步，刘向的《说苑》《新序》即是其杰作。此外，还有书信散文的发达，算是散文中的新园地。这里只谈政论文、书信文和脱离哲学论文独立的散文——《说苑》与《新序》。

1. 有浓厚的文学意味的政论文——《治安策》和《论贵粟疏》

在汉代，有许多的大政治家运用政论文形式来发挥他对社会问题的看法，真实地反映了社会现实问题。它的立场是与辞赋不同的：辞赋主要在歌颂统治者，反映了上层社会的生活面貌；而政论文则多半在攻击统治者，反映了下层社会的生活面貌。它的表现的方式也与辞赋不同：辞赋是用铺张扬厉的手法，而政论文则是用暴露现实的手法。因而政论文既有高度的思想性，又有高度的艺术性。

这里只举贾谊的《治安策》和晁错的《论贵粟疏》来加以说明。

贾谊的历史，我们在前面讲他的辞赋时已谈到过。他是一位有远大政治眼光的人物。他所作的《治安策》，对当时政治形势有一个正确的估计。他对于一般人所歌颂的文、景之世，有一个不同的认识。一般人认为文、景之世，"天下已安已治矣"；而他竟认为当时的政治，"可为痛哭者一，可为流涕者二，可为长太息者六"。他看到当时王侯权势之大，随时有动摇中央政权的可能。他用非常形象的比喻来说明王侯权势之大的危害性："天下之势，方病大瘇，一胫之大几如要（腰），一指之大几如股，平居不可屈信（伸），一二指搐，身虑亡（无）聊。失今不治，必为锢疾。后虽有扁鹊，不能为已。"在这里很显明地指出当时的王侯已成尾大不掉之势，严重地妨碍中央政权的巩固。他又担心最高统治者沉溺在治安的假象说："抱火厝

（五）散文的发展

（置）之积薪之下，而寝其上，火未及然（燃），因谓之安。"他用这个很形象的比喻来提高汉帝国最高统治者的警惕性。他看到了这样危险现象，于是他以国医的身份出现，给文帝开了一个政治妙方，那就是"莫若众建诸侯而少其力"。他认为："力少则易使以义，国小则亡邪心。令海内之势，如身之使臂，臂之使指，莫不制从。诸侯之君，不敢有异心，辐凑并进，而归命天子。"他能发现社会矛盾，又能解决社会矛盾，他真是一位有预见性的政治家。

他对外力主用武力平服匈奴，对内力主建立"世世常安"的社会制度，对国家人民都是有利的。

此外，他的《过秦论》，以极激动的心情，抨击秦帝国的暴政，也就是间接抨击汉帝国的暴政。他用对比的写作手法，强调秦国政治向上时的优越，来衬托秦国政治向下时的危险，有政治教育的作用。最后肯定农民起义的威力与正义性，借以警示汉帝国的统治者，也是有政治教育的作用。

晁错也是一位有远大抱负的政治家，他的政论文也很真实地反映现实，力主削平王侯的权力来巩固中央政权，终于做了为提高中央政治权力的牺牲者。他的《论贵粟疏》的中心思想在重农贵粟，是有高度人民性的。他认为："人情一日不再食则饥，终岁不制衣则寒。夫腹饥不得食，肤寒不得衣，虽慈母不能保其子，君安能以有其民哉？"这把人民生活与政治措施紧密地联系起来；改善人民的生活，是改善政治的主要内容。他刻画农民的勤苦："今农夫五口之家，其服役者，不下二人。其能耕者，不过百亩。百亩之收，不过百石。春耕夏耘，秋获冬藏，伐薪樵，治官府，给徭役。春不得避风尘，夏不得避暑热，秋不得避阴雨，冬不得避寒冻。四时之间，无日休息。又私自送往迎来，吊死问疾，养孤长幼在其中。勤苦如此，尚复被水旱之灾，急政暴虐，赋敛不时，朝令而暮改。当其有者，半价而卖，亡者取倍称之息，于是有卖田宅鬻子孙以偿债者矣。"这是一幅农民生活苦难的画图。接着刻画商人生活的奢侈："而商贾大者积贮倍息，小者坐列贩卖，操其奇赢，日游都市。乘上之急，所卖必倍。故其男不耕耘，女不蚕织，衣必文采，食必粱肉。亡农夫之苦，有仟伯之得。因其富厚，交通王侯，力得吏势，以利相倾，千里游遨，冠盖相望。乘坚策肥，履丝曳缟。此商人所以兼并农人，农人所以流亡者也。"这是一幅商人穷奢极欲的画图。通过这两幅画面的对比指出了阶级压迫、阶级剥削的关系。同时他主张："故务民于农桑，薄赋敛，广畜积，以实仓廪，备水旱。"他这样关心农民，自然与王侯处在对立的地位。他的政见的卓越，在当时就发生了很大的影响，他的散文也发生了很大的影响。

2. 脱离论文独立的散文——《说苑》与《新序》

汉代有些散文脱离哲学论文或政治论文而独立，刘向的《新序》《说苑》为代表。

刘向（公元前七七—公元前六），字子政，当宣、元、成三朝的大夫官三十多年。正处在外戚与宗室两个官僚集团斗争剧烈的时代。外戚在政治上占着绝对优势，做出许多祸国殃民的事情来。刘向以宗室遗老的身份，常直言敢谏，希望成帝有所振作，对人民适当地让步，把政治搞好。《新序》《说苑》就有劝帝王振作、搞好政治的作用。

现在先举《说苑》中的《正谏》为例，这篇文字是在显示晏婴善谏的姿态。在这里刻画了晏婴的辞锋锐利，也刻画了他的进谏技术的高超。他是采用以退为进的进谏法。当景公听到爱马被圉人所杀的消息时，正是怒火冲天。这时只有顺着景公的心理而说几句赞成杀圉人的话；不过，在另一方面，又要觅找釜底抽薪的谏词，慢慢地来平息景公杀人的怒火。晏婴懂得这种心理，有计划地谏下去，果然达到止杀圉人的目的。有借止杀圉人进而止杀一般人民的企图。作者把这种止杀圉人的过程紧紧地抓住，行文亲切有味，善用循环的句法，善用重叠的句法，因而增加了文字感染的力量。这篇文字起了借古劝今的社会作用，是有相当的人民性和现实意义的。

其次，再举《新序》的《叶公好龙》为例。这篇文字，是在揭举叶公好龙的虚伪性。故事是这样的：有一个名叫叶公子高的人好龙，到处都画龙，作好龙的表示。龙听到他好龙的消息，下到他的屋子里来，伸起头窥他的窗子，尾巴摆在他的堂内，吓得他魂不附体而逃避。作者假设这个故事，讽刺当时统治者似好士而不好士的心理矛盾。统治者好士，希望士帮忙、帮闲，等到士有所作为，他又害怕士而拒士于千里之外。这个故事写得很亲切。毛主席在大革命时代曾用这个故事讽刺蒋介石口谈革命，实则畏惧革命、反对革命。这个比喻是很形象的，有说服力（见《毛泽东选集》第一卷《湖南农民运动考察报告》），也具有现实的社会意义。

3. 散文的新园地——书信的发达

在汉代的散文中，有一种书信体很发达，算是散文领域中的新园地。司马迁的《报任少卿书》，杨恽的《报孙会宗书》，秦嘉与徐淑相互赠答的书信，即是其代表作。这些书信，通过具体事物的叙述，流露了作者哀怨、愤激的感情。

现在举杨恽的《报孙会宗书》来加以说明。

杨恽是司马迁的外孙，受司马迁写作的影响很深。他以密告霍光造反得封侯，后来因为得罪统治者又免为"庶人"。仅存的《报孙会宗书》乃是降为"庶人"后的作品，充满了愤怒的情绪，也可以说是没落的官僚阶级的哀鸣。

全文刻画官僚集团相互斗争的形象很真实，刻画自己没落后的生活也很真实。作者善于使用对比法。在第一段里既把得官的过程与得祸的过程对比，又把不敢报书的理由与不得不报书的理由对比。在第二段里既把"隆盛"时代的家庭生活与"变故"时代的家庭生活对比，又把"君子游道"的企图与"小人全躯"的企图对比。在第四段里把卿大夫的职责与庶人的职责对比。在末段里把西河的节概与安定的贪鄙对比。官僚阶级脏污的形象，通过对比衬托了出来。

这封信的第三段写得最生动，活跃了作者没落的生活影子。醉酒、歌舞，构成他的生活面；不过，在他的生活面上，又罩上了一层悲哀的阴影。他在酒后所歌的诗，内容很含蓄，讽刺统治者很有力。

这些散文发展到三国、南北朝，则产生许多隽美的小传、小说，发展到唐代，则产生韩、柳一派的寓言和山水纪事文。

两汉的政论文也很发达。前文所说的贾谊的《过秦论》《治安策》，发挥了大一统的政治主张，晁错的《论贵粟疏》，发挥了重农思想,董仲舒的《贤良对策》,发挥了他对文化政策的看法。对社会有不同程度的贡献,在风格上,有充沛的感情、有强烈的感染力,对后世政论文有一定程度的影响。

（六） 文学批评的萌芽

1. 扬雄的文学批评

在先秦，文学批评还未出现。当时产生优秀的文学创作，可没有产生文学批评来指导创作。在先秦古籍中，虽曾谈到"文学"，但他们所谓"文学"，与今日所谓"学术"的含义相同，而不与今日所谓"文学"的含义相同。在《论语》《孟子》《荀子》这些著作中，对诗歌虽提出一些意见，但也只是一鳞半爪，无从看出他们对于文学批评的具体意见。到西汉，虽有《毛诗序》出现，但多杂抄《荀子》《乐记》《周礼·春官》的文句成章，且已超出文学范围之内，因而看不见中国文学批评的萌芽状态。

在汉代，文学批评萌芽了。在汉代地主经济和中央集权政治支配下，精神文化也要受统治，文学规范也没有不注射儒教精神的。扬雄的《法言·吾子篇》，乃是发挥文学批评的篇章。在他这篇文章以前，还没有人像他这样原原本本来谈文学理论的东西。文学批评当在这个时候萌芽，而扬雄就是帮助文学批评萌芽的培植者。扬雄是儒教官僚的说教者。他的文学理论，当然以儒教作骨干。他以为无论写什么东西，就不能离开"五经"，背叛"大圣"，归根结底说一句：什么东西都要通过孔氏的精神才算有根据，因为孔氏是踏入精神文化的门户。他这样把孔子的"则"和儒家的"法度"运用到文学的领域来，希望改良政治、和缓农民的矛盾的理论，通过文学的形式来宣扬。

扬雄以为"辞"是表现内容的工具，要做到恰如其分地表现内容。在扬雄时代的辞赋，更讲究辞藻了。只重形式而轻内容，辞赋完全变为统治者的消遣品，失去宣扬政治的精神作用。扬雄想把文学拉到反映现实的道路上来，所以喊出"事辞称则经"的写作原则，以尽文化协助政治的作用。

2. 王充的文学批评

在汉代，社会在矛盾地发展着，同时也产生反儒教的精神文化，也产生反儒教的文学规范。王充《论衡》中的《艺增》《佚文》《案书》，是从人民群众的利益出发，建立了人民文化体系，在文化阵地上很明显地比扬雄的文学批评要进步。

王充（公元二七—一〇〇）生在汉光武镇压赤眉暴动和推行董仲舒灾异说，利用符节欺骗人民的时候，是一位坚强反封建统治的战士，以勇敢的怀疑的精神非难一切。他的《问孔》

《刺孟》《非韩》,就是他的怀疑精神和战斗精神的具体表现,震撼了后代的正统学者和统治阶级。他的家庭,两代遭受地主压迫,迁徙逃避。他无钱买书,在书摊上看到太学中的禁书,这也许是王充的思想产生奇迹的动力。他生在赤眉暴动以后,农民生活尚在商人地主的榨取中,思想界大为谶纬学所迷惑。王充反映当时农民的社会意识,以批判的态度,来处理思想界的迷妄与怪诞,勇敢地驳斥天人感应的谬说,坚决地树立无神论的学说,树立了东汉唯物论的哲学体系。他之所以有这样进步的思想,是受了时代的启发,更具体地说,在文化上是受古文经的建立的启发,受桓谭的进步思想的启发,在政治上是受了赤眉暴动的启发。

当时文学,尚对偶,尚古典,尽量高级化,阿谀极少数人,恭维极少数人,成为极少数人享乐的专利品。王充极力反对这种类型的作品,成功了辩难析理和条分缕析的楷式。他高呼"为文欲显白其为"(《案书》),高呼"文由胸中而出,心以文为表"(《超奇》)。提出文章的目的是在"劝善惩恶"(《佚文》),主张文学应当有真实性。他认为"为世用者百篇无害,不为用者一章无补"(《自纪》),主张文学应当有实用性。给为统治阶级服务的虚伪、游戏的辞赋以严重的打击。

当时文学尚模拟,已为普遍的风习,王充是坚决反对的。他说:"饰貌以强类者失形,调词以务似者失情。百夫之子,不同父母,殊类而生,不必相似,各以所禀,自为佳好。"(《自纪》)用这样有形象性的辞句主张文学的创造性,给辞赋家崇尚模拟的作风以致命的打击。

他还有一个千古不灭的理论,就是语文一致。他说:"文字与言同趋,何为犹当隐闭指意?"(《自纪》)又说:"文犹语也。"(同上)给当时与语言脱节的辞赋以严重的打击。王充的文学批评,有帮助文学批评的幼芽成长的作用。

两汉主要的文学形式是辞赋，也有它一定的价值。中国历史上树立统一的国家规模最早的一次在汉代，当时周围的邻邦称中国为"天汉"，今天祖国人民绝大多数组成部分称做"汉人""汉族"，今天祖国这样辽阔的疆土，与汉代所扩充的疆土没有多少差异。这就是当时统一的国家规模所遗留的伟绩。汉代的辞赋，气魄是雄伟的、规模是壮阔的，就是赞美了这种伟绩，也反映了"天汉"精神。在形式上，汉代辞赋讲究描写，语汇丰富，声调铿锵，给后代文学描写方面打下了基础。不过，汉代辞赋的内容，不是反映社会本质，不是反映历史真实情况（也透露了一部分历史真实），不是反映人民所要关心的问题。在形式上，铺张堆垛，过于讲究外形、辞藻、对仗、古典，影响了六朝的诗与文，使文学好像春蚕作茧，几乎把它绞杀在富丽堂皇的文字躯壳中。

在两汉，与辞赋对立的一种文体，就是乐府诗歌中的民歌。这些民歌，申诉了人民的痛苦，暴露了社会的黑暗，倾诉了人民的离衷，也表现了人民的爱情，流露了人民的欢乐，表现了现实主义的精神。它的优点，后来被东汉士大夫所接收，产生魏、晋、六朝的五言诗。魏、晋、六朝杰出的诗人，没有不杂有两汉民歌的血液，没有不接受两汉民歌的健康、写实的成分。我们在前面说过，两汉民歌在反映社会阶级斗争方面，就没有《风》诗中的《伐檀》《硕鼠》那样尖锐了。这当然是为统治阶级服务的文人所删去或修改，这说明了统治阶级的斗争经验也越来越残酷，绝不让异己文化存在，我们应当认识这一点。

汉代的历史文学，产生了司马迁的《史记》这样奇迹。他驾驭了语言的天才，掌握了历史动态，善于描写社会的斗争，善于描写人民群众的力量，善于暴露统治阶级的丑恶和描写人民的要求；所以刻画出许多栩栩如生的人物，使散文发展到最光辉的境地，对于后代历史、文学都发生了巨大的影响。

汉代的散文有两面：一面是富丽堂皇，一面是朴质真实。前者对于六朝的骈文甚至于有一部分五言诗都受它的坏影响；后者脱离了哲学论文、政治论文而独立，标志着散文有长足的进步，对后代散文发生好的影响。

在汉代，有文学批评的萌芽，到了三国、南北朝才能开放了文学批评的美丽花朵，对创作发生了指导作用。

六　封建军阀混战和外族侵略时代（三国南北朝）的文学

——约从公元二世纪至七世纪

（一）封建军阀混战和外族侵略
时代文学的社会背景

三国、南北朝文学的主要形式，是五言诗，而辞赋已退到不重要的地位了。本来，五言诗是民间的文学形式，后来经过士大夫接受、模仿、锻炼，就成功继续《小雅》《楚辞》以后的文人的文学形式。

此外，民间诗歌的流行，小说的成形，文学批评的降生与成长，都是这一时期的文学异彩。

由汉末到西晋的统一，这中间有将近百年的纷争局面。司马炎统一了中国，只有短短的三十年；接着就是南北大分裂。北方被外族侵略，造成五胡十六国的混乱局面，又是三百年的光景；到了隋代才重新统一。这一阶段，可以说是中国史上军阀混战、民族斗争剧烈、人民灾难最深重的一期，也可以说是中国史上分裂最久、纷乱最长的一期。在这长期分裂与纷乱的过程中，地主与军事势力结合，土地不断地集中在地主手中，大宗族制度与庇荫制度同时存在着，造成了生产疲惫的状态。所以这一阶段可以说是中国社会经济史上的逆转期。

在这社会经济逆转的当儿，人民过着苦难的岁月。阶级矛盾、民族矛盾、统治阶级内部矛盾复杂化。在思想意识上，一方面歌颂新朝、尽情享乐、追逐色情，一方面暴露黑暗、刻画战乱、热情爱国。人民性的内容与非人民性的内容同时存在；现实主义的创作方法与形式主义的创作方法也同时存在。五言诗就是反映了这两种对立的生活实质、思想感情的新的文学形式。

在这一时期的精神文化，儒教趋于没落，佛教翻译事业很发达，老、庄书的注疏工作很盛行，而且得到新的理解，佛、道两教的辩难，有神无神的争论达到高潮，选文已蔚成一种风气，声律论随着各派经师对于经文异读和梵文拼音文字的输入而迅速成长。艺术发达到辉煌阶段：王羲之的书法，顾恺之的书画，云冈、龙门的石刻，江南庙宇的建筑、雕刻。这些精神文化的成就，均有助于五言诗的成长。

民歌、小说、文学批评，都是这一时代的产物。

不过，在这一时期的五言诗，又可以分成几个小段落，每一段落有它的特征。建安时代，五言诗的特征，是带有反抗性的风力；正始时代，五言诗的特征，是把苦闷藏在文字的里层；太康时代，五言诗形成缺乏社会内容与对社会愤愤不平两种不同的倾向；东晋时代，五言诗形成了流露爱国思想和没有勇气面对现实两种不同的倾向；宋、齐时代，五言诗形成怡情于山水的乐趣和对社会现实不满两种不同的倾向；到了梁、陈时代，五言诗出现一种满足于肉欲的现象。

东汉帝国发展到建安时代,由于统治阶级内部的腐败,外戚的专横,宦官的作祟,地方官吏的跋扈,对农民进行残酷的剥削;农民在无以为生的情况下,先后起义,与地主进行生死的斗争。地主阶级也用尽一切的力量疯狂地向农民进攻,表现得更凶狠、更残暴。残酷到"百姓死亡,暴骨如莽"(曹丕《自叙》),残酷到"二百里内,屋室荡尽,无复鸡犬"(《通鉴》卷四十三)。在思想文化上,已发生了剧烈的变化,儒学已不能范围一般人心,人们要求从儒学解放出来。文人面对着这个极度混乱的社会,主观上想建立澄清天下的功业,这种对现实生活的体验,和对政治活动的愿望反映到诗上面来,便产生了带有反抗性的风力的诗篇。

到了正始时代,统治者展开了争夺政权的剧烈斗争,政权都操在司马懿父子的手里,肥沃的土地都为司马懿父子所占有,魏废帝完全变成了傀儡,接近魏王室的文人备受迫害。文人在这一种局面下或被杀,或愤世嫉俗,对新统治者采取不合作的态度。言论不得自由,牢骚又要发泄,只得把文字写得隐晦一点,以避免文字祸,便产生了把苦闷藏在文学里层的诗篇。

在司马昭灭蜀承继魏政权之后,司马炎又举兵灭吴,把内战的局面澄清,中国又复告统一。他为了巩固政权,大封亲属子弟。那些封国,掌握了军政大权,成为半独立、半割据的局面,生活益趋腐化堕落。司马昭本人也沉于酒色,一般地主官僚也争尚奢侈。如何曾日食万钱,还是不满意;石崇与王恺进行奢侈比赛。在奢侈相尚的风气中,没有什么现实生活的感受与体验,在写作上不得不崇尚外表华丽,以点缀当时的太平景象，便产生一种缺乏社会内容的诗篇。西晋时，士族、门阀依靠所谓"九品中正"的等级制度，维持他们的封建特权，形成了"上品无寒门，下品无世族"和"以贵役贱"的社会不平等现象。当时王、裴、贾、石各大世族，在经济上、政治上都有特殊势力，有才能、有正义感的寒士，感到生活上的压迫和政治上的失意，甚为不平，便产生了愤世嫉俗的诗篇。

由于西晋帝国宗室（八王）的长期内战，破坏了北方社会生产，给人民带来了严重的灾难，也动摇了西晋帝国的统治基础，胡人乘机东侵，西晋帝国怀、愍二帝，竟成了胡人刀俎下的俘虏；祖国山河遭受了胡马铁蹄的践踏，造成空前的外患与国耻。这时候，西晋帝国的宗室司马睿乘机建立东晋帝国（公元三一八）。中原的人士纷纷南迁。有觉悟的士大夫目击山河变色，怆然有感，爱国之思，时在其心头上浮动着，便产生了流露爱国思想的诗篇。在东晋腐烂的社会里，在外族侵略的苦痛情况下，有些士大夫想逃避现实，溜进玄谈之宫，想在玄谈的气氛里取得慰藉，便产生了没有勇气面对现实的诗篇。

自淝水之战以后，北方虽还混乱，而江南却在大乱后，社会经济渐渐恢复起来，造成江南上层社会的繁荣。统治者的生活是很奢侈的，农民的血汗，就是统治阶级奢侈生活的源泉。他们"优游无事，尽情欢愉"，就产生了怡情于山水乐趣的诗篇。

自淝水之战以后，东晋帝国虽然保存了国命，但由于军阀势力积极扩充，东晋就削弱在军阀混战中。桓玄、刘裕先后强迫晋帝"禅让"，国号楚、宋，萧道成又强迫宋帝"禅让"，国号齐。统治者内部矛盾、斗争这样严重，中原恢复绝望，人民生活益趋困苦,有正义感的士大夫非常愤激、苦闷,就产生了对社会现实不满的诗篇。

到了梁、陈时代,南朝经济越发展,商品经济越发达,都市越繁盛;在商品经济发达、都市繁荣的情况下,统治者越向骄奢的道路走。"及侯景之乱,肤脆骨柔,不堪步行;体羸气弱,不耐寒暑,坐死仓卒者,往往而然。"(颜之推《颜氏家训·涉务篇》)这是他们荒淫无耻、腐化堕落的写照。"梁朝全盛之时,贵游子弟……无不熏衣剃面,傅粉施朱,驾长檐车,跟高齿屐,坐棋子方褥,凭斑丝隐囊,列器玩于左右,从容出入,望若神仙。"(颜之推《颜氏家训·勉学篇》)这也是荒淫无耻、腐化堕落的写照。在陈后主的生活中,更是充满了骄奢淫逸的气氛,作品染上艳冶的色调,就产生了满足于肉欲、追求文学的形式美的宫体诗。

上面所提出某时代的五言诗特色,似乎犯了所谓抽刀断水的毛病;实则上述各时代的五言诗,是在错综复杂地发展着。我们谓某时代的五言诗怎么样,是指某时代五言诗的总趋势而言,并不是说某时代的五言诗,只局限于某一种特色。

1. 奠定五言诗基础的建安诗人——曹植是五言诗奠基的主角

这一时期的五言诗，虽然呈现着许多特征，但基本上是沿着两条道路发展着：一条是走向战斗、反抗、暴露的道路，走向率直、自然、通俗的道路；一条是走向厌世、歌颂的道路，走向辞藻、声律、排偶的道路。有时这两条道路划分得不太显明的样子。为了叙述方便，仍援引过去文学史上的成语，分为建安诗人、正始诗人、太康诗人、东晋诗人、宋齐诗人、梁陈诗人几个小段落来说明。

先讲建安诗人。我在前面说过：建安诗呈现一种带有反抗性的风力。它已由以叙事为主的乐府民歌，发展为由叙事而抒情的五言诗。刘勰说："观其时文，雅好慷慨，良由世积乱离,风衰俗怨。"(《文心雕龙·时序篇》)即是说,"慷慨"就是愤激的同义语。诗人运用五言诗形式抒发对现实社会不满的愤激感情,是建安诗的基本内容。"世积乱离,风衰俗怨"是建安诗产生的社会基础。陈子昂称赞"建安风骨,晋宋莫传"(《修竹篇序》)。李白称赞"蓬莱文章建安骨"(《宣城谢朓楼饯别校书叔云》)。陈、李称赞"风骨",即是称赞建安诗在悲凉的气氛中又带有反抗性的风力。他们多暴露现实,讽刺现实,慷慨悲歌,表示有骨气,有正义感。在形式上,他们多接受乐府民歌的影响,致力于五言诗的创造。刘勰说:"暨建安之初,五言腾踊。"(《文心雕龙·明诗篇》)是有根据的话。

　　曹操是建安诗坛的领袖,也是新的格律的开创人(公元一五五一二二〇)。他处在一个混乱分裂的时代,在他所统治的区域内压制豪强,发展生产,使人民稍得喘息的机会。而且正是凭借这种政治力量、经济力量,削平了中原的封建割据,奠定了恢复中国统一的基础。他尚通脱,解除地方豪强的精神武器,肃清在东汉造成政治纠纷的"清流"余毒。他在安定社会和反传统思想方面是有贡献的。不过,曹操为人阴险,"宁我负人,毋人负我",是他做人的准则。许劭批评他是"奸雄",《三国演义》也把他雕塑成"奸雄"的形象,是有道理的。不过,我们不能因为他是"奸雄",就完全否定他的作品价值,因为作品价值不一定与作者人生观完全统一。他在文学上的贡献,就是提倡乐府文学。他不是模仿乐府的音节、语句以作诗,便是吸收乐府的词意以入诗。因而他的诗,不仅保存了乐府民歌的通俗面貌,而且发展了乐府民歌描写社会变乱的现实精神。沈德潜说:"借古乐府写时事,始于曹公。"(《古诗源》)由民间乐府转变为文人乐府，曹操的诗作就是这一转变过程的重要标志。他所作的五言诗，真是乱世的哀音。外形是通俗的，情调是悲哀的。他的诗很有劲，正因为他是在"横槊"[①]的情况下歌唱出来的；他的诗很有气概，正因为他是从"乱离"的环境下磨炼出来的。他所作的《却东西门行》，刻画"戎马不解鞍，铠甲不离傍"的战乱现象，而流露"狐死归首丘，故乡安可忘"的思乡感情。他在《苦寒行》里描写"薄暮无宿栖"的艰难处境，描写"人马同时饥"的生活痛苦。他在《蒿里行》写的"白骨露于野，千里无鸡鸣，生民百遗一，念之断人肠"，反映了人民在军阀内战中所受的痛苦。在《蒿里行》里抨击何进、董卓祸国殃民；在《对酒》里憧憬着太平盛世的理想，是比较地认识和同情人民的苦难的。他连年征讨，主观愿望是要建功立业，想扭转这个社会战乱的现象。他在《短歌行》里高呼"周公吐哺，天下归心"。他在《龟虽寿》里高歌着"老骥伏枥，志在千里；烈士暮年，壮心不已"。流露了他的一种扩大政权的英雄本色，也表现了他对事业追求的迫切心情和积极乐观的精神，也多少杂有一点关心人民的思想感情。他把乐府叙事，转变为抒情。悲壮而不愁怨，爽朗而不阴暗，华美而不纤靡，树立了悲凉、爽朗的风格，开辟了诗的新领域。

　　曹丕（公元一八七—二二六）对五言诗有贡献。他是曹操的儿子。建安二十五年（公元二二〇），他在乃父的政治基础上夺取汉献帝的政权，有统一中国的主观愿望，两次伐吴，即是他企图实现主观愿望的具体行动。惟他那样猜忌曹植，恐

---

　　① 元稹在《唐故检校工部员外郎杜君墓志铭》里说："曹氏父子鞍马间为文，往往横槊赋诗。"

怕是受乃父阴险的影响。他在五言诗方面是有成就的。他的《杂诗》《西北有浮云》，有很浓厚的家乡之思，这正是社会战乱的反映；他的《芙蓉池作》《于玄武陂作》，充溢了厌世的思想感情，也正是社会战乱的反映。刘勰批评他的诗"虑详而力缓"（《文心雕龙》），这正是他致力于音节和谐的成就；钟嵘批评他的诗"鄙质如偶语"（《诗品》），这正是他致力于通俗朴实的成就。他有一首《燕歌行》，抒写思妇的心情，感伤情调是很浓厚的，艺术形象是很丰富的，是七言诗的最初的形式，在中国文学史上算是一种创格。七言诗在草创时代的作品，好像花中蓓蕾，虽不见得鲜艳、清香，可是已具有清香、鲜艳的迹象了。

曹植字子建（公元一九二—二三二），是五言诗奠基的主角。从数量说，他现存的七十多首诗中，有五十多首是五言的；从质量说，他不仅超过了父兄，而且超过了同时代的诗人。钟嵘在《诗品》里推崇他"为建安之杰"，是很恰当的。他生在魏、蜀、吴割据时代，眼看到人民生活痛苦，他有统一国家的雄心；但在事实上，他只能做一个闲散的藩王，而且经常忙于迁徙，求"自试"也没有结果。甚至"监国谒者"借故也来乘机控告他"醉酒悖慢"。他感受政治压迫的苦闷，要超过他所感受的社会变乱的苦闷。在双重苦闷熬煎下的作品，苦闷的火焰，在字里行间熊熊地燃烧着，不时迸出美丽的火花。五言诗经过他的努力，由叙事走向抒情，由俗走向雅，更正确地说，把士大夫的"雅"与民歌的"野"融化了，表达了追求自由、解放的意愿，奠定了五言诗的基础。

由于军阀混战，破坏了社会生产力，他看到这种现象，流露出他对统治者的愤恨感情。在《送应氏》诗里，着重刻画社会战乱的荒凉。他写首都洛阳的荒凉，竟至"垣墙皆顿擗，荆棘上参天"；竟至"不见旧耆老，但睹新少年"。他写广大农村的荒凉，竟至"侧足无行径，荒畴不复田"；竟至"中野何萧条，千里无人烟"。他这样强调战争的破坏性，暴露了统治阶级内部的黑暗与矛盾，具有一定程度的人民性。

由于曹丕监视他，连两兄弟同行的自由也没有，他更愤慨。《赠白马王彪》一诗，是他诗中最长的一首，也是感情最激动的一首。在诗中诅咒小人当权，谗巧离间。在无路可走的归途上，揽辔彷徨，大有茫茫不知所之之感。最后还是自解自慰，珍重前程，露出英雄主义的本色，在这里热情地自我歌颂。本诗各节采用了民歌连环句法，更加重了愤懑、悲哀的情绪。

曹植向魏明帝求"自试"；但是明帝不敢用他，他作《美女篇》，借歌颂美女以歌颂自己的才华，希冀别人对他的才华有足够的认识。他闲散无事，而且经常迁徙，他又作《杂诗》以抒怀。他在《杂诗》中把自己比作"飘摇随长风"的"转蓬"，过着"高高上无极，天路安可穷"的生活。他又把自己比作"容华若桃李"的佳人，而过着"时俗薄朱颜，谁为发皓齿"的寂寞生活。他有"甘心赴国忧"的决心，他有"拊剑西南望"的壮志，为国效力、为国复仇的不凡气概，用比兴的手法表达出来，充分地反映了凄凉悲壮的情态，有强烈的反抗性。他是不愿"闲居"的，事实上非叫他"闲居"不可；他是想报"国仇"的，事实上没有给他报"国仇"的机会。他在无可奈何之中，不得不"弦急悲声发，聆我慷慨言"了。他在《七哀》诗里，也反映了同样的意识，不过由忿恨转为幽怨罢了。他在《七哀》诗中把明帝比作"荡子"，把自己比作"荡子"的"孤妾"，"荡子"已十年不回家，"孤妾"只有常感受"独栖"之苦。他又在《七哀》诗里把明帝比作"清路尘"，把自己比作"浊水泥"，一浮一沉，"会合"又不知等待何时？这两个比喻，充分暴露了明帝忌才、弃才的罪恶。

五言诗经过曹植的努力，才能变成任意写景、任意抒情的文学形式。

曹植模作的乐府也很多，有一篇《吁嗟篇》，是瑟调歌辞，用"转蓬"象征流离的痛苦，较之《转蓬》那首诗更要沉痛。他十一年三迁，真是像"转蓬"一样。他写"转蓬"飘泊得没有休止，存亡莫测。一会儿"经七陌"，一会儿"越九阡"，一会儿"入云间"，一会儿"下沉泉"。他不愿这样"流转无恒处"，他"愿为中林草，秋随野火燔"；明知"糜灭"是很痛苦，倒还悲壮一点。这首诗，写得很哀怨，真能吐出内心的苦痛与要求了。他描写的范围这样广泛，这样深入，而不受任何拘束，运用自如，在曹植的诗歌中，这算是最成功的一篇。此外，他在《名都篇》，强烈地讽刺京洛少年消磨时光于饮宴、游戏中；他在《白马篇》，歌颂"捐躯赴国难，视死忽如归"的边陲少年，就是他自己的化身，都是成功之作。

曹植的《乐府》不完全在模拟，有时他大胆地脱离了乐府的羁绊、拘束，而另创立了新的格调，这正说明了曹植的创作能力之强。像《桂之树行》，无论内容、形式，都放纵极了。因为他受不了这种极度的压迫，故发出这种反抗的呼声，创造出这种解放的风格。

曹植的五言诗和乐府，在内容上有一个共同的倾向，就是勇于把自己的心中郁积和怀抱吐露出来。这种个人抒怀的倾向,到了阮籍更扩大了。在艺术上,语言清新洗练,是在乐府民歌的基础上提高、加工,形成了带有创造性的风格。曹植在中国文学史上有一定的地位也就在此。

在建安七子中,孔融、王粲、陈琳是值得一提的。孔融(公元一五三—二〇八)是一位富有反抗性的人物,曾用多种方式讽刺过曹操,批评曹操那些阴险的行为。他之所以受害,就是由于他多说话,肯说话,他宁愿砍头,决不屈服,在《临终诗》里发出"谗邪害公正"的抗议。他在《杂诗》里追求名节;他被曹操执拘而不屈服,这就是他追求名节的实践。王粲(公元一七七—二一七)由于身受社会变乱的刺激,在《七哀》诗里很勇敢地刻画军阀混战后所造成的社会荒凉,塑造一个苦难妇女的形象,通过这一形象显示了战乱社会的人民生活的苦难,把自己的命运与社会情况联系起来,有强烈的反抗性,他是抒情小赋的奠基人。他的《登楼赋》流露了在军阀混战时代的思乡感情。在写作方法上,把抒情与描写统一起来了。汉赋只是客观地描写,不,只是夸大地描写。在所描写的事物中,没有感情、温暖。王粲的《登楼赋》就不是这样的。它有感情,通过景物的描写流露出来。而且他所抒的"情"不只是个人的"情",而是多数人民在乱离中不得回家的"情",所以更有现实意义了。陈琳(? —二一七)是一位反战歌手,他最脍炙人口的诗篇,就是《饮马长城窟行》,生动地刻画战争的残酷,替千百万的战士呼唤,道出统治者征役的罪恶,替大众道出了真实的心情。

2. 扩大五言诗基础的正始诗人——阮籍是扩大五言诗基础的主角

正始诗人,以竹林七贤作中心。这七贤,就是嵇康、阮籍、山涛、向秀、阮咸、王戎、刘伶,他们除了山涛、王戎外,都有不同程度的反抗性。他们反对新政权,反对名教和礼法,老、庄思想就成为这一群不愿意与新政权合作的人们的精神避难所。建安诗人,尚能坦白地倾吐心中郁积,率直地刻画社会变乱,明快地流露反抗情绪。到了正始时代可不同了。蜀、吴的力量在削弱,已到不能与魏对抗的程度。当时社会矛盾,主要表现在魏统治阶级内部。魏政权渐渐向司马懿父子的手里转移中,司马懿父子承继了曹操那套政治权术,对魏皇室固然任意杀戮,就是对一般诗人,也施以迫害。实际的情势逼得他们不得不饮酒,为了逃避现实,为了保全性命,他们不得不韬光养晦,以退隐作为反抗的手段。他们所写的诗篇,实际上却有更大的忧患背景在后面,所以感伤意味很重。由于不敢在敌人前面作显明的暴露,说话总是吞吞吐吐的,制造了隐晦诗的模型。

阮籍(公元二一〇—二六三)是竹林七贤中作五言诗最多的人,也是再扩大五言诗的基础有功绩的人。他做人要模则庄周,不与世争;发言玄远,不臧否人物,行为浪漫,反对旧礼教,有叛逆性;这是他对现实不满和避免迫害的苦心行为。他想从酒中或老、庄思想中解脱出来,而达到超然物外的境界。他这种思想感情和行为的矛盾,尤其是反抗统治者和虚伪的名教礼法,多少是有进步意义的。他所作的《大人先生传》里,一方面喊出"古者无君而庶物定,无臣而万事理",根本否定统治阶级的存在;一方面认为"坐制礼法,束缚下民",根本否定礼教的存在,充分表现了他对传统思想的反抗。

他的诗,刘勰在《文心雕龙·体性篇》批评他"响逸而调远"。就是说,他的诗以舒缓的说话方式,装置了一些想说而又不敢说的内容。在《明诗篇》批评"阮旨遥深",就是指他的作品所含的意义非常隐晦、深奥,令人不可捉摸。在《才略篇》批评他"使气以命诗",就是指他用诗的语言来发挥他的个性和才气。他这种隐晦,是从他的思想感情和行为矛盾的基础上反映出来的,的确给五言诗开辟了一个新的蹊径。以后的诗篇,常常免不了有一种猜谜式的作品,都是阮籍作风影响的扩大。

阮籍的《咏怀诗》八十二首,都是五言的。从内容说,都是在集中地讽刺时事,表现时代苦闷;从技术说,采用曲折隐晦的表现手法。从曹植的五言诗,发展到陶渊明的五言诗,阮籍是一座很重要的桥梁。曹植开始用自然物来抒情,到陶渊明则进一步把自然物变得生活化了。阮籍就是把曹植的作风推向陶渊明的作风的推毂者。

阮籍有他的人生理想,也有他的政治怀抱:但是在司马氏的政治窒息下,哪能展开他的人生理想和政治理想呢?就产生一种消极、颓废的态度,发出一种凄凄切切的哀音。他在《于心怀寸阴》这一篇里,把自己比做"玄鹤",为了实现自己的理想,有所倾诉,但是总得不到回响,只有独自高飞而"不再鸣"了。他绝不像那般卑鄙如钟会之流替司马氏的统治帮凶,而自鸣得意。这把阮籍那种"曲高和寡"的意境刻画了出来。

本来一个人遭受压迫到顶点时，不是"困兽犹斗"，便是"旷达自适"。在阮籍的时代，司马氏大权在握，积极的斗争已不可能，只有消极的反抗。他一醉接连六十日，他常穷途恸哭，这是他消极求解脱的表现，也是他与统治者不合作的表现。这种表现，也有积极的因素。这比较那般丢掉自己的人格去歌颂新朝者，要值得人同情了。比较那般在任何艰难困苦的环境之下也不放弃反抗立场的人，却又不算什么了。

阮籍在《嘉树下成蹊》里，表示"忧生之嗟"，把焦急、恐慌、悲哀的情绪都浸透了他的文字，恐怕是《咏怀诗》中最好的一首了。本来，在阮籍时代，统治者屡有篡夺，常常施用严刑峻法来镇压反抗势力。我们看蒋济的《万机论》里的《刑论》(《群书治要》引)、王肃的《请恤役平刑论》(《魏志》本传)就可以想见当时刑罚残酷之一般。在这时代说话要小心；一不小心，就闯祸。阮籍目击何晏、夏侯玄、嵇康、吕安的被诛戮，不得不把焦急、恐慌、悲哀的情绪，装置在"归趣难求"的诗篇中。

不过，在阮籍的《咏怀诗》中，有些地方直接教训的意味太重，这要减少他的文字上的光彩。同时，他过于强调"比兴法"，我们看不出他所影射的、所指的是什么，也不能不说是他的小疵点。

与阮籍齐名的有嵇康(公元二二三—二六二)，曾参加过生产劳动，作为不与统治者合作的物质基础。他在五言诗的建树上并不亚于阮籍，而做人的反抗性远超过阮籍。鲁迅非常推重他就是这一点。阮籍的反抗性，用隐晦的文字遮盖起来。嵇康的反抗性，隐晦的成分比较减少，《与山涛绝交书》几乎没有什么隐晦，率直地对统治阶级的政治措施作了无情的讽刺，统治者是很恨他的。他有一个批判历史传统的政治主张，就是"非汤、武而薄周、孔"，这样使司马懿失去篡位的理论根据。他又有一个批判历史传统的文化主张，就是"不学未必为长夜，六经未必为太阳"（《难自然好学论》），与专门为统治者服务的儒学作不调和的斗争。这就是他遭受统治阶级杀害的基本原因。他被杀害时，有三千多太学生给他请愿，可见当时的知识分子对他的热爱。

嵇康有两首《述志诗》，贯串了这个政治原则，是他自己把人生观向社会表白的文字，他生活在一种空灵高深的境界，这是他在政治迫害下所希求的理想世界。他把那一般当权的新贵比作"斥鷃"，比作"蜻蛚"，把自己比作"神凤"，比作"神龟"，显现一种高远纯洁的诗境。刘勰在《文心雕龙》里批评他的诗"清峻"，就是指这类型的诗吧。

在《兄秀才公穆入军赠诗》里，更富于强烈的反抗性，表示不得冲破时代网罗的苦闷。他感到"奋迅势不便，六翮无所施"，对统治者发出怒吼的抗议。刘勰批评他的诗"兴高而采烈"，就是指这一类型的诗吧。

嵇康在无可奈何之中，不得不憧憬着神仙世界来慰藉自己。他在《游仙诗》里想以超脱的方法在有限中求无限。拿这些自然物来供自己享受，至少可以减少政治压迫的苦痛。后来陶渊明走向把自然生活化的道路，未始不是他把自然物搬入诗篇的引导。他《酒会诗》里，刻画酒会时的风景和酒会时的乐趣，这又给陶渊明咏酒一个很大的启示。

嵇康在散文上也有贡献。前面所引的《与山涛绝交书》、《难自然好学论》和《养生论》都是杰作。

在七贤以外的诗人，有何晏。他的诗，杂有神仙思想的成分，开所谓"哲理诗"之路。他用思想因素破坏了情绪世界的完整，未能把"道"与感情好好融合，未能把"道"潜伏在情感之下，而是把情感排斥在"道"之外，这种手法是不高明的。

这些诗人，都带有超现实的味道，都是带有想说而不敢说的味道，与建安时代反映社会现实的作风是两样的。

3. 巩固五言诗基础的太康诗人——左思是巩固五言诗基础的主角

太康诗人，大多以为封建秩序暂时安定，集中在歌颂统一，点缀太平，尽量地使外表华丽，向辞藻、声律、对仗方面发展，没有什么生活内容可写。有太康诗坛领袖之称的张华，就是这种类型的诗人。谢灵运批评他的诗"虽复千篇，犹一体耳"(钟嵘《诗品》引)。这说明了他的诗公式化而没有什么内容。再就太康诗坛最有权威的陆机(公元二六一——三〇三)来说，其诗有点近乎工笔画，崇尚排偶、繁缛，很显明地追求华美的形式，缺少社会内容。惟在写作技术上，工稳精到，有"摛藻清艳"(《文选·籍田赋》引臧荣绪《晋书》)、"清绮绝伦"(《续文章志》)之称，在五言诗的发展上，也有一定程度的贡献。

太康时代有一部分优秀的诗人，企图用现实主义的创作方法，反映社会黑暗、抒发个人怀抱。张载的《七哀》诗，刻画汉陵的荒凉，统治者利用权力所获得高贵的殉葬品，而今却变为畜牧场所，这含有讽刺新统治者的作用。潘岳的《悼亡诗》，在内容上，倾吐了心中的郁积，沉痛地思念着已死去的爱人；在形式上，比喻生动，形象鲜明，接受了优良传统。他的《关中诗》显示了民间疾苦，有现实意义，对五言诗起了一定的进步作用。

左思字太冲（公元二五〇—三〇五），是太康杰出的诗人。他处在"九品中正"制度垄断着的设官用人特权的时代，对现实不满，尽力揭露社会现实。他的《咏史诗》不是咏史，而是借咏史以抒怀，这里充满了英雄浪漫情绪，也充满了慷慨悲歌的气息，构成了精深确切的风格，起了坚固五言诗基础的作用。《咏史诗》很少雕饰的痕迹，内容明朗，风格高亢，形象鲜明，与同时代的诗人张华、陆机等专向外形发展的作风是异趣的。

在他的八首《咏史诗》中，以第一、二两首写得为最好。

在第一首诗里，流露了他的爱国热情。他在少年时代努力攻读和著作。但他处在一个国内分裂、外患频仍的时代，企图投笔从戎，想在政治的大统一上、国防的安定上有所努力。"长啸激清风，志若无东吴"，大有气吞东吴的气概。"左眄澄江湘，右盼定羌胡"，大有安内攘外的气概。他还有一种高贵的品质，就是希望在事业成功之后而不以功臣自居，所以又高歌着"功成不受爵，长揖归田庐"。

在第二首诗里，揭露了封建等级制度的不合理，讽刺"世胄"无能，显示了愤世嫉俗的感情。借用民歌的兴起，用自然界不平现象，衬托出社会上不平现象；用历史上不平现象，衬托当时社会不平现象。他以精练的语言，雕塑出有才能、有正义感的贫士在生活上受压迫、在政治上的受歧视的形态。"郁郁涧底松，离离山上苗。以彼径寸茎，荫此百尺条。世胄蹑高位，英俊沉下僚。地势使之然，由来非一朝。"这些有形象性的词汇和比喻的运用，很突出地反映了社会不平的现象。

在他这八首《咏史诗》中，所涉及的历史人物很多。他对于鲁仲连、段干木、荆轲、高渐离表示仰慕；对于主父偃、朱买臣、陈平、司马相如表示追求；对于许由、扬雄表示慰藉；对于苏秦、张仪表示鉴戒。他有达则兼济天下的精神，所以高歌着"铅刀贵一割，梦想骋良图"。他也有穷则独善其身的精神，又高歌着"振衣千仞冈，濯足万里流"。

由曹植的五言诗，到陶渊明的五言诗，阮籍是第一座桥梁，左思就是第二座桥梁。李白虽然没有提到过左思，可是我们总以为李白的诗是杂有左思诗的血液。比如：李白那种俯视千古的精神，那种自我歌颂的情调，那种仇视不合理的社会的态度，没有不是受左思的影响的。

4. 反映爱国思想与脱离现实两派并存的东晋诗人

自司马睿把国都东迁以后，一部分诗人面对着现实，在行动上作恢复中原的斗争，在诗文上写出悲凉凄厉的情感，而以刘琨（公元二七七—三一八）、卢谌（公元二八三—三五〇）为代表。刘琨在外族压迫的苦痛的历史中，奋起作捍卫祖国的实践，因而在作品里雕塑了效忠祖国的英雄形象，兴"功业未及建，夕阳忽西流"（《重赠卢谌诗》）之叹。悲凉凄厉之音，英雄末路之感，正是这一时期民族精神的强烈反映。卢谌在作品里为山河变色而兴怨，希望有今之李牧、赵奢来捍卫行将倾堕的祖国。他们的诗，风格雄峻，感情深厚，打破了玄言诗的静寂。

郭璞（公元二七七—三二四）是以另一姿态面对现实的诗

人。他的著作多有爱国热情，所作的《江赋》，有鼓舞江东立国信心的作用。他的《游仙诗》，写出了遭受世事的刺激，想假托仙人的境界来抒泄胸中的爱国的热情，好像左思借历史的故事来抒泄胸中郁积一样。他的诗着重于大自然的描绘，已开陶渊明描写自然之先。不过郭璞的作品的现实性不及陶渊明的作品的现实性罢了。

这一时代另一部分诗人正在逃避现实，以作玄言诗著名的孙绰、许询为代表。他们虽没有多少文学价值，却代表了当时的诗歌主潮。刘勰概括当时的文学发展说："自中朝贵元，江左称盛。因谈余气，流成文体。是以世极迍邅，而辞意夷泰。诗必柱下之旨归，赋乃漆园之义疏。"（《文心雕龙·时序篇》）这般人没有勇气面对现实，只有过醉生梦死的生活；发为诗篇，便成为老、庄哲学的口诀。

5. 现实主义与形式主义同时存在的宋、齐诗人——陶渊明是忠实地反映生活的现实主义者、把五言诗推到高峰

宋、齐时代的五言诗，也分向两个不同的方向发展着：一种是把田园景物当作生活背景、条件，透过田园景物来流露真实的情感，走向现实主义的道路，把五言诗推到高峰；一种是模山范水，把山水当作身外之物来欣赏，这种风气的成因，全是优裕生活在言之无物的文辞上所表现的结果，使五言诗走向形式主义的道路。前者以陶渊明作为代表，汤惠休、鲍照、谢朓属之。后以颜延之作代表，谢灵运属之。这两种诗是不调和的。

颜延之的诗,多侧重于山水方面的刻画,"雕缋满眼";作者的感情不能融洽在客观景物中,只能在作品后面,用声明式的方法补上几句。

谢灵运的诗,也多侧重于山水方面的刻画,刻画得比较自然,博得"出水芙蓉"之誉;其实,在谢灵运的自然面貌上,还留着一些斧凿的遗痕。同时他把山水看成身外之物,看成与自己没有关系的东西,因而在他所写的山水中,没有作者的感情;他跟颜延之一样,把感情缀在最后声明式的辞句中,读起来总感到缺乏一点什么似的。况且他的诗中所说的,多半是虚伪的,他那首"韩亡秦帝"的诗,也不过是附会着古事说说而已,哪里有一点为国君复仇的感情呢? 不过谢灵运的诗,在对祖国山河的雕画上,很工巧,在对偶音节的安排上,很熟练,对后代文学是有一定的影响的。

(1)陶渊明的家世、生活和思想

陶渊明本来是东晋时代的人,但是他的诗,也有在宋代作的,所以把他摆在宋、齐诗人一起讲。他作诗,也是与颜、谢同样以山水田园为题材的,但又与颜、谢有不同的地方。我在前面就已说过,颜、谢的诗未能把诗人的情感渗透在客观的景物中,而陶渊明的诗是把景物与生活联系起来,把景物看作生活的背景、条件,在描写景物时,处处都渗透了诗人的人格,对统治阶级的蔑视与抗议,有现实主义的精神。

陶渊明号元亮,入宋改名潜(公元三六五—四二七),是一位没落的官僚地主出身的诗人。萧统说他的"曾祖侃,晋大司马"(《陶渊明传》)。他的父亲,史传上没有名字。惟据陶茂麟《家谱》说:"父名逸,为姿城太守。"(李公焕《笺注陶渊明集》,

《命子诗注》)他在《命子诗》里描写他的父亲是一位"寄迹风云，冥兹愠喜"的人物。他的母亲是征西大将军长史孟嘉的女儿，他在《晋故征西大将军长史孟府君传》描写他的外祖父孟嘉是一位"任怀得意，融然远寄，傍若无人"的人物。那么，陶渊明的个性，可能是受了这种家庭环境的影响而形成的。他的家世，本来是官僚成分；但是到了陶渊明出世，已经没落到"耕植不足以自给"的境地了。他虽然做过几次小官，并不能展开他的政治抱负，也不过是弄点"生生所资"的东西而已。在晋安帝义熙元年（公元四〇五），他正式宣告"不能为五斗米折腰"而辞官归隐田园。

在陶渊明的时代，军阀横行，几乎把失去的中原忘记了；就是有倡议北伐收复中原的，也不过借北伐作幌子，事实上是为了准备自己篡夺政权、积累资本，因而收复失地是绝望的。他亲眼看到江南统治阶级勇于私斗，置沦陷的中原人民于不顾；他又亲眼看到江南的统治阶级腐朽恶浊，置自己统治下的人民于水深火热中。他精神感到苦痛，于是从官场中退下来。

陶渊明的物质生活是很艰苦的，住的"不蔽风日"，穿的"短褐穿结"，吃的呢，"箪瓢屡空""瓶无储粟"，甚至有时穷到"乞食"。但是，他还是熬得过，喊出"固穷夙所归"（《有会而作》）来勉励自己，喊出"饥冻虽切，违己交病"（《归去来辞序》）来警告自己，真能做到"傲骨"的地步。朱熹批评"晋、宋人物，虽曰尚清高，然个个要官职。这边一面清谈，那边一面招权纳货。陶渊明真个能不要，此所以高于晋、宋人物。"（《朱子语录》）陶渊明在做人上高于晋、宋人物，也就是他在文学上高于晋、宋人物的道理。

陶渊明在没有做官以前，也曾参加过农业生产的副业劳动；在他辞官归隐田园之后，恐怕把农业生产提到主要劳动的地位来。他由参加生产劳动来解决自己的生活，这是他坚决不与统治者合作的有利条件，是他能够做到"傲骨"的有利条件，也是他能够长期接近农民的有利条件。不过，一个没落官僚家庭出身的人，不做官而参加生产劳动，这是要经过惨痛的、剧烈的思想斗争过程的。他低吟着"既自以心为形役，奚惆怅而独悲。"（《归去来辞》）这是他在思想斗争得到胜利后自慰之辞。

陶渊明的思想，是包含了儒、道及游侠精神的。过去研究他的思想属于哪一家，固然是多余的；若是只说他的思想包含了儒、道及游侠三家，未免太含混。我们认为陶渊明在少年时代的思想，以游侠思想占优势，拿起游侠思想当作在人生战场上的冲锋武器。归隐田园前后（指归隐的前后那几年），以道家思想占优势，拿起道家思想当作从人生战场掩护退却的藤牌。晚年思想，以儒家思想占优势，拿起儒家思想作为在人生战斗中的精神动力。因而在他的作品中，到处都反映了这几种思想。

陶渊明在少年时代的作品，没有被保存，很难知道他在少年时代的思想体系。但是他在中年以后的作品，有一些回忆他在少年时代的豪气，也就可以想见他在少年时代的游侠精神。他在《杂诗》里高歌着"忆我少壮时，无乐自欣豫。猛志逸四海，骞翮思远翥"。他在《拟古诗》里高唱着"少年壮且厉，抚剑独行游。谁言行游近，张掖至幽州。饥食首阳薇，渴饮易水流"。这在刻画他那种志在四方的豪气，这在刻画出那种不可一世、想干一番事业的精神,这在刻画他不能忘记已经沦陷的区域(如幽州)的那种怨愤、沉痛的心情。

陶渊明归隐田园的前后,当年的豪气退减了,老、庄思想来代替了这个思想空间。因而在他的作品中,有一部分反映了老、庄思想。他有《形》《影》《神》三首诗,承继了魏、晋以来玄学的成分,看重"自我",而不肯为"外物"牺牲。认为人生在无穷尽的宇宙过程中,没有可喜的,也没有可惧的,生固不足以喜,死又何尝可惧? 要死就死,有什么"多虑"? 这又是从他的人生痛苦煎熬下所体验的老、庄思想,随时在他的作品中流露。他一会儿呼唤着"人生似幻化,终当归空无。"(《归田园居》)一会儿呼唤着"不觉知有我,安知物为贵。"(《饮酒》)一会儿呼唤着"聊乘化以归尽,乐夫天命复奚疑。"(《归去来辞》)这都是染上老、庄颜色的辞句。朱熹说他"旨出于老、庄"(陶澍《靖节先生集》引),就是指他这一时期的作品而言。

陶渊明在阴暗的老、庄思想之宫里彷徨、摸索,终于慢慢地蹀了出来,又急速地踏进了儒学之门。他在四十五岁以后的作品,到处都寓有儒学精神。他辞官归田,正是他四十一岁那一年,经过五年左右的苦闷,认为佛、老再不可依皈,回复到儒学之宫,这是很可能的。相传陶渊明在四十三岁那一年,谢绝入莲社。又传陶渊明在拒绝入莲社以后有一大,自柴桑到虎溪谒慧远,刚到寺外,听到钟声,不觉愁容,遽然还驾。这正说明他经过思想斗争,毅然与佛教徒断绝关系了。

陶渊明晚年躬身参加了体力劳动,不断受到饥寒的袭击,多少体会了劳动人民的生活艰苦,在一定程度上反映了劳动人民的思想感情。他在《示周续之祖企谢景夷三郎》和《怀古田舍》两诗里，对正在动摇的儒学表示拥护。他吸收了儒家淑身淑世的精神部分，吸收了儒家与统治者不合作的、安贫乐道的精神部分，想在退却中挣扎，表示不甘愿被冲走的反抗态度，也宣扬了从事劳动生产的乐观精神。

那么，陶渊明的思想，是由"游侠"发展到"佛、老"再发展到"儒学"。他的思想的出发点，是由没落的官僚，逐渐走向接近劳动人民。这种发展过程，也就是陶诗发展的过程。

（2）陶渊明的特殊风格

在陶渊明的时代，一般诗人的风尚，不是"文章殆同书抄"（钟嵘《诗品》），便是"情必极貌以写物，辞必穷力而追新"（刘勰《文心雕龙·明诗》）。只有陶渊明不随波逐流，傲然独往，高度地发挥他的独创精神和独创能力。

陶渊明的诗，有它的独特的风格。

陶渊明的诗，外和平而内战斗。他的诗从外表看，非常平和，做到了他自己所说"纵浪大化中，不喜亦不惧"（《神释》）的喜怒不形于色的镇静态度，真是到了"炉火纯青"的境地，绝没有曹植、嵇康、阮籍、郭璞的作品那样火气、那样泼辣。此中原因，除了鲁迅所说"乱也看惯了，篡也看惯了"（《魏晋风度及文章与药及酒之关系》）的关系外，与文人惨死也有关系。汉末以来的文人，惨遭杀身之祸者，有孔融、何晏、嵇康、张华、陆机、陆云、潘岳、刘琨、卢谌、郭璞诸人，文人的"火气"已被统治阶级的"杀气"所消灭，文人们不得不易以外和平而内战斗的风格，来减少生命的危险性。他宣告归隐之后，看看自然界的景物，以求精神上的快慰、安适，自然景物也就成为他的诗篇的主要题材。因而在他的诗篇中，大部分是在反映他自己的躬耕生活、饥饿生活,乃是以前那些虚伪的隐士所无从具有的。我们看他的《归田园居》第一首,以大量的篇幅,刻画他的住宅的美丽形象,表示了对住宅热爱似的。但是,他在这首诗的前面说:"少无适俗韵,性本爱丘山。误落尘网中,一去三十年。"这就有无限的慷慨与辛酸。诗人真是"性本爱丘山"吗?诗人真是不问政治吗? 不是的。诗人是热爱政治,非常关心国家人民的命运。只因司马氏的政治腐败,对外屈辱,对内剥削、压迫,人民都陷在水深火热中。他"爱丘山"是出于不得已。他找不到展开政治抱负的机会,非常愤慨,通过"误落尘网中"一语像火山爆发一样喷射出来。最后,他歌唱"久在樊笼里,复得返自然"。这两句话有两方面的含义:一方面表示了对做官的后悔,以为做官就像鸟关在笼子里的生活一样;另一方面,又表示对辞官的庆幸,庆幸了他自己"复得返自然"了。在《归田园居》第二首里,也以大量的篇幅,刻画他的躬耕垅亩、安贫乐道的生活。"白日掩荆扉,虚室绝尘想。"这生活何等宁静! 何等和平! 最后他歌唱着"桑麻日已长,我土日已广。常恐霜霰至,零落同草莽。"那就不太宁静、不太和平了! 这几句话,也是有两方面的含义:从表面看,他在庆幸他的农作物长得茂盛,只是有点担心"霜霰"摧残。再从骨子里去看,他是有点担心政治上的迫害,担心走向"零落同草莽"的悲惨命运。这样的诗,不仅是不宁静、不和平,而且有无限的辛酸与愤激! 那么,外和平而内战斗,构成了陶渊明诗的主要风格。

陶渊明的诗,语言既朴质又自然。在"风华清靡"的六朝,文学向形式主义发展。陶渊明挺身出来与这种形式主义作斗争,能够使当时的文风出现了既朴质而又自然的新面貌。钟嵘在《诗品》给陶诗一个这样的评价:"文体省静,殆无长语,笃意真古,辞兴婉惬。每观其文,想其人德,世叹其质直。至如'欢言醉春酒''日暮天无云',风华清靡,岂直为田家语耶?"在这里,他肯定了陶诗的语言"省静""质直",而否定了他的"田家语"。其实,"田家语",就是民间朴质的语言。严羽说陶诗"质而自然"(《沧浪诗话》),朱熹批评陶诗的"不经意的词句,正在不待安排,胸中自然流出"(《语录》),这都说明了陶诗的语言自然。我们看"白发被两鬓,肌肤不复实。虽有五男儿,总不好纸笔。"(《责子诗》)这语言何等朴质、自然! 再看"方宅十余亩,草屋八九间。榆柳荫后檐,桃李罗堂前。"(《归田园居》)这语言又何等朴质、自然! 那么,朴质的语言与自然的语言,也构成了陶渊明的诗的特殊风格。

陶渊明写诗,提炼了接近人民的朴质的、自然的语言,又借助了自然形象的表现手法,因而把五言诗推到了高峰。

（3）追求与战斗

陶渊明的诗,有两种不同的倾向:一种是充溢了追求与战斗的精神,另一种是流露了悠然与苦闷的情绪。诚如鲁迅所说:"就是诗,除了论客所佩服的'悠然见南山'之外,也还有'精卫衔微木,将以填沧海,刑天舞干戚,猛志固常在'之类的'金刚怒目'式,在证明着他并非整天整夜的飘飘然。这'猛志固常在''悠然见南山'的是一个人。倘有取舍,即非全人,再加抑扬,更离真实。"(《且介亭杂文二集·题未定草六》)这种说法,是合乎他的诗的内容的真实的。

在陶渊明的时代,司马氏的政治腐化恶浊,桓玄、刘裕篡晋行为的卑鄙、阴险，窒息了他，刺激了他。因而他的政治热情是很高的。关于这一点，在过去就有人感觉到。萧统说他"语时事则指而可想，论怀抱则旷而且真"（《陶靖节集序》）。刘履说他"凡靖节退休之后，颇多悼国伤时之词；然不欲显斥，故以《拟古》《杂诗》名其篇云"（陶澍《靖节先生集》引）。鲁迅也是这样说："他于世事也并没有遗忘和冷淡，不过他的态度比嵇康、阮籍自然得多"（《魏晋风度及文章与药及酒之关系》）；"总不能超于尘世，而且，于朝政还是留心"（同上），这都是有事实根据的话。《拟古》诗第一首是在借"意气倾人命"的少年，来讽刺"欺人孤儿寡妇取天下"的新主。第二首是推崇"节义为士雄"的田子泰，有鼓励时人崇尚"节义"的作用。在第九首里，表示对于现实政治厌恶的心情更鲜明："种桑长江边，三年望当采。枝条始欲茂，忽值山河改。柯叶自摧折，根株浮沧海。春蚕既无食，寒衣欲谁待。本不植高原，今日复何悔。"他有意学阮籍那种"隐晦难明"的手法，来流露他那种气愤的情绪和哀怨的情绪。他既不赞成刘裕篡晋，可又诅咒晋帝国统治者自暴自弃，这在他的心上打上了很深的烙印。他在《述酒》诗里，更高度地使用了比兴法，使诗篇更加隐晦；但不管如何隐晦，也遮盖不了他对刘裕篡晋那种不满的心情。

陶渊明对于现实政治深表不满，一方面从政治舞台退却下来，坚决地表示与统治阶级不合作；一方面憧憬着他的理想社会，热烈地表示对理想社会的追求。

陶渊明辞官归隐田园，是他不与万恶的统治者合作的坚决表示。《归去来辞》就是他辞官归隐田园的正式宣言。这种意见，又常见于他的诗篇。"遥遥沮溺心，千载乃相关。但愿长如此，躬耕非所叹。"（《庚戌岁九月中于西田获早稻》）"姿年逝已老，其事未云乖。遥谢荷蓧翁，聊得从君栖。"（《丙辰岁八月中于下潠田舍获》）"三季多此事，达士似不尔。咄咄俗中愚，且当从黄绮。"（《饮酒诗》二十首第六首）他不仅在这些诗句中崇拜古代隐士——长沮、桀溺、荷蓧丈人、夏黄公、绮里季等，而且以实际行动来步他们隐居的后尘。从这里可以看出他厌恶万恶的统治者的深度，这与人民的思想感情是相通的。我们认为他的归隐田园，不是消极的，而是有积极意义的。陶渊明在归隐田园之后，生活益趋艰苦；但他决不向艰苦生活低头。在他的作品中，刻画他的冻馁生活是很生动的。他在《怨诗楚调示庞主簿邓治中》诗里凄凄切切地哀诉他的遭遇："天道幽且远，鬼神茫昧然。结发念善事，僶俛六九年。弱冠逢世阻，始室丧其偏。炎火屡焚如，螟蜮恣中田。风雨纵横至，收敛不盈廛。夏日长抱饥，寒夜无被眠。造夕思鸡鸣，及晨愿乌迁。在己何怨天，离忧凄目前。吁嗟身后名，于我若浮烟。慷慨独悲歌，钟期信为贤。"丧妻、旱灾、虫灾、风雨作祟、收成歉薄，一连串的生活问题挤在一起。夏天整天挨饿，在挨饿的夏日里，希望天快黑；冬夜彻夜挨冻，在挨冻的冬夜里，希望天快亮，这是忍饥号寒最鲜明的色素。在《有会而作》诗里，用"弱年逢家乏"的诗句，来说明他挨饿是有历史性的；用"老至更长饥"的诗句，来说明他挨饿是正在发展中；用"菽麦实所羡，孰敢慕甘肥"的诗句，来说明他很沉痛地接受了挨饿的惨痛教训。在《咏贫士》诗里，歌唱着"倾壶绝余沥，窥灶不见烟"，歌唱着"弊襟不掩肘，藜羹常乏斟"，来形容他生活艰苦的深度。歌唱着"安贫守贱者，自古有黔娄"，歌唱着"谁云固穷难，邈哉此前修"，来表示他有熬过艰苦生活的决心。他在《杂诗》里歌唱着"岂期过满腹，但愿饱粳粮"，他在《丙辰岁八月中于下潠田舍获》诗里歌唱着"饥者欢初饱，束带候鸣鸡"，他在《乞食》诗里歌唱着"饥来驱我去，不知竟何之，行行至斯里，叩门拙言辞"。这是我们诗人体验饥饿生活最深切、最惨痛所发出来的呼声；但诗人能作到"固穷"，绝不因饥饿袭击而有所退缩，这里充分表现了诗人战斗性的强度。同时，他刻画个人饥饿生活的形象，也就是广大劳动人民饥饿生活形象的缩影。

陶渊明不仅是在精神上能守穷，同时他也是为了精神守穷打下物质基础。因而他认为农事很重要，直接参加了农业生产劳动。他写了很多的农事诗篇，不是从他的主观的愿望所塑出的生动的具体的形象，而是从他自己劳动实践中的体会。诗人在《庚戌岁九月中于西田获早稻》诗里，认为春耕是一年中的大事，应有足够的重视。在这里刻画了自己早出晚归，冒风寒，沾霜露，是一幅劳动辛苦的图画。又刻画了在劳动之后，檐下盥濯，斗酒散颜，又是一幅劳动乐趣的图画。诗人在《归田园居》诗第三首里活画出一位须发斑白的老农，在清晨荷锄出发，直到月出才荷锄从多露的、长满草木的狭道回来的形象。这是乐趣？还是辛苦？诗人不曾计较，只是期望丰收。在《归园田居》诗第六首里，活画出一位须发斑白的老农，在暮色苍茫中向着有烟火的方向推着柴车回家，孩子们在檐下等候着的形象。诗人为什么这样勤劳，只期望着桑麻长得好，好早点获得纺绩的材料。在《归园田居》第二首里所谓"相见无杂言，但道桑麻长"，这更写出了生产劳动的真正体会。这已写出诗人与农民之间一致地关心生产劳动，是有追求生活的深长意义。

由于陶渊明的政治热情很高,更由于他退隐躬耕,尝到了饥寒苦味,从自己的苦味又联想到人民的苦味,产生了改善农村的动机和理想,这理想就是桃花源式的社会。他的《桃花源》诗,就在宣扬他的桃花源式的社会:

> 嬴氏乱天纪,贤者避其世。黄绮之商山,伊人亦云逝。往迹浸复湮,来径遂芜废。相命肆农耕,日入从所憩。桑竹垂余荫,菽稷随时艺。春蚕收长丝,秋熟靡王税。荒路暧交通,鸡犬互鸣吠。俎豆犹古法,衣裳无新制。童孺纵行歌,斑白欢游诣。草荣识节和,木衰知风厉。虽无纪历志,四时自成岁。怡然有余乐,于何劳智慧。奇踪隐五百,一朝敞神界。淳薄既异源,旋复还幽蔽。借问游方士,焉测尘嚣外?愿言蹑轻风,高举寻吾契。

这里人人都要劳动,没有阶级剥削,老老少少都是和和乐乐,没有"尔诈我虞"的社会现象。他又作了一篇《桃花源记》,通过人物故事来宣扬桃花源式的社会。诗人拿桃花源式的社会衬托出当时现实社会的丑恶,是有积极意义的,有进步意义的。

陶渊明也知道要追求理想社会,是要战斗的。因此他有些诗篇,充满了战斗精神。"精卫衔微木,将以填沧海。刑天舞干戚,猛志固常在。"(《读山海经》第九首)这表示他要学习精卫填海那种百折不回的毅力和刑天那种至死不屈的精神。

"惜哉剑术疏,奇功遂不成。其人虽已没,千载有余情。"(《咏荆轲》)这表现他要学习荆轲献出自己的生命来除暴秦的精神。"苍苍谷中树,冬夏常如兹。年年见霜雪,谁谓不知时。"(《拟古》第六首)这刻画他自己坚强不移的意志,不为"霜雪"所凋谢,不为清谈所眩惑的决心。我们读到他这些"金刚怒目式"的诗,战斗的情绪也在提高中。

（4）悠然与苦闷

但是,陶渊明受他的阶级局限,他并不是一往直前地在追求、在战斗。有时,他想歇歇气,对他的田园生活表示满意;有时,他不知怎么办,对他的现实生活表示苦闷;有时,他在彷徨,表现了幻灭、颓唐的神情。

陶渊明在《归田园居》第一首里,美化了他的住宅,似乎沉醉在和平的田园生活中:"方宅十余亩,草屋八九间。榆柳荫后檐,桃李罗堂前。暖暖远人村,依依墟里烟。狗吠深巷中,鸡鸣桑树颠。户庭无尘杂,虚室有余闲。久在樊笼里,复得返自然。"这时,他的精神与自然景物契合了,认为是获得了思想解放。诗人在《饮酒》诗第五首里刻画他置身在大自然怀抱里悠然自得的神态:"结庐在人境,而无车马喧。问君何能尔,心远地自偏。采菊东篱下,悠然见南山。山气日夕佳,飞鸟相与还。此中有真意,欲辨已忘言。"这时他的精神,溶化在大自然中。诗人在《时运》里,也在刻画他在大自然里悠然自得的神态:"山涤余霭,宇暧微霄。有风自南,翼彼新苗。"这是他对大自然的歌颂。"斯晨斯夕,言息其庐。花药分列,林竹翳如。清琴横床,浊酒半壶。"这是他对隐居生活的歌颂,流露他"陶然自乐"的心情。也就是浮动了他的"悠然"的影子,遮盖了他的战斗、追求的感情。但在另一方面,他这悠然的影子,也就是他庆幸自己没有被拖到社会罪恶的渊薮中去的具体形象。

悠然一闪就过去了。苦闷时常来袭击他的心灵。他在《饮酒》诗序里也曾坦白过"闲居寡欢",即是他经常苦闷有力的说明。这在《归去来辞》里表现得更突出。他在这里长吁短叹地呼唤着"请息交以绝游,世与我而相违,复驾言兮焉求",呼唤着"善万物之得时,感吾生之行休",呼唤着"寓形宇内复几时,曷不委心任去留",苦闷很沉重地压住了陶渊明。这时,"悠然见南山"的心情,不知蹓到哪儿去了?诗人很想用种种方法来驱除苦闷。他在《和郭主簿》诗里用生活趣味来冲淡苦闷。堂前树木蔼蔼,就是盛暑也贮藏了清荫;南风习习吹来,衣襟不断地摆动。这时,他或闲卧,或起弄书琴,或美酒自斟,或幼子戏侧,从追求生活趣味来忘记苦闷。但是"遥遥望白云,怀古一何深",又掉到苦闷的深渊里了。他所谓"聊用忘华簪",正是他还不能"忘华簪"的反面说明,也是他不能忘记广大的饥饿群众在民族压迫、阶级压迫下受苦难的说明。他在《读山海经》诗里用阅读奇异的书籍来安慰他的苦闷。在初夏时节,草长木盛,群鸟欣然有托,微雨好风吹来,他微微地熏醉,读读《穆天子传》,看看《山海经图》,为的是要用神仙思想构成美幻的灵魂,来安慰他的残梦和怨哀。他在《移居》诗里用与朋友谈笑和赋诗来慰藉苦闷。诗中所谓"言笑无厌时"并不是说他有什么言笑不厌的心事,而是说明他正需要不厌的言笑来驱除寂寞的苦闷。他与殷景仁、庞通之之流晨夕与共者,是在借谈笑以减少苦闷。他在《酬刘柴桑》诗里歌唱着"门庭多落叶,慨然知已秋",歌唱着"今我不为乐,知有来岁不?"

这是苦闷的呼唤。《茧江诗话》说此诗"中有不能忘世，故遇时而慨，否则，但见其乐矣。此皆无可奈何之辞，言外自有寄托"（陶澍《靖节先生集》引）。这是对陶渊明有正确的认识。

陶渊明用多种方法驱除苦闷，但是苦闷还是藏在他的心之深处。因而在他的诗篇中，有一部分正面表现他的苦闷。他在《责子诗》里低吟："天运苟如此，且进杯中物。"在《己酉九月九日》诗里低吟："何以称我情？浊酒且自陶。"在《连雨独饮》诗里低吟："形骸久已化，心在复何言！"在《饮酒》诗里低吟："若复不快饮，空负头上巾。"萧飒颓唐的神情，从字面显示出来，凄凉愁怨的声音，从字面流露出来。杜甫批评他"颇亦恨枯槁"（《遣兴》），韩愈批评他"或为事物是非相感发"（《送王秀才序》）。真是看到他在现实社会中所受的苦闷的深度了。不过，他虽然用酒来摆脱苦闷，可未能用酒来忘怀世事呢！

由于苦闷纠缠他，他又用追求桃花源式的理想社会来解脱苦闷。我们可以从他所塑造的桃花源式的理想社会的美丽形象中，吸取追求美好生活的无穷力量，加强追求实现理想社会的决心。究竟他是受了阶级的局限，对他自己所期造的理想社会，只是欣赏，而没有多少积极斗争的行动，终于桃花源式的理想社会在他的脑子里幻灭了。

（5）陶渊明诗的艺术成就

陶渊明的诗，有很高的艺术价值，因而有长远的艺术生命，在中国诗歌园地里发生巨大的影响。

他善于体现强烈的生活感受。他面对生活，追求真实生活，把生活所感受的事物，塑造成艺术形象。即是说，他是善于从生活中捕捉事物最具特征的方面加以描写，并把它提高到人格化的高度，这是他在艺术上有成就的重要条件。

我们举《和郭主簿》第一首诗为例。

在这一首诗中，构成了复杂的生活愉快形象。"蔼蔼堂前林，中夏贮清阴。凯风因时来，回飙开我襟。"堂前树木清阴，南风习习吹动衣襟，诗人已沉醉在这种生活环境了。诗人在这种有诗意的环境下，"息交逝闲卧，坐起弄书琴。园蔬有余滋，旧谷犹储今"。诗人息绝交游，向书琴方面寻求愉快，园有蔬菜，仓有余粮，诗人对自己的生活环境更表示满足。他并没有在这种朴素的生活以外，还有什么要求。所以唱出"营己良有极，过足非所钦"。接着挑选两件突出的事，作为生活愉快的主要线条：一件是"春秫作美酒，酒熟吾自斟"；一件是"弱子戏我侧，学语未成音"。在自斟自饮的情况下，看看牙牙学语的小儿，这当然是快乐，所以得出"此事真复乐"的结论。他用这种快乐，作为"聊用忘华簪"的手段。诗人究竟不是整天飘飘然的，终于发出"遥遥望白云，怀古一何深"的感叹。由欣赏风景的愉快，发展到欣赏生活的愉快；复由生活的愉快，发展到生活的苦闷。诗人感情的变化，在文字上扣得很紧，对读者感染力很强。

此外，他刻画饥饿的形象也很生动，这也是他于实际饥饿生活感受很深的关系。"夏日长抱饥，寒夜无被眠。造夕思鸡鸣，及晨愿乌迁。"（《怨诗楚调示庞主簿邓治中》）这不是有饥饿的深切感受是不能道出的。"饥来驱我去，不知竟何之？行行至斯里，叩门拙言辞。"（《乞食》）这种想去乞食而又不好意思的矛盾心情，也不是没有受过饥饿严重压迫的人所能写出的。诗人的艺术天才，就能把他在生活上的真实感受很生动地表现出来。

　　他善于通过写景而流露真实的感情。他的诗，多写田园的景态；不过，他所写的田园景杰并没有把它与思想感情对立起来的。相反地，他通过写景来表现他的思想、感情和性格。

　　我们看他的《读山海经》第一首诗，对他的住宅景色有一个很生动的描写。"孟夏草木长，绕屋树扶疏。众鸟欣有托，吾亦爱吾庐。"在孟夏的季节里，草木茂盛，树叶扶疏，众鸟庆幸各得其所，表示了诗人热爱其居。底下接着描写他的丰富的生活："既耕亦已种，时还读我书。穷巷隔深辙，颇回故人车。欢然酌春酒，摘我园中蔬。微雨从东来，好风与之俱。泛览《周王传》，流观《山海图》。"诗人在寂寞的环境下，耕种、读书、饮酒、摘菜，这一连串的真实生活形象，安排在大自然的景物之中，更觉得诗人生活的美丽与大自然的美丽统一了，这就是诗人的"即景诗"了。诗人正在愉快时，一碰到心灵上的创伤，马上就把愉快收起来；但"俯仰终宇宙，不乐复何如？"，这又陷在无可奈何的苦痛中了。

　　再看他的《归田园居》第三首。他以很大的篇幅，在刻画田园景象和他参加生产劳动的辛勤："种豆南山下，草盛豆苗稀。侵晨理荒秽，带月荷锄归。道狭草木长，夕露沾我衣。"诗人早出晚归地参加生产劳动，突出地呈露出诗人的辛勤形象。但是，诗人对自己的辛勤并不计较，只是期望着劳动有丰收，所以发出"衣沾不足惜，但使愿无违"的感叹。诗人通过田园景致和生活的描绘，来衬托出他对生活的期望和担心歉收的惨痛心情。

　　他善于运用人民的语言。诗人的诗歌艺术有伟大成就，是与他善于采用人民的语言分不开的。诗人能善于采用人民的语言，又与他长期接近农民、长期从事生产劳动分不开的。

的确，他在提炼人民语言方面取得伟大成就。他是以语言自然的节奏做基调的，与"一简之内，音韵尽殊；两句之中，轻重悉异"(《宋书·谢灵运传论》)的风格不同。在他的诗歌中，除了《述酒》《拟古》等篇过分使用比兴法难得看懂以外，其他诗篇，大都明白如话，是人民共同的语言。关于他采用人民语言这一点，我们在前面讲他的特殊风格时，已经举例子说明，这里不打算再讲了。

他的语言不仅通俗，而且精练。钟嵘说他语言"省静"，即是语言精练的同义语。"门庭多落叶，慨然知已秋。"(《酬刘柴桑》)这一"多"字，就把秋天肃杀之气所造成的落叶满空庭的形象逼真地呈现在读者前面。"慨然"二字也下得很妙，很形象地呈露诗人在秋天到来之际的令人有没落之感。"采菊东篱下，悠然见南山。"(《饮酒》)这"悠然"二字，把诗人在东篱采菊、远望南山时那种宁静、和平、愉快的心情逼真地刻画出来，使人体会到诗人在辛勤劳动之余，用采采菊、看看山的轻松的生活方式，来调剂诗人劳动的疲倦。"蔼蔼堂前林，中夏贮清阴。"(《和郭主簿》)从"贮"字体现出堂前树林密茂、阴凉的形象，使人有林荫清凉之感。

诗人有这么一支通俗而又精练的笔，这也是造成诗人在艺术上有高度成就的要素。

(6) 陶渊明的渊源和影响

在"风华清靡"之风弥漫的六朝，对于陶渊明是不重视的，至少没有被重视到应得的重视程度。与陶渊明同时代的颜延之，虽曾访问过陶渊明，渊明死后，又作诔文以哀悼；但在诔文中只抽象地批评陶诗为"文取指达"。稍后的萧统，对于陶渊明总算十分推崇的；但他作的《陶渊明传》和《陶集序》，对陶渊明的认识也不深。钟嵘《诗品》，把他的诗列在中品，只肯定《欢言醉春酒》《日暮天无云》这两首诗为"风华清靡"，其余的诗，就斥之为"质直"，斥之为"田家语"，而不重视。沈约《谢灵运传》只认为"爰及宋氏，颜、谢腾声。"萧子显《南齐书·文学传》也只说："颜、谢并起，乃各擅奇。"刘勰《文心雕龙·时序篇》也只说："颜、谢重华以风采。"一致地对陶渊明一字不提，大概是这些人认为他的诗篇没有提的价值。这些都是六朝人瞧不起他的铁一般的事实。从这些事实可以说明一个问题：六朝文人多是形式主义者，而陶渊明则是现实主义者，形式主义者轻视现实主义者，这是形式主义与现实主义斗争中的必然现象。

陶渊明走着与六朝一般诗人相反的道路，他发展并总结了建安以来现实主义的优秀传统（包括民歌在内），甚至发展了并总结了《诗经》《楚辞》以来的现实主义的诗歌的优秀传统，溶化为自己独创的朴素的白描的风格，给六朝诗人以新的启发，并给后代诗人指出了正确的道路。

陶渊明的诗，在唐代的影响相当大。孟浩然、王维接受了以田园为题材和"悠然"的精神，造成"田园派"一大流派。李白那种对权贵的反抗和轻蔑，是陶渊明那种不与权贵合作的精神的发展。白居易的作风非常朴素，讲究白描，也是陶渊明的朴素白描的写作方法的发展。

陶诗发展到宋代，苏轼接受了他的真实（苏轼说："古今贤之，贵其真也。"），也接受了他的"悠然"。他既叹服陶诗"绝识"，又叹服陶诗"奇绝"，作了一百零九首和陶诗，并说："至其得意，自谓不愧渊明。"因而陶诗的影响圈更扩大了。陆游、辛弃疾的诗词，主要地学习了陶渊明的战斗精神，产生了许多现实主义的诗篇，但也还残存陶渊明的悠然成分。总之，陶渊明在文学上的影响，好像一条长流，滔滔不绝地向大海流去，他是六朝的伟大的现实主义者。

汤惠休本是和尚，后来还俗，官至扬州刺史。他的作品，内容真实，语言通俗，与乐府很近。现保存的九首诗，全部是乐府；其中有五言的，也有七言的。他的《秋风歌》《秋思引》描写暗淡的景象，烘托出女子空房难独守的怨哀情绪。《秋风歌》句句叶韵，念起来非常沉重。《秋思引》已具有唐代七绝的雏形。他这种饶有天真趣味的写作手法，较之颜、谢那种专工色彩的写作手法要高明多了。但是颜延之斥责他的作品"委巷中歌谣耳，方当误后事"（《南史·颜延之传》）。这种斥责，正说明了颜延之的作风与汤惠休的作风是对立的，也说明了汤惠休的作品杂有人民的思想感情。

（7）稍后于陶渊明的鲍、谢

鲍照，字明远（公元四二一——四六二）。虞炎说他"家世贫贱，少有文思。"（《鲍照集序》）钟嵘说他"才秀人微，故取湮当代。"（《诗品》）在九品中正门阀森严的时代，他不仅没有政治地位，连作品也不被人重视。他感到非常委屈，"尝谒义庆，未见知；欲贡诗言志。人止之曰：'郎位尚卑，不可轻忤大王。'照勃然曰：'千载上有英才异士沉没而不闻者，安可数哉？大丈夫岂可遂蕴智能，使兰艾不辨，终日碌碌，与燕雀相随乎？'于是奏诗。义庆奇之。"（《本传》）从此他得到了一官半职；后来牺牲在统治阶级的内讧中，留有《鲍参军诗集》行世。

在他的作品中，所感受的生活面比较广阔，与当时流行的"山水诗"异样，而与陶渊明诗比较接近。他最出名的少年杰作——《拟行路难》十八首，主要是流露他怀才不遇的心情。他在第一首，流露他那种"红颜零落岁将暮，寒光宛转时欲沉"的美人迟暮之感。在第三首流露他那种"含歌揽涕恒抱愁，人生几时得为乐？宁作野中之双凫，不愿云间之别鹤"的安贫乐道的精神。在第四首流露他那种"酌酒以自宽，举杯断绝歌路难，心非木石岂无感，吞声踯躅不敢言"的跃跃欲试的心情。在第五首流露他那种"人生苦多欢乐少，意气敷腴在盛年。且愿得志数相就，床头恒有沽酒钱。功名竹帛非我事，存亡贵贱付皇天"的求功名事业不成的失望情调。在第六首进一步流露他那种"对案不能食，拔剑击柱长叹息。丈夫生世会几时，安能蹀躞垂羽翼"的求功名事业不成的愤怒感情。他用自然、不受束缚的文字，流露他自负不凡的气魄和怀才不遇的悲愤，已开李白狂放诗篇之先。

鲍照在其他乐府里，显示了一定程度的爱国主义精神。他在《代东武吟》里歌颂守边战士卫国的辛劳："密途亘万里，宁岁犹七奔；肌力尽鞍甲，心思历凉温。"在《扶风歌》里歌颂守边战士出征的心情："寝卧握秦戈，栖息抱越箭。忍悲别亲知，行泣随征传。"在《代出自蓟北门行》歌颂战士有为国捐躯的志愿："时危见臣节，世乱识忠良；投躯报明主，身死为国殇。"在《代陈思王白马篇》歌颂效死边疆的英雄，比曹植的《白马篇》所歌颂的英雄形象还要凛然：

白马骓角弓,鸣鞭乘北风。要途问边急,杂虏入云中。闭壁自往夏,清野径还冬。侨装多阙绝,旅服少裁缝。埋身守汉境,沉命对胡封。薄暮塞云起,飞沙被远松。含悲望两都,楚歌登四墉。丈夫设计误,怀恨逐边戎。弃别中国爱,邀冀胡马功。去来今何道,卑贱生所钟。但令塞上儿,知我独为雄!

这真是像黄节所说:"言人当立功立事,尽力为国,不可念私也。"(《鲍参军诗注》卷一)这位守边英雄,在任何危急、艰苦的情况下,也能坚持战斗,发出"埋身守汉境"的誓言,表现出"知我独为雄"的英雄气概。这样的诗歌,对坚守南朝的疆土、进而收复中原的失地,是有推动作用的。

鲍照非常仇视封建门阀制度,因为这种制度庇荫贵族享受着豪华的生活。他在《咏史》里这样讽刺贵族生活:"京城十二衢,飞甍各鳞次。仕子彯华缨,游客竦轻辔。明星晨未稀,轩盖已云至。宾御纷飒沓,鞍马光照地。寒暑在一时,繁华及春媚。"在《代陈思王京洛篇》这样讽刺贵族生活:"凤楼十二重,四户八绮窗。绣桷金莲花,桂柱玉盘龙。珠帘无隔露,罗幌不胜风。宝帐三千所,为尔一朝容。扬芬紫烟上,垂彩绿云中。"他这样揭露贵族生活的豪华,也就是揭发了贵族对人民剥削的罪恶。他又在《拟古诗》中描绘人民生活的苦痛,对备受苦痛的人民寄以无限的同情。在第六首中表现了人民在租税、徭役的压迫下所遭受的痛苦、灾难和侮辱:"束薪幽篁里,刈黍寒涧阴。朔风伤我肌,号鸟惊思心。岁暮井赋讫,程课相追寻。田租送函谷,兽藁输上林。河渭冰未开,关陇雪正深。笞击官有罚,呵辱吏见侵。不谓乘轩意,伏枥还至今。"在第七首表现思妇听到征夫种种流传和思念深切的苦痛:"河畔草未黄,胡雁已矫翼。秋蛩扶户吟,寒妇成夜织。去岁征人还,流传旧相识。闻君上陇时,东望久叹息。宿昔改衣带,朝旦异容色。念此忧如何?夜长愁更多。明镜尘匣中,瑶琴生网罗。"这些诗,从骄奢淫逸和扩张武力两者揭发了封建贵族违反人民利益的剥削本质。

鲍照在艺术上有很大的成就。在"风华清靡"的六朝,形式主义在诗歌上占上风,鲍照运用现实主义的创作方法与形式主义作斗争。前面所叙述的诗歌内容,具有高度的现实主义的精神,这里不必再举例。但他也有一些作品,杂有浪漫主义的成分。《齐书·文学传》说他"发唱惊挺,操调险急,雕藻淫艳,倾炫心魂,亦犹五色之有红紫,八音之有郑、卫,斯鲍照之遗烈也。"这是有根据的话。像他"窗中多佳人,被服妖且妍。靓妆坐帐里,当户弄清弦。鬈夺卫女迅,体绝飞燕先。"(《代朗月行》)这样描写女态,就有很浓厚的浪漫气息。不仅如此,他在《拟行路难》十八首中,固然有高度的现实主义精神,表现他的爱国主义和人民性;但在这十八首中也表现了他的主观愿望和不平的热烈感情,也含有浪漫主义的因素。

鲍照的诗歌,具有峻拔而不平凡的风格。杜甫批评李白的诗,"俊逸鲍参军"(《春日忆李白》),这虽然在有力地歌颂李白的诗歌挺拔、高超、不同凡响,同时也就在肯定了鲍照的诗歌挺拔、高超、不同凡响。张溥批评鲍照"文辞赡逸",也同样说明了这一点。他在《拟行路难》第四首,表现他那种峻直、不凡的气魄更突出。诗人因为不能掌握自己的命运而非常悲愤：一会儿"行叹""坐愁"，一会儿"酌酒自宽"，一会儿"举杯断绝歌路难"，一会儿"吞声踯躅不敢言"。诗人感受封建门阀的压迫，所以内心矛盾、悲痛到这样的程度，而用峻拔、高超、不凡的音响表达出来，形成作品的特殊风格。

鲍照的诗富于创造性。钟嵘批评他的诗"贵尚巧似，不避危仄，颇伤清雅之调，故言险俗者多以附照"(《诗品》)。这里说他"险"，说他"不避危仄"，正是他的诗歌不用熟套滥调的说明；说他"俗"，说他"贵尚巧似"，正是他善于创造、走向自由解放的说明。沈德潜批评他的诗歌"如五丁凿山，开世人所未有"(《古诗源》)。这也在说明了他的诗歌突破了传统的格律而富有高度的创造性。我们可以说：他的诗歌，"伤清雅""言险俗"，这正是他的诗歌风格——"俊逸"的艺术特征，正是他的艺术成就的重要基础，也就是他的诗歌能忠实地反映了现实的主要条件。

鲍照的诗歌善于写景抒情。在他的诗歌中，也有很多描写景物的篇幅。不过，他描写景物，不像颜延之、谢灵运专从雕饰上求工、从写实中求肖，而是借景物抒情。他在《日落望江赠荀丞》一诗中刻画"乱流灇大壑，长雾匝高林。林际无穷极，云边不可寻"之景，无非在衬托出"惟见独飞鸟，千里一扬音"的高旷心情。在《还都道中》第一首中，刻画"急流腾飞沫，回风起江濆。孤兽啼夜侣，离鸿噪霜群"之景，无非在衬托出"物哀心交横，声切思纷纭"的旅途苦闷。在《拟行路难》第十四首中，刻画"朔风萧条白云飞，胡笳哀急边气寒"之景，无非在流露出"君不见少壮从军去，白首流离不得还"的思归感情。

诗人的灵魂，通过景物描写，更形象、更美丽、更突出了。

鲍照勤于锤字炼句，使诗的意境更高超、非凡。"念尔零落逐寒风，徒有霜华无霜质。"(《梅花落》)从"逐"字体现出北风飘飒、梅花飘零的形象，使人有漂泊之感。"箫鼓流汉思，旌甲被胡霜。"(《代出自蓟北门行》)这一"流"字，把戍边战士思乡的形象呈露在读者的面前；这一"被"字，把边地严寒的形象出现在读者的面前，使人有"时危见节"之感。

那么，鲍照在诗歌上的成就很大，给当时形式主义的诗歌逆流以打击，为唐代诗歌做了一些"思想资料"的积累工作。从形式上说，鲍照又常作七言诗的尝试，而且很成功，在诗体上有重大的贡献。如果说陶渊明是标志着五言诗的高峰，而鲍照就是标志着七言诗的新的开始。

谢朓(公元四六四—四九九)是宋、齐时代的重要作家，他是起过承先启后作用的。他总结了谢灵运一派山水诗，又开创了梁、陈时代的五言小诗的新体诗。

他吸收了民歌自然、活泼的风格，又吸收了沈约声律论的四声、八病，结合着山水诗发展的主流，五言诗以"新变体"的姿态出现于诗坛。他这种对诗歌的贡献，不仅当时梁武帝、刘孝标、沈约佩服他，连后来的李白也佩服他。[①]

我们看他的《入朝曲》，刻画入朝途中景致多么细致！看

---

① 梁武帝说谢朓的诗："三日不读，即觉口臭。"(《梁书·何逊传》)沈约说："二百年来无此诗也。"(见《本传》)刘孝标对于时辈无所推服，"惟常以谢朓诗置几案间"(《颜氏家训·文章篇》)。唐李白也很佩服他，在登华山落雁峰时，就说出"恨不携谢朓惊人诗来"(《云仙杂记》)。又说："蓬莱文章建安骨，中间小谢又清发。"(《宣城谢朓楼饯别校书叔云》)王士祯说李白："白纻青衫魂魄在，一生低首谢宣城。"(《论诗绝句》)足征谢朓在李白脑中的地位。

他的《游东山》，刻画在遨游中的景物多么形象！再看他的《晚登三山还望京邑》，流露乡土的感情多么沉重！祖国山河的秀丽，都从他的诗篇体现出来了。

他的诗，音律和谐，字句秀丽，呈现一种清俊的风格。

6. 专写色情的梁陈诗人——晚年的庾信是南北诗的统一人物

五言诗发展到梁、陈时代又有新倾向。由于帝王卿相的生活，更突出地走向荒淫无耻的道路，抒泄胸中的肉欲，用骈偶声律的诗篇来抒写，是不大方便的；就对抒情的民歌感到了兴趣，以民歌抒情的手法来写色情，便产生所谓"宫体诗"。宫体诗是以描写色情为主题，没有理想人生的意境，没有生命的动力，然而却是梁、陈时代最能反映上层社会生活的文学。在满纸肉欲的篇章里，尽量刻画了上层社会纵欲无度的形象，在这种形象的背后，隐藏着一种没落官僚的醉生梦死的灵魂。

梁、陈时代的诗有两极形式：一种是小诗的发达，一种是律诗的发达。但是抒情的小诗比较生硬的律诗要有价值得多。因为律诗要受声律的限制，而小诗可以抒写自由，小诗的制作也就多了。这时代的诗人，没有一个不染上冶艳的色调。帝王如萧衍、萧纲、萧绎、陈叔宝，卿相如何逊、阴铿、徐陵、江总等，没有一个不把笔墨着重于色情的刻画，很显明地带着时代的意味和阶级意识了。

在梁、陈时代，也还有与写色情对立的诗人，那就是庾信（公元五一三—五八一）。他是南朝靡丽文风与北朝朴素文风的统一者，也是六朝靡丽文风与唐朝宏放文风的过渡者。他是梁朝的官僚,在未入北朝以前,与一般诗人一样,致力于色情的刻画,如《灯赋》《镜赋》《荡子赋》《和梁简文帝咏舞诗》和《舞媚娘》等篇,与徐陵等人的写作风格没有两样,所以世称"徐庾体"。梁亡之后,他流落在西魏、北周,思念祖国,在作品中充满了故国兴亡之感。最有名的《哀江南赋》,是中国古典文学中最长的一篇抒情赋,这里流露了怀念祖国的感情,这里有人民流离于兵荒马乱的情景,这里有流落异国的悲苦心境,是一篇有现实意义的作品。他的五言诗,也反映了与《哀江南赋》同样的思念祖国的感情。《拟咏怀》二十七首,不仅沉重地表现了怀念故国的心情,而且辛辣地讽刺南朝的统治者和士大夫的腐朽、无能。"阳关万里道,不见一人归。唯有河边雁,秋来南向飞。"(《重别周尚书》)这思乡的感情多么悲切!"玉关道路远,金陵信使疏。独下千行泪,开君万里书。"(《寄王琳》)这思乡的感情多么悲切!庾信能运用南朝的写作技巧,表达他在异国寄居的思想感情,深厚的忧郁和苦痛的哀愁交织在文字中;爱国思想和民族意识,丰富了诗歌的内容,使诗的风格趋向刚健,是六朝诗歌向前迈进的里程碑。杜甫称庾信的诗为"暮年诗赋动江关",就是指这类的作品而言。杜甫又称"庾信文章老更成",也就是指他晚年入北周后的作品而言。

我们在庾信身上,可以看到南北诗歌的混合型,也可以看到中国诗歌未来的远景。他与梁、陈诗人分道扬镳,为唐诗开辟了道路,确实是南北朝不可多得的诗人。

在南朝,佛教翻译事业很盛行,对中国文学发生一定的影响。

1. 南北朝民歌发展概况

南北朝民歌，各自依据社会情况而独立的发展，彼此之间，呈现着显著的差异。它们中间的差异，不仅是语言、情调、风格的不同，而所反映的社会性质也不同。

南朝由于地理条件的优越，加上北方先进生产经验随着中原人南迁而带到南朝去，因而自东晋以来，就造成了江南地主经济的繁荣，也就造成了江南商品经济的发达，进而造成都市的繁荣和富豪大贾征歌选色的机会，也就造成南朝民歌活跃的机会。

长期占领和统治中原地区的兄弟民族，他们正是处在由奴隶社会发展为封建社会的过程中，也就正是由逐水草而居的游牧生活发展为以农业生产为主的安定生活。这种生活方式的改变过程,也就是他们思想感情的斗争过程;他们的民歌,却仍是在反映游牧生活,较之南朝民歌的思想内容是有显著的差异。

南北朝民歌,像两汉民歌那样讽刺政治的作品更少了。据现在被保存的民歌来说,除了北朝少数民歌外,绝大部分是恋歌。不过,南朝的恋歌与北朝的恋歌又有不同。南朝恋歌的风格,是纤弱的、温柔的;北朝的恋歌是勇敢的、爽直的。南朝的恋歌,所写的情侣,多半不是夫妇的关系,歌中的妇女,多半是被经济压迫,精神上、肉体上都是被损害、被侮辱,感情是悲哀的。北朝的恋歌,所写的情侣,多半是一块参加生产、互相爱慕,正向恋爱的方向发展的,感情是正常的。从数量说,北朝民歌不及南朝;若从质量来说,北朝民歌还要超过南朝。

2. 南朝的民歌

民歌本来是人民口头创作,在民间流行着;但是要想被保存下来,就有赖于统治阶级所设的乐府。要弄清南朝民歌,首先要弄清乐府的源流。《旧唐书·音乐志》说:"清乐者,南朝旧乐也。永嘉之乱,五都沦覆,遗声旧制,散落江左。宋、梁之间,南朝文物,号为最盛;人谣国俗,亦世有新声。后魏孝文、宣武用师淮、汉,收其所获南音,谓之清商乐。隋平陈,因置清商署,总谓之清乐。遭梁、陈亡乱,所存盖鲜。"郭茂倩在《乐府诗集》也说:"清商乐,一曰清乐。清乐者,九代之遗声,其始即相和三调是也。并汉、魏以来旧曲,其辞皆古调及魏三祖所作。自晋朝播迁,其音分散。苻坚灭凉得之,传于前后二秦。及宋武定关中,因而入南,不复存于内地。自时以后,南朝文物号为最盛；民谣国俗，亦世有新声。"根据这两种记载，可以得到一个结论：汉、魏所传相和、清商等调，在东晋时代传布到江左，宋、齐、梁、陈又增加很多新声。故王僧虔论三调歌曰："今之清商，实由铜雀，魏氏三祖，风流可怀，京、洛相高，江左弥重。谅以金悬干戚，事绝于斯。而情变听改，稍复零落，十数年间，亡者将半。"（《宋书·乐志》引）由于时代的变迁，江左人看清商等民歌，已是超过一般谣俗的雅音。以后传入魏、隋的清商乐，是包括了两大部分：一部分是永嘉以来流入江左的汉、魏旧音（相和、清商），一部分是江左的新声。

照王僧虔所说看来，清商、相和等歌辞在当时已成为皇室中最高尚的雅乐，大概在民间已不流行，即使流行也不普遍。那么，在社会流行的，还是东晋以来的新声。本节所讲的只限于民歌，也就是只讲江左的新声了。

新声分为两大部分，一部分是吴声歌，一部分是西曲歌。由于地域的不同，各有其自己风土的声调；但大都以恋爱为内容。

什么叫做吴声歌？据《晋书·乐志》说："吴歌杂曲，并出江南，东晋以来，稍有增广。其始皆徒歌，既而被之管弦。盖自永嘉渡江之后，下及梁、陈，咸都建业，吴声歌曲，起于此也。"是吴声歌乃江南民间流行的一种新调。这种新调，被乐府所演奏。

吴声歌中最著名的，要推《子夜歌》。《唐书·乐志》说："《子夜歌》者，晋曲也。晋有女子名子夜，造此声。"《宋书·乐志》说："晋孝武太原中（公元三七三—三九六），琅琊王轲之家，有鬼歌《子夜》……则子夜是此诗以前人也。"《子夜》大概系晋代民间传说很普遍的故事，后来渐渐编成了很多的歌曲。

我们以为《子夜歌》最初是民谣，后来流传很广，才有一定的格调，合乐歌唱，才有笙、篪种种乐器的配搭。

《乐府诗集》所搜集的《子夜歌》四十二首，《子夜四时歌》七十五首。这些诗，有健康的感情，有清新的风格，有天真活泼的表现手法。现在抄下几首：

> 宿昔不梳头，丝发被两肩。婉伸郎膝上，何处不可怜。
>
> 自从别欢来，奁器了不开。头乱不敢理，粉拂生黄衣。
>
> 朝思出前门，暮思还后渚。语笑向谁道，腹中阴忆汝。
>
> 年少当及时，蹉跎日就老。若不信侬语，但看霜下草。
>
> 揽裙未结带，约眉出前窗。罗裳易飘飏，小开骂春风。

这把少女藏在心底的感情，轻佻、率直、毫不隐瞒地借口语歌唱出来。"婉伸郎膝上，何处不可怜。""罗裳易飘飏，小开骂春风。"这是多么轻佻的形象，这形象浮动着对爱情幸福的追求。"头乱不敢理，粉拂生黄衣。""语笑向谁道，腹中阴忆汝。"这是多么率直的形象，这形象充溢着大胆热情的气氛。"若不信侬语，但看霜下草。"这比喻多么真切，烘托出男女青年热烘烘的爱。像这些形象，决不是伪装的士大夫所敢写、所能写的，也决不是讲究声律、辞藻，专向外形发展的文人所敢写、所能写的，与那些贵族诗人所写的堕落的、荒淫的宫体诗比起来，有本质上的不同。在《子夜歌》中，有一种喜用双关隐语和问答形式的风气。女子那种天真、热爱的情趣，通过双关隐语和问答形式显示出来。

在《子夜四时歌》中，《春歌》之二十，刻画相思之苦：以黄檗的苦味，来象征相思的苦味。《冬歌》之二刻画追求异性之切，竟至"冒寒"踏雪"相觅"。都很生动地流露了民间男女求爱的真情。

此外，《碧玉歌》《桃叶歌》《读曲歌》《华山畿》，都有很多优美的作品。

《乐苑》说："《碧玉歌》者，宋汝南王所作也。碧玉，汝南王妾名，以宠爱之甚，所以歌之。"这里抄两首：

> 碧玉小家女，不敢攀贵德。感郎千金意，惭无倾城色。
> 碧玉破瓜时，相为情颠倒。感郎不羞郎，回身就郎抱。

晋代并无汝南王其人，是此诗为汝南王所作之说不可靠。《玉台新咏》把此诗题为"孙绰情人碧玉歌"，说此诗是作家孙绰所作，其实也不可靠。这两首诗，把一个农家女子被一个有身份的人所赏识的那种情态，直率地刻画了出来，绝不是讲究雕饰的文人所能做得到的。

《桃叶歌》据《古今乐录》和《隋书·五行志》都一致肯定是晋代王献之所作。其实,这诗中充溢着大胆热烈的恋爱感情,配合着重叠的句法和通俗的语言,具有民歌的特征,绝不是豪门大族王献之的手笔。

《读曲歌》八十九首。《古今乐录》说:"《读曲歌》者,元嘉十七年袁后崩,百官不敢作声歌,或因酒宴,止窃声读曲细吟而已,以此为名。"这种传说,多不可靠。我们从八十九首的内容来看,多是民间的恋歌,怎么会当作丧葬时酒宴的歌曲呢?现在抄下几首:

> 念子情难有,已恶动罗裙,听侬入怀不?
> 坐起叹汝好,愿他甘丛香,倾筐入怀抱。
> 忆欢不能食,徘徊三路间,因风觅消息。

在这些诗里,描写男女相思之切,确实很形象,用多种比喻,流露女子真挚的感情。

《华山畿》有二十五首。关于华山畿有一段故事。《古今乐录》说:"(宋)少帝时,南徐一士子从华山畿往云阳,见客舍有女子,年十八九,悦之,无因,遂感心疾。母问其故,具以启母。母为至华山寻访,见女,具说闻。感之,因脱蔽膝,令母密置其席下,卧之,当已。少日果瘥。忽举席见蔽膝而抱持,遂吞食而死。气欲绝,谓母曰:'葬时车载从华山度。'母从其意,比至女门,牛不肯前,打拍不动。女曰:'且待须臾。'妆点沐浴,既而出,歌曰:'华山畿,君既为侬死,独活为谁施?欢若见怜时,棺木为侬开。'棺应声开,女遂入棺。家人叩打,无如之何。乃合葬,呼曰神女冢。"在这二十五首诗中,除了第一首,都是与故事的本身无关。不过,故事的本身,既是一个悲惨的结局,所以诗的表情很热烈、沉痛,强烈地要求婚姻的自由。这是《华山畿》不同于其他诗篇之所在。"啼着曙,泪落枕将浮,身沉被流去。"由想念情人之切而落泪,落泪分量之多竟至把枕头浮得起来,甚至把身子漂走,这真是把悲哀形容到了化境。

在吴声歌中,不完全是恋歌,也有祭神歌。在祭神歌中的《神弦歌》,与《楚辞》的《九歌》很相近,大致是民间的祭歌,而以《宿阿曲》《青溪小姑》为最优美。

在吴声歌中,也还录有帝王卿相的作品,这里打算不谈了。

现在谈西曲歌。郭茂倩在《乐府诗集》说:"西曲歌出于荆、郢、樊、邓之间,而其声节送和与吴歌亦异,故其方俗而谓之西曲。"是西曲歌产生在长江上游荆、襄一带;这些地方,商旅云集,所以曲中所写都是商旅别情。

西曲歌最著名的有《石城乐》《乌夜啼》《襄阳乐》《估客乐》等。

《石城乐》共五首。《唐书·乐志》说此诗系宋臧质所作,多不可靠,恐怕是民歌。现在抄两首:

> 布帆百余幅,环环在江津。执手双泪落,何时见欢还。
>
> 闻欢远行去,相送方山亭。风吹黄檗藩,恶闻苦篱声。

前一首写在风帆云集的江津送别的情景：握手话别，希望"欢还"。后一首写在黄檗遍地的方山亭送别的情景："风吹黄檗"，衬托"离声"之苦。这把送行者与被送者彼此怀念的心情生动地表现了出来。

《乌夜啼》共八首。"辞家远行去，侬欢独离居。此日无啼音，裂帛作还书。"这在刻画女子当丈夫外出，不是在家啼泣的怀念，便是裂帛作书的慰问，情景非常真切。"远望千里烟，隐当在欢家。欲飞无两翅，当奈独思何。"这在刻画男女的别离的苦痛，女子远远地去望隐约在千里烟之外的丈夫，既无两翅飞去，只有陷在"独思"的深渊，情景也非常真切！

《估客乐》以宝月和尚所作的两首为最佳。"郎作十里行，侬作九里送。拔侬头上钗，与郎资路用。"这不仅刻画出女子送丈夫的热情之高，而且刻画出把最心爱的"头上钗"送作路费的苦心。"有信数寄书，无信心相忆。莫作瓶落井，一去无消息。"这里刻画出女子担心丈夫遗弃的恐惧心理，也活跃了一位女子在送行时那种絮絮叨叨的情景。

《襄阳乐》共九首。"朝发襄阳城，暮至大堤宿。大堤诸女儿，花艳惊郎目。"这在写女子劝告丈夫不要受都市歌女的迷惑。"江陵三千三，西塞陌中央。但问相随否？何计道里长。"这在写女子不愿意尝独居之苦，不计道路的远近，而愿意跟随丈夫出外经商。天真、率直的情趣，充溢于字里行间。这充分反映着商人经商别离的生活。

3. 北朝的民歌

北朝的民歌，远不及南朝民歌分量之多，其中是有原因的。

民歌是靠口耳流传的，用文字记载收辑，乃是统治阶级所设乐府的专业。北朝在元魏未统一以前，五胡分割，文化落后，哪里会注意到乐府文化？因此民歌也就少了一个搜集的机会，这是北朝民歌被保存不多的主要原因。

其次，北方既长期为外族所占据，一定会产生不少用外族语言所编成的民歌；惟其是用外族语言所编成的歌，就不方便用汉文字来保存，这也是北朝民歌较少的原因。

北朝在苻坚时代有点注意乐曲，直到元魏孝文帝关心文化，才注意到音乐。《魏书·乐志》说："高宗显祖，无所改作，诸帝意在经营，不以声律为务。古乐音制，罕复传习，旧工更尽，声曲多亡。太和初（公元四七七），高祖垂心雅古，务正音声。时司乐上书，典章有阙，求集中秘群官，议定其事。并访吏民有能体解古乐者，与之修广器数，甄立名品以谐八音，诏可。虽经众议，于时卒无洞晓声律者，部下不能立其事，弥缺。"是乐曲的衰落，也就说明民歌的衰落。

《旧唐书·音乐志》[①]说北朝也吸收外人的歌曲，而且将

---

① 《旧唐书·音乐志》说："北狄乐，其可知者鲜卑、吐谷浑、部落稽三国皆马上乐也。《鼓吹》本军施之音，马上奏之。故自汉以来，北狄乐总归鼓吹署。后魏乐府始有北歌，即《魏史》所谓《真人代歌》是也。代都时命掖庭宫女晨夕歌之，周隋世与西凉乐杂奏，今存者五十三章，其名目可解者六章，《慕容可汗》、《吐谷浑》、《部落稽》、《钜鹿公主》、《白净王太子》、《企喻》也。其不可解者，咸多可汗之辞，此即后魏世所谓'簸逻回'者是也。其曲亦多可汗之辞。北虏之俗，皆呼主为可汗。吐谷浑又慕容别种，知此歌是燕、魏之际鲜卑歌。歌音辞虏，竟不可晓。梁有《钜鹿公主歌辞》，似是姚苌时歌辞，华音与北歌不同，梁乐府鼓吹又有《太白净皇太子》、《少白净皇太子》、《企喻》等曲，隋鼓吹有《白净皇太子曲》，与北歌校之，其音皆异。"这是北朝吸收外乐及北歌输入南朝的说明。

所吸收的歌曲输入南朝，反而被南朝保存。所以《古今乐录》说："《梁鼓角横吹曲》，有《企喻》《琅琊王》《钜鹿公主》《紫骝马》《黄淡思》《地驱乐》《雀劳利》《慕容垂》《陇头流水》等三十六曲。二十五曲有歌有声，十一曲有歌。"这完全是北朝民歌的题目，不知怎么被梁朝乐府吸收进去，到郭茂倩编《乐府诗集》时，竟称它为《梁鼓角横吹曲》。

北方的民歌所反映的生活面貌，比较广泛、丰富。在广阔的北方草原上，生活、习惯、思想、感情与南方不同，因而民歌也与南方的民歌情调有差异。

《企喻歌》表现了北方健儿的勇敢。"放马大泽中，草好马著膘。牌子铁裲裆，钷铧鹬尾条。"这里浮动着草肥马肚的影子。"前行看后行，齐著铁裲裆。前头看后头，齐著铁钷铧。"这里浮动着马队整齐的阵容。"男儿可怜虫，出门怀死忧。尸丧狭谷中，白骨无人收。"这里具有英雄悲壮的气魄。在吴声歌、西曲歌中是没有这样的形象与情调的。

《陇头歌》是一幅出征战士苦痛的心谱。发出了"念吾一身，飘然旷野"的感叹。发出"遥望秦川，心肝断绝"的呼声。诗人加重严寒景象的描写，更衬托出战士的战斗精神。

还有一首《敕勒歌》，据说是从鲜卑语译成汉文的。《乐府诗集》引《乐府广题》说："北齐神武（高欢）攻周玉璧，士卒死者十四五，神武恚愤疾发。周王下令曰：'高欢鼠子，亲犯玉璧，剑弩一发，元凶自毙。'神武闻之，勉坐以安士众，悉引诸贵，使斛律金唱《敕勒》，神武自和之。其歌本鲜卑语，易为齐言，故其句长短不齐。"

敕勒川,阴山下,天似穹庐,笼盖四野。

天苍苍,野茫茫,风吹草低见牛羊。

这是一幅在苍茫原野的牛羊群出没在草波里的画图。笔力非常劲健,风格非常朴素。这幅景象与"江南草长,杂花生树"的景象(丘迟《与陈伯之书》)成一种鲜明的对照。

在北朝的民歌中,也有言情的。不过,北朝的言情歌,靡柔中杂有尚武的精神,不像江南女儿那样缠绵婉转的。诚如梁启超所说:"他们的生活异常简单,思想异常简单,心直口直,有一句说一句,他们的情感是没有遮拦的。"(《中国韵文里头所表现的情感》)我们看《折杨柳歌辞》,活跃了一幅在杨柳郁郁葱葱的北方原野,一群群的男女青年骑马、驰骋、吹笛、比武、恋爱的影形,这是用一种直线写作法来写的。在《地驱乐歌》里说:"月明光光星欲堕,欲来不来早语我。"这爽直到什么程度? 在《捉搦歌》里说:"谁家女子能行步,反著夹禅后裙露。天生男女共一处,愿得两个成翁姬。"这爽直到什么程度? 在《地驱乐歌辞》里说:"枕郎左边,随郎转侧","老女不嫁,蹋地唤天"。这爽直又到什么程度? 爽直是为北朝民歌的特质。

最后谈《木兰辞》。

《木兰辞》是一首相当长的叙事诗。它的时代,曾有许多不同的说法。孙璧文的《考古录》说它作于梁;《后村诗话》说它作于唐;明代《一统志》说它作于晋或隋、唐;《艺苑卮言》说它作于梁、陈或唐。《乐府诗集·梁鼓角横吹曲》载有《木兰辞》二首,"木兰不知名,浙江西道观察使兼御史中丞韦元甫续附入",于是《文苑英华》把这两首诗当作韦元甫的作品,而《木兰辞》作于唐人之说遂以产生。其实这种错误是很显明的。《古今乐录》是陈智匠作的,如果这两首诗都是唐人作的,他怎能不知道?而且韦元甫所作的那首《木兰辞》,与真正的《木兰辞》的思想、语言、风格都不同,这都在说明《木兰辞》是六朝民歌的反证。虽然《木兰辞》中有些句法像唐人的句法,这只能说这首民歌经过唐人修改、润色的证明,而不能当做出于唐人手笔的证明。

《木兰辞》写女子代父参军的故事。木兰为了抵抗胡人侵略,响应政府征兵的号召,毅然以女扮男装替年老的父亲出征。她在战争胜利结束后,谢绝了官爵而决意还乡,重度和平的家庭生活。这不仅显示了人民心目中所向往的英武的女性,而且讽刺当时将军以"边功"邀宠的卑鄙。

全诗共分四段。

第一段,写木兰出征的情景。着重刻画木兰不想离家而又不得不离家和不想出征而又不得不出征的心理矛盾。当她正在窗前织布,忽然想起父亲被征这件事,不自觉地停止工作而唉声叹气起来。这不是不想出征而又不得不出征的矛盾心情的刻画吗?她出发到了黄河,只听到黄河的流水声,可是听不到爹娘唤女声;她出发到了燕山,只听到胡马的悲鸣,可是听不到爹娘的唤女声。这不是不想离家而又不得不离家的矛盾心情的刻画吗?木兰经过思想斗争之后,终于下决心去替父从军。忙着准备行装,而踏上辽远的征途。这里活跃了一位女子忍痛离开温暖的家庭而踏上征途的姿影。

第二段写木兰参战的情景。木兰随着队伍踏上了万里征途,关山一个个飞也似地渡过。北野朔风时断时续地传来习斗之声,冬阳无力地照在征士的铠甲上。久经战争的将军也战死了,久经战争的壮士十年才归来,自然,木兰也是百战未死的一个。作者把战争时间写得特别长,把战争的情况写得特别激烈,但是木兰还是凯旋归来,这是《木兰辞》鲜明的英雄色素。不过,从这一段文字外形看,文人的"雅",遮盖了民歌的"俗",这或者是文人修改的遗痕。

第三段写木兰辞官归家的情景。在木兰参战十二年的过程中,所获得的功绩是很多的。当她正在明堂朝拜天子的时候,天子对她推崇备至,问她需要什么酬劳? 很出人意料之外,她不希望别的,只希望借她一匹千里明驼送她归故乡。从这里很明显地体现出木兰的儿女心情,也很显明地表现出讽刺将军以边功邀宠的卑鄙,这是作者想象力高度的表现。

末段写木兰归来欢愉的情景。父、母、姊、弟同在欢迎久征的战士,但是因为各人的身份、年龄、性别的不同,所表现的行动,就有差异,这是作者构思细密的表现。木兰到家之后,忙碌异常:脱了戎装,换上便装,整理云鬓,贴上花黄,现出一个娇逸艳丽的美女姿态,使相伴了十二年之久的战友们看了,个个都惊异起来。在这里透露了男女相悦的心情,这是表现得最健康的地方。

在《木兰辞》里出现了一位健康的、明朗的英雄性格的女性形象。

因为经过了民间集体的艺术创作过程,使文字与故事更趋美化,可能经过文人的艺术加工。

4. 孔雀东南飞

《孔雀东南飞》是建安末年或离建安年代不远的长篇故事诗。这首诗,叙述一对青年夫妇在封建家庭包办婚姻制度下殉情的故事。在这里,描写了封建家庭的婆婆虐待儿媳,很恶毒地拆散一对青年夫妇的婚姻,逼着他们走上殉情的绝路;这不仅表现封建主义的残酷本质,而且通过这一家庭悲剧,反映了在封建的买卖婚姻上所潜在的阶级剥削实质。这样丰富的想象,展示他们的以生命殉爱情的坚决意志,打破了中国故事团圆的公式;在民歌的领域里,算是达到登峰造极的境界。这个故事看不出像梁启超所说与印度文化有什么"亲属关系",而是道地的中国气派和中国作风。

这首诗,自始至终多半采用对话式的写作手法。故事的发展,人物的活动,场面的布置,都通过对话表达出来。所述的故事这样复杂,所刻画的人物这样繁多,所描写的情景这样曲折——由被迫的离婚到被迫的自杀;但只使用了一千七百八十五个字,这不能不说是诗人写作手腕的高明、经济。

这首诗,所写的人物个性很鲜明,而且篇幅的分配也很恰当。作者把女主角刘兰芝画成一个勤劳、善良、爱情专一和反抗礼教的坚强妇女的形象。从她在娘家从事生产训练——"十三能织素,十四学裁衣",到婆家参加生产劳动——"鸡鸣入机织,夜夜不得息""昼夜勤作息,伶俜萦苦辛",都是朝着劳动这方面着笔的。从她向仲卿解释被"遣归"的原由,到"堂上启阿母",再到"却与小姑别,泪落连珠子",都是朝着善良这方面着笔的。从她不得已被阿婆"遣归",到不得已答应阿兄"许和",再到"举身赴清池",都是朝着爱情专一和反抗旧礼教这方面着笔的。而她的这一性格的形成,又是与典型环境相适应的。作者不只把她描写为旧社会最常见的妇女形象,而且把她描写成受尽封建压迫而不屈服、有强烈的反抗性的劳动妇女。作者把男主角焦仲卿画成一位与兰芝同样有坚强的反抗性的形象。他也有正义感,是非分明,爱情专一。当他的爱情受到严重的打击时,他也能挺身出来作坚强的斗争,做到以生命殉爱情。从他"启阿母"到"长跪告",到"默无声",再到"自挂东南枝"自杀,他的斗争性一步步在发展。作者把阿婆画成一位作为剥削阶级代表出现的封建家长的悍妇形象。她鄙视贫穷的女子,痛骂兰芝"生小出野里",不问兰芝的品质才能如何? 不问兰芝的辛勤劳动如何? 所换得的是责骂。阿婆把兰芝当作奴隶看,用不人道的劳动和精神上的虐待,加以迫害,最后还要把她驱逐。这是很显明的封建的女家长的形象。此外,作者把阿母画成一副温情的慈祥形象,把阿兄画成一副贪财慕势的市侩形象,把媒人画成一副只图说合成功的滑头形象,凑成艺术的完整性。由于兰芝、仲卿是主角,所占的篇幅特别多;阿婆是反面人物,也给以适当的篇幅;而阿母、阿兄、媒人是副角,所占的篇幅,依照各人的重要次第而占少许篇幅,在形象的塑造上具有高度的艺术性。

这首诗,以民歌起兴的形式开始,以美丽的幻想的表现方法作终结,发扬了优良的民间文学遗产,更衬出这个家庭悲剧的典型性。这首诗一开头,就浸染在悲哀的气氛里。"孔雀东南飞,五里一徘徊。"作者以孔雀的徘徊不前、流连顾盼的悲哀,来象征一对青年男女在封建家长逼迫之下不忍割舍的情景。展开在眼前的,是一片苍茫灰暗的原野,一只孤独的孔雀在灰色的天际飞翔着,不断地在徘徊、在顾盼、在哀鸣,它担心它心爱的伴侣落在可怕的陷阱里,它担心它心爱的伴侣在同命运的环境下做垂死的挣扎,真是焦急万分,又想不出解救的办法,只有不断地徘徊、顾盼、哀鸣,作莫可奈何的表示。这虽然只有短短十个字,可是很显明地画出一幅生离死别的悲惨形象,巧妙地作为故事的序幕,其作用就在给读者布置一个适宜于故事情节的心理环境,以便造成诗歌所要流露的特有气氛。这首诗的末尾,有浓厚的浪漫气氛。"中有双飞鸟,自名为鸳鸯,仰头相向鸣,夜夜达五更。"作者假想有一双鸳鸯在"枝枝相覆盖,叶叶相交通"的梧桐树上共鸣,倾诉它们相互爱慕的心事,来象征一对男女青年脱离了封建家庭的束缚而沐浴在自由、幸福的气氛中。爱情深厚的男女青年,被封建家长剥夺了婚姻的权利,在现实世界里是没有自由、幸福的,只有向天空飞翔的飞鸟去寻求,更深一层展示了男女青年以生命殉爱情的坚决信念。这样美丽的幻想,是这篇作品艺术高度的表现。后来《梁山伯与祝英台》以生命殉爱情后,变为蝴蝶的结局,也就是《孔雀东南飞》结局的脱胎。

这首诗,善于写矛盾。在第二段里,焦仲卿以"女行无偏邪"为妻辩护,阿婆则以"遣之慎勿留"的怨言拒绝焦仲卿;焦仲卿又以"终老不复取"的誓言威胁阿婆,阿婆则以"会不相从许"的怨言拒绝焦仲卿。那么,焦仲卿的感情,由为妻辩护发展到向阿婆威胁;阿婆的感情,由对儿媳怀恋发展到对儿子大怒,这个矛盾的场面多么紧张。

这首诗,善于写感情的变化。在第三段里,焦仲卿经过阿婆严斥之后,由"默无声"而"哽咽不能语",表明被动地遣归兰芝的心迹,冀图兰芝原谅,还存在着"后会有期"的幻想。兰芝呢,听到焦仲卿这番酸心语之后,虽然遭遇不幸,也还发出一些请人原谅的酸心语。从赠送纪念品,已有"后会无期"的暗示,这已揭开了悲剧的序幕。

这首诗,善于写紧张的场面。我们读到第九段,仿佛看到一位形容憔悴的妇人在黄昏时出门抽咽,仿佛看到一位心中焦急的男子和一位泪痕满面的妇人在黑暗笼罩着的原野话别,仿佛看到一位没精打采的男子在堂上与阿婆决绝,在室内长叹呜咽,终于"自挂东南枝"。仿佛又看到一位蓬头散发的少妇在一阵暴风雨之后,"举身赴清池"。这样紧张的场面,一个个接着出现。作者能够使读者紧张的心灵一步步往下沉,这是作者善于处理题材的精心表现。

这首诗,善于使用衬托法。在第三段里焦仲卿向阿婆说兰芝好,否定了阿婆向焦仲卿说兰芝坏;在第四段里描写兰芝对小姑的热爱,衬托出阿婆对兰芝的冷酷;在第七段里描写阿母对兰芝的温情,衬托出阿婆对兰芝的凶暴;在第八九两段里,描写府君准备迎婚的热闹,衬托出仲卿夫妇准备自杀的悲惨。这样对比,把正反两面的人物写得更突出,把主题表现得更鲜明。

这首诗所使用的语言丰富、朴素、健康、具体,而且生动;各种口吻表现了各种个性。语言变化多端,益增文字的生动性,正表现了民歌的优秀特色。

这首诗,对后代的影响很大,不仅是影响了韵文,而且影响了小说、戏剧。"五四"以后，把《孔雀东南飞》的题材，当作小说戏剧的题材，真是很多。《孔雀东南飞》这首民歌，也就成为反封建婚姻的有力号角。

（四）　小说的成形

1. 小说成形前和成形期的情况

中国小说，到指三国、南北朝才成形，到唐代才正式降生。在原始社会时代，就有很简单的神话传说，这些神话传说，多少有几分故事性，这可以说是小说成形前的单细胞；到了春秋、战国时代，《论语》中的《侍坐》，《孟子》中的《齐人》，《墨子》中的《明鬼》，《庄子》中的《养生》《徐无鬼》，所记载的情节，故事性更加强了，这或者是小说成形前的复细胞。况且这些带故事性的文字，都是哲学论文、政治论文的附庸，而不是一种独立的文体。桓谭说："小说家合残丛小语，近取譬喻，以作短书，治身理家，有可观之辞。"（李善注《文选》三十一《新论》）就是指这些带故事性的文字而言。

故事性的文字发展到了两汉，渐渐地脱离了论文独立。

故事的本身，一样地含有哲理；不过，这种哲理，只有从故事的本身去表白，再不必加按语来说明了。故事性的文字似乎向前发展了一步，但还没有成形到小说的程度。

两汉那些没有成形的小说，据《汉书·艺文志》所载的目录，有《伊尹说》二十七篇，《鬻子说》十九篇，《周考》七十六篇，《青史子》五十七篇，《师旷》六篇，《务成子》十一篇，《宋子》十八篇，《天乙》三篇，《黄帝说》四十篇，《封禅方说》十八篇，《待诏臣饶心术》二十五篇，《待诏臣安成未央术》一篇，《臣寿周纪》七篇，《虞初周说》九百四十三篇，《百家》百三十九卷。共小说十五家，千三百八十篇。从这些所谓"小说"目录看起来，多是带有历史性的故事，这大概与历史文学发达有关。由于历史文学的发达，所谓"小说者流"乃把历史上有名的人物传说，再加上一点想象，构成一种似成形或未成形的小说很有可能，可惜这些所谓"小说"都已遗失了。

现在流行的所谓两汉"小说"，如东方朔的《神异经》《十洲记》，班固的《汉武帝故事》，郭宪的《汉武帝洞冥记》等篇，鲁迅断为后人伪作，是正确的，因为在小说尚未成形的两汉时代，不会有这样高度的小说格局出现。现在保存汉代的《山海经》，多是汉武帝时代的方士记载远方的自然现象和奇形怪物，很少有小说的意味；现在残存的《青史子》叙述胎儿在腹中所受烦琐的胎教和叙述儿童入学后学习烦琐的礼节，也很少有小说的意味，即是证明。

《三国志·王粲传》引《魏略》："太祖遣淳（邯郸淳）诣植。植初得淳甚喜，延入坐，不先与谈。时天暑热，植因呼常从取水自澡讫，傅粉。遂科头拍袒，胡舞五椎锻，跳丸击剑，诵俳优小说数千言。讫，谓淳：'邯郸生何如耶？'于是乃更着衣帻，整仪容，与淳评说混元造化之端，品物区别之意，然后论羲皇以来贤圣名臣烈士优劣之差，次颂古今文章赋诔及当官政事宜所先后，又论用武行兵倚伏之势。乃命厨宰，酒炙交至。坐席默然，无与伉者。及暮，淳归对其所知，叹植之材，谓之天人。"这里所谓"小说"，恐怕还是那些未成形的神话传说和汉代的历史"小说"。

故事性的文字发展到三国时代，记事的范围更为广泛。裴松之的《三国志注》，引证别史、杂史之类，就十分详尽，所引用的书至一百四十多种之多，这些别史、杂史恐怕也是尚未成形的小说。

这一些，为两晋以后小说打下基础，使小说慢慢达到成形的阶段。

从两晋到梁、陈是小说成形期。因而有一定的故事情节，也有不很显明的人物个性。从内容方面来看，可分为志怪式的和逸事式的两大类。

这时代小说的特质是"志怪"。在长期分裂、战乱连年的黑暗时代，颓废、厌世思想不断滋长，为滋长志怪小说的动力。加之一般有宗教热的人专述佛家灵异故事，有宣传宗教的作用。有些受宗教熏染的人，把佛教灵异的故事，加上一点中国风味，又变成中国的故事了。其次神仙传说也有助于志怪小说的发达。秦皇、汉武好神仙，已产生了不少的神仙故事。在东汉末年，由于农民起来反抗地主，产生五斗米教。在两晋由于士大夫逃避现实，产生炼气炼丹之说，这是产生怪异传说最有力的因素。还有"逸事"一类小说，反映了当时士大夫"谈吐则流于玄虚,举止则故为疏放"(鲁迅《中国小说史略》)的风气;但也歌颂了士大夫爱国行为,讽刺了士大夫的奢侈生活,真实地反映了时代。

2. 志怪式的小说

三国至南北朝志怪式的小说,为数很多;但多已亡佚。今日我们所讲的,只能根据各书引文的断片,或鲁迅所辑的《古小说钩沉》,像《列异传》《甄异传》《搜神记》《搜神后记》《异苑》《齐谐记》《续齐谐记》《冥祥记》等篇,都是比较好的志怪式的小说。这些志怪小说,虽然在不同程度上一致地在宣传迷信,但在这些故事中,通过神怪的躯壳,反映了人民对封建统治者反抗情绪和对生活幸福的追求的实质。

《列异传》,隋、唐《经籍志》①注为魏文帝撰,类书引它的很多;惟在文中有甘露(魏废帝年号)年间事,大约有后人加的,也许是作者本来是假托了魏文帝的名字。不过,宋裴松之《三国志注》、后魏郦道元《水经注》都已引它了。那么即使是伪作,也是魏、晋间的著作了。其中《鬼被人欺》一条是志怪式的小说范型。虚构一个神话性的故事,宣传一个人穷到向鬼身上打主意,从另一种方式透露了封建制度的罪恶。其中有对话,有叙述,也有几个小小的场面,情趣横生,在艺术效果上是很好的。

《搜神后记》记载干宝家中事,人间意味很浓。叙述干宝的母亲妒父妾,将妾推至父墓中。十年后母死开父墓,见妾伏

---

① 此处应为《隋书·经籍志》。《列异传》,《隋书·经籍志》注为魏文帝撰,《旧唐书·经籍志》《新唐书·艺文志》注为张华撰。

棺上，衣服如生，身犹温暖，抬至家复生。作者通过神话传说，暴露了封建家庭的残酷现象，有积极的现实意义。这段文字的风韵，与《桃花源记》没有两样，使我们读了感到亲切。鲁迅怀疑此书非陶渊明所写；我以为不必怀疑。陶渊明既喜欢读《穆天子传》《山海经》这类怪异的书，自然也有写《搜神后记》这类怪异书的可能。况且在梁佛教徒慧皎所作《高僧传序》，有"陶渊明《搜神录》并旁出诸僧，叙其风素"之说，《高僧传》末附有《续冥祥记》的作者王曼颖答慧皎书，也有"揉在元亮之说"，可见梁时即有陶渊明著《搜神后记》的传说。当此鬼神说流行的时代，陶渊明于生产、诗酒之余，偶尔写一点志怪小说，很有可能的。

吴均的《续齐谐记》里所记鹅笼的故事，与段成式《酉阳杂俎》所说释氏《譬喻经》所载梵志作术吐出一壶的故事如出一辙，其来源出于印度无疑。

3. 逸事式的小说

逸事式的小说很少神话味道，率直地反映了当时士大夫的真实生活。《世说新语》是三国以来逸事式小说总集，本名《世说》。《隋志》:《世说》八卷，宋临川王刘义庆撰，又《世说》十卷，刘孝标注;《唐志》称为《新书》，《太平广记》引它还称《世说新书》，可见宋初还没有新语的称号。今本称《世说新语》凡三十八篇，分为三卷，是经宋晏殊所删改的;但名字不知是谁改的。鲁迅说此书"事起后汉，止于东晋，记言则玄远冷俊，记行则高简瑰奇，下至缪惑，亦资一笑"(《中国小说史略》)。此书所有记载，长则数行，短则几句，当时高士名媛的音容笑貌、趣语奇行,贵族豪门的奢侈生活、放诞行为,都浮在纸面上,这是一种富于现实性的记录。

在《言语篇》里刻画王导对国事的积极性。晋帝国东迁,中原陆沉,南来的士大夫多有不忘怀中原的心情。新亭饮宴,倒不是他们借饮宴来享乐,而是借聚会来交换对国事的意见,这段文字,就刻画了他们交换国事意见的情态。这里显示了两种不同的士大夫态度:一种只是"中坐而叹","相视而泣",这种人只有爱国之心,而无爱国之行,周颛就是代表。另一种人要"勠力王室","克复神州",这种人既有爱国之心,又有爱国之行,以王导为代表。自然后一种类型的个性要较前一种类型的个性健康。在整个民族受外族压迫的时候,只有集中力量与敌人拼命,决不容许个人"叹"和"泣"了事,这段文字,有宣扬为国效力的社会观的作用。

在《言语篇》又有两则描写孔融的口才锐利。前一则显示孔融十岁时就有辩才,既能使有"盛名"的司隶校尉"(李)元礼及宾客莫不奇之",又能使大中大夫陈韪"大踧踖"。后一则显示孔融在曹操面前也显出优异的辩才,他为祢衡辩护,能使曹操惭愧,收释放祢衡的实效,同时又显示了祢衡誓不屈服的坚贞精神。

在《汰侈篇》有好几则刻画石崇的残酷性情和奢侈生活。石崇宴客,令美人行酒,客不饮即斩美人,这残酷到什么程度! 石崇家风,出厕要换新衣,并令婢十余人丽服以侍,这奢侈到什么程度! 还有几段描写石崇与王恺争奢的故事,也是有声有色,有一定的讽刺作用。

我们可以从《世说新语》中看到魏、晋间的士大夫的生活形象，不论正面的或反面的均有记载，在正史里是找不出来的，而且《世说新语》用很轻松的文字告诉了我们。

其他《语林》《郭子》《俗语》《启颜录》，都是有价值的逸事式的小说。

（四）小说的成形

257

1. 南朝的散文——文与笔

在汉帝国时代，散文的发展，已有两种不同的趋势；到了三国、南朝，这种趋势越来越显著，形成"文""笔"对立的现象。文笔之分，不是文学上的进步现象，而是文学上的畸形现象。文笔的分裂，完全是"虚词滥说"的辞赋或骈文发展的结果。"文"宁可不要内容，只求词藻华丽，音调铿锵就行了；因此那些质朴真实的文章从"文"的圈子里被挤了出来，而贬其名曰"笔"。所以南朝的文，大多言之无物，只有所谓"笔"，倒还可以找得几篇真实的文字来。言之无物的"文"，多系得意的官僚带有玩赏性和应用性的作品，而真实的"笔"，则为不得意的文人抒情或表达自己人格的作品。"文"一天天在发达，而"笔"反而一天天衰退。

三国、南朝的"文"的发展，具有一贯的趋势，即是骈文渐渐成熟，对仗、用典、辞藻、声律一代比一代熟练，一个作家比一个作家讲究，这样造成了南朝靡丽的文风。

　　在潘（岳）陆（机）时代，文人已经给骈文开辟了一条新路，"以声色相矜，以藻绘相饰"。到了任（昉）沈（约）时代，这条新路正在拓展，"文字绮丽，句法绵密"，连应用文字也披上了骈俪的外衣。到了徐（陵）庾（信）时代，这条路更拓展为广阔的大路。对仗更工稳了，技巧更细密了，赏玩性更浓厚了，内容更贫乏了。文字的特点，便是学得了说废话的技巧。文人多在这条说废话的路上奔驰，对于统治阶级起过帮忙帮闲的作用。只有丘迟的《与陈伯之书》，有强烈的民族感情，果然发生陈伯之回到祖国怀抱的作用。

　　三国、南朝的笔，在曹丕时代，与文比较接近，两者之间，还没有显明的界线。到了王羲之时代，"笔"与"文"渐渐有距离，两者之间渐渐有界线了。到了陶渊明时代，"笔"与"文"的界线愈来愈显明，两者之间的距离，愈来愈遥远了。

　　我们可以说："笔"的路面，一天天在缩小。在曹丕时代，"笔"的路面，还相当宽，走的人也相当多。到了王羲之时代，由于"文"不断地向"笔"侵袭，"笔"的路愈来愈狭窄，走的人愈来愈少了。到了陶渊明时代，"笔"这条路更狭窄了。自陶渊明从这条狭窄的路走过去之后，这条路上就阒然无人。陶渊明站在这条狭窄的路的尖端，频频后顾，很少见有来者。

　　陶渊明所写的《归去来辞序》和《五柳先生传》，都是自画像，一字一句，全足真性情的表现。他那种与统治阶级不合作的态度，以及在退却中挣扎的心情，从字面透露了出来。

（五）散文的发展

陶渊明的《桃花源记》，与他的《桃花源诗》一样，有进步的一面，也有消极的一面。一面表现了对现实的不满，追求桃花源式的社会，有现实主义的精神。我们看他刻画和平、幸福、美丽的生活："土地平旷，屋舍俨然，有良田美池桑竹之属，阡陌交通，鸡犬相闻。其中往来种作，男女衣着，悉如外人。黄发垂髫，并怡然自乐。"这种美丽的刻画，有鼓励人们追求理想社会的热力。另一面表现了逃避现实的心情，企图不用斗争就飞来了一个没有剥削的理想社会，流露着很浓厚的浪漫气氛，存在着幻灭的因素。他在写作技术上，做到了理智与感情的融汇，他写景叙事，都是对现实生活的哀怨与控诉。比如他写景态，杂有他自己的人格在其中；他叙事实，杂有自己的希望在其中。他不像别人写景，企图把景态当作玩赏的对象。他在散文中有很崇高的地位，也就在这里。

在两晋、六朝，理论文相当发达。我们认为理论文是与所谓"笔"比较接近的，两晋理论文争论的中心，为儒与道优劣问题，才与性问题，力与命问题，养生与隐退问题。在齐、梁时代理论文争论的中心，为儒、老、佛优劣问题，夷、夏是非问题，因果报应有无问题，形神生灭问题。在这些问题中，反映了世俗地主与僧侣地主的阶级内部矛盾，反映了农民与地主的阶级矛盾，反映了南、北朝对立的民族矛盾，也就体现了当时唯心论与唯物论的矛盾。在这些论争的文字中，有些有文艺价值的作品，而范缜的《神灭论》，即是杰出者。天监三年（公元五〇四年）梁武帝宣布佛教为国教，范缜在后三年即发表了这篇既有文艺价值又有哲学价值的《神灭论》，给梁武帝的诏令以有力的回击。范缜说，"形存则神存，形谢则神灭"，即今日肉体存则精神存,肉体灭则精神灭的理论。他又说,"形者神之质,神者形之用",即今日肉体是精神的本体,精神是肉体的发挥作用的理论。他又解释神形相互关系,是这样描写:"神之于质,犹利之于刀;形之于用,犹刀之于利。利之于刀也,刀之名非利也。然而舍利无刀,舍刀无利。未开刀没而利存,岂容形亡而神在?"这样形象地发挥了物质是客观的存在,而精神则是从物质所产生的现象的理论。范氏使用了比兴法,把不易见不易懂的哲理,通过很易见易懂的事物表现出来,非常有力,终于获得与梁武帝及其臣下六十余人作斗争的最后胜利。这种胜利,不仅放射出中国文学上的光辉,而且放射出中国哲学上的光辉。

2. 北朝的散文——由萎缩到复苏

从五胡乱华起,豪门大族纷纷南迁,没有几个文人留在北地,甘心受文化落后的民族统治。加之落后民族不懂汉字,哪里还谈得上文学? 不过是一些低级应用文字在那里点缀。所以这时北地的文学园地,荒凉得像一块沙漠。到元魏孝文帝的王朝提倡中国文化,北地的沙漠上渐渐地长上了一些绿草。太和十七年(公元四九三)迁都到中国文化中心的洛邑,次年禁穿胡服,其目的是在利用中国文化来强固他自己在中国的统治地位。适应了这种风气,产生了历史家所谓文学复古运动。苏绰、苏亮就是主持这个运动的中心人物。我们认为这种复古运动,就是一种文学复苏运动,也就是一种由没有文化到有文化的转变过程。

到了北周的散文,多少有点南朝化了。元魏统治北朝一百五十年的光景，生产力有相当的发展，到处都呈露着剥削者生活日趋奢侈的现象。从北齐高洋（文宣帝）下诏禁浮华，即可得到反面的证明。在那种"奴仆带金玉，婢妾衣罗衣"的经济基础上，文学自然会有一种新趋势——南朝化，这种新趋势到庾信、王褒北来，就达到成熟的阶段。

北朝散文的代表作，应推郦道元的《水经注》和杨衒之的《洛阳伽蓝记》。《水经注》是一幅多彩的祖国山川的画图，也是一部富有诗意的山水散文。在这儿可以看到山川的胜境，自然的奇观，因而感到祖国的可爱，与南朝的山水诗分别地呈现异彩。《洛阳伽蓝记》是在揭露贵族的腐烂生活和僧尼的丑恶面貌，有显著的现实意义。

1. 文学批评成长的一般情况

配合着文学创作的发展，批评文学出现了。曹丕就是文学批评中很重要的一个作家。在三国、南北朝文学上关于文学批评的几个问题，曹丕都给它简要的提出；即是说已经成熟了的批评文学，由于曹丕的推动，得到更进一步的发展。此后经过陆机、挚虞、李充、范晔、萧统、萧绎、沈约的继续努力，经过钟嵘、刘勰的大力创作，使得当时的文写批评得到迅速的成长。不过以我们今天的文学眼光看来，觉得当时的文学批评还不够完美，这是受了时代条件的限制，是受了阶级生活的限制；封建社会所产生的批评文学只能有这样的成绩。

2. 曹丕的《典论·论文》

曹丕，使文学摆脱儒教的束缚，跨过附庸的地位，替南朝唯美文学准备了温床。曹丕的文学主张，就是促成这一过程的有力的因素。文学批评有帮助文学发展的作用。优秀的文学批评，宛似一道明亮的光，烛照着文学通衢，使一般作家在文学通衢上阔步前进。曹丕就是放出明亮光芒的第一个人。他在《典论·论文》里提出了文学上的新课题。

他提出了声律论问题，即所谓文气说。他认为："文以气为主。气之清浊有体，不可力强而致。"即是说，一篇作品有它的气势声调，有它的起伏顿挫的旋律。他又认为一篇作品的节奏，代表一个作家人格的表白，一篇作品的风格、语气，与一个作家的性格、情调息息相关。"风格即人"，即可作为这个意思的诠注。这个问题的确是值得注意的；唯过于注意，则作品反受了限制而失去自然美了。

他提出了文体论问题，文章因效用不同，而体裁和表现的手法也就跟着不同。他说："夫文本同而末异，盖奏议宜雅，书论宜理，铭诔尚实，诗赋欲丽。此四科不同，故能之者偏也，唯通才能备其体。"

人各有其不同的阶级属性，所以他确定人各有其不同的性格，风格自然也有差别。因而文人就各有所偏长，有的则"和而不壮"，有的则"壮而不密"，有的"体气高妙"，但又"不能持论，理不胜辞"。惟其如此，一个文人就很难兼备众体，这当然是因"气"的清浊不同影响所致。他这样指出这四科不同的特性和效用，真是破题儿第一遭。虽然只从形式出发提出，究竟还是好的。"诗赋欲丽",这样有力地肯定诗赋的特性,成为南朝纯文学勃兴的前奏曲。此后陆机、刘勰更推波助澜,把中国文体分得更精细,又不得不推重曹丕导源之功。

他提出了文学价值论问题。他在《典论·论文》里特别强调文学价值,说"文章经国之大业,不朽之盛事",说"寄身于翰墨,见意于篇籍,不假良史之辞,不托飞驰之势,而声名自传于后"。在《与王朗书》里也发挥同样意义的意见(见《魏志·文帝纪》注引《魏书》)。他提出文学与事功并立,强调文学的政治作用,肯定文学要为政治服务,这是很珍贵的意见。但他过于强调写作,为了写作可以不问政治,为"名"写作不是为"实"写作,这又不正确了。况且曹丕只劝人写作而不要过问政治,多少有点从担心一般有名望的、有能力的文人(如曹植等)来抢夺他的政权的观念出发,更要值得考虑了。曹植懂得这一点,在《与杨德祖书》里这样说:"辞赋小道,固未足以揄扬大义,彰示来世也。昔扬子云先朝执戟之臣耳,犹称壮夫不为也。吾虽薄德,位在藩侯,犹庶几勠力上国,流惠下民,建永世之业,留金石之功,岂徒以翰墨为勋绩、辞赋为君子哉?"这是针对着曹丕鼓励写作这一点,作反抗的回答。

他提出了文人相轻论问题。他认为"文人相轻",是古今文人的通病,由于不"自见"的关系。这种分析,不是从本质上出发的。鲁迅分析"相轻"的理由说:"文学的修养,决不能使人变成木石。所以文人还是人。既然还是人,他心里就仍然有是非,有爱憎。但又因为是文人,他的是非就愈分明,爱憎也愈热烈。"(《且介亭杂文二集·再论"文人相轻"》)鲁迅自己就作这种理论的实践。他对于当时不长进的作家或为统治者

帮凶帮闲的作家,做毫不留情的批评与打击。鲁迅所解释的
"文人相轻",是有阶级的关系,立场观点的关系,是促进文学
为人类正义服务的道理。

3. 陆机的《文赋》

陆机拿辞赋体来写文学理论,确是创格。由于文体的局
限,所提的问题,不免有点零乱;但就大体言,也还有他的一贯
性,就是要贯彻他的外形华丽的文学理论。

他在《文赋》所提出的问题很多,最有价值的,就是创作方
法论。他分作搜集材料、构思、主题、修辞、达变识次、感应六
点来说。

写一篇作品,一定要有题材,而题材的来源:一方面要从
书本上去搜集,一方面要从现实现象中去搜集。

把题材找好后,就要构思了。构思是有步骤的。在初步
构思的过程中,要停止听觉、视觉,静静地去想,不要受空间、
时间的限制,才能达到"笼天地于形内,挫万物于笔端"的目
的,才能达到"观古今于须臾,抚四海于一瞬"的目的。经过初
步构思后,现象明晰了,情态翻新了,再接受典籍上的字汇,有
了这些准备,才能慢慢地着笔。

经过构思之后,就要确立这篇作品的主旨了。假使一篇
作品没有主旨,是没有意义的。主旨是一篇作品的灵魂、骨
干;一切言词,要服从骨干,或者维护骨干。他所说"理扶质以
立干,文垂条而结繁",也在发挥一篇作品应有主干的理论。
即是说:一篇作品的主旨,好像一株树的主干一样,一切"垂
条""结繁",都依存于主干,离开主干哪里还能"垂条""结

繁"呢！

陆机认为确定主旨之后，依照主旨去布局，将所准备的材料，加以选择、剪裁、配置、推敲和洗练，使它高度地发挥说服力。哪一部分先写？哪一部分后写？哪些应当从头到尾？哪些应当要变化多端？哪些材料应当搬进来？哪些材料应当清理出去？都要有一个适当的处理，做到"因宜适变"。

布局妥当之后，就要修辞。"其为物也多姿，其为体也屡迁，其会意也尚巧，其遣言也贵妍，暨音声之迭代，若五色之相宣。"这是他修辞的最高原则。他既把措辞、声律与意境并举，似乎只注意到语辞、声律的修饰，而违悖修辞以适应题旨为第一义的原则，这是他只注重形式所引出来的错误。他规定许多繁琐的写作规范，似乎只要形式而不要内容似的。

他又非常重视"感应"。什么叫做"感应"呢？就是现代文学术语上所谓的"灵感"。一个作者要有外界事物的感召和反应，感情有所激动，动起笔来才有话可说，说起来才能亲切有味。他所谓"遵四时以叹逝，瞻万物而思纷。悲落叶于劲秋，喜柔条于芳春。"很形象地说明了这个道理。要"遵四时"才能"叹逝"，要"瞻万物"才能"思纷"，看到"劲秋"的"落叶"才"悲"，看到"芳春"的"柔条"才"喜"，即是说作家要得到外间事物的感召或反应，才有创作的冲动。萧子显所谓"风动春朝，月明秋夜，早雁初莺，花开叶落，有来斯应，每不能已。"（《南齐书·文学传》）是陆机"感应"说的补充说明。陆机认为有"感应"，才"来不可遏，去不可止"。认为"六情底滞"（没有感应），则"志往神留，兀若枯木，豁若涸流"。他在当时有这样深的创作体会，确实是不容易的事。

此外，他的文体论（十分法），是曹丕的文体论（四科）的发展，为刘勰的文体论打下基础。所谓"诗缘情而绮靡"，高度地概括了太康诗人的风格，他的文学价值论，是曹丕的文学价值论的发展，更倾向唯美主义了。

4. 沈约的声律论

沈约（公元四四一—五一三）是声律论的完成者。关于沈约的声律原理，详在《宋书·谢灵运传论》和《答陆厥问声韵书》两文中。

他在《宋书·谢灵运传论》里发挥了他的声律论的最高原则：

> 夫五色相宣，八音协畅，由乎玄黄律吕，各适物宜。欲使宫羽相变，低昂互节。若前有浮声，则后须切响。一简之内，音韵尽殊；两句之中，轻重悉异。妙达此旨，始可言文。

这里包含了三个原则，就是在五言诗的一联中（即十字之中），要平仄相间，要清浊相间，要双声与叠韵相间。要掌握了这三个原则，才能谈做诗。他又恐怕人家不懂，在《答陆厥问声韵书》里又恺切言之："宫商之声有五，文字之别累万，以累万之繁，配五声之约，高下低昂，非思力所学，又非止若斯而已也。十字之文，颠倒相配；字不过十，巧历已不能尽，何况复过于此者乎？ 灵均以来，未经用之于怀抱，固无从得其仿佛矣。若斯之妙，而圣人不尚何邪？ 此盖曲折声韵之巧，无当于训义，非圣哲立言之所急也。"（见《南齐书·陆厥传》）这种声律原理，他认为是他一个人的创见，所以有"自灵均以来，此秘未睹"（《宋书·谢灵运传论》）之豪语，所以有"张、蔡、曹、王，曾无先觉，潘、陆、颜、谢，去之弥远"（同上）之结论。

沈约根据上述的声律原理，写了一部《四声谱》（《隋志》有《四声》一卷，署名梁太子少傅沈约撰），可惜现在已不存在了。他在《四声谱》中又提出八病的说法，作为写诗的必遵规范。唐代皎然在《诗式》中说："沈休文（约）酷裁八病，碎用四声，故风雅殆尽。后之才子，天机不高，为沈生弊法所媚，憪然随流，溺而不返。"那么沈约运用严格的格律，限制了文学的发展，对六朝文学形式主义的抬头起了坏的作用。因为这种格律广泛地使用了，不仅限于五言诗，而且涉及了辞赋，甚至涉及了散文。虽然沈约的声律论对诗歌也还有某些贡献。

5. 钟嵘的《诗品》

钟嵘（？—公元五二二）把中国五言诗建立一种批评的标准，写成一部文学批评专书——《诗品》。这部书，总结五言诗的发展，具体地批判和分析四百年来一百二十多位诗人的作品。

他评诗的标准。

他反对用典。认为一首好的诗，是诗人感情的流露，一定要借用有形象的事物。用事用典不能完成这种任务，因为用事用典容易犯"殆同书抄"和"拘挛补衲"的毛病。古事不消化，装置在自己的文章中，自然会感受拘束而文字无生气。因而他认为"观古今胜语，多非补假，皆由直寻"。

他反对"贵黄、老"和"平典似《道德论》"的诗篇。"黄、老"是一种思想象征,"平典似《道德论》"是一种写作手法。他懂得思想与感情是相互包含而不是相互对立的道理,他固然不赞成"黄、老",尤其积极反对"平典似《道德论》"的写作手法。因为用"平典似《道德论》"的写作手法所写出来的"篇什"才是"淡乎寡味"的"篇什"。

他反对音律。认为专门推敲音律的人,为了音节和谐,不惜牺牲内容,或歪曲内容,是伤害真"美"的。因而肯定不讲究声律的诗人为"文章之圣""为体贰之才",攻击讲究声律的人为"襞积细微,专相陵架",为"文多拘忌,伤其真美"。但他也还赞成"清浊通流,口吻调利"的自然音律。

他反对模拟。从两汉以来,模拟之风流行,而六朝尤甚。他批评颜延之"尚巧似",他又批评张华"巧用文字,务为妍冶"。即从这一观点出发。在积极方面,他力主"自然英旨",是有进步意义的。

他认为诗人咏诗,必有亲身经历的事实来激刺,必有外界的景物来感召,必有事件引起不可抑止的情绪发于诗篇,才是有不可磨灭的价值。鲁迅也说:"作者写出创作来,对于其中的情,虽然不必亲历过,但最好是经历过。"(《且介亭杂文二集·叶紫作〈丰收〉序》)这种理论,可以说是钟嵘的诗论的发展。钟嵘评诗,多着重于诗的源流,对诗的风格,有比较细致的分析,在文学批评史上有一定的贡献。但他评诗多从纯技术观点出发,所评不一定准确。

6. 刘勰的《文心雕龙》

刘勰（公元四六五—五二〇）不仅是南北朝时代的文学批评家，而且是中国有数的文学批评家。他是一个佛教徒，家境是很贫寒的。他曾参加僧祐所领导的佛典整理工作，也参加过《弘明论》的编辑工作。他所作的《文心雕龙》，以严正的态度，精细的论证，总结了前人的文学理论经验，并且向前发展了一步，是三国、南朝文学批评比较有系统的作品。《文心雕龙》共五十篇。前二十五篇，除头三篇外，是文体论和文学史论，论到各种文体的特点和发展，有三十三种之多。后二十五篇，除了末一篇外，是一般的文学原理，包括了创作论、风格论和修辞论。他提出了几个可宝贵的文学原理，虽然存在着形式主义的缺点，但是具有现实主义的思想基础。

他认为文学是思想感情的表现。一个作家要有丰富的思想感情，才能写得出有色有声、有血有肉的作品。他在《情采篇》说："情者，文之经。"在《定势篇》说："因情立体。"在《体性篇》说："情动而言形。"一致肯定思想感情在一篇作品中的重要性。他又认为作者的思想感情，不是作者内心的活动，而是身外事物的感召。他说："人禀七情，应物斯感"（《明诗》），又说："情以物迁，辞以情发。"（《物色》）这说明了思想感情是受物质支配的，文辞又是为作者的思想感情服务的。因而他认为要"为情而造文"不要"为文而造情"（《情采》）。这里不仅说明思想感情的重要性，而且说明了内容与形式的统一性。

他认为文学是个性的表现。一篇作品，必有作者的灵魂寄存其间，必有作者的个性通过作品表现出来。他所谓"吐纳英华,莫非情性"(《体性》)。所谓"各师成心,其异如面"(同上)。肯定了由于作者的生活、修养的差异,进而引起作者对客观现实的认识的差异,遂形成作者的艺术表现的差异。有怎样的个性,就会写成怎样的作品,"风格即人",道理即在此。不过,作者没有抽象的个性,而个性多少是受阶级支配的。

他认为文学是时代的反映。他在《时序篇》里反复地把历代文学变迁的状况作了一个扼要的叙述,同时又把历代文学与时代的依存作用,也作了一个简明的叙述,建立文学发展的观点。他肯定"时运交移,质文代变";肯定"歌谣文理,与世推移";肯定"文变染乎世情,兴废系乎时序"。即是说有"变移"的"时运",自然有"代变"的"质文",有"世情"的变,然后有"文"的变。本来,文学是反映现实的,现实在不断的发展中,文学不得不跟着现实发展。这套理论给文学不变论者一个有力的批判。

中国文学史纲

272

他认为文学要富于自然美。一切的美,是自然的,不是外饰的。认为"感物吟志,莫非自然"(《明诗》)。他在《原道》里历举龙、凤、虎、豹、云、霞、草、木的美,不是有待于人工而是自然的,来证实他的理论的正确性。

他认为文学要富于创造性。在刘勰时代有"文贵形似"和"文章殆同书抄"的模拟风习,而提倡"文律运周,日新其业;变则其久,通则不乏"(《通变》)的变革风习,来加强创造的信心。他历举文学史的事实,来证实他的理论的正确性。他说:"黄、唐淳而质,虞、夏质而辨,商、周丽而雅,楚、汉侈而艳,魏、晋浅而绮(浅绮即轻绮之意),宋初讹而新(讹新即新奇之意)。"即是说:由黄、唐的"淳质",变为虞、夏的"质辨",再变为商、周的"丽雅",再变为楚、汉的"侈艳",再变魏、晋的"浅绮",再变为宋初的"讹新"。他所说的变的内容不一定合乎事实,而肯定文学是变革的、创造的,确是宝贵的意见。尤可宝贵者,就是他把创造、变革结合着接受遗产,所以接着说,"望今制奇,参古定法"(《通变》),"参伍因革"(同上)。在《物色篇》也说:"参伍以相变,因革以为功。"号召作家要在不大违背历史传统的原则下去创造、去变革,是很有意义的。他认为作者的精神要贯注在创作中。作者所看到外界的事物,与作者的生活思想联成一气,饱含着作者的感情色彩。做到"登山则情满于山,观海则意溢于海,我才之多少,将与风云而并驱矣"(《神思》)。作者对外界事物的感受逐步深化,饱和着感情色彩,这色彩从作者的笔端流出来,自然会描绘出优美的艺术形象。

他又认为文学不应当有文笔之分。在刘勰时代,文笔之分很显著,把"笔"从文学圈子里挤了出来,他是不同意的。他说:"予以为发口为言,属笔曰翰,常道曰经,述经曰传。经传之体,出言入笔。笔为言使,可强可弱,分经以典奥为不刊,非以言笔为优劣也。"(《总术》)文学作品是语言的符号,所以一则曰"属笔曰翰",再则曰"笔为言使",凡是用笔所写的东西,只应问优劣,不应分文笔。他处在"淫靡不急"的时代,提出文笔之分的反对意见,是很宝贵的。

刘勰在确定这些创作原理之后,接着又花了很大的篇幅,发挥写作技术理论。本来,一篇有丰富内容的作品,一定要配合着优美的技术。因而他提出熔裁("规范本体谓之熔,剪截浮词谓之裁")、风骨("怊怅述情,必始乎风,沉吟铺辞,莫先于骨")、隐秀("隐也者,文外之重旨者也,秀也者,篇中之独拔者也"）、声律、章句、比兴、夸饰、用字等写作技术理论，也是有价值的。

　　他所提倡的文学原理，多半是正确的，进步的，就是《宗经》《征圣》，也是托古改文的搞法。不过他究竟要受时代的限制和身份的限制，其所提出的理论，内容与形式统一，在写作实践上，受雕饰风习的腐蚀而不自觉，所以在他的作品中，也免不了有"错采镂金"的气息呢。

　　在曹丕、陆机、钟嵘和刘勰对于文学批评有贡献之外，还有一批人：挚虞撰《文章志》（已佚），开中国文章总集之首创，并特别强调文学的政治作用；李充的《翰林论》（已佚），批评了各种文体，提倡"论贵允理"的作风，反对"以华藻为先"的作风；葛洪（公元二九〇—三七〇）的《抱朴子》，有些珍贵的文学见解，如"今胜于古"的进化文学观，"古书之多隐，未必昔人故欲难晓"的通俗文学论，是王充文学论的发展；萧统（公元五〇一—五三一）的《昭明文选序》和《陶渊明集序》是其文学理论的基本著作，发明了"事出于沉思，义归乎翰藻"的文学定义；萧统的《立言》（《金楼子》）是其文学理论的著作，下了一个"惟须绮縠纷披，宫徵靡曼，唇吻遒会，情灵摇荡"的文学界说。这些，都对中国文学批评也有不同程度的贡献。

7. 小结

　　三国、南北朝的文学，处于现实主义的低潮时期，也就是处于形式主义的高潮时期。在现实主义低潮当中，也还产生了一些有现实主义因素的作家和作品，形成现实主义与形式主义两个对立的阵容。曹氏父子、王粲、孔融、陈琳、阮籍、嵇康、左思、陶渊明、汤惠休、鲍照、谢朓、庾信等同属于现实主义的阵营的诗人，他们掌握现实主义的精神，揭露了一定社会的现实，显示了自己愤世嫉俗的感情，更进而表现了爱人民爱祖国的积极的思想。曹植的《赠白马王彪诗》《白马篇》，陈琳的《饮马长城窟》，孔融的《临终诗》，王粲的《七哀诗》，阮籍的《咏怀诗》，嵇康的《兄秀才公穆入军赠诗》，左思的《咏史诗》，陶渊明的《杂诗》《拟古诗》《述酒诗》，鲍照的《拟古》《拟行路难》，谢朓的《晚登三山还望京邑》，庾信的《拟咏怀》，都是这时期的五言诗和文人乐府的丰碑。此外在民歌中，有的运用短篇来表现人民的感情，也有的运用长篇展示复杂的情节，雕塑艺术形象，表现社会现实，显示出很高的人民性。《孔雀东南飞》《木兰辞》《子夜歌》《敕勒歌》《陇头歌辞》，都是这一时期民歌的典范。这些五言诗、文人乐府、民歌，丰富了这一阶段的文学，继承和发展了过去的诗歌传统，对唐代的史诗、讽喻诗、新乐府的发展，起过先遣作用。

在形式主义的阵营里，张华、陆机、萧氏父子、徐陵是主角。他们作无耻的歌颂，作色情的描写，不仅是内容贫乏，而且语言也很贫乏，对唐代唯美主义文学，发生了作用。

从形式方面说，五言诗是三国、南北朝文学主要形式，也是接受乐府民歌遗产蜕化而成的一种新的文学形式。这种新形式，经过曹植、阮籍、左思、陶渊明的努力，把它推到高峰。但是自陶渊明以后，由于南朝恢复中原之无力，由于统治权不断地转移，由于商品经济发达和生活资料丰富的引诱，士大夫的感情麻木了，壮志消沉了，"贞忠"观念破产了，便更向文学外形发展，写景就是向文学外形发展最捷便的路线，堆砌就是向文学外形发展最有效的方法。"竞一韵之奇,争一字之巧,连篇累牍,不出月露之形;积案盈箱,唯是风云之状。"(李谔语)成为当时写作的规范。可以这样说:三国、南北朝的五言诗,是由抒情而兴起,到写景而衰落(有为写景而写景的味道),相应而生的是由散体入骈体,给诗坛创造了新的格式。后来唐代律诗的发达,未尝不是承继了三国、南朝骈体诗的余绪。

但在另一方面,五言诗走向骈俪的狭路,倾吐情意,诸多不便,已经达到毫无生意的描写境地。不得不掉过头来向那些新颖动人的民歌去学习,袭取民歌的"情"的内容,而走向色情的描写;袭取民歌的"轻巧短小"的形式,而走向小诗的另一天地。唐代绝句诗的兴起,未尝不是以南朝的抒情小诗做基础的。

更具体一点说,唐帝国诗歌有两大形式:一为律诗,一为绝句,在三国、南北朝已略备雏型。唐帝国诗人从陈子昂到李白、杜甫,一方面否定三国、南朝的诗歌,一方面又在赞赏三国、南朝的诗歌,这种错综微妙的关系,也就是由三国、南北朝的诗歌到唐帝国的诗歌是在矛盾发展的说明。

三国、南北朝的声律论,在写作上起了很大的支配作用。这种风气,到了唐帝国时代更是汪洋大波地扩张着。

三国、南北朝小说快要成形。这里有两个范畴,一种是志怪式的,一种是逸事式的,其发展路线,是由前者向后者方向走的。慢慢脱去神话的外衣,而向着人间意味较浓的方向走。从其小说形式说,故事性更加强一点,给唐帝国的传奇小说的产生创造了条件。

三国、南北朝的散文，有两种形式分别发展着：一种是华丽的骈文，一种是朴素的散文。前者发展到唐代，竟侵占到应用文的范畴里去，使写作走向拘束的道路。后者对唐代的"古文"运动的汪洋，起了伏流作用。

　　三国、南北朝的文学批评，已经长得美丽可爱。到了唐帝国时代，经过辛勤的培植，更长得鲜艳。杜甫、白居易把文学作为反映政治、鞭策政治的工具，改变了文学玩赏性的观念，而易以文学应为社会服务的观念。这种理论的昂扬，使唐帝国文学更放出异彩。

七　中央集权的封建制再建立与藩镇割据时代（隋唐五代）的文学——约从公元七世纪至十世纪

（一）中央集权的封建制再建立与藩镇割据时代文学的社会背景

中国古典诗歌发展到唐帝国时代已达到登峰造极的境界。现实主义的抬头、昂扬，突破了贫血、僵化、腐烂、毫无生气的宫体诗的樊笼。表现了题材广阔性，也表现了主题深刻性，艺术的概括性和典型性很强。表现了人民的愿望和要求，有强烈的人民性。从形式说，五律七律达到完成，五古、七古、五绝、七绝益趋精练，新乐府的产生，各种形式的诗歌都来展开竞赛。产量达四万八千九百余首，超过前代诗歌的总量（就被保存的诗歌来说），形成唐诗光辉灿烂的时代和百花齐放的局面。

这时期的诗，是在不断地发展着。隋代（公元五八九—六一七）的诗，透露了由六朝浓厚的形式主义转化为唐代现实主义的喜讯。初唐到天宝之间（公元六一八—七五五）的诗，突出地表现着向现实主义转化，陈子昂是唐代现实主义的开幕人,李白是现实主义深化的旗帜,从这两位诗人身上很显明地看出现实主义在大步前进。天宝到长庆之间(公元七五六—八二四)的诗,现实主义继续在发展,题材更扩大,诗歌社会作用更提高,杜甫、白居易就标志着现实主义高峰。晚唐到五代间(公元八二五—九五九)的诗,现实主义的余波还在泛滥,但又夹杂着一股形式主义、唯美主义的洪流。

继诗高度发展之后,而产生一种新体诗的"词"。娼妓便成为词所歌颂的对象,现实主义在褪色中。

此外,散韵结合的变文、传奇小说、古文运动,都有卓异的成绩。

在隋代,北朝元魏经过一个时期的努力恢复生产,落后的经济渐渐赶上江南。加之隋文帝统一南北后,对农民适当地让步,厉行节约,与民休息,并把官地和荒地分给农民,农业生产有了发展,为继起的唐代封建经济打下了一点基础。在结束东晋以来长期分裂的局面,国家统一、人民生活渐趋安定的环境下所产生的文学,自然会透露唐代诗歌向现实主义转化的喜讯。隋文帝屡戒"新声"和屡戒"浮华"的物质因素,产生"各去所短,合其所长"的折衷主义的文艺政策,是有物质基础的。隋炀帝即位后,大兴土木,开运河,又发动对外侵略战争。他本人的生活很奢侈,流连耽酒以为乐,布置一个绵亘八里的戏场,以迎接远来朝贡的邻邦。这样弄得民穷财尽,逼得农民不得不大起义,而隋朝的政权也就丧失了。在统治者奢侈淫侠的环境下所产生的文学,自然还保存前代所遗留的华丽轻浮的气味。

到了李渊、李世民夺取农民战争胜利的果实,于公元六一八年建立大唐帝国，迅速地恢复了封建秩序，结束了将近三百年的南北对立的局面。采取了一些和缓矛盾、恢复生产的步骤，实行均田制，兴修水利，废除苛禁，从开国到天宝一百二十多年间，经济始终是上升的。农村繁荣，经济获得飞跃的进步，手工业很发达，超过了前代的水平。中外交通的进展，商业也得到空前的繁盛。惟商业资本大量集中在官僚贵族和大商人手中，渐渐侵蚀小土地所有者，土地兼并的情况是存在的。即是说，在这一富强的基础上有加深社会矛盾的倾向。

在政治上，李世民以科举制代替了前代的九品中正制，清洗了少数士族把持政权的坏倾向。加之李世民能够纳谏，政治比较清明，造成历史上有名的贞观之治。后来唐玄宗减税役，省刑罚，人民生活比较富裕，又造成历史上有名的开元之治。

李世民对外扩充国土，版图扩充到天山南北，国威空前地提高，民族具有一种创造的精神和少壮的力量。当时的邻邦，尊称唐天子为"天可汗"，尊称中国人为"大唐人"。

在文化上，李世民征天下名儒为学官，时常到大学去听学官讲书，学生人数激增，四方学者云集京师，邻邦都派子弟来留学。注疏之学风行一时。在另一方面，佛教思想与老、庄思想结合、融化，而与儒家思想对抗，形成思想上的活跃与自由。

南北音乐融合与域外音乐成分的吸收，石刻、书法、雕塑、绘画诸艺术的高度发展，均有助于唐代诗歌的发展。

一切都呈现一种"盛唐气象"，诗歌就反映了"盛唐气象"，反映了帝国国力的向上，反映了民族命运的自信，充溢着昂扬、乐观、浪漫的气息，而以宏伟的形象表达出来。

初唐天宝之间的土地兼并还不很剧烈,各种剥削制度还没有达到极度。在天宝时代,阶级矛盾和统治阶级内部的矛盾,都已经到了激剧化的程度,各种剥削制度都已发展到非常残酷的阶段。安史之乱,是统治阶级内部矛盾破裂的开始,也是统治阶级对人民更加紧剥削的开始,也是唐帝国衰败和崩溃的开始。从此以后,统治阶级内部的矛盾便一发而不可收拾,致演成中央政权与地方政权的长期纷争。由于民族之间和统治阶级的内部长期纷争,不得不尽量向人民榨取财物,黄河流域遭受极大的破坏,均田制、租庸调制也跟着破坏,而东西两京遭受破坏更显得严重。加之宦官与朝官间的排挤,朝官间的分党互争,许多矛盾集中在一起,受害最多的当然是农民。这里存在两种不同的社会现象:一种是劳动力锐减,土地荒芜,物价昂贵,人民大量死亡在战乱和饥饿中;一种是文武官员的第宅连街道,奴婢厌酒肉,官僚职废,将骄兵暴,纲纪毁坏,形成两种极端对立的生活阵容。

"盛唐气象"成了过去。诗歌的风格也改变了。诗人们多用接近人民的语言,暴露了整个封建制度的罪恶,反映了广大人民生活的苦难,创造出许多有史诗价值的新篇。

贵族、官僚、地主、商人、寺院肆行土地的收夺,使广大的农民变成游民,什么税都落在农民身上,农民不得已起来反抗,终于暴发了以王仙芝、黄巢为首的农民大起义,几乎倾败了唐帝国政府。

不久,唐帝国政府瓦解,后梁、后唐、后晋、后汉、后周继之而起,占据了黄河流域,历史家称为"五代"。在全国范围内,同时还存在十个封建政权,历史家称为"十国"。这时,不仅国内又陷于分裂状态，而且契丹在后晋时占领了燕云十六州，造成严重的外患。

在国内分裂、外族内侵的情况下，农村遭受了极大的破坏，尤其是黄河流域一带。这些地区，不仅是"累年废耕稼"，而且是"村落丘墟""白骨蔽地"。

诗人看到上层社会的腐败和下层社会的离散愈趋激剧化的现象，有些用绮丽的文字，反映了个人内心的苦闷，走上唯美主义的道路；有些还是用接近人民的语言，反映了社会贫困和被蹂躏的残酷现象，还保存杜白现实主义的余风。

在上述的社会物质基础上，又产生了新体诗的"词"，而且有了发展。

在唐代，还产生了散韵结合的"变文"，产生了很成功的"传奇小说"，产生了轰轰烈烈的"古文运动"，产生了更进一步的文学批评，都是有它们的物质基础的。

我们在前面就说过，中国诗发展到唐代，已形成"百花齐放"的局面，而李白、杜甫和白居易就是这"齐放"的"百花"中最艳丽的花朵。我们把这一时期的诗，分为隋代诗人，初唐到天宝之间的诗人，天宝到长庆之间的诗人，晚唐到五代之间的诗人四个小阶段来叙述，而以李白、杜甫、白居易为重点。

1. 隋代诗人

隋帝国的政治生命，只有短短的三十七年，年限虽然很短促，由于政治的大一统，文学上也有了小小的变化。从时间说，它在南朝诗歌过渡到唐代诗歌上起了桥梁作用；从空间说，它在北朝朴质的风格混合到南朝绮丽的风格上起了统一的作用。

在隋帝国未统一中国以前，南北的文学风尚有显著的差异，就是南北经济差异的反映。隋统一南北后，由政治的统一，到经济的统一，再到文化的统一，就是说北朝的创作风格与南朝的创作风格合流了。这时的作家值得一提的，只有薛道衡了。

薛道衡（公元五四〇—六〇九）的作品，最著名的《昔昔盐》还保存梁、陈时代的艳丽风格，其所写的《出塞》，就有点像唐人的小诗。在秋末万里无人烟的塞外，听不到雁声，只听到塞笛哀鸣。色彩暗淡，声音凄凉，浮动着爱国的感情，这是他受了民歌和北歌影响后的产物。

当杨广歌咏"寒鸦飞数点，流水绕孤村"的诗句，另一面存在着从痛苦号呼中发生出来的大众诗歌。像《无向辽东浪死歌》，虽然原词未保存，但王薄等用它来号召群众，反抗统治者，必是能把大众的痛苦呼吁出来，表现了大众的力量。

2. 初唐天宝间的诗人

初唐到天宝之间的诗，突破宫廷生活的内容和雕饰的形式，向现实主义的道路进军，向宏伟的形象进军。

（1）四杰与陈子昂对诗歌的贡献

初唐四杰，就是王勃（公元六四七—六七五）、杨炯（公元六五〇—六九五）、卢照邻（公元六三七—六八九）、骆宾王。他们把诗从宫廷的狭小圈子里解放出来，表现正常的、健朗的、放纵的感情，扩大了诗的范围，向精工的律诗的道路上走，奠定了五律的基础。不过他们的诗因袭的成分还多于创造的成分，自然还残存着梁、陈绮丽的风貌。与沈、宋同时代的诗人，有刘希夷、张若虚。他们的诗略有新的意境，但与沈、宋一样没有摆脱梁、陈的羁绊。

继四杰之后的诗人如沈佺期(公元六五六—七一四)、宋之问(公元六五六—七二一)。他们把五言律诗推到更成熟的境地,把七言律诗的体式也创制完成,给后来诗人在形式上树立了基础。但由于他写作的动机是应制的,写作的内容是歌颂的,写作的形式又过于讲究对仗,因而他们的诗,也不能脱离梁、陈的羁绊,来创造新的诗歌,相反地,他们还多量地保存梁、陈绮丽的风貌。

此后陈子昂(公元六五六—六九八)出世,致力于"复古"的呐喊,结束梁、陈以来的宫体诗。反映了新的生活,表现了一些对于宇宙人生的看法。他所作的《感遇诗》,以平浅的句子,抒写自己的思想感情,一点也不顾忌,自由奔放地冲了出来。有人诬害他,不是偶然的。他所作的《登幽州台歌》,更是俯视千古,充分流露了不满意现实的感情,突破了律诗约束。他带来了下一代现实主义的喜讯。韩愈说"国朝文章盛,子昂始高蹈"(《荐士》)。这已道出他在唐诗转变过程中的重要地位。稍后的张九龄,其风格在步陈子昂的后尘;但没有陈子昂的激昂、沉郁气势。

(2)王孟高岑对诗歌的推动

唐诗发展到开元、天宝之间,出现了王维、孟浩然这些诗人,多歌咏自然风景。出现了高适、岑参、王之涣这些诗人,多歌咏边塞风光与战争。出现了气魄非常伟大像李白这样的诗人,多致力于对权贵的抨击,给下一代诗人树立了光辉的、健康的、现实主义的诗歌风格,把唐诗推到登峰造极的境界,开创了诗歌的新时代。

王维（公元六九九一七五九）在开元、天宝的诗坛，有崇高的地位，"宁、薛诸王驸马豪贵之门，无不拂席迎之"。他善于描写，所以苏轼称赞他"诗中有画，画中有诗"。中年以后，佛教支配了他的思想，这说明了他的战斗性不强，但也说明了他对现实的不满。

王维是一位早熟的诗人，他在少年时代的作品，有几分盛唐气象。"新丰美酒斗十千，咸阳游侠多少年。相逢意气为君饮，系马高楼垂柳边。"（《少年行》）这里吐露了少年豪迈的胸襟和进取的精神。"长安少年游侠客，夜上戍楼看太白。陇头明月迥临关，陇上行人夜吹笛。"（《陇头吟》）这里刻画了少年的英雄形象和爱国精神。"杨柳渡头行客稀，罟师荡桨向临圻。惟有相思似春色，江南江北送君归。"（《送沈子福之江东》）这里充满了乐观精神和青春情调。他在《送魏郡李太守赴任》里，高唱着"遥思魏公子，复忆李将军"。在《老将行》里高唱着"莫嫌旧日云中守，犹堪一战取功勋"。在《夷门歌》里高唱着"非但慷慨献良谋，意气兼将身命酬"，充溢了保卫国家的责任感。这一些诗，活泼、乐观、有朝气，有雄视一切的气概，反映了唐国力的向上、升华。

王维做右拾遗时，是关心国家人民的。他有"鄙哉匹夫节，布褐将白头"（《献始兴公》）的抱负。他有"所不卖公器，动为苍生谋"（同上）的志愿。他有"感激有公议，曲私非所求"（同上）的心情。这首诗，虽然是在歌颂张九龄，事实上是在借歌颂张九龄而发挥自己的政治抱负。

王维在《济上四贤咏》里一致地为被埋没的人才惋惜。他歌颂崔录事"少年曾任侠，晚节更为儒"，而结果"遁迹东山下，因家沧海隅"。他歌颂成文学"使气公卿坐,论心游侠场",而结果"中年不得意,谢病客游梁"。他歌颂郑、霍二山人"卖药不二价,著书盈万言",而结果"郑公老泉石,霍子安丘樊"。同时,他又很严肃地批判了那般权贵子弟,说他们"翩翩繁华子,多出金张门。幸有先人业,早蒙明主恩。童年且未学,肉食驾华轩。"在这里充分表现了他的正义感。

李林甫当权,王维的政治靠山张九龄见逐。他经不起当权派的威胁,自动地放弃了政治生活。他的内心有隐痛,有矛盾,心灵是很静寂的,这静寂即是对现实的抗议。他发出了"住处名愚谷,何烦问是非"(《田家》)的牢骚!他发出了"晚年唯好静,万事不关心"(《酬张少府》)的感叹!他有"一生几许伤心事,不向空门何处销"(《叹白发》)的隐痛!他有"世事浮云何足问,不如高卧且加餐"(《酌酒与裴迪》)的心情!此后,他买了宋之问的田庄,过着"行到水穷处,坐看云起时"(《终南别业》)的生活,过着"明月松间照,清泉石上流"(《山居秋暝》)的生活,过着"松风吹解带,山月照弹琴"(《酬张少府》)的生活,充分表现了他对统治阶级的厌恶。

由于王维晚年过着田园生活,也就着力刻画田园生活。像他所写的《渭川田家》:"斜阳照墟落,穷巷牛羊归。野老念牧童,倚杖候荆扉。雉雊麦苗秀,蚕眠桑叶稀。田夫荷锄至,相见语依依。即此羡闲逸,怅然吟《式微》。像所写的《辋川闲居赠裴秀才迪》:"寒山转苍翠,秋水日潺湲。倚杖柴门外,临风听暮蝉。渡头余落日,墟里上孤烟。复值接舆醉,狂歌五柳前。"像他所写的《田园乐》:"桃红复含宿雨,柳绿更带朝烟。花落家童未扫,莺啼山客犹眠。"这是借田园的风景,衬托他心灵世界的静寂。这是他写退休后的生活自由、愉快,来填补他心灵上的空虚。这里不仅没有少年时代作品的进取精神,也没有任右拾遗时代作品的战斗精神。

王维在艺术上的影响是相当大的。不论是诗歌、绘画、音乐,都有一定程度上的贡献。他在诗歌中刻画景物那样细致、自然、丰润,真是像画图一般,也不愧为盛唐的大诗人。

孟浩然(公元六八九—七四〇)是鹿门山的隐士,长期过着田园生活,欣赏自然、描写自然,是他作品中的特色,也是与王维并称的缘由。"故人具鸡黍,邀我至田家。绿树村边合,青山郭外斜。开筵面场圃,把酒话桑麻。待到重阳日,还来就菊花。"(《过故人庄》)这里不仅活跃着一幅田园风景美丽的形象,而且还活跃着一幅田园生活乐趣的形象。"夕阳度西岭,群壑倏已暝。松月生夜凉,风泉满清听。樵人归欲尽,烟鸟栖初定。之子期宿来,孤琴候萝径。"(《宿业师山房期丁大不至》)这里不仅呈现着一幅夕阳西下时的山川形象,而且还活跃着一副久候友人不至的焦急形象。至于"春眠不觉晓,处处闻啼鸟。夜来风雨声,花落知多少!"(《春晓》),更是把诗人融化在景物之中了。

不过,他的隐居,是他积累政治资本的手段;谁知终于没有人过问他,他愤慨了,他感伤了,他的内心有一种怀才不遇的苦闷。他有"相望试登高,心随雁飞灭"(《秋登万山寄张五》)的幻灭。他有"欲取鸣琴弹,恨无知音赏"(《夏日南亭怀辛大》)的委屈。他有"不才明主弃,多病故人疏"(《岁暮归南山》)的寂寞,他有"当路谁相假,知音世所稀"(《留别王维》)的隐痛。在无可奈何的情况下,"只应守寂寞,还掩故园扉"(同上）了。

孟浩然的诗，朴素、自然、真实，杜甫称赞他"清诗句句尽堪传"（《解闷》），是有道理的。

我们以为孟浩然关心人民是不够的，在他的诗里看不见人民生活的苦难，也看不见未来天宝大乱的隐忧，这说明了他的政治敏感性很低，也说明了他的作品现实性不够。

高适（公元七六五年死）少年是一位流浪者，所作的诗，有几分侠士气。他的名作《燕歌行》，以高亢深厚的风格，刻画一个血战的疆场的悲壮形象，是唐帝国对外的军事优势转变为军事劣势的具体说明。唐帝国自开国以来的军事势力，随着唐帝国经济上升而上升；但是到了开元、天宝时代，唐帝国的军事势力随着经济下降而下降。突厥、吐蕃、回纥经常与唐帝国处于敌对的状态，唐帝国大有不能应付之感。诗中所谓"战士军前半死生"，所谓"孤城落日斗兵稀"，所谓"力尽关山未解围"，所谓"绝域苍茫无所有"，这都是塞外战场上的真实情况。他在诗末呼出"君不见沙场征战苦，至今犹忆李将军"，这正是唐帝国军事劣势的真实供词，也深深地流露了高适同情人民疾苦的心情。

岑参是与高适并称的，同是以边塞为写作题材的能手。他半生戎马，备尝征战生活的滋味，所以他写边塞风光，雄放宏壮，气骨遒劲，刻画也很细致，很形象。"将军金甲夜不脱，半夜军行戈相拨，风头如刀面如割。"（《走马川行》）充分表现了祖国军队在艰苦环境中的雄武姿态。"故园东望路漫漫，双袖龙钟泪不干。马上相逢无纸笔，凭君传语报平安。"（《逢入京使》）流露了出征军人思乡的心情。《梁州馆中与诸判官夜集》流露边塞生活的情调,有丰富的爱国感情。

它如王昌龄歌唱"但使龙城飞将在,不教胡马度阴山"
(《从军行》),"前军夜战洮河北,已报生擒吐谷浑"(同上),充
分表现了抱有胜利把握的信心。李颀歌唱"闻道玉门犹被遮,
应将性命逐轻车。年年战骨埋荒外,空见葡萄入汉家"(《古从
军行》),充溢了反侵略战争的感情。王之涣歌唱"黄河远上白
云间,一片孤城万仞山,羌笛何须怨杨柳,春风不度玉门关"
(《凉州词》),表现了塞外险峻、严寒的形象,也流露了爱国的
思想感情。崔颢歌唱"闻君为汉将,虏骑罢南侵。出塞清沙
漠,还家拜羽林。风霜臣节苦,岁月主恩深。为语西河使,知
予报国心"(《赠梁州张都督》),表现了战士艰苦、英武形象,有
鼓吹战士致力国防的作用。刘长卿歌唱"草枯秋塞上,望见渔
阳郭。胡马嘶一声,汉兵泪双落。谁为吮疮者,此事令人薄"
(《从军行》),既流露了战士的厌战心情,又暴露了统治者穷兵
黩武的罪恶。

(3) 李白开创了诗歌的新时代

现在来谈这一阶段的结束人物,也就是下一阶段的开创
人物的李白。

在世界诗域里,很少有李白这样爽朗、豪放、热情、自由的
诗人,我国有李白这样伟大的诗人,实在值得骄傲!

a. 李白的生平、性格

李白(公元七〇一一七六二)的家庭成分,已不可考。陈
寅恪在《李白氏族之疑问》一文中说他父亲是一"客商"(《清华
学报》十卷一期),与他在《与韩荆州书》自称"布衣"、《读诸葛
武侯传书怀赠长安崔少府叔封昆季》自称"草间人",和在《长

安周裴长史书》自称"野人"这一点联合起来看，出身微寒，这是可以肯定的。他的家乡，也不可考。从他怀念蜀中山水风物的诗篇很多这一点看来，蜀中是他事实上的故乡，也是可以肯定的。他没有参加过考试，也没做过正式官。他虽然经过吴筠的推荐，一度供奉翰林，掌握机密诏令的起草工作，却很快地遭受权贵的排挤而被逐出京。以后在漂泊依人的情况下结束了生命。

李白征服现实的态度是很倔强的，在他的身上蕴藏一种倔强的精神力量。因而他歌唱出来的东西，也有一种精神力量；这种精神力量，像洪流般地向封建社会的秩序冲激着。

李白是一位充满了矛盾的人物——任侠、漫游、学道、求仙、隐居、醉酒，这些特性都集中在他一人的身上。不过任侠是他的主导思想，这种思想，随着时代的需要而逐渐扩大——由为个人打抱不平扩充到为国家为人民打抱不平，由抨击小豪绅恶霸扩充到攻击高级的统治集团；[①]学道、求仙、隐居、漫游、醉酒，是他早年的思想，这种思想随着他任侠思想的扩大而逐渐缩小。他这些矛盾并不是偶然的，而是开元、天宝之间，唐帝国由国力上升到国力下降时所产生的各种矛盾状况的反映。

李白在少年时代"心雄万夫"（《与韩荆州书》），喜纵横击剑，为任侠，景慕张良、荆轲、朱亥、高渐离、豫让、郭隗这般侠义的英雄，很想通过他的侠义行为，实现他的"圣代复元古，垂衣贵清

---

① 魏颢《李翰林集序》："少任侠、手刃数人。"《新唐书》本传："喜纵横术击剑，为任侠，轻财重施。"苏辙评李白："语游侠，则白昼杀人，不以为非。"这都能证明他的游侠思想是很重的。

真。群才属休明，乘运共跃鳞"(《古风一》)的"理想"政治。

李白非常狂放，反对一切的束缚。他在《庐山谣》里讽刺孔子，在《嘲鲁儒》里对那一般死守章句不懂经济的儒生备极揶揄！他在《忆旧游寄谯郡元参军》里，作"一醉累月轻王侯"的高歌以轻蔑统治者的威势。他在《梦游天姥吟留别》里作"安能摧眉折腰事权贵，使我不得开心颜"的高歌，以表示对统治者不低头。他甚至于在行动上要贵妃替他捧砚，高力士替他脱靴，通过"狂"对统治者进行侮辱，我们可以说，"狂"是李白勇于战斗，追求自由，个性解放的浪漫精神的高度表现，也是李白纵酒高歌、纵横驰骋的艺术表现的动力。

李白喜欢游历，"遍干诸侯，历抵卿相"，过着长期的流浪生活。他在长期的流浪生活中，深切地认识了统治阶级的腐朽、残酷、危害人民的真面目；也深切地认识了统治阶级的昏庸、懦弱，伤害国家实力的严重性。他很想有所作为，他对永王璘出镇东南的措施，不仅是歌颂，而且参加了幕府；对李光弼讨伐史朝义的号召，不仅是歌颂，而且激动到去请缨。这样由认识到行动，把他的任侠思想，贯彻到最后一次呼吸中。

b. 李白诗歌的人民性和现实性

李白是一位热爱祖国、热爱人民的诗人。在他的创作中，有许多属于人民的无限的宝贵的天才的篇章。但是，宋人罗大经却责难李白说："当王室多难，海宇横溃之日，作为诗歌，不过豪侠使气，狂醉于花月之间耳。社稷苍生，曾不系其心胸。其视杜陵之忧国忧民，岂可同年而语哉？"(《鹤林玉露》)这是不合事实的话。

在李白时代，从现象上看，一切都在发展；从本质上看，一切都含有腐烂的因素。经济从上升到下降，政治从集权到割据，社会从安定到紊乱，军事由优势到劣势。即是说：唐帝国刚刚爬上强盛的最高峰，就要从强盛的最高峰摔下来了。诗人敏感到了，并且表示深切的忧虑。他这种忧虑，后来是被具体历史事实所证实了的。

李白用艺术形象，揭发当时社会的腐败。他指出唐帝国高级统治集团如李林甫、杨国忠这一般奸人，是制造社会弊病的根源。

在李白时代，李林甫执政十九年之久，树党营私，排挤了一般有正义感的人；制造了政争，助长了安禄山的反动势力。杨国忠通过裙带关系窃居要职，纵容了高力士作恶，也纵容了王铁聚敛。这一切，都伤害了唐帝国的国力，也就增加了唐帝国统治下的人民的苦难。李白以"用匕首讲话、用剑刀讲话"的英勇斗争、绝不屈服的神态，在《古风五十三》里借历史的故事来抨击这些奸人，痛骂"奸臣欲窃位，树党自相群"。他在《古风五十四》用比兴法讽刺李、杨，说李、杨压迫有正义感的人像"苍榛蔽层丘"；而一般有正义感的人，像"琼草隐深谷"。他在《于阗采花》里更露骨地流露了他仇视敌人为害的忿怒心情："丹青能令丑者妍，无盐翻在深宫里。自古妒蛾眉，胡沙没皓齿。"唐帝国的现实状况，与他对唐帝国封建秩序的幻想有很遥远的距离，他又无力把这距离缩短；因而发出"晋风日已颓，穷途方恸哭"（《古风五十四》）的哀诉。

李白在《古风五十一》里痛骂商纣王、楚怀王的昏庸，痛骂他们不该杀死比干，痛骂他们不该流放屈原；其实，不仅是痛骂商纣王、楚怀王，而是借古讽今。他在《登高丘而望远海》痛骂秦始皇、汉武帝的暴虐，痛骂他们不该穷兵黩武，痛骂他们不该搜刮人民脂膏修建骊山、茂陵，其实不仅是痛骂秦始皇、汉武帝，而且也是借古讽今。他在《乌栖曲》里讽刺吴王夫差的荒淫，讽刺吴王与西施不分昼夜的醉酒、歌舞；其实，这不仅是讽刺吴王、西施，而是讽刺活着的吴王——唐玄宗，活着的西施——杨贵妃。他这样用无比光辉鲜明的艺术形象，描绘统治者的专横、残暴、骄奢，唤醒人民对统治者的仇恨。

李白在《古风三十一》里对统治者兴"时日曷丧"之念，他歌唱"璧遗镐池君，明年祖龙死"，很显著地痛骂当时的统治集团到入骨的程度。他渴望世界上出现一个桃花源，为苦难人民避难之所。虽然消极的避难，远不及积极的斗争；而诗人的心紧紧地联系着人民，这却是可以肯定的。

那么，李白这样揭发统治者的腐败，痛恨统治者的罪恶，还能说他不关心"社稷苍生"吗？

李白不以君主为最高存在，在现实世界里不怎么重视君主，这是事实。李白头脑中存在着谁对国家人民有贡献，谁就可以当君主的观念。当安禄山举叛旗由范阳向长安进攻的时候，唐玄宗逃西蜀，唐肃宗逃灵武，他们只顾自己逃难，不顾人民的死活，李白是不满意的。永王璘接受了节度使的命令后，由武昌率师东下，保护东南国土和人民，东南人民对永王是表示热爱和欢迎。① 因而李白参加了永王幕府，作《永王东巡

---

① 当安禄山举叛旗的时候，东南人民对永王表示热爱和欢迎，李白在《永王东巡歌五》记载其事："二帝巡游俱未回，五陵松柏使人哀。诸侯不救河南地，更喜贤王远道来。"元结在《为董江夏自陈表》也载其事："顷者潼关失守，皇舆不安，四方之人，无所系命。及永王承制，出镇荆南，妇人童子，忻奉王教。"

歌》来歌颂永王;而一般有正统观念的人,就认为他不怎么重视唐玄宗、唐肃宗,扣他一个不重视"社稷苍生"的帽子。

李白在另一方面,是同情人民的。他用艺术形象雕塑了劳动人民生活的悲惨。他在《秋浦歌十四》里雕塑了铸铜工人在月明的寒夜工作,歌声震动了寒川的劳动形象。在《秋浦歌十六》里雕塑了在水中宿的农民打鱼、结网的辛勤形象。在《宿五松山下荀媪家》里雕塑了邻女在寒夜春菰米、月下进素餐的劳苦形象。在《丁都护歌》雕塑了船工当天旱水涸、牵缆而行、渴饮泥浆的痛苦形象。由于他深入劳动人民生活,同情劳动人民之心切,雕塑的形象也就很生动。

我们还可以从"白骨成丘山,苍生竟何罪。"(《赠江夏韦太守良宰》)带有质问性的辞句里,体会出诗人同情人民的深度。我们还可以从"余亦草间人,颇怀拯物情"(《读诸葛武侯传书怀赠长安崔少府叔封昆季》)和"欲献济世策,此心谁见明"(《邺中王大劝入高凤石门山幽居》)富有积极性的辞句里,体会出他关心国家和人民的深度。

李白用更多的诗篇,雕塑了出征军人悲惨的命运,在《古风十四》里,首先刻画边境的荒凉、残破,接着刻画边卒死亡的惨重、残酷,接着刻画戍卒辞别家乡的悲痛和害怕戍边的心情,构成一幅更悲惨的画面。末了,写着"李牧今何在? 边人饲豺虎!"很明显地画出唐帝国已由军事优势转变为军事劣势的转变过程。在《古风三十四》里雕塑的出征军人的命运更阴暗。用"羽檄如流星",用"群鸟皆夜鸣",形容征兵之急。接着用"长号别严亲,日月惨光晶",用"泣尽继以血,心摧两无声",形容离家之惨。用"千去不一回,投躯岂全生",形容战争的残酷。末了用"如何舞干戚,一使有苗平",劝告统治者修明政治,来争取有苗自动的屈服。此诗很明显地是为讽刺杨国忠数次征兵讨伐云南而作。《战城南》《关山月》和《古风十四》里,也在深切地同情出征军人。"士卒涂草莽,将军空尔为""由来征战地,不见有人还",这刻画战争残酷多生动!"万里长征战,三军尽衰老""戍客望边邑,思归多苦颜",这刻画出征军人思家多深切!"三十六万人,哀哀泪如雨。且悲就行役,安得营农圃。"这刻画出征军人的苦痛多么鲜明。他在《战城南》喊出"乃知兵者是凶器,圣人不得已而用之"的警告。他在《幽州胡马客歌》发出"何时天狼灭? 父子得闲安"的感叹!李白这样关心下层社会的人民,怎么还说他不关心"苍生"?

李白有高度的爱国主义思想。胡人安禄山举叛旗占领洛阳、长安后,祖国的山河、生活、衣冠、语言、习惯,已变了样,这是多么痛心的事!诗人在《奔亡道中》选择这样的语言,刻画这次变乱:"洛阳为易水,嵩岳是燕山。俗变羌胡语,人多沙塞颜。"这是多么令人悲愤的一种形象。诗人在这首诗的开始,发出"几时可生还"的呼声,微微地透露了恢复山河的意念。在这首的末尾,发出"申包惟恸哭,七日鬓毛斑"的控诉,通过历史的故事,表示了要恢复山河的决心。诗人在《赠江夏韦太守良宰》里,发出"中夜四五叹,常为大国忧"的浩叹。诗人用真实的、简练的语言,表现出高度的爱国主义的思想。诗人在《南奔书怀》里更高举鲜明的爱国旗帜,疾呼着"过江誓流水,志在清中原"。在《子夜吴歌》里替出征军人的眷属表示良人在平胡胜利后返乡的心情很迫切,低吟着"何日平胡虏? 良人罢远征"。在《永王东巡之一》里崇拜以少数兵却百万敌兵的谢安石:"为君谈笑静胡沙。"在《古风十》里歌颂败退秦军之鲁仲连:"却秦振英声,后世仰末照",而引以为"拂衣可同调"。诗人这样关心国家的命运;而当时的统治者对国家的态度是怎样呢?唐肃宗在至德二年(公元七五七)九月和回纥订了可耻的条约。统治者用出卖人民利益方式收回了国都,诗人是很痛恨的。诗人毫无顾忌地写成多量的爱国诗篇,拿出了实际爱国行动,怎么还说他不关心"社稷"?

李白生在盛唐时代,充满了事业的信心,所以高歌着"天生我材必有用"(《将进酒》),高歌着"乘风破浪会有时"(《行路难》),后来果然得吴筠的推荐,供奉翰林,这时,他有"谢公不徒然,起来为苍生"(《赠韦秘书子春》)的进取心。他有"终与安社稷,功成去五湖"(《赠韦秘书子春》)的事业心。但由于李林甫等奸人包围了唐玄宗,他不仅一筹莫展,而且被迫出京,他是愤愤不平的。他在《古风三十六》里咏着"良宝终见弃,徒劳三献君,直木忌先伐,芳兰哀自焚,盈满天所损,沉冥道为群"。在《古风三十七》里咏着"而我竟何辜? 远身金殿傍。浮云蔽紫闼,白日难回光。群沙秽明珠,众草凌孤芳"。用多种比喻说明了他受奸人的迫害,得不到国君的信任,自然无从实现理想政治了。他在无可奈何的情况下,只有"流泪空沾裳"了。他在《送蔡山人》里发出着"我本不弃世,世人自弃我"的惨声;他又在《古风十五》里发出"奈何青云士,弃我如尘埃"的感叹,同时又发出"珠玉买歌笑,糟糠养贤才"的控诉,他这样热心政治,很勇敢地向奸人反击,不是为了个人功名富贵,而是为了实现他的政治怀抱,看不出他对"社稷苍生"不关心的影子。

我们以为李白有一部分诗,是集中在抨击暴君、热爱人民、热爱祖国这三个主题上的，富于现实性、人民性。

c. 李白诗歌的艺术性

李白在创作艺术上有很高的成就。

李白的想象力很丰富，真是像天马行空。他能把一件很平凡的事物，通过他的想象力，呈现出一种高超的意境。他善于运用夸大的手法，使高超的意境更突出地出现在读者的面前。我们看"君不见，黄河之水天上来，奔流到海不复回"(《将进酒》)，这不仅显现出黄河是一条无止境的长流，而且透露了人生长流中要及时享乐的意念。我们再看"连峰去天不盈尺，枯松倒挂倚绝壁，飞湍瀑流争喧豗，砯崖转石万壑雷"(《蜀道难》)，这不仅是形象地显现出蜀道的艰难，而且也形象地呈现出祖国山河的雄壮。"地崩山摧壮士死，然后天梯石栈相钩连"(同上)，这不仅歌颂了人民创造性的劳动，而且歌颂了我们祖先开国的艰难。

李白的风格很自然，真是像行云流水。他指责"雕虫丧天真"(《古风三十五》)的雕饰现象，一扫六朝浮华靡丽的作风。他提出"一挥成斧斤"(同上)的创作原则，勇气百倍地创造了新的格律。我们看他以思乡作主题的《静夜思》："床前明月光，疑是地上霜。举头望明月，低头思故乡。"语言简单、风格明朗、自然、淳朴，没有半点渲染，而思乡的形象，突出地呈现在读者而前。因而李白的诗，在对旧诗的传统与法则的否定上，在律诗的解放上，都起了一定的作用。

李白的语言有形象性、音乐性。我们看"桃花潭水深千尺，不及汪伦送我情"(《赠汪伦》)。这不仅显示了语言的音乐性，而且显示了李白与汪伦感情的深度。我们再看"今人不见古人月，今月曾经照古人"(《把酒问月》)。这也不仅是显示了语言的音乐性，而且显示了"古人今人若流水"的时光不再的真理性。而生动、活泼、朴素，也是他的语言的特色。

李白的风格又很豪放、爽朗，真是气魄伟大、朝气迎人。"兴酣落笔摇五岳，诗成啸傲凌沧州"(《江上吟》)，这气魄多么雄壮！"黄河落天走东海，万里泻入胸怀间"(《赠裴十四》)，这气魄多么伟大！像他这样豪放创作的风格，真是代表了盛唐的典型性格。在他的诗歌中，有鲜明的形象、有欢乐的气息。"若耶溪旁采莲女，笑隔荷花共人语，日照新妆水底明，风飘香袂空中举"(《采莲曲》)，这形象多么鲜明！"渌水净素月，月明白鹭飞。郎听采菱女，一道夜歌归"(《秋浦歌》十三)，这形象多么爽朗！"朝辞白帝彩云间，千里江陵一日还。两岸猿声啼不尽，轻舟已过万重山"(《早发白帝城》)，这形象多么开阔！诗人能把自然景象和个人的感受相结合而倾吐出来。

李白的感性表现很强烈。他的内心世界的乐观精神和对现实不满的愤懑情绪，通过他的强烈的感性的夸张手法突出地表现了出来。他的《将进酒》，有豪迈的乐观精神，也有愤愤不平的情绪，像火山一样从文字中爆发着。他的《行路难》，那种"长风破浪会有时，直挂云帆济沧海"的积极精神和"闲来垂钓碧溪上，忽复乘舟梦日边"的消极态度不断地冲击，有强烈的感染力。

李白的诗，内容与形式是统一的、和谐的。他的生活实感，用他的独创的形式表现，所以能创造一种新的格律。

d. 李白诗歌的源流

李白对遗产的态度是很正确的。他接受了《诗经》《楚辞》

的优良传统。他有"《大雅》久不作,吾衰竟谁陈"的感叹;他有
"《王风》委蔓草,战国多荆榛"的感叹;他有"正声何微茫,哀怨
起骚人"的感叹(俱见《古风一》);感叹汉、魏以来的诗人已失
去《大雅》、《王风》、骚人的优良传统,很想从《诗经》《楚辞》中
获得丰富的营养。

李白批判地接受了六朝以来的文学遗产。他一方面否定
了建安以来的声律、辞藻这些创作规律,高呼"梁、陈以来,艳
薄斯极,沈休文(约)又尚以声律,将复古道,非我而谁?"(《孟
启本事诗引文》),高呼"自从建安来,绮丽不足珍"(《古风
一》)。而在另一方面,又高呼"蓬莱文章建安骨,中间小谢
(朓)又清发"(《宣城谢朓楼饯别校书叔云》)。杜甫称赞李白
的诗:"清新庾开府(信)、俊逸鲍参军(照)。"(《春日忆李白》)
又称赞"李侯有佳句,往往似阴铿。"(《与李十二白同寻范十隐
士》)这很显著地否定了六朝的绮丽风格,而接受了谢朓、庾
信、鲍照、阴铿的优良传统。

李白又批判地接受唐代诗人陈子昂的遗产,而且发扬陈
子昂的诗歌风格。朱熹肯定李白的诗,出于陈子昂。他说:
"《古风》两卷,多效陈子昂,亦有全用其句处。太白去子昂不
远,其尊慕之如此。"这是事实。不过,李白的风格,不完全与
陈子昂同。比如陈子昂喜欢用"白日",李白也喜欢用"白日"。
惟陈子昂所用的"白日",是指晚隐暮暝中的"白日";而李白所
用的"白日",是抓住正在青天当中照耀着的"白日"。因此,李
白的"白日",比陈于昂的"白日"要健康得多,而欢乐的气氛要
强得多。再从写作的态度来看,陈子昂故意去掉风花,专以苍
老的松柏来磨炼自己;而李白的诗不免有风华绮丽的句子,但

很自然,且不失为高古大雅。我们可以说:陈子昂是一扫六朝文学绮丽之风的开始人,而李白才是继承陈子昂的诗歌风格的成功者。

李白全面地接受了汉、魏以来乐府民歌的遗产。他把乐府民歌中的优秀部分充分继承和发挥,熔炼成一个全新的统一的风格。在他所作的诗歌中,就有很多是古乐府的曲调,还有很多古乐府的语言、词汇,还有很多古乐府的精神、实质。我们看他的《战城南》与《汉鼓吹铙歌十八曲》的《战城南》同样是流露了讽刺好边功的思想、感情,同样是采取色素暗淡、表情热烈的表现手法,只不过李白的《战城南》加工的程度更高一点罢了。由于他接近人民,体会了人民的思想、感情,学习了人民的语言、词汇,这是他的诗在内容上走向健康、形式上走向通俗的动力,也是诗人的天才光辉闪耀的关键之所在。

李白批判地接受到了前人的诗歌遗产;而他自己的诗歌,又被后人当作珍贵的遗产来接受。与他同时代的杜甫和比他稍后的白居易等接受了并发展了李白的现实主义的部分。南宋陆游、辛弃疾的作风也杂有李白的现实主义的血液。这些人接受了李白的现实主义的精神,而且还向前发展了一步。但也有人只接受李白的皮毛。比如李贺只学他的"奇峭"①而不能学他的自然;苏轼只学他的豪放,而不能学他的热情;高启只学他的壮大架子,而不能学他的基本精神。于是貌似李

---

① 《唐诗纪事》云:"张碧,贞元中人,自序其诗云:'碧尝读《李长吉集》,谓春拆红翠,辟开蛰户,其奇峭者不可攻也。及览李太白词,天与俱高,青且无际,鹏触巨海,澜涛怒翻,则观长吉之篇,若陟嵩之巅视诸阜者耶?"这是李贺学李白而未学到李白的说明。

白的诗歌而实质非李白的诗歌，这种接受遗产的态度是很危险的。

至于李白企图在醉酒的昏迷中，企图在空灵世界的陶醉中，以求精神的解放，丰富自己，所以产生了《月下独酌》这些"醉里乾坤"的诗篇，也产生了《古风五》《古风十九》《古风四十》这些"飘飘欲仙"和"入山惟恐不深"的诗篇。这些诗篇，正反映了他早期不愿与统治者合作的思想，也还有现实主义的因素的。

不过，我觉得李白没有杜甫那样在任何艰难困苦的环境下也能坚持奋斗的精神，在他的作品中，忧国忧民的气味也没有杜甫的那样浓厚，这是李白接近人民的深度不及杜甫的说明。

这些缺点，并不能遮盖李白的伟大。韩愈说："李杜文章在，光焰万丈长。"(《调张籍》)把李白与杜甫同样地推重，这是很恰当的。固然，李白写作的现实性、斗争性不及杜甫；可是他写作的现实性、斗争性对杜甫是起了开路的作用的。换一句话说，杜甫在创作上的现实性、斗争性，固然是他所处的具体环境的反映，从接受遗产方面说，是从李白在创作上的现实性、斗争性发展而来的。

3. 天宝长庆间的诗人

天宝到长庆之间，约有百年的光景。诗的主题思想，反映了国家的灾难、民族的矛盾、人民生活的痛苦，高度地向现实主义的方向发展，高度地发挥了诗歌为政治服务的作用。在诗的形式方面，更丰富多了，而且更接近人民的语言，使思想性与艺术性高度结合，形成中国诗史上最光辉灿烂的时代。这时代的诗，决不是有闲阶级所玩弄的格律了。

这一阶段的诗人，要推照耀千古，并成为后世诗人式范的杜甫了。拿杜甫与他较前的诗人李白比较，就很明显地看出现实主义在向前推进，并且可以看出杜甫的诗歌创作，已达到现实主义的高峰。白居易也是这一阶段杰出的诗人，拿白居易与李白、杜甫比较，也很显明地看出白居易在李白、杜甫的创作总结的基础上更提高，诗歌的社会作用更加强，诗歌变成直接为人民请命的工具了。诗歌有这样大的成就，与唐帝国的现实矛盾、动荡是分不开的。

（1）把中国诗推到最高峰、忠实的现实主义者、后世诗人的式范——杜甫

a. 杜甫诗歌创作的源泉

杜甫（公元七一二一七七〇）本来是官僚家庭出身的；他的祖父杜审言，也是一位有名的诗人。到杜甫时，已没落成为"布衣"。他在少年时代，正值唐帝国经济上升，也就是像他自己在《忆昔》所刻画的那样繁荣。他处在这个太平盛世，跟一般士人一样，为了求上进而到处漫游；在漫游中，交结了一般诗人，了解了一些民情，为他以后写作打下了一点基础。

杜甫在三十五岁那一年（公元七四六）到了唐帝国首都长安。他有"致君尧舜上，再使风俗淳"（《奉赠韦左丞丈》）的政治理想，有"老骥思千里，饥鹰待一呼"（《赠韦左丞丈济》）的志愿。然而在事实上，不能做到"立登要路津"（《奉赠韦左丞丈》），反而遭到"朝扣富儿门，暮随肥马尘；残杯与冷炙，到处潜悲辛"（同上）的奚落。但是，他并不灰心，还是到处献赋献

诗,找人推荐。他在长安住了十年,终于得到一个右卫率府兵曹的官职,他就认定是他实现理想政治的开始,喜悦到高歌"耽酒须微禄,狂歌托圣朝"(《官定后戏赠》)。这是一个管兵器的官职,究竟做不出很多有关国计民生的事,又作去职的打算,低吟着"焉能作堂上燕,衔泥附炎热;野人旷荡无䩄颜,岂可久在王侯间"(《去矣行》)。这时他对于统治集团的腐败,与被统治阶级的穷困,得了一个本质上的认识。来日国家大难,已被他的政治嗅觉预感到了。

天宝十四年(公元七五五)安禄山举兵反,大兵由范阳指向长安,杜甫开始过着流亡的生活。几经患难,把家安置在鄜州的羌村。他听到太子唐肃宗在灵武建立政权的消息,立即把希望寄托在唐肃宗的身上,向灵武投奔,谁知在中途被安禄山的军队阻住,折回长安。他闲居长安,一心一意想逃亡,果然冒险从敌人占领区的长安逃了出来,达到唐肃宗的临时首都凤翔时,是"麻鞋见天子,衣袖露两肘"(《述怀》)。肃宗任命他为左拾遗。按这个官职,本应有所建树,但是肃宗并不重视这个官职,他不仅不能展开他的政治天才,反而因房琯事件离了职。

安禄山的势力在发展着,杜甫流亡到了秦州,还是找不到报国的机会,所以发出"哀鸣思战斗,迥立向苍苍"(《秦州杂诗五》)的呼吁。他虽然这样呼吁,但处在政治的逆流中,不可能发生任何作用。因而又产生"唐尧(指肃宗)真自圣,野老复何知"(秦州杂诗二十)的失望情调了。

广德元年(公元七六三),唐军收复河南、河北,他远在梓州听到了这个消息,真是惊喜欲狂。他作了一首《闻官军收河南河北》诗,对唐帝国存在一些幻想,所以乍听到这个消息欢乐到流泪满襟。急急忙忙作还乡的准备:漫卷诗书,放歌纵酒,自己也特别显得年轻,这样关心国家命运的改善,真是一种非常高贵的感情。我想他所谓"还乡"就是"还朝"的代用语,他以为安禄山、史思明的势力就会被夷平,国家就可转乱为治,这是他实现理想政治千载一时之机。但在事实上,史朝义虽死,部属投降,河南河北暂告收复;而吐蕃的势力更趋猖狂,唐代统治者对之莫可如何。因而杜甫既不得还乡,更不得还朝。他久住西蜀,而西蜀军阀又在混战,他在蜀又转徙流离,不得不发出"无力正乾坤"(《宿江边阁》)的沉痛呼声了。

杜甫总是不能忘怀政治的。大历元年(公元七六六)十月正是代宗的生日,许多节度使入朝,连安、史旧属的河北诸道节度使也入朝,杜甫在夔州听到这个消息,认为是国家统一的象征。他高歌着"始是乾坤王室正,却教江汉客魂消"(《承闻河北诸道节度入朝欢喜口号绝句十二首》之三)。这说明了他对国家政治如何关切!

杜甫虽然这样关心政治,但是唐统治集团却把杜甫摒弃在政治圈子之外。杜甫自当过华州的司功参军后,总是过着流亡的生活。他在流亡的艰难岁月中,更看到不少统治阶级剥削劳动人民的残酷现象,也看到不少劳动人民被统治阶级剥削的悲惨现象,这是杜甫诗歌创造的重要源泉。

杜甫一生备受穷困的磨难。他的穷困,随着唐帝国经济衰落而逐年加深。饥、寒、病三魔轮流地、集中地向他进攻;但是他并不屈服,只要他能从病床上爬得起来,能从饥寒线上挣扎得起来,他还献出他残存的精力,很严肃地、很忠诚地写出许多反映客观事物的诗歌。

杜甫在长安谋官职的时候，穷困磨难他，既不能养活寄居在奉先县的妻儿，连客居在长安的本人也不能维持最低限度的生活。他不得已想向朋友借贷，但又不敢开口，只有写诗刻画饥寒的惨状，从言外来透露求助之意。他在《投简咸华两县诸子》里就深深地流露想向朋友借贷而不敢明言的矛盾心情。他歌咏着"长安苦寒谁独悲，杜陵野老骨欲折"，他歌咏着"饥饿动即向一旬，敝衣何啻联百结"，他歌咏着"君不见空墙日色晚，此老无声泪垂血"。在"长安苦寒"到"骨欲折"的情况下，他穿着破烂不堪的衣服，断炊至于旬日。当暮色苍茫之际，他流泪垂血至于无声的程度。我想：这不是诗人夸大的描绘，而是诗人真实的描写。诗人企图通过饥寒的描写而博得友人的同情、协助。我们读杜诗至此，就想象到一位饥寒交迫的诗人在鸣咽地泣诉自己饥寒交迫的不幸命运。

杜甫在长安候官职不着，不仅是贫穷威胁他，同时疾病也在威胁他。他在《病后遇王倚饮赠歌》叙述自己感受疾病之苦，更是够悲惨了："酷见冻馁不足耻，多病沉年苦无健。王生怪我颜色恶，答云伏枕艰难遍。疟疠三秋孰可忍？寒热百日相交战。头白眼暗坐有胝，肉黄皮皱命如线。"诗人在大病之后，头白眼花，皮包骨头，生命不绝如缕，得到友人招饮，发出"惟生哀我未平复，为我力致美肴膳"的谢意，发出"但使残年饱吃饭，只愿无事长相见"的愿望，你看诗人的命运多么悲惨！

杜甫逃难到同谷，生活穷困的程度更加深。诗人自己参加生产劳动，还是不能解决生活问题。他在《乾元中寓居同谷县作歌》两首，刻画自己负薪、采橡栗、采黄精以自给，还是得不到一饱。他在第二首描写采黄精不得的情况很悲惨:"黄精无苗山雪盛,短衣数挽不掩胫,此时与子空归来,男呻女吟四壁静。"这写诗人上山采黄精不到手,空手归来那种凄惨的情景何等生动!

杜甫的贫病生活有加无已,晚年更加剧。他流亡到荆州,继续受到饥寒的威胁,发出"饥藉(借)家家米,愁征处处杯"(《秋日荆南述怀》)的呼声。发出"栖托难高卧,饥寒迫向隅"(《舟中出江陵南浦奉寄郑少尹审》)的呼声。他这样忍饥号寒,还是天涯海角流亡,于是发出"百年同弃物,万国尽穷途"(同上)的浩叹,也发出"我行何到此,物理直难齐"(《水宿遣兴奉呈群公》)的抗议。

杜甫流亡到了湖南,穷病更是向他集中地袭击,连陆地住的地方也没有,经常在水中漂流。他低吟着"客子庖厨薄"(《江阁卧病走笔寄呈崔卢两侍郎》),低吟着"衰年病只瘦"(同上),低吟着"吾安藜不糁"(《风疾舟中伏枕书怀奉呈湖南亲友》),低吟着"行药病涔涔"(同上),我们的诗人就在贫病交迫下结束了他的生命。

封建社会这样残酷地对待我们伟大的诗人,我们诗人的肉体确实受了摧残;可是不能摧残我们诗人的坚强意志。相反地,诗人在穷困磨炼下,迫使诗人的穷困与人民的穷困结合了,理论与实际融化了,这也是杜甫诗歌创造的重要源泉。

b. 杜甫诗歌创作范围的广阔

杜甫善于以惊人的力量表现唐帝国封建制度下的广大群众的愿望,描写他们的境况、表现他们自发的抗议和愤懑的情绪。

杜甫体验劳动人民生活的深度,在他以前的李白固然赶不上,在他以后的白居易也是赶不上。杜甫在经济关系上的表现的深度,在他以前的李白固然赶不上,在他以后的白居易还是赶不上。李白固然是杜甫的开路人,替唐诗打下了天下,突破了旧格律的束缚,建立了新格律的规模;但是真正完成新格律的规模,建立新格律的天下,还是杜甫。

　　杜甫的诗,充满了爱和憎的气氛。从爱自己的妻子、朋友,扩充到爱人民、爱祖国,从憎小小的吏卒,扩充到憎上层的统治集团和侵略民族。

　　在杜甫的一千四百多首诗篇中,篇幅最长、包括内容最丰富、表现现实主义的精神最突出的,要算《自京赴奉先县咏怀》了。

　　这是一首五古,共分三大段。

　　在第一段里,刻画自己的远大政治怀抱。他用相当长的篇幅描写他实现理想政治的决心和不得实现理想政治的失望心情。他所标示的理想政治,就是上辅君主、下济人民。"穷年忧黎元,叹息肠内热",关心人民的痛苦何等热情!"生逢尧舜君,不忍便永诀",期望唐玄宗的心情何等真切!所谓"杜陵有布衣,老大意转拙",所谓"许身一何愚,窃比稷与契",所谓"葵藿倾太阳,物性固难夺",都是显示他在任何艰难的情况下也不能改变他实现理想政治的意志。但在事实上,他既不能出仕,也不愿退耕,"独耻事干谒",把他想通过有政治地位的人引援与以找人引援为"耻"的矛盾心情,鲜明地刻画了出来。他在无可奈何之中,只有"沉饮聊自遣,放歌破愁绝"了。

　　在第二段里,刻画在归途中所见的情景和这些情景所引起的联想。他由京赴奉先县，路过唐玄宗避寒的骊山，远远地望去：旌旗蔽天，冰雪在地，温泉气升，卫士众多；因而他就联想到统治者恣情荒乐的情景，也就联想到劳动人民难苦悲惨的情景。他极其熟悉当时官僚和农民的生活；在这一段里给了这种生活以如此出色的描绘，使得这些描绘成为世界文学最优秀的作品。

由于他对统治集团的恣情荒乐发生了无比的恨，由于他对过着悲惨生活的劳动人民发生无比的爱，因而刻画两个不同的阶级生活很形象。他在描绘"君臣留欢娱，乐动殷胶葛（旷远貌），赐浴皆长缨，与宴非短褐"这些荒乐生活之后，紧接着描绘"彤庭所分帛，本自寒女出，鞭挞其夫家，聚敛贡城阙"。他在描绘"中堂有神仙，烟雾蒙玉质。暖客貂鼠裘，悲管逐清瑟。劝客驼蹄羹，霜橙压香橘"这些欢乐生活之后，紧接着描绘"朱门酒肉臭，路有冻死骨"。他用对比法，从劳动人民生活悲惨的命运，衬托出统治集团生活荒乐的罪恶。这样鲜明的对比，树立了后世对比描绘的楷模。

在第三段里，写他自己生活的穷困和因自己穷困所发出对穷困人民的同情。他写自己的穷困，挑选两件突出的事件来描绘：一件是他的最小的儿子已经饿死了，一件是他在秋收之后就感受穷的威胁。这两根线条，构成一幅非常生动的悲惨画面。他最伟大的，就是他处在这样穷困的境遇，能忘记自己的穷困来关心人民的穷困。他用"生常免租税，名不隶征伐"的句子，来安慰自己的穷困。他用"默思失业徒，因念远戍卒"的句子，体现出自己对人民的关怀。这把前面所说"穷年忧黎元，叹息肠内热"的句子，更具体化了。

这首诗,不仅是他十年长安生活的总结,而且是他对不同阶级之间的矛盾和斗争的综合的、集中的表现。他这首诗,面这样广,问题这样多,态度这样坚决,语言这样尖锐,为他以后的诗树立了基础。他以后所作的诗,没有超过这首诗的范围,而是这首诗的范围的发展和深入罢了。

c. 杜甫在诗歌中抨击现实政治的黑暗

杜甫关心政治,热心政治,表现在以巨大的力量,鞭打了统治集团,十分清晰地暴露了当时社会所借以维持的一切制度的内在的罪恶。他在安史之乱以前,就看到帝国腐烂政治的本质,很尖锐地抨击兵役、赋税两种制度的不合理。《兵车行》就是抨击统治集团的第一声号角。他在咸阳桥上看到戍边士兵出发,父母哭哭啼啼地送行的惨状。在这首诗中,写兵役时间之长:"或从十五北防河,便至四十西营田。去时里正与裹头,归来头白还戍边。"写生产力的破坏:"君不闻汉家山东二百州,千村万落生荆杞。纵有健妇把锄犁,禾生陇亩无东西。"写赋税担负之重:"且如今年冬,未休关西卒。县官急索租,租税从何出?"像这样男丁白发还要远征;男丁出征,田亩荒芜还要纳税,真是太惨痛了。因而有些人竟产生这样念头:"信知生男恶,反是生女好,生女犹得嫁比邻,生男埋没随百草。"诗人看到这种惨痛的现象,听到这种悲痛的哭诉,诗人的感受和人民的感受统一了,第一次写出为人民说话的诗篇。此后他在《前出塞》里竟敢大胆地向统治者质问:"君已富土境,开边一何多?""杀人亦有限,立国自有疆。"他在《后出塞》里竟敢大胆地向边将讽刺:"古人重守边,今人重高勋。""誓开玄冥北,持以奉吾君。"这不仅突破阶级的局限,替人民说话,而在另一面又吐露了反侵略战争的思想。

在安禄山、史思明向唐帝国进攻的过程中,在回纥、吐蕃向唐帝国侵略的过程,唐统治集团为了扩充兵力,乱抓壮丁,补充兵源;为了筹措军费,乱筹军饷,以备军用;制造了暗无天日的社会现象。杜甫在长期流亡生活的体验中,在自身穷困生活的磨炼中,在不合理的现实刺激中,以更高的艺术手法,写出了卓绝千古的《三吏》《三别》的名篇。在他写《兵车行》的时代,正是杨国忠发动征云南的不义战争,诗人看到牺牲人民,去侵略无辜的少数民族,是不合理的。所以在诗中流露了很强烈的反战思想。到了写《三吏》《三别》这个时代,国家情况改变了,一个侵略民族转变为被侵略民族。"安史之乱"是少数民族对汉族的掠夺与破坏最凶暴的侵略战争,因而扑灭"安史之乱"的战争,是正义的战争,符合人民的要求的;但由于唐统治集团的政治腐败,兵役制度的不合理,又给人民带来了严重的灾难,也是人民所不能忍受的。诗人在《三吏》《三别》里既鼓励人民的抗敌热情,又同情人民的生活苦难。

《三吏》《三别》把这一历史时期人民的生活和历史事件,根据一些具有特征的事物集中地完整地概括出来,活现出当时人民在战乱中的苦难形象和战斗形象,所以历代批评家称《三吏》《三别》为"史诗"。

《三吏》《三别》代表着杜诗思想性与艺术性相结合的最高成就。在这组诗中,突出地表现思想内容的矛盾,诗人在反映现实时,使这个矛盾在人民的切身利益这一点得到完全统一。《新安吏》前半截写差吏凶暴地强征未适龄的青年(中男)出征,呈现着"白水暮东流,青山犹哭声"的悲惨情景,后文却又说出"送行勿泣血，仆射（郭子仪）如父兄"的慈祥语，以安慰送子弟出征的父兄们。《潼关吏》前半截写士卒筑关劳苦，后文请求守关的将官，"慎勿学哥舒"，而要守住人民所筑的险要。《石壕吏》前半截借老妪口吻道出一家壮丁全上前线、老弱在家忍受饥寒的凄凉情景，后文却又写"老妪"在无可奈何的情况下"急应河阳役"。《新婚别》前半截写新妇不忍与新郎别离的痛苦，发出"嫁女与征夫，不如弃路旁"的感叹，后文却又假借新妇口吻，很理智地劝告新婚的丈夫"勿为新婚念，努力事戎行"。《垂老别》前半截写老人出征，不忍与老妻话别的悲惨情景，后文却又写出老翁在"塌然摧肺肝"的心情下"弃绝蓬室居"踏上"征戍"的路途。《无家别》前半截写一个战败归来的战士看到"四邻何所有，一二老寡妻"的悲惨情景，不得不从事"荷锄""灌畦"生产工作以解决生活问题，后文却又写出这位战士在"人生无家别"的惨痛情况下，还是参加"本州"的"习鼓鞞"的保乡工作。

《三吏》《三别》表现了极深刻的矛盾，这矛盾首先应该肯定是现实生活矛盾的反映。在当时社会情况下，人民受剥削、压迫、战争等等摧残，生活是极端痛苦的。诗人就在他的作品中真实地反映了这种生活，对人民苦难寄以深切的同情；但是当时民族矛盾很激烈，诗人是力主抵抗外族侵略的。因而在一定程度上他又鼓励人民参加卫国战争，这同样反映了在民族压迫下人民的痛苦和要求。所以我们说，诗人思想上的矛盾，是人民思想上矛盾的反映。由于剥削、压迫、战争等加给人民的痛苦，而人民又不能不爱国，因而就咬紧牙关含着眼泪去服兵役、打击敌人，这就决定了作品本身的矛盾，而这种矛盾正是《三吏》《三别》的人民性最深刻的表现。

　　杜甫以后在难以忍受的流亡过程中，还是有高度的战斗精神，继续用艺术的利剑，狠狠地去刺统治者的胸膛。他在《草堂》里，抨击李忠厚等的残暴：残暴到"万人欲为鱼"，残暴到"谈笑行杀戮，溅血满长衢"，残暴到"鬼妾与鬼马，色悲充尔娱"。在《征夫》里，写西蜀人民在军阀蹂躏后的凋零：凋零到"十室几人在，千山空自多"，凋零到"路衢唯见哭，城市不闻歌"。在《驱竖子摘苍耳》里抨击税吏"乱世诛求急，黎民糠籺窄"，写两个阶级生活的悬殊，"富家厨肉臭，战地骸骨白"。在《岁暮》里，发出"济时敢爱死，寂寞壮心惊"的呼声，流露了他对被涂炭的人民有爱莫能助的苦闷。在《宿花石戍》里发出"谁能叩君门，下令减征赋"的呼声，深切地同情在赋税重压下的人民苦难。在《有感五首》里发出"盗贼本王臣"的抗议，这不仅说明了杜甫与人民之间的关系深切，而且也指出了盗贼产生的社会根源。不过，他这些诗的战斗精神的强度比天宝乾元之间（约公元七五〇—七五九）的作品强度要差一点，这与他的生活面没有天宝乾元之间的生活面那样宽是分不开的。

　　杜甫这样抨击唐统治集团对人民的残暴、压榨，充分流露了他那种悲天悯人的人道主义的精神。

　　杜甫从悲天悯人的人道主义的精神出发，还写出很多同情劳动人民的诗篇。他在《负薪行》里很生动地刻画夔女的勤劳：登危采薪，集市卖钱，以供给一家，所享受的"至老双鬟只垂颈，野花山叶银钗并"。劳动妇女找不到"夫家"，这不是"巫山女粗丑"，而是"更遭丧乱嫁不售"。他把劳动妇女不能出嫁,归咎于社会变乱,这不仅流露了他的人道主义,而且表现他能从经济角度来看问题。他在《又呈吴郎》里对满怀恐惧到他的屋前打枣吃的穷苦妇人,不仅不干涉,反而担心她爬树摔跤的危险。他用"不为穷困宁有此"的语言,为她向新来居住的"吴郎"说情,这更表现出他的人道主义的深度。

杜甫在《茅屋为秋风所破歌》里歌咏了他在风雨交迫不得达旦的情况下,联想到天下寒士的困苦,"安得广厦千万间,大庇天下寒士俱欢颜,风雨不动安如山",这很鲜明地同情天下寒士在土地集中的社会条件下所遭受的生活痛苦!他又从自己没有政治出路而联想到李白没有政治出路的苦闷,"冠盖满京华,斯人独憔悴"(《梦李白》),"世人皆欲杀,吾意独怜才"(《不见》)。这很深切地同情了有才能、有正义感的诗人在旧社会遭受迫害,充分表现他悲天悯人的思想深入到天下寒士和友人中去。

诗人的悲天悯人的人道主义精神与他仇恨残暴的统治者的愤激感情融化了,成为他的诗歌中的精神力量。

d. 杜甫在诗歌中反映了爱国主义思想

杜甫又用艺术形象描绘出他那一颗爱国的热烘烘的心。

杜甫在上述抨击唐统治集团对人民的残暴、压榨的《三吏》《三别》等诗篇中,已放出了爱国主义的光辉。诗人既热爱人民,同时也热爱祖国,他热爱祖国是以爱人民为具体内容的。

安禄山攻下潼关,迫近长安,诗人也随即离开长安逃难,谁知在路上被胡兵阻住,不得已又回到长安,隐蔽在坊巷中,以保持民族气节。他在沦陷的长安中,亲自看到胡人的屠杀、抢掠,写出不少动人的爱国诗篇。我们看他的《春望》:"国破山河在,城春草木深。感时花溅泪,恨别鸟惊心。"这在刻画胡人占据长安的荒凉、沉痛!"烽火连三月,家书抵万金;白头搔更短,浑欲不胜簪。"这在刻画诗人思家的心情多么深切! 再看他的《哀江头》:"江头宫殿锁千门,细柳新蒲为谁绿?"这也在刻画胡人占据长安的荒凉、沉痛!"黄昏胡骑尘满城,欲往城南望城北。"这刻画诗人悲恸的心情多么真切、传神!

安禄山占领长安,房琯率师反攻,在陈陶斜打了一个大败仗,四万健儿同归于尽。杜甫在长安听到这个消息,写了一首《悲陈陶》,以无比悲愤的心情,追悼这四万个阵亡将士。他描绘胡人与都人对此次战争不同的观感,他写胡人狂欢:"群胡归来血洗箭,仍唱胡歌饮都市。"他写都人的悲恸:"都人回面向北啼,日夜更望官军至。"写胡人的狂欢,来衬托都人的悲恸。他自己就是以难以忍受的心情"向北啼"的一人,也是日夜盼望"官军至"的一人,这首诗是代表都人群众的呼声。

至德二年(公元七五七),唐军反攻力量已经长成,向长安进逼。杜甫听到这个消息,欢喜若狂,写出《喜闻官军已临贼境二十韵》,盛夸唐军的兵力,说唐军有攻无不克的把握。在末尾写都人那种喜悦的神态,更是生动:"喜觉都城动,悲怜子女号。家家卖钗钏,只待献香醪。"这样尽情地歌颂唐军即将到来的胜利,很形象地烘托出诗人的爱国主义思想。

长安不久就收复了,诗人作《收京诗》尽情地歌颂唐军伟大的胜利。我们从"万方频送喜"的词句中,就可以体现出诗人的喜悦心情、激动心情。

继收复长安之后,收复山东,诗人又以激动的心情写《洗兵马》："中兴诸将收山东，捷书夕报清昼同。河广传闻一苇过，胡危命在破竹中。"这写唐军的士气旺盛，满怀着消灭胡人的信心。"隐士休歌《紫芝曲》，词人解撰《河清颂》。田家望望惜雨干，布谷处处催春种。淇上健儿归莫懒，城南思妇愁多梦。安得壮士挽天河，净洗甲兵长不用。"诗人这样盼望今后国家太平、人民安居乐业，虽然近乎天真，但可从这里想象到诗人怎样关心着人民，怎样关心着国家命运，深刻地体现出诗人伟大的爱国主义。

唐肃宗借回纥的兵力收回长安，杜甫是不赞成的。他早就预料到回纥将必恃功骄横。当史思明攻陷洛阳时，回纥只是到处勒索而不协助唐军作战。他在《留花门》里刻画回纥搜刮的情形，真令人发指！他在秦州住了一些时候，作《秦州杂诗二十首》，句句是爱国的，首首是爱国的。他在秦州听到的是鼓角、羌笛、胡笳，羌妇笑语，胡儿行歌，这一切使他触目惊心。他看到的是降虏千帐，胡舞题斜，浮云连阵，秋草遍山，这一切更使他触目惊心。在那里，"惊急烽常报"，更增加"故老思飞将"的感情。杜甫非常担心吐蕃进攻秦州，不久，他这种担心果然成为事实了。

当安史之乱平定之后，他写出了前文所叙述的充满喜悦的《闻官军收河南河北》诗。他以国家命运的改善而喜悦到这样的程度，这是他高度的爱国主义的表现。

e. 杜甫在诗歌艺术上的贡献

杜甫诗歌，不仅有高度的思想性，而且有高度的艺术性。一个伟大的诗人，他的高度的艺术性，往往是与他的高度的思想性统一的。因而忠实地反映人民生活的艺术，是由于根源于热爱人民的思想。杜甫在这方面表现得很突出。他贯彻诗歌的思想性，不仅不轻视艺术性，反而加强了艺术性，这是符合于现实主义精神的。他常说，"新诗改罢自长吟"（《解闷十二首》），"颇学阴何苦用心"（同上），又说，"语不惊人死不休"（《江上值水如海势聊短述》），这都在说明了他自己对于创作的要求是很严格的，也说明了他对于创作艺术的高度重视。

杜甫创造了诗歌的新形式。他掌握了诗歌形式的全面性。过去诗人掌握诗歌形式是不全面的，能掌握这种诗歌形式的，就不一定掌握其他的诗歌形式。只有杜甫掌握了各种各样的诗歌形式，开创了长篇叙事诗、史诗，复活了五言诗，并开创了真正的七古、七绝、七律，为唐以后的诗歌开辟了一条广阔的道路。我们看前面所分析过的《赴奉先县咏怀五百字》，所接触的面多么广阔，所叙说的内容多么丰富，所表现的思想多么深刻，是一首非常出色的叙事诗。前面所分析的《三吏》《三别》，挑选很突出的题材，塑造出各色各样的生动的形象，衬托出兵役制度的罪恶，也表现当时人民的心理矛盾、要求和愿望，的确是一组非常好的史诗。此后，白居易的《秦中吟》《新乐府》那种大规模的组诗，就是承继了并发展他这种组诗而来。他多用七古、五古这些"古体"来反映人民生活和社会矛盾，因为七古、五古这种"古体"有伸缩性，有广大的篇幅，能够容纳复杂而又丰富的内容。他多用七绝、七律、五绝、五律这些"近体"来抒写个人的感情，因为这些"近体"诗能够捉住刹那间的感情。真的，他做到了诗体分工，奠定了各种各样诗体的基础，真做到了诗体的百花齐放。

杜甫高度地发挥了诗歌的叙事作用。自《诗经》、乐府以来，早就有叙事诗，不过多偏重个人发挥，杜甫把它更扩大了。同时，他写诗，不是在于对某些形式的追求，也不是在于修饰某些辞句。他拿司马迁的叙事手法，用之于诗歌园地。因而在他的诗歌里，有分析、有批判、有故事、有说明。他用诗的语言，在一定程度上深刻地、忠实地反映了人民的生活和人民的愿望、要求。我们拿《北征》这首诗举例说明。《北征》这首诗，是一首篇幅很长的诗。他在诗中，交互运用了分析、批判、故事、说明等方式，发挥高度的说服力、感染力。在第一段里，叙述辞朝恋主之情，存在"欲去不忍，既行犹思"的心理矛盾。他分析所以恋主的原因，是在"恐君有遗失"，是在担心"东胡反未已"，最后发出"乾坤含疮痍，忧虞何时毕"的感叹，充分流露诗人忧国忧民的思想感情。在第二段里，叙述归途中的情景：战后农村的荒凉，深夜所经过的阴惨战场，沿途的秋山秋水，均呈现在他的笔下，一联想到唐军败绩的情景，又不胜感慨系之。在第三段中，刻画抵家时的情景很真切。他描写了一个鬓发斑白的老人在外几经战乱，死里逃生地仓皇回家。看到家庭生活的艰苦：妻子和儿女都穿着破烂的衣服，悲喜交集。孩子们看到久不归家的父亲一旦归来，存在着想亲近而又不敢亲近的矛盾心情，非常细致而又合乎情理。在第四段里批判借兵回纥的危害性，同时又强调专用官兵剿荡安史的优越性。末段分析接受历史中兴的教训的好处，并以恢复太宗的基业以自勉。这首诗，不仅说明了安史之乱的原因，而且指出了今后国家复兴的道路。

杜甫最善于体现自己的生活。他的一生，是艰难困苦的一生。他常常在艰难困苦中锻炼自己，也就对自己的生活感受很深。他把他感受很深的生活,安放到诗歌里来。我们看他《羌村》三首,通过客观事物,表现在变乱中归家的思想感情很真挚。他在第一首叙述他初抵家时的景象和喜悦的心情。他的妻子骤然看到他回来,简直有点不相信,惊异到流泪,深深地感到乱世中的征人归来的不容易。邻居听到他归来的消息,看到诗人悲喜交集的情景,大家聚集在墙头观看而为之深切同情。最深刻的镜头:就是在夜阑人静的时候,两夫妇对灯默默无语,真像做梦似的。这不是体会自己生活很深的人,绝写不出这样的形象来。在第二首里,叙述乱世偷生:既受战争的威胁,又受家庭生活的压迫,感到人生无趣。而"娇儿不离膝,畏我复却去",很形象地描写出久别的儿女想与他亲切而不敢与他亲切的矛盾心情。最后还是写庆幸家庭团聚,斟酒以自慰,也是尽情尽理的。在第三首里,描写邻居父老看到他回来,携酒来家慰问,诗人怎样去迎接父老,有一个生动的描写。下半段从父老口中,道出农村的荒凉,这荒凉是由战争带来的。诗人听到父老这番道情,不觉感慨悲歌,父老也为之洒同情之泪。在这三首诗中,诗人、家人、父老的言谈、举动、声音、笑貌,都从他的笔下活跃起来,充分地表现他是如何善于体现生活。

杜甫大量地采用人民的语言。在杜甫的诗歌中,以古体诗更优秀,由于他描写人民的生活,多数是采用古体的形式,并把活在人民口头上的语言作为诗歌创作的新血液。我们看他早期作品如《兵车行》,就已经很自然地采用了人民的口语。在他以后的诗歌中更是不断地采用"当时语"(元稹语)、"常俗语"(罗大经《鹤林玉露》),这不是偶然的。也有人批评杜甫的诗歌有"村塾气",进而称杜甫为"村夫子",这些名词虽然有点侮辱我们伟大的诗人，可是说明了一个问题，那就是杜甫是热爱人民语言的，也就说明了杜甫是惯用人民语言的。在杜甫的诗歌中，运用人民的语言的地方很多，也是杜甫在艺术上有成就的秘诀之一。杜甫不仅是采用人民的口语，而且也经常采用了人民方言、俗语。由于他善于运用人民的朴质语言，才能深刻地表达了人民朴质的生活和感情。因而杜甫的诗能够得到人民的共鸣。《杜工部诗序》里说杜甫的诗"其平易处，有贱夫老妇所可道者"。这就说明了杜甫采用人民语言成功的所在。杜甫与人民生活在一起，非常自然，毫无拘束，自然在他的诗歌中采用了人民自己的语言，活跃了毫无间隔的真挚动人的感情。

不过，在杜甫的诗歌中，也有一些用古典排律写出来的东西，专门是给权贵看的；这类诗歌，多半没有什么内容。他在晚年，过于追求形式，他自己也承认"晚节渐于诗律细"(《遣闷戏呈路十九曹长》)即是有力的说明。由于他过于追求形式，反而使内容空虚了。这一些，我们也要有足够的认识。

f. 杜甫诗歌的源流

杜甫总结了《诗经》《楚辞》以来的诗，接受了《诗经》《楚辞》以来的现实主义的优良传统，发展李白所开创的诗的新时代。"读书破万卷，下笔如有神"(《奉赠韦左丞丈》)，这是他接受遗产的宝贵经验。他接受了前代诗人的遗产，主要是接受前代诗人所表现的实质，接受前代诗人的爱国主义精神和人道主义精神；至于接受前代诗人的形式与技巧，乃是次要的东西。

杜甫在《戏为六绝句》和《解闷》十二首这些诗里，对于他接受遗产这一点有些零星的说明。他崇尚《风》《雅》，仰攀屈、宋，接受了《风》《雅》、屈、宋的遗产固不消说；而且他还接受了汉、魏、六朝和唐人的优秀遗产。他对于魏、晋、六朝的诗人，提到曹植、刘桢、沈约、范云、谢灵运、谢朓、庾信、阴铿、何逊，称"庾信文章老更成"，称"熟知二谢将能事，颇学阴何苦用心"，称"沈范早知何水部，曹刘不待薛郎中"。他对唐代的诗人提到王勃、杨炯、卢照邻、骆宾王、孟浩然，称"王杨卢骆当时体，轻薄为文哂未休"，称"复忆襄阳孟浩然，清诗句句尽堪传"。此外他在《春日忆李白》诗里称赞庾信的诗"清新"，称赞鲍照的诗"俊逸"，在《遣兴诗》里称赞孟浩然的诗"凌鲍谢"，也就是说，他对于魏、晋、六朝和唐代的诗人备极赞扬。他所赞扬的部分，也就是他所要接受的部分。他与他的祖父杜审言不仅在肉体上有血缘关系，而且在风格上也有血缘关系，从他所说"诗是吾家事"（《宗武生日》）这句话可以体现出来。我们还有这样一个感觉：他受李白的影响，比受任何诗人的影响也要大。他钦佩李白的诗句，比钦佩任何诗人的诗句要多。在山东时说李白"李侯有佳句，往往似阴铿"（《与李白同寻范隐士》）；在长安时说李白"白也诗无敌，飘然思不群"（《春日忆李白》）；在秦州时说李白"笔落惊风雨，诗成泣鬼神"（《寄李白》）；在成都时说李白"敏捷诗千首，飘零酒一杯"（《不见》）；这都是说明他对李白有无限敬意，也说明了李白确实是杜甫的开路人。我们还有一个感觉：杜甫是在有意识地，着力地发展李白的现实主义传统。比如写战争，李白的《塞上曲》《塞下曲》《战城南》，多系想象中的战争形象；而杜甫的《兵车行》

《前出塞》《后出塞》，则发展为活生生的现实描写了。又如反映阶级矛盾：李白多攻击统治阶级的上层，反映个人理想与权贵的矛盾，而杜甫则发展为反映整个封建社会的罪恶。再如创作对象：李白多通过怀才不遇的主题，流露自己被压抑、被摧残的感情，而杜甫则发展为反映广大人民的灾难。这一些，很显明地说明杜甫是在李白的现实主义的基础上更提高、更深化了。

杜甫对于散文圣手司马迁和民间文学的态度，很少提到，但在事实上，他的叙事手法，是杂有司马迁的写作手法；他的反映现实的手法，是杂有民间文学的养分，这是有痕迹可寻的。

由于杜甫这样广泛地接受前代诗人所遗留的优秀成果，因而更丰富了他的眼界，也更丰富了他的创作。

杜甫是屈原以后第一个影响最大的诗人，一般文学史家，称他为"诗圣"，就是他在诗歌创作上影响很大的说明。杜甫在当时就有很大的影响。比杜甫稍晚的白居易等就很忠实地继承着他的创作事业。白居易提倡"文章合为时而著，歌诗合为事而作"（《与元九书》），就是从杜甫的创作所归纳出来的文学规范。《新唐书·杜甫传》说："甫又善陈时事，律切精深，至千言不少衰，世称诗史。"即可说明这一点。不过白居易虽然承继了杜甫，但又不及杜甫，在精神见解上，在反映经济关系的深度上，都要稍逊一筹。他如张籍、元结、元稹等都是杜甫的忠实继承者。

晚唐诗人李商隐也继承了杜甫，但只承继了抒情的部分，其实，抒情是要贯彻思想内容的。杜甫抒情，并不损害艺术；

李商隐就不能做到这一点。

杜甫诗歌在宋代的影响更大，苏轼、黄庭坚承继了杜甫诗歌散文化这一点，形式的束缚被解放了，但苏轼没有杜甫的艺术斗争性的强度，黄庭坚有时为了艺术反而破坏了艺术。陆游、辛弃疾承继了杜甫诗歌散文化的手法，又承继了杜甫诗歌战斗性的精神。使杜诗在宋代又发扬了光辉。

他的影响，到现在还没有终止。他的诗歌，所以受欢迎，受尊敬，因为他是人民的代言人，他的诗歌，是人民心底声音。

比杜甫稍后的有张籍（公元七六五一八三〇?），他是走杜甫的创作路线的诗人。他的生活的艰苦与杜甫同，而艺术修养则不及。不过，他对于稍后于他的诗人白居易是起过影响作用的，白居易称赞他的诗为"举代少其伦"，称赞他的诗"未尝著空文"（《读张籍古乐府》），即是证明。我们以为唐诗从杜甫发展到白居易，张籍是起着桥梁作用的。

张籍的作品，是站在人民立场说话的，有战斗性。他用诗歌艺术，反映人民的痛苦，尤其着重在赋税和兵役不合理这两方面的刻画。他描写筑长城的劳动人民说："力尽不得休杵声，杵声未尽人皆死。家家养男当门户，今日作君城下土。"（《筑城词》）这雕塑了军吏鞭策劳动人民从事劳役的形象何等残酷！他描写侵略战争的罪恶说："万里无人收白骨，家家城下招魂葬。""夫死战场子在腹，妾身虽存如昼烛。"（《征妇怨》）这不仅雕塑了征妇的沉痛心灵，而且雕塑了战争残酷的面貌。他描写劳动人民的穷困说："苗疏税多不得食，输入官仓化为土。岁暮锄犁傍空室，呼儿登山收橡实。"（《山农词》）这不仅把农民与官府写成一个鲜明的对比，而且把农民与商人也写

成一个显著的差异,因而他代表千千万万的农民呼吁:"所愿除国难,再逢天下平。"(《西州》)

(2) 白居易是现实主义者、掌握人民语言的诗人

a. 白居易的生平

白居易(公元七七二—八四六)是伟大的现实主义诗人杜甫的忠实继承者;他在掌握人民语言的成就上,还要超过杜甫。他生于中下级的官僚地主家庭。在他出生的第二年,父亲还未得到功名,做官的祖父却死去了,因而他的家庭就陷入了艰难困苦的状态中。

白居易十二岁时,由于藩镇不断地叛变,灾荒连年地袭击,他被迫流浪到徐州,十四五岁时,又被迫辗转到苏州、杭州。到了十六岁时,又从江南回到长安。他这种"家贫多故"的不幸遭遇,使他较多地接触到当时社会现实,看到广大人民在天灾人祸中所受到的苦难,实际生活教育了他,促成他的思想感情起了极大的变化,从而使他与广大人民在精神上、感情上建立了密切的关系。

元和元年(公元八〇六),白居易被派到长安西边的盩厔县当县尉,进一步接近了农民,受到了人民群众的实际教育,他开始用诗歌艺术反映农民生活的苦痛,为农民提出了控诉。次年,白居易被召回长安,授翰林学士,又一年拜左拾遗,得到了向统治者说话的机会。他发挥了他的战斗精神和革新意志,不留情地揭露封建统治者的罪恶,能做到"有阙必规,有违必谏,朝廷得失无不察,天下利病无不言"(《上书言事》)的程度。他在他的《奏状》《策林》中,向统治者提出许多为人民兴利除害的具体意见。他力谏不要用"五年诛求,百计侵剥"的

王锷为宰相,他又力谏不要用没有军事能力的承璀率师讨伐王承宗,这一切都从国家、人民的利益出发。《新唐书》本传说他"后对殿中,论执强鲠,帝末谕;辄进曰:'陛下误矣!'帝变色"。这充分证明了白居易对谏官职守有高度负责的精神。也充分证明了他具有"丈夫贵兼济,岂独善一身"(《新制布裘》诗)的人生观。

白居易处在这样的家庭环境和社会环境,锻炼了他的战斗意志。他在现实的斗争中,受到前代诗人的启发,"痛诗道崩坏,忽忽愤发,或食辍哺,夜辍寝,不量才力,欲扶起之"(《与元九书》)。他想进献一些记载人民生活苦痛的诗篇,来减少统治集团对人民过重的剥削。"文章合为时而著,歌诗合为事而作"(同上),成为他的诗歌创作的政治标准和艺术标准。《观刈麦》《哭孔戡诗》《秦中吟》《新乐府》这些最富于现实性、战斗性的作品,就产生在他三十岁至四十五岁这个时期,也就是产生在他做左拾遗前后这个时期。这个时期的诗歌战斗性的强度,还高于杜甫的《三吏》《三别》的战斗性的强度。

白居易贬江州司马以后,作品的战斗性逐渐削弱了,以感伤代替了战斗,以闲适代替了讽刺。白居易在阶级矛盾尖锐的时代,统治阶级向广大人民进行的剥削,较之杜甫时代更加残酷,更为普遍。白居易用现实主义的写作原则,大量地创造出反映人民生活苦痛和暴露统治者罪恶的艺术品,企图通过这些艺术品来警告统治者。统治者读到这些对自己不利的作品以后,于是对白居易大施压力。贬江州司马(公元八一五),迁忠州刺史(公元八一八),就是统治者对他大施压力的威胁行为。他被贬谪后,写信给元稹诉苦说:"闻《秦中吟》,则权豪贵近者相目而变色矣。闻《乐游园》寄足下诗,则执政柄者扼腕矣。闻《宿紫阁村诗》,则握军要者切齿矣。"(《与元九书》)后又写信给杨虞卿说:"加以握兵于外者,以仆洁慎不受赂而憎,秉权于内者,以仆介独不附己而忌,其余附丽之者,恶仆独异,又信猜猜吠声,惟恐中伤之不获,以此得罪,可不悲乎?"(《与杨虞卿书》)正由于他的阶级的局限,必然经不起统治者的尖锐进攻,经不起在暴力下的严重考验,因而使他的富有人民性的思想感情,遭到了严重的打击。表现在艺术创作上,发出了一种软弱的呼声。这种创作态度的改变,是合乎白居易诗歌发展的规律的。在他以后的三十年的创作生活中,既没有当年高度同情人民的热情,也没有当年正面战斗的魄力,那就容易了解了。他以后过着"醉复醒、醒复吟、吟复饮、饮复醉"(《醉吟先生传》)的生活,过着"栖心释梵,浪迹老庄"(《新唐书》本传)的生活,过着"昏昏随世俗,蠢蠢学黎氓"(《江州赴忠州至江陵已来舟中示舍弟五十韵》)的生活,那也容易了解了。不过,白居易在晚年,也还做了一些有益于人民的工作。他在忠州刺史任内,同情人民的苦难,每当听到人民苦难的歌声,越感到自己责任的深重,朝着"劝农均赋租""省事宽刑书"(《东坡种花》二首之二)的方向努力。在杭州刺史任内,为人民饮水而疏浚了六井,并有在五年内改善人民生活的计划,朝着"裁以法度絮以仁"(《醉后狂言酬赠萧殷二协律》)的方向努力。在苏州刺史任内,事必躬亲,自早到晚,不得休息,朝着"削使科条简,摊令赋役均"(《自到郡斋仅经旬日方专公务未及宴游偷闲走笔题二十四韵兼寄常州贾舍人湖州崔郎中仍呈吴中诸客》)的方向努力。这说明了他对人民负了一定程度的责任。在晚年白居易的人生态度虽然消极、悲观、失望,也正是他对现实社会不满的一种消极反抗。因而白居易晚年的作品,也还表现了同情人民的善良愿望,也还有一定程度的现实主义成分,而不失为现实主义者。

b. 白居易诗歌的战斗性、现实性

白居易在贬江州以前和贬江州时期的作品,非常受人民群众的欢迎。他自己在《与元九书》里说:"自长安抵江西三四千里,凡乡校佛寺逆旅行舟之中,往往有题仆诗者;士庶僧徒孀妇处女之口,每每有咏仆诗者。"元稹在《白氏长庆集序》里也称赞白居易的诗为"禁省观寺邮候墙壁之上无不书,王公妾妇牛童马走之口无不道""自篇章以来,未有如是流传之广者"。唐宣宗《吊白居易》诗说:"童子解吟《长恨》曲,胡儿能唱《琵琶》篇。"他的诗这样受人民群众的欢迎,不是单纯的形式通俗问题,而是内容问题。即是说,白居易的诗,内容反映了现实,代表了人民群众的呼声,也代表了人民群众的要求。

白居易在做盩厔县尉和退居渭上时,就写出很多关于农民悲惨生活的诗篇,最生动的,要推《观刈麦》、《村居苦寒》和《纳粟诗》了。

在《观刈麦》里描写一家农民的男女老幼在炎炎的日光下参加生产的情景:女的送饭,孩子们送水,壮丁正在田里割麦,太阳在背上是热的,但他还是低头工作。所描写的形象够悲惨了,但是诗人还添加一个更悲惨的形象:另有一个贫苦的妇人,抱着孩子,左手拿着筐子,右手拿着一把麦穗,她要靠着拾遗穗充饥,因为她家里的农作物,完全输税去了。在这短短的篇幅里,刻画了两幅悲惨形象,前一形象显示了农忙的辛苦,后一形象显示了赋敛的繁重,用赋敛繁重的具体事实衬托出农忙的落空。同时,诗人所刻画刈麦者和拾遗穗者两副形象是有联系的,今日的刈麦者,就是明日的拾穗者,指出农民在官僚地主的剥削下必然走向贫穷的道路。在《村居苦寒》里描写一般农民在天寒岁暮、大雪纷纷、连耐寒的松柏都冷死的情况下,没有衣穿,没有被盖,只有烧蒿棘火来取暖,以度过漫漫的长夜。在《纳粟诗》里描写一家为了准备"纳粟","不待晓"就"张灯烛""扬簸",在数量上竟有"三十斛"之多,以应付"高声""夜叩门"的"吏",到了不能满足"吏"的要求时,连"僮仆"都要遭到"鞭责"。

白居易一方面塑造农村悲惨的形象,另一方面塑造统治阶级的荒淫形象,形成一个尖锐的对比。我们以为白居易在创作初期,描写统治阶级荒淫的作品,以《长恨歌》为最突出。《长恨歌》是通过了唐玄宗与杨贵妃的恋爱故事,暴露了统治者荒淫无耻的生活。因而在这作品中,既有讽刺,又有同情,作者在讽刺中同情,在同情中讽刺,前半截讽刺多而后半截同情多。这说明了白居易的思想感情本身便是矛盾的。开头就说"汉皇重色思倾国",这就是很鲜明地讽刺唐玄宗"不爱江山爱美人"的腐化思想。其中描写"春宵苦短日高起,从此君王不早朝。承欢侍宴无闲暇,春从春游夜专夜",即是着重在"重色思倾国"这方面的刻画。从这一刻画,认识了唐玄宗把女色放在国家之上。"姊妹兄弟皆列土,可怜光彩生门户。遂令天下父母心,不重生男重生女",这在讽刺杨氏姊妹通过裙带关系而享受特殊的待遇。自然会产生"渔阳鼙鼓动地来,惊破《霓裳羽衣曲》"的后果。"六军不发无奈何,宛转蛾眉马前死"，这表示了群众痛恨贵妃，也显示了群众力量的伟大！同时也描写了和批判了唐玄宗、杨贵妃那种荒淫生活，以致激起了群众的愤恨。不过，他的讽刺是曲折复杂的，没有像他后来所写《秦中吟》《新乐府》所讽刺的那样直接明快。在《长恨歌》的后半段，诗人对唐玄宗、杨贵妃确实寄予一定程度上的同情，这在说明了唐玄宗失去政权之后，面对着"西宫南内多秋草，落叶满阶红不扫。梨园弟子白发新，椒房阿监青娥老。夕殿萤飞思悄然，孤灯挑尽未成眠"的凄凉景况，深切地想念杨贵妃，至于"蜀江水碧蜀山青，圣主朝朝暮暮情"，至于"上穷碧落下黄泉，两处茫茫皆不见"，至于"天长地久有时尽，此恨绵绵无尽期"。作者这样描写唐玄宗的深沉的丰富的感情，高度地赋予形象的浪漫色彩。的确在白居易的笔下，唐玄宗、杨贵妃的爱情得到了动人的深刻的描写，有高度的艺术生命。不过我们要看这爱情的后面，寄以什么社会关系，决不能超阶级、超时代、抽象地去理解《长恨歌》所歌颂的爱情。如果把《长恨歌》一些揭露统治者的荒淫的内容完全否定，如果抛开了爱情歌颂与社会的联系，那都是不正确的，我们要了解《长恨歌》的复杂性。

白居易塑造农村的悲惨面貌和暴露统治阶级的罪恶，已表现出他的人道主义的精神；而他的人道主义精神，在他的《新制布裘》诗里体现得更突出：

> 桂布白似雪，吴绵软于云。布重绵且厚，为裘有余温。朝拥坐至暮，夜覆眠达晨。谁知严冬月，支体暖如春。中夕忽有念，抚裘起逡巡。丈夫贵兼济，岂独善一

身？安得万里裘，盖裹周四垠。稳暖皆如我，天下无寒人。

从思想内容说，这是孟子"天下有溺者，犹己溺之也；天下有饥者，犹己饥之也"（《孟子》）的思想的体现；这是杜甫"安得广厦千万间，大庇天下寒士俱欢颜"（《茅屋为秋风所破歌》）的思想的发展。从写作技术说，诗人用人民最熟悉的雪、云，来说明布的质量之高。这不仅体现了诗人想象力的丰富，而且对生活体验也很深刻。

白居易回到长安后任谏官，职责所在，更清楚地看到统治阶级的荒淫生活，也更强烈地想起农民的惨痛生活。起初作《秦中吟》，后更有计划地作《新乐府》，有强烈的战斗性、人民性。

白居易认为农民生活之所以贫苦，是由于官吏过重的剥削。他的《秦中吟》和《新乐府》多着重在这方面的刻画，而以《重赋》《杜陵叟》和《卖炭翁》刻画得最生动。《重赋》的主题，就在控诉官吏剥削的残酷。这首诗在批判执行税制的官吏的不合理。不合理到什么程度呢？从剥削的时间说，"敛索无冬春"；从剥削的程度说，"织绢未成匹，缫丝未盈斤"，就被抢劫去了。农民在这样不合理的税制压迫下的生活怎样呢？诗人有一段很生动的刻画："岁暮天地闭，阴风生破村。夜深烟火尽，霰雪白纷纷。幼者形不蔽，老者体无温。悲喘与寒气，并入鼻中辛。"农民生活这般贫苦，还要"输税"，不合理达到极点。官府通过"输税"的方式夺取农民的财物，因而官府的财物："缯帛如山积，丝絮似云屯。""进入琼林库，岁久化为尘。"

诗人看到这样不平的现象，对官吏发出"夺我身上暖，买尔眼前恩"的抗议。

《杜陵叟》的主题，也在控诉官吏剥削的残酷。惟写作手法又不同，这首诗刻画杜陵叟遭遇荒年，颗粒无收，而官吏还是采取"明知不申破"的鬼蜮伎俩来收税，逼得杜陵叟"典桑卖地"来交税，农民在无可奈何的情况下破口大骂："剥我身上帛，夺我口中粟。虐人害物即豺狼，何必钩爪锯牙食人肉。"诗写到这里，已经把官吏剥削残酷的形象刻画了出来，但是诗人还要进一层地来刻画官吏剥削残酷的形象，说帝王知道这件事，下谕免税，但官吏早已把税收走了，结果是"十家租税九家毕，虚受吾君蠲免恩"。这里真是写得沉痛、激烈，燃烧了反抗的怒火。

在《卖炭翁》里，刻画官吏利用宫市强取豪夺的罪恶行为。开始刻画卖炭翁"满面尘灰烟火色，两鬓苍苍十指黑"的悲惨形象，已够令人同情了。接着刻画卖炭翁辛辛苦苦所经营的一车炭，本来是他的衣食所赖，谁知被宦官抢去，这是以又一种手法写官吏的残酷剥削，诗中所谓"可怜身上衣正单，心忧炭贱愿天寒"，这种极矛盾的心情，正是卖炭翁的主观愿望，但是却被无情的客观遭遇破灭了。炭被人抢去了，真是惨极了。而掠夺卖炭翁的炭是谁呢，正是"黄衣使者白衫儿"，这攻击统治阶级已到皇帝脚下了。在形象的塑造中，很鲜明地体现了诗人对劳动人民的深厚的同情，也燃烧着反抗的怒火。

白居易又认为统治阶级的奢侈，是建筑在对农民剥削的基础上。因而他在《秦中吟》和《新乐府》中有很多篇章着重在刻画统治阶级的生活，他惯用农民生活穷困来衬出统治阶级生活奢侈的手法，使统治阶级的罪恶很突出，掀动了农民对统治阶级的敌对情绪。他在《伤宅》里，一面描写统治阶级的华宇："丰屋中栉比，高墙外回环。累累六七堂，栋宇相连延。一堂费百万，郁郁起青烟。洞房温且清，寒暑不能干。高堂虚且迥，坐卧见南山。绕廊紫藤架，夹砌红药栏……厨有臭败肉，库有贯朽钱。"另一方面又发出"岂无穷贱者？忍不救饥寒"的质问。他在《买花》里，一方面描写统治阶级的买花："灼灼百朵红，戋戋五束素。上张幄幕庇，旁织巴篱护。水洒复泥封，移来色如故。"另一方面又描写农民发出"一丛深色花，十户中人赋"的怨言。他在《轻肥》里，一方面描写统治阶级的盛宴："尊罍溢九酝，水陆罗八珍。果擘洞庭橘，脍切天池鳞。食饱心自若，酒酣气益振。"另一方面又描写"是岁江南旱，衢州人食人"的惨状。他在《歌舞》里，一方面描写统治阶级的歌舞："朱轮车马客，红烛歌舞楼。欢酣促密坐，醉暖脱重裘。秋官为主人，廷尉居上头。日中一为乐，夜半不能休。"另一方面又描写"岂知阌乡狱，中有冻死囚"的惨状。这些诗，有强烈的阶级感情的对比，是继承了杜甫名句"朱门酒肉臭，路有冻死骨"的衣钵。他在《新乐府》里有计划地反映人民疾苦，口气虽然比《秦中吟》和缓，而暴露现实的尖锐性，并不亚于《秦中吟》。单就反映统治阶级的奢侈生活来说，他代替人民呼吁、抗议，是尽了谏官的职责。向做红线毯的太守作"地不知寒人要暖，少夺人衣作地衣"（《红线毯》）的抗议。向爱牡丹的贵族官僚阶级作"少回卿士爱花心，同似吾君忧稼穑"（《牡丹芳》）的劝告。向爱惜财力不逛骊宫的天子作"君之来兮为一身，君之不来兮为万人"（《骊宫高》）的表扬。向奢侈的君主作"后王何以鉴前王,请看隋堤亡国树"(《隋堤柳》)的警告。

他是有爱国主义思想的,创造一个经过千辛万苦从胡地逃归汉土,反而被当作"蕃生"缚起来的典型,如《缚戎人》;创造一个统治阶级抢取人民的财富来满足异族的贪欲,借以苟且偷安地来维持统治权的典型,如《阴山道》。他是有反侵略思想的,创造一个用石头锤折自己的手臂来反抗"千万人行无一回"的"征蛮"战争的叛逆典型,如《新丰折臂翁》,有强烈的战斗性。

白居易在四十五岁以前的作品,在内容上真是做到了"篇篇无空文,句句必尽规",做到了"惟歌生民病,愿得天子知"(《寄唐生》)。在方法上,真做到了"系于意,不系于文"(《新乐府序》)。像他这样有战斗性的诗,对于后来王仙芝、黄巢的起义,可能是起过相当大的作用。

白居易贬谪江州后,经不起统治阶级的进攻,他畏惧了,慢慢消沉了,他的诗歌的战斗性褪色了。他在人生战场上有向后退缩的样儿。不过,他在退缩初期的作品,也还保存了几分战斗性。他贬谪江州后所作的《琵琶行》是在描写一个歌女的不幸,寄托了作者被贬谪的不幸遭遇,两人的感情是相通的。作者听到歌女所弹的声音,是"似诉平生不得志",充分表现了歌女的不幸命运。诗人听到歌女倾吐自己的不幸命运后,是有"同是天涯沦落人"之感。诗人把自己的沦落与琵琶女的沦落紧紧地联系起来了。最后描写听众对琵琶女的同情:"莫辞更坐弹一曲,为君翻作《琵琶行》。感我此言良久立,却坐促弦弦转急。凄凄不似向前声,满座重闻皆掩泣。座中泣下谁最多?江州司马青衫湿。"其实就是写听众对作者的同情，也就是写作者对歌女的同情。诗人为什么这样受歌女的感动？因为诗人的不幸遭遇与琵琶女的不幸遭遇通过琵琶紧紧地结合了，是具有现实性的。不过，这篇作品的战斗性已经没有当年写《秦中吟》和《新乐府》那样强烈了。

白居易回到朝廷后，不敢与统治者进行战斗，意志更加消沉，在他的诗歌中很少看见当年那种强烈的反抗性，他悄悄地踱进他所谓"感伤"和"闲适"之宫，想在那里取得一点慰藉。他在《和梦游春诗一百韵序》里自供说："而今而后，非觉路之返也，非空门之归也，将安返乎？将安归乎？"态度很显明：由于为时而著的文章和为事而作的诗歌，招尤获谴，于是想"独善其身"，专门歌唱"治世之音安以乐，闲居之诗泰以适"的诗歌。他在《序洛诗》里特别强调作《闲适》诗："自三年春至八年夏，在洛凡五周岁，作诗四百三十二首，除《丧明》《哭子》十数篇外，其他皆寄怀于酒，或取意于琴，闲适有余，酣乐不暇，苦词无一字，忧叹无一声。岂牵强所能致耶？盖发中而形外耳。"他没有"俾乎歌咏之声，讽刺之兴，日采于下，岁献于上"的企图了，他没有"酌人之言，补己之过，所以立理本，异化源"的希望。他在行动上，想借酒来解放自己，来麻醉自己。他过着"半酣丰饱时，四体春悠悠"（《新沐浴》）的生活，他过着"且当对酒笑，勿起临风叹"（《曲江早秋》）的生活，他过着"眼下有衣食，耳边无是非"（《归履道宅》）的生活。他存着"今朝不尽醉，知有明朝不"（《效陶渊明十》）的心情，存着"劝君且强笑一面，劝君且强饮一杯"（《短歌行》）的心情。甚至有时只是要求个人安适，个人舒服。于是一位"兼善天下"的人道主义的诗人，一变而为"闲适有余""欢乐不暇"的诗人；一位反"嘲风月，弄花草"的诗人,一变而为"寄怀于酒""取意于琴"的诗人。的确,这时的作品与当年的作品相比,大不协调了。

白居易在战斗失败之后,有消极情绪,这是不可否认的事实。不过,在他的消极情绪之中,也还含有反抗的、战斗的积极情绪的因素。他有时"对酒哭",有时"临风叹",这是他对现实不满的狂放行为。他有时"委运随外物",有时"身与世""两相弃",这是他无力改变现实的忏悔语。他口头虽说"谁复分是非",正是他在思想上有是非,而在行动上不敢有是非的说明。他在晚年所作《新制绫袄成感而有咏》发出"百姓多寒无可救,一身独暖亦何情?心中为念农桑苦,耳里如闻饥冻声"的同情心;他又发出"争得大裘长万丈,与君都盖洛阳城"的善良愿望,与当年《新制布裘》同情农民的感情是同样深厚的。此外,他在《苦热》中,发出"朝客应烦倦,农夫更苦辛"的同情;在《岁暮》中发出"洛城士与庶,比屋多饥寒"的关怀,随时都在同情人民的。

白居易中年以前的作品富于战斗性,是值得我们学习的。中年以后的作品,虽然很消极,但是在"闲适"的外衣下,也还微微地透露他的反抗情绪。这种苦衷,也是值得同情的。白居易始终是一位现实主义者,不过,他晚年作品的现实性没有中年作品现实性那样有光辉。

白居易有很多写生活、写自然景象的诗。他所写的自然景象是与所写的生活有联系的。他是有意识地通过自然景象的刻画来体现他的生活形象。我们看他的《闲居》:"深闭竹间扉,静扫松下地。独啸晚风前,何人知此意?看山尽日坐,枕簟移时睡。谁能从我游,使君心无事。"诗人用"看山尽日坐,枕帙移时睡"的线条,描绘出诗人"心无事"的生活色相。他特别着重自然景象的刻画,更使诗人"心无事"的生活色相鲜明。再看他的《晚秋闲居》:"地僻门深少送迎,披衣闲坐养幽情。秋庭不扫携藤杖,闲踏梧桐黄叶行。"在这里呈现一幅"地僻门深""秋庭不扫"的自然景象,诗人在僻静、荒凉的景象中,不是披衣闲坐,便是持杖闲步,以培养"幽情"。诗人在《首夏病间》刻画"况兹孟夏月,清和好时节。微风吹夹衣,不寒复不热"的自然景象,衬出"移榻树荫下,竟日何所为。或饮一瓯茗,或吟两句诗"的生活形象。诗人在这方面的诗,不仅是写得多,而且是有成就。

白居易在诗歌艺术上,也有很高的成就。

c. 白居易诗歌的艺术性

白居易的诗歌忠实地反映了现实。从他的诗歌所表现的人民性看来,他是一个伟大的现实主义者,他是一位多产的诗人,而且是多产讽刺诗的诗人。他讽刺不合理的社会制度,讽刺统治者的荒淫无耻,希望减轻对人民的剥削与压迫。同时也歌颂了那些减轻对人民的剥削与压迫的政治措施,憧憬着人民的理想与要求。他认为文学必须反映现实,从反映现实而认识现实,掌握现实,进而改造现实。诗人所作的《秦中吟》《新乐府》等篇,正是为了实践这种理论。

白居易的诗歌有明确的主题。为了忠实地反映现实,每篇诗歌必有很鲜明的中心思想,贯串在全篇作品。他在《新乐府序》中说:"首句标其目,卒章显其志。"即是说,一篇作品,既要显示作者的思想感情活动,又要显示作者的创作倾向性,使作者的感情很强烈地支配读者,而达到读者与作者得到同一的感染。他又在《新乐府序》中说："其言直而切,欲闻之者深诫也。"即是说,一篇作品要有明确的主题,才能使作品变成宣传的武器。他作《秦中吟》,做到"一吟悲一事"(《伤唐衢》)即是每一诗有一中心主题的说明。

白居易的诗歌采用了通俗的语言。诗人的诗歌,既写大众的事实,用的也是大众的语言。他在《新乐府序》中说:"其辞质而径,欲见之者易谕也。"即是说,他所用的语言,既"质"且"径",绝不晦涩深奥,以求大众易懂。他常采用民歌入词,其用意也是使大众易懂。《冷斋夜话》记载诗人作诗力求通俗的过程说:"白乐天每作诗,令一老姬解之,问曰:'解否?'姬曰:'解!'则录之;不尔,则易之。"这可能是真实的记录。

白居易的诗歌广泛地使用比兴法。诗人把所要歌颂的与所要批判的对比起来,更体现出所歌颂的可爱和所批判的可憎。他在《与元九书》里责难李白的诗歌"索其风雅比兴十无一焉",也不十分满意于杜甫"'朱门酒肉臭,路有冻死骨'之句,亦不过十三四首"的现象,因而他自己在创作的实践上,特别向这方面努力。他专门把两种不同的色素陈列在一起,形成鲜明的对比,借以唤起读者的思想感情。他在写《秦中吟》时特别喜欢运用这个创作方法。在《议婚》里把"红楼富家女"与"绿窗贫家女"对比;在《重赋》里把"幼者形不蔽,老者体无温"的现象与"缯帛如山积,丝絮似云屯"的现象对比;在《轻肥》里把"食饱心自若,酒酣气益振"的现象与"是岁江南旱,衢州人食人"的现象对比;在《歌舞》里把"日中为一乐,夜半不能休"的现象与"岂知阌乡狱,中有冻死囚"的现象对比;在《买花》里把"一丛深色花"的现象与"十户中人赋"的现象对比,更突出地表现了作者的强烈的爱憎感情。

白居易的诗歌故事化。诗人为了使所歌咏的目的性明确，通过故事化的形式去体现。前面所叙述的《长恨歌》故事生动、完整，而且是极其曲折、复杂，塑造出唐玄宗与杨贵妃的互爱形象，并塑造出他们荒淫无耻的形象。前面所叙述的《卖炭翁》，故事虽然很简单，可是塑出了被压迫的劳动人民——卖炭翁的苦难形象，而且还塑出了压迫劳动人民的宫使的凶恶形象。在《新丰折臂翁》里塑造出一位被不合理的兵役制度所逼迫、残害自己身体的折臂翁形象。在他《宿紫阁山北村》里塑造出一位有皇帝撑腰、放纵暴徒毒害人民的中尉形象。在《采地黄者》里塑造出一位迫于饥寒、拿地黄去换得富贵人家喂马的残粟的采地黄者形象。通过这些故事形象，使读者对万恶的统治者发生无比的恨，对被迫害、被剥削的劳动人民发生无比的爱，发挥了文艺为政治服务的宣传效力。

d. 白居易诗歌的源流

白居易继承了《诗经》以迄杜甫诗歌的优良传统，发展了他的天才的创造，使诗歌开创了新的境界。

白居易倡导，"补察时政，泄导人情"（《与元九书》）的创作原则，这是他学习《诗经》的"六艺"而来的。他在《新乐府序》中说："首句标其目，卒章显其志，《诗》三百篇之义也。"这是他很具体地承认接受《诗经》遗产的说明。他所作的《秦中吟》《新乐府》等诗，是《诗经》的《硕鼠》《伐檀》的控诉精神的发展。

白居易《新乐府》，是由古题乐府演变而来的。他那些叙事诗如《长恨歌》等篇，是模仿乐府中的《孔雀东南飞》《木兰辞》的精神实质而来的；他那些抒情诗如《琵琶行》等篇，是模仿乐府中的《妇病行》《东门行》的精神实质而来的。他在写作技术上，比乐府诗歌更熟练、更精彩，而战斗性也很强，所以一般统治者非常仇视他的诗。

白居易的诗，是受了陶渊明诗歌的影响。他在诗歌中，有爱慕陶渊明的辞句的，也有仿效陶渊明的风格的。这种爱慕与仿效，就是他受了陶渊明影响的说明。陶诗有战斗的一面，也有悠然闲适的一面。白居易在四十五岁以前多学陶渊明的战斗的一面，在四十五岁以后多学陶渊明的悠然的一面。

白居易的诗，也接受了唐代诗人的诗歌遗产。他在《与元九书》里，推崇陈子昂的《感遇诗》、鲍防的《感兴诗》，也推重了"才""奇"为"人不逮"的李白，尤其推崇"贯穿今古、觇缕格律，尽工尽善"的杜甫。在推崇杜甫的诗歌中，更推崇"《新安吏》《潼关吏》《塞芦子》《留花门》之章，'朱门酒肉臭，路有冻死骨'之句"，这些强烈对比的表现方法，被诗人熟练地掌握了，所以能使诗人的作品，发出敏锐的感染力和深刻的社会意义。

白居易的诗，也还接受唐人传奇、变文的遗产。他配合陈鸿的《长恨歌传》而作《长恨歌》，而《长恨歌》在描写恋爱方面，可能是受了白行简的《李娃传》、元稹的《莺莺传》的影响。元稹曾写白居易"光阴听话移"（《酬翰林白学士代书一百韵》），这说明了白居易爱好讲唱文学。王定保在《摭言》里记载张祜与白居易开玩笑，说他的《长恨歌》的"上穷碧落下黄泉，两处茫茫皆不见"的写法，是《目连变》，即是说《长恨歌》是学习变文《目连救母》的故事写作手法而来。这一些，可以看出他接受传奇、变文的遗产的迹象。

白居易继承了中国诗歌的优良传统，为中国诗歌创造出优良的民族形式，写成中国诗歌史上最灿烂的一页，在当时有很大的影响，在后世也有很大的影响。

在当时对于诗人的影响最大的，要推元稹了。不过，他与元稹的影响是相互的。他在《与元九书》里自白说："与足下小通则以诗相戒，小穷则以诗相勉，索居则以诗相慰，同处则以诗相娱。"足证彼此之间影响之深。诗人在当时有"登高一呼，万山响应"之势，和他同时代的诗人，群起而为人民群众诉苦，已蔚成一种风气，诗人是起着推动作用的。

到了宋代，白居易的影响继续在扩大。北宋大诗人苏轼的诗，自称"出处依稀似乐天"，说明了白诗对苏诗的影响之大。不过，苏诗得力于白诗者，悠然的成分多而战斗的成分少。南宋大诗人陆游、辛弃疾的诗得力于白诗者，战斗的成分多于悠然的成分。

元代戏剧家受白居易的影响还是很多的。他们的题材，多采自白居易的诗歌。元代戏剧家白朴把白居易的《长恨歌》改写成《梧桐雨》，《墙头马上》衍用了《井底引银瓶》，马致远把《琵琶行》改写成《青衫泪》。明清两代，还是有影响，不过不在诗歌方面，而在戏曲、小说方面罢了。

白居易的诗，在国外也有一定程度的影响。日本、朝鲜，早就有影响，固不消说；苏联也有他的译本，并对白诗有很高的评价。

假设白居易在四十五岁以后的诗，能继续四十五岁以前的战斗精神，他的影响也许还要深远，他在中国文学史上所放射的光芒也许还要强烈。

e. 与白居易齐名的元稹

与白居易齐名的诗人有元稹（公元七七九一八三一），世称元白。元稹与白居易的政治见解是一致的。他在《叙诗寄乐天书》和与白居易合作的《策林》，对当时政治有积极性的建议，因而他的作风与白居易一样，富于战斗性、现实性。他所作的《乐府古题》和《新题乐府》，是与白居易的《新乐府》同样在讽刺现实。他所作的《田家词》描写统治阶级剥削农民的残酷，非常生动；他所作的《织妇词》描写统治阶级剥削农妇的残酷，也非常生动。但是，他与白居易同样命运，同样性格，经不起统治阶级的威胁、贬谪，也就从战场上退却下来了。他到晚年的作品，东一篇悼亡诗，西一篇悼亡诗，想从悼亡找安慰，其实就是他对于现实不满的具体说明。

在这一时期的作家，大声疾呼替人民诉苦，已成为一种风气。王建的《簇蚕辞》《当窗织》《田家行》，元结的《舂陵行》《贼退示官吏》，孟郊的《寒地百姓吟》《织妇辞》，刘叉的《冰柱》《雪车》，李绅的《古风》《悯农诗》等诗篇，都在反映农民血淋淋的生活痛苦，刻画贫富两阶级生活悬殊的形象，与杜甫、白居易所写的讽喻的诗有同样的价值。

4. 晚唐五代之间的诗人

晚唐到五代之间的诗，形成两种不同的风格，一派是表现文人的内心苦闷，这种苦闷是当时社会危机的反映，在形式上回复到唯美主义的旧路，繁缛绮靡，涂满了神秘象征的色彩，以李商隐为代表。另一派是反映农民在暴政下受着摧残，揭露阶级矛盾的深化，在形式上继续了白居易通俗化的优良传统，以皮日休、聂夷中为代表。

李商隐（公元八一三—八五八）是牛李两党斗争下的牺牲者。他的诗篇，多用象征的手法烘托出他的内心苦闷，不是无原因的。他有时也关心人民，在《贾生》诗中，责难汉文帝"不问苍生问鬼神"，即是证明。他在《行次西郊》里，刻画社会的荒凉，官吏的专横，人民的苦痛，都从他的文字里表现出来，并没有用美丽文字来遮盖社会的腐烂。

杜牧（公元八〇三—八五二）与李商隐齐名。绝大多数的作品，也在写个人苦闷；但所作的《过华清宫》三首，有力地讽刺统治者的昏庸与豪奢，借历史上统治者的昏庸与豪奢，讽刺现实。脍炙人口的"商女不知亡国恨，隔江犹唱后庭花"（《泊秦淮》），叹国家命运的衰亡，对荒淫的统治者起警告作用。

韦庄的《秦妇吟》，刻画黄巢起义后的社会荒凉很生动；绣毂销散，豪门毁灭，内库被焚，到处都是公卿的死尸，色素暗淡，流露了他的内心苦闷。作者创作的动机是反动的，但是他在无意中暴露了尖锐的阶级仇恨，也还有现实意义。

只有韩偓、李贺的作品，不敢正视现实，好像躲在象牙之宫似的，后来的西昆体就是他们所散布的种子的成长物。

曹邺（公元八一六—八七五？）累举不第，可能是他的诗歌有战斗力的动力。他在《捕渔谣》里用通俗的语言，表现了统治者的好战与荒淫："天子好征战，百姓不种桑。天子好少年，无人荐冯唐。天子好美女，夫妇不成双。"这里浮动了很浓厚的不平的感情。

皮日休（公元八三三—八八三）出身寒微，参加过黄巢反地主运动，在黄巢革命政权下当过翰林学士。他有意识地发展白居易的《新乐府》的风格，写成《正乐府》十首。《正乐府》的《惜义鸟》写出善良的人们受暴政摧残，《正乐府》的《橡媪叹》写出农民受贪官污吏的剥削生活陷于极端痛苦的境地。"山前有熟稻，紫穗袭人香。细获又精舂，粒粒如玉珰。持之纳于官，私室无仓箱。如何一石余，只作五斗量？狡吏不畏刑，贪官不避赃。农时作私债，农毕归官仓。自冬及于春，橡实诳饥肠。"农民所种的熟稻都被官吏搜刮一光，而自己只有用橡（皂角）充饥，这写农民生活穷困多么突出！

聂夷中（公元八三七—八八四？）也是贫苦出身的诗人。他的《田家》和《伤田家》也在反映农民生活的穷困。"六月禾未秀，官家已修仓"（《田家》），"二月卖新丝，五月粜新谷，医得眼前疮，剜却心头肉"（《伤田家》），这写官吏剥削农民何等残酷！

杜荀鹤（公元八四六—九〇四）是杜牧的儿子。他的诗，高度地发扬白居易现实主义的传统。"因供寨木无桑柘，为点乡兵绝子孙"（《乱后逢村叟》），"蚕无夏织桑充寨，田废春耕犊劳军"（《题所居村舍》），这刻画战乱荒凉多么深刻！"桑柘废来犹纳税，田园荒后尚征苗"（《山中寡妇》），"官苗若不平平纳，任是丰年也受饥"（《田翁》），这刻画人民疾苦多么深刻！他碰上了这样的乱世，竟产生"到头诗卷须藏却，各向渔樵混姓名"（《乱后书事寄同志》）的没落感。

这些诗人在反映现实。这样残酷的现实，已经写出了黄巢大规模发动反地主运动的必然性了。

词是一种变体诗，初名"曲子词"，即是曲子（音调）加词（歌词）的综合概念。它是解散诗体而另创造另制新格律的一种新诗。它不受三音步的限制，诗句可长可短；不受绝对格式的限制，诗行可多可少；不受绝对韵律的限制。——诗之中可以转韵，可以仄声押韵，可以平仄交押、通押；不受对仗的限制，使诗歌自格律中得到解放。用现实中的语言，表现了个人的感情、愿望，出现了多样化的"自由"诗形式。

词产生于中唐（八世纪），白居易、刘禹锡、元稹已作填词的尝试；但是专力填词，却自晚唐（九世纪）温庭筠始。词到了温庭筠，形成了一种正式的文学形式，离开了诗，得到独立的生命；这种生命，还有待于后代词人的辛勤抚养。

初期的词，有由乐定词的，即是因声作歌；也有选词配乐，即因固有的律绝而造声的。我们把词结合社会来看，词的产生与发达,与胡人内侵是有相当关系的。《旧唐书·音乐志》说:"自开元以来,歌者杂用胡夷巷里之曲。"《新唐书·礼乐志》说:"天宝乐曲,皆以边地名。"元稹的《法曲》也说:"自从胡骑起烟尘,毛毳腥膻满咸洛。女为胡妇学胡妆,伎进胡音务胡乐。"都说明了在胡人内侵的情况下促进了词的发达。

在中唐以后,民间的词与文人的词都在发展着。

1. 文人的词——温李对词的贡献

晚唐文人填词的风气很普遍。在内容上与诗一样,在反映统治阶级的生活暇裕和内心苦闷。皇甫松的《梦江南》,哀怨感慨,刻画出红情绿意的场面;唐昭宗的《菩萨蛮》,哀怨凄凉,反映出政权无可挽回的绝望神情。

代表文人的词的发展方向的要推温庭筠、韦庄和李煜了。

温庭筠(公元八二〇—八七〇?)是诗词过渡期的重要桥梁。他是一位典型的浪子,由于他屡被统治者摒弃,造成他在生活上的颓废,涉迹妓院,因而他一方面看见了当时剥削阶级的淫逸面貌和妇女被玩弄的哀怨心情,另一方面从歌妓们吸收了民间歌曲的养分,提高了词的技术和扩大了词的内容。他有一定程度的反抗性,从敢于讽刺当权的宰相令狐绹和敢于流露在考场上的失意,即可体现出来。他的词还保存了六十多首,多以妓女为写作对象,以婉约的风格写爱情。他写妓女的苦闷,来发泄自己的苦闷。"小山重迭金明灭,鬓云欲度香腮雪。懒起画蛾眉,弄妆梳洗迟。"(《菩萨蛮》)刻画了妓女们倒日为夜的生活。"香雾薄,透帘幕,惆怅谢家池阁;红烛背,绣帘垂,梦长君不知。"(《更漏子》)刻画了妓女们精神生活的苦闷。这些词很形象地流露了妓女在商品经济下的苦闷，也流露了词人自己的苦闷。在背后有强烈的反抗情绪。他在艺术上呈露着一种华贵、艳丽、含蓄的气息。

温庭筠的词，列在《花间集》之首，而且数量上也最多，这说明了他在五代词史的地位之高，也说明他的词对五代词人影响之大。

韦庄（公元八五五—九二〇）是蜀地最主要的词人。是王建称帝时手订开国制度的宰相。他所作的《秦妇吟》，很生动地反映了黄巢起义时的社会情况，前文已提到过。他的词，不是像温庭筠那样以艳丽的色彩和线条去从事妓女的歌颂，相反地，他的词，着重在流露唐亡仕蜀后的身世哀怨和留恋家乡的感情。"人人尽说江南好，游人只合江南老。春水碧于天，画船听雨眠。垆边人似月，皓腕凝霜雪。未老莫还乡，还乡须断肠。"（《菩萨蛮》)的确是没有艳丽的气氛，而是流露着低沉的气氛，微微地有表现自己的倾向。

温庭筠与韦庄的词在风格上是有区别的。温词接近柳永，而韦词接近苏轼，自然也还杂有交叉的关系。

李煜（公元九三七—九七八）是南唐的皇帝，世称李后主。当南唐国势日益削弱的时候，他企图维持独立王国的生命，残酷地剥削人民的财富，一以供自己生活上的挥霍，一以输送给北宋屈膝图存。《邵氏闻见录》录有"李主国用不足，民间鹅生双子，柳条结絮，皆税之"的记载。《唐余纪传》里有"后主末年至铸铁钱赡国，掊民绢充贡"的记载。曾敏行在《独醒杂志》里有"予里中有寺曰南华，藏杨（行密）李（煜）二氏税帖，今尚无恙。予观行密所征产钱较之李氏轻数倍。故老相传云：煜在位时,纵侈无度,故增税至是"的记载。从这些记载,说明了李煜对其统治下的人民所施行的经济剥削是相当残酷的,也说明了李煜对人民是不关怀的。后来赵匡胤伐南唐,李煜率文武百官出城投降。从此,李煜由一个奢侈无度的皇帝一变而为阶下的囚徒。因而李煜的词,在亡国以前与在亡国以后有两种不同的风格。

李煜在亡国以前的词,就运用白描的手法,表现了他的坦白、率真的心情。他的词,把那种贵族阶级的华贵、腐朽、淫逸生活,毫不掩盖地勾画出来。在《菩萨蛮》里描写他与小周后在花明月暗、轻雾迷离的晚上出来幽会,在《一斛珠》里描写一般宫娥晓妆、清歌、醉酒、谐谑的神情。这种对生活感情最真实的描写,给词添加了活力。

李煜在亡国以后的词,也是用白描的手法,表现了抑郁、痛苦的感情。悲哀绝望和"困兽犹斗"两种不调和的感情,交织在作品中。这给词的创作,带来更多的自由。在《望江南》里对逝去的年华表示惋惜;在《虞美人》里对自己的处境感到凄凉。"问君能有几多愁?恰似一江春水向东流。"这样使用恰当的比喻,很精确地传达出他失去自由了的囚徒那种激动的心情和深刻的感受。言语那么精确、朴素、简洁,突出地表现了自己独有的风格。

李煜在亡国以后的词,固然是有些"故国"情调,在《虞美人》里惨呼"故国不堪回首月明中",在《菩萨蛮》里惨呼"故国梦重归",在《破阵子》里低吟着"四十年来家国,三千里地山河",从这些语言,只能意味着对于自己已失去的小独立王国的留恋,对于已过去的"晚妆初了明肌雪,春殿嫔娥鱼贯列"

（《玉楼春》）的豪华生活的留恋。即是说：他所谓"故国""家国""山河"，与人民没有多少联系。在曹彬的军队围城紧急，李煜准备投降辞庙，也只是"垂泪对宫娥"（《破阵子》）。在被押赴汴途中，他有"愁千片"、有"泪万行"，也只是为了"兄弟四人三百口，不堪闲坐细思量"（《渡中江望石城泣下》）。他到了汴京过着囚徒的生活，也只是把"此中日夕只以眼泪洗面"的情况写信告诉金陵的旧宫人。即是说，李煜在任何情况之下，也只是想到他那个小圈子里少数人，如兄弟宫娥之类，而没有想到广大的人民。

有人把汴京人民拦阻宋徽宗赴金营（《大宋宣和遗事》）与李煜"徂闻至江南，父老有巷哭者"（《南唐李后主本纪》）一事相比拟，这样把民族与民族之间的矛盾和民族内部的统治阶级与统治阶级的矛盾混为一谈，是不妥当的。况"江南父老"又是些什么阶级成分呢？这是值得考虑的。我们不能根据着"父老巷哭"的记载，就夸大为有人民群众对李煜的怀念。因此，过高地估计李煜作品有爱国思想和人民性是不妥当的。

不过李煜在艺术上是有成就的。他突破了《花间集》派那种局限于男欢女爱的词的小范围，也突破了《花间集》派那种以"绮丽腻滑""如春梦似的迷惘"的笔调专写"妇人语"的风格，创造了词的抒情的新路线。从晚唐温（庭筠）李（商隐）的词，发展到北宋柳（永）苏（轼）的词，李煜是起过推动作用的。温、李的词，绮丽腻滑，有浓厚的唯美主义气氛；李煜的词由专事刻画阶段推向自我抒写阶段，由绮丽腻滑阶段推向白描朴素阶段，开辟一条词的新道路，宋代词人所走的道路。

我们认为李煜词的思想性赶不上它的艺术性；肯定他的

词有一定程度的真实生活和真实感情,基本上是现实主义的,肯定他在词的发展上的地位。

王国维说:"词至李后主而眼界始大,感慨遂深,遂变伶工之词而为士大夫之词。"(《人间词话》)这说明了词的发展的真实性。

2. 民间的词

当上层社会的诗人正在挥笔填词之际,民间也有秦楼楚馆歌唱着词,这些词,表现人民的生活感情很真实、很形象,有高度的人民性。不过,这些词未经过加工,很粗糙,刘禹锡评为"伧伫不可分"(《竹枝词引》),沈义父评为"颠倒重复"(《乐府指迷》),非常看不起,也就不保存它。但从敦煌石室所保存的几十首词看来,是有相当高的人民性与艺术性的。

在敦煌石室所保存的词虽不多(不一定全是民间的词),而所涉及的面却非常广泛。

在《献忠心》里歌颂爱国英雄张议潮,有浓厚的爱国感情。"涉历山阻,意难任,早晚得到唐国里","生死大唐好,喜难任",这对祖国多么热爱!在《望江南》里表示诗人对祖国的态度,要做到"压坛河陇定羌浑,雄名远近闻"。要做到"静(靖)难论兵扶社稷,恒将筹略定妖氛"。这对祖国多么忠诚!

在《长相思》里写农民流落在都市的惨状很生动。"寂寞自家知,尘土满面上,终日被人欺。朝朝立在市门西,风吹泪□双垂",这写流落都市的农民多么悲哀!"得病卧毫厘,还往观消息。看看似别离,村人曳在道傍西,爷娘父母不知。"这写流落在都市的农民多么凄惨!

在《菩萨蛮》之一里可以看出游春人踏青的情态。"霏霏点点回塘雨,双双只只鸳鸯语,灼灼野花香,依依金柳黄。盈盈江上女,两两溪边舞,皎皎绮罗光,轻轻云粉妆。"春色满江岸,少女载歌载舞,这写得多么形象。特别强调重叠字,增加音节美。这首词,真是一幅游春画图。

在《菩萨蛮》之六里可以看到真挚的爱情。"枕前发尽千般愿,要休且待青山烂,水面上秤锤(锤)浮,直待黄河彻底枯。白日参辰现,北斗回南面,休即未能休,且待三更见日头。"把不可能的现象,来说明爱情的真挚,较之《上邪》更有力量,更富有形象性。一个人恐怕情人负心,故发出这种凄厉的呼声,显示了对封建礼教的抗议。

在《望江南》里可以看到被弃妇的哀怨。"天上月,遥望似一团银。夜久更阑风渐紧,为奴吹散月边银(云),照见负心人。"这写一妇女在夜阑风紧的月夜里,如泣如诉地倾吐自己被遗弃的命运多么传神,显示了封建社会吃人礼教的罪恶。

在《望江南》之五里写出了妓女的悲惨命运。她们发出"莫攀我,攀我太心偏"的怨言,她们发出"我是曲江临池柳,者人折了那人攀,恩爱一时间"的沉痛语,显示了妇女作为商品经济下的牺牲品的苦痛。

词的题材虽然很广泛,而爱情的描写,却是其主要的一面。后来文人的词多写"妇人语",恐怕是与民间词上升有相当关系吧!

至于民间词的艺术,确实发挥了浑厚、朴素、真挚的特点,对文人的词是起过进步作用的。

1. 变文的产生与发现

变文导源于六朝宣扬佛教的唱导制度。《高僧传》说："唱导者，盖以宣唱法理开导众心也。昔佛法初传，于时齐集，止宣唱佛名，依文致礼。至中宵疲极，事资启悟，乃别请宿德升座说法，或杂序因缘，或旁引譬喻。其后庐山释慧远（？—四一六）。道业贞华，风才秀发，每至斋集，辄自升高座，躬为导首，广明三世因果，却辩一斋大意。后代传授，遂成永则。"传中又说："至如八关初夕，旋绕周行，烟盖停氛，灯帷靖耀。四众专心，又指缄默，尔时导师则擎炉慷慨，含吐抑扬，辩出不穷，言应无尽。谈无常则令心形战栗，语地狱则使怖泪交零，征昔因则如见往业，核当果则已示来报，谈怡乐则情抱畅悦，叙哀戚则洒泪含酸。于是阖众倾心，举堂恻怆，五体输席，碎首陈哀，各各弹指，人人唱佛。"这种制度到了唐代，更发展为俗讲。赵璘在《因话录》说："有文溆僧者，公为聚众谈说，假托经论，所言无非淫秽鄙亵之事。不逞之徒，转相鼓扇扶树，愚夫冶妇，乐闻其说，听者填咽寺舍，瞻礼崇奉，呼为和尚。教坊效其声调，以为歌曲。"段安节在《乐府杂录》也说："长庆（公元八二一—八二四）中，俗讲僧文溆善吟经，其声宛畅，感动里人。乐工黄米饭依其念四声观世音菩萨，乃撰此曲。"这说明了俗讲的变文是一种宗教宣传而成长为一种讲唱文学，也说明了变文是由唱导制度发展而来的文学形式。

变文早就失传了。一九〇七年，有一位为英帝国主义服务的匈牙利人斯坦因到西部中国发掘和探险，为经济侵略、政治侵略作准备工作，因而从甘肃敦煌的千佛洞劫去了不少宝贵文物，运到伦敦。后来法国派来了伯希和到千佛洞去搜求，也劫去不少的宝贵文物，运到巴黎。当时清朝统治者才注意此事，也取得一些剩余的文物。使千年秘藏的变文，在外人窃盗中再现于世。变文有些影印本，但极不完全。汉文的写本，藏在北京图书馆。外人劫去的，我们一定要索回来。这是我们很宝贵的文艺数据。

2. 变文的特点

变文是一种叙述奇闻异事以供讲唱的文艺形式，这种文艺形式是由散文韵文组合起来的。讲时用散文，叫作"白"，即是"白文"。唱时用韵文，叫作"吟"，又名"偈"，又名"断"。作者用散韵结合的文体，把佛经上的故事和中国古典故事重新变化地演唱，变成一种有声有色、富艳精工的创作，想象力的丰富,达到使人非常惊异的程度。把中国文学推进到驰骋纵横的高度想象力的境地,变文是有启发作用的。

变文既然是散韵组合,而组合的方式有三种:一种是先用散文讲述故事,再用韵文将所讲述的故事重复一遍,既可使听众易于了解,又可使听众易于记忆。一种是只把散文做引子,再用韵文铺述。一种是在叙述和描写时,散文和韵文交互使用,形成一种散韵不分的混合体。后两种形式是比较进步的,既不重复,又相互关联,既可以分工,又以互助,可能是变文发展后的形式。

变文发展的规律,是由侍奉宗教的艺术到史料故事的创作,由反映僧侣地主的意识形态,到体现人民的思想感情,成为在人民生活中生了根的文学形式。起初,僧徒用变文宣传教义。由于佛教宣传教义不分阶级,很快地流行到民间,民间艺人或没有出路的文人把民间流行的故事,用宣扬佛教的变文形式,写成人民喜闻乐见的民间故事变文,扩大了变文的范围与影响。

3. 变文的思想内容与艺术

变文的内容,一部分是佛经的变相。把佛经的教义通俗化、故事化,以谋教义的普及。在宣传佛教教义的变文中,以《维摩诘经》变文的篇幅为最伟大。这篇变文,是全依《维摩诘经》为起讫的。在每卷每节之前,必先引一段经文,然后根据经文的大意,大加发挥,大加描写。常常把十几个字或二三十个字的经文,扩充为几千字。经文有点像我们的《春秋经》,而变文有点像解经的《左传》;惟变文则散韵交互为用,与《左传》

散文到底，又有不同。就《维摩诘经》的《持世菩萨》卷来说，经文只有二十一字，而变文中的散文竟演绎为七百九十二字，韵文竟演绎为四百三十四字。这一段是集中在描写佛、魔斗争的形象，把魔王波旬怎样用女色来引诱维摩诘佛，而维摩诘佛又怎样拒绝波旬的引诱，刻画维摩诘修佛的艰苦修行，有鼓励人们刻苦自励的作用。在艺术方面，用很大的篇幅来描写天女的姿色之美，较之汉赋描写女色更生动、更形象。文中强调天女用各种媚态向维摩诘进攻，更衬托出维摩诘的坚贞、伟大。而想象力的丰富超过《庄子》的笔力。可惜维摩诘变文残缺不全，但还可以从残存的部分得以窥测到全文的规模壮丽。

此外《降魔变文》《地狱变文》《大目连冥间救母变文》《佛本行集经变文》《八相成道变文》，都是宣扬佛教有价值的变文。

另一部分是民间流行的故事的变相。为了适应听众的要求，把民间故事加以充实，并涂上当时思想意识的颜色，不仅成为人民娱乐的工具，而且发生教育人民的作用。在民间故事的变文中，以《伍子胥变文》为最弘伟。这篇变文，是从民间传说扩充而成的，而民间传说，又渊源于司马迁在《史记》中所写的《伍子胥列传》。全文着重在刻画苦难的、凄楚的英雄形象，尤以浣纱女及渔父拿自己的生命来协助伍子胥的逃亡那一段更生动。从对伍子胥在逃亡中所遭遇的艰难、困苦、危险的渲染，来衬托出伍子胥的智慧、顽强。虽然这篇变文丧失了一部分，但就被保存的部分还可以看出这篇变文的基本面貌。

此外，《孝子董永变文》《王昭君变文》《孟姜女变文》，都是艺术价值较高的变文。

　　变文是人民所喜爱的文艺形式，在人民生活中生了根，以后所产生的说经、宝卷、弹词、鼓书，都是从变文发展出来的文学形式。

1. 传奇小说降生的根源

中国小说经过长时期的孕育，至唐代以传奇小说的形态而降生。鲁迅说："小说亦如诗，至唐代而一变，虽尚不离于搜奇记逸，然叙述宛转，文辞华艳，与六朝之粗陈梗概者较，演进之迹甚明，而尤显者，乃在是时则始有意为小说。"（《中国小说史略》）所谓"在是时则始有意为小说"，即是小说在唐代降生的具体说明。

从文学的继承关系来说，传奇小说是志怪小说的发展。传奇小说的"奇"没有志怪小说的"怪"那样深的程度，可是"奇"与"怪"还是有点血缘关系。从文学与社会的关系来说，唐代商业的发达，正是传奇小说降生的温床。传奇小说中有反封建道德的倾向，而反封建婚姻的束缚，尤为突出，这正是都市生活和市民意识的反映。从文学的作用来说，传奇小说又是当时文人"求知己""温卷"的工具。文人求仕，不是献诗，便是献传奇小说，以显示自己在叙事、抒情、说理三方面的才气，博得权门的推荐。因此，传奇小说的降生不是偶然的。

此外变文的发达，古文运动的开展，对传奇小说的降生，多少是起了一点帮助作用的。

2. 传奇小说的特征

传奇小说这种文学形式，有下列几种特征。

传奇小说第一个特征，就是故事性很强，描写人物个性也比较突出。六朝志怪小说、逸事小说的篇幅很短，场面很难展开；描写很粗糙，人物个性很难显示。传奇小说在志怪小说的基础上加以提高。篇幅扩大了，描写细致了，完成小说这个胎儿成长的任务，使小说具备各种条件，达到临盆的阶段。传奇小说中的故事，有发生、发展、结局的变化，有人物个性和环境的细致描写，开始有点接近了近代意识的小说了。拿《莺莺传》来说，从张生营救莺莺开始，发展到张、崔私通，再发展到张、崔二人分别、决绝，故事情节非常复杂、完整，在这里出现一位美丽多情而又真诚、勇敢、热情的少女冲破了封建礼教的堤防而又被封建礼教吞灭的形象，在过去是看不到这样的形象的。

传奇小说第二个特征，是以叙事的散文（古文）为主，又杂以诗歌、议论。一篇传奇小说，主要是用散文叙述故事的发展，有时也偶尔发一些议论，通过这段议论显示作者的倾向性。有时为了叙述故事的方便，也夹杂着一两首诗，不过，诗在传奇小说中的分量，绝没有诗在变文中的分量那样多。拿刚才所说过的《莺莺传》来说吧。《莺莺传》把"痴心女子负心汉"的故事有头有尾地加以叙述，而且叙述到几个紧张的场面，使故事的完整性突出在读者之前。但在《莺莺传》中，不仅是在叙述故事，在后面还发了一些议论。作者假托张生曰："大凡天之所命尤物也，不妖其身，必妖于人。使崔氏子遇合富贵，乘宠娇，不为云，不为雨，为蛟为螭，吾不知其所变化矣。……予之德不足以胜妖孽，是用忍情。"作者用这段议论表示他对这个故事的态度。在《莺莺传》中，不仅有散文，也还有诗歌。在张、崔进行恋爱的过程中，崔用诗招引张生，吟出"待月西厢下，迎风户半开。拂墙花影动，疑是玉人来"的名句。在张、崔分别之后，张要求与崔见面，被崔拒绝，复以诗和答。通过这些诗，更增加故事的复杂性了。

　　传奇小说还有一个特征，就是有现实主义精神，忠实地反映了现实，有强烈的斗争性。我们在上面所引的《莺莺传》是在刻画莺莺与封建势力斗争的形象。《霍小玉传》是在写霍小玉抗议社会所给她的压迫，用生命来争取婚姻的自由，斗争性比莺莺更要强烈。《李娃传》既写李娃与代表金钱势力的李姥姥作斗争，也与代表封建思想的荥阳公作斗争，终于获得了爱情的胜利，是另一类型的斗争妇女的典型。这些富有斗争性的妇女典型，都是有现实基础的。她们都是封建礼教压迫下的牺牲者，她们都有理想的爱情，想突破封建礼教的樊笼飞出来。固然在传奇小说中，也有一些"幻设"的因素，即是说，在传奇小说中，也还存在一些"惊奇"的成分，有浓厚的浪漫主义气息，但究竟是有现实基础的。

3. 传奇小说的思想内容与艺术

传奇小说的思想内容很丰富，而以写爱情、讽刺功名和歌颂侠义的篇章为最多。

在唐代的传奇小说中，以写爱情小说为最优秀。作者能以隽妙的叙述，写凄惋的爱情，通过悲剧的形式，暴露社会尖锐的矛盾，描绘出封建社会下的妇女被男子玩弄的悲惨命运，也描绘出封建社会下的妇女那种坚强斗争的英勇姿态，有相当完整的故事性。

元稹的《莺莺传》，又名《会真记》，叙述张生与莺莺恋爱故事，显示了封建礼教与男女爱情的尖锐冲突，雕塑了反封建思想与封建思想尖锐斗争的形象。起初写崔母要求莺莺与张生见面，而莺莺害羞则称疾不见。次写莺莺用诗招张生来西厢，等到张生来到又严辞拒绝。再次写莺莺私奔——过着"朝隐而出，暮隐而入"的甜蜜生活到不愿别离终于别离的愁苦生活。最后写崔母忍心破坏竟使一对有情人终于断绝关系。这里雕塑出少女的真诚、热烈的感情，这里雕塑出少女与封建势力搏斗的英勇姿态，这里雕塑出少女由挣扎而失败的悲惨命运，这里雕塑了少女有着坚强的耐性和自我牺牲精神。这样写少女的心理矛盾、曲折，烘托出少女坚强斗争的形象，也烘托出少女在封建礼教下被屈服的形象。所以在小说的末尾，张生骂莺莺为妖孽，以自己的负心为善于补过，这里显示了封建社会吃人礼教的罪恶，也显示了男子对女子"始乱终弃"的丑恶。这种传奇小说，在后代的影响很大，《西厢记》就是这种传奇小说的扩大，京剧中的《拷红》就是这种传奇小说最精彩的镜头。今天用其他剧种如越剧演唱的《西厢》故事，成为被广大群众欢迎的剧目。

白行简（卒于公元八二六年）的《李娃传》写郑生与李娃恋爱的故事，暴露了封建家庭的残酷性与虚伪性，指出社会一切罪恶都是由于封建思想所造成的。起初写郑生的娇稚、天真的性格，到入京以后迷恋李娃。次写郑生遭受遗弃竟至沦为挽郎。再次写郑翁对郑生的残暴行为到李娃拯救郑生的义举，形成鲜明的对比，并造成小说的高潮。最后写郑生在李娃的援助下终于达到"备六礼以迎之，遂如秦晋之偶"的平生愿望。在人物的刻画上，写李娃智慧、周谨、要求真爱，写郑生娇稚、天真，重视爱情，反对礼教，写郑翁自私、残忍、虚伪，色素非常鲜明。全文在集中地歌颂李娃，歌颂李娃的爱情胜利；也在加倍地讽刺郑翁，讽刺郑翁父子感情的破产。情节结构极其曲折、复杂。前文刻画郑生既被老姥设计赶出，复被父亲痛加毒打，这样强调郑生遭遇的艰难，为后来李娃救活郑生埋下伏笔。后文刻画李娃既说服老姥，感动父亲，复激动郑生而巩固郑生对她的爱情。这个妇女斗争胜利的形象，与《莺莺传》的妇女斗争失败的形象同是反映了社会真实。

此外蒋防的《霍小玉传》是在刻画霍小玉被封建礼教所吞灭，其悲惨更有甚于《莺莺传》中的崔莺莺。刻画薄幸男子李益的浮夸、虚荣、患得患失的性格，较之《莺莺传》中的张生还要突出。

其次，讽刺功名病的传奇小说也不少。唐代科举取士，迷惑了士大夫。落第的士大夫，更是想入非非，虚构一种"幻设"的宦达，于是产生讽刺功名的传奇小说，以求精神上的慰藉。

沈既济(约公元七五〇—八〇〇)的《枕中记》,叙述道士在邯郸道上授枕于叹穷的旅舍少年,少年即在梦中享受尽了荣华富贵,醒觉后,旅舍主人蒸黄粱犹未熟,似乎给醉心功名的士大夫以有力的讽刺。

这篇作品的想象力很丰富。享受富贵荣华、在婚姻上娶到第一高门清河崔氏的女子;在出身上,中了进士;在宦途上,上升到将相的最高官职。但是最后指出:现实生活中的一切,不过是大梦一场。这种想象,正是作者对于现实不满,企图解脱的表现,是落第士大夫在精神上的安慰。

这篇作品,是旧型的浪漫主义。这种浪漫主义是描写不存在的生活和不存在的人物,而把读者从生活的矛盾和压迫引到那不可实现的世界、乌托邦世界里去,虽然与我们今天新浪漫主义绝缘,可也发生它的讽刺作用。

李公佐的《南柯太守传》的题材与风格,与《枕中记》同一类型。

上面两篇小说,都成为后世戏曲的题材。《枕中记》演为马致远的《黄粱梦》、汤显祖的《邯郸记》。《南柯太守传》演为汤显祖的《南柯记》。

再次写侠义的传奇小说的篇章也不少。自安史之乱以后,封建主各霸一方,拥兵恣意,人民更遭受迫害,有些站在人民的立场的侠客为人民除暴安良,这种除暴安良的侠客,更容易成为人民所崇拜的英雄,这是侠义的传奇小说产生的源泉。

杜光庭的《虬髯客传》写红拂私奔李靖的故事。中间插上虬髯客协助他们的情节,使男女爱情与政治生活结合,突出地显现了侠客的侠义姿态。

作者在篇末这么说："乃知真人之兴，非英雄所冀，况非英雄乎？人臣之谬思乱者，乃螳臂之拒走轮耳。我皇家垂福万叶，岂虚然哉？"似乎有批判黄巢起义的意味，假使我们熟悉唐末的社会情况的话，那就不会有这样的感觉了。在唐末，藩镇割据，异族侵略，社会糜乱不堪，作者幻想新英雄出现，像隋末李世民、李靖、虬髯客那样的人物出现，实现中国的统一，这正是符合人民的要求。

全篇作品都在忠实地反映社会的矛盾，充满了战斗精神。红拂、李靖、虬髯客是正面人物，杨素是反面人物，在文字上交待很清楚。红拂敢于背叛"权重望崇"的杨素而私奔李靖，李靖也敢于不畏"权重望崇"的杨素而收容红拂，充分地表现了他们的战斗精神，也塑造出他们的叛逆的光辉形象。虬髯客食"天下负心者"的心肝，食反动的统治者的心肝，又以资财助李靖、以兵法教李靖，有强烈的政治意义。固然，在故事情节的组织结构中，诚如鲁迅所说有"诞谩"之处（《中国小说史略》）；但这些"诞谩"之处，是有它的现实基础的，自然也就是志怪小说的残痕。因而这篇作品基本上是值得肯定的。

此外，袁郊在《甘泽谣》中的《红线》，叙述魏博节度使田承嗣企图兼并潞州节度使薛嵩，由于侠女红线的出力，得转危为安，这里充分暴露统治阶级内部的矛盾。

这些传奇小说，为后来的话本和章回小说打下了基础。

1. 古文运动的意义

　　唐代的"古文"运动，不是在企图文学的复古，而是在意味着文学的革新，可以称之为散文革新运动。固然，居在唐代古文运动的主帅地位的韩愈，曾经高嚷着"为文""宜师古圣贤"（《答刘正夫书》），高嚷着"非三代、两汉之书不敢观"（《答李翊书》），高嚷着"读六艺之文，以探周公、孔子之意"（《韦侍讲盛山十二诗序》），高嚷着"善为文章……独追古作者为徒"（《与袁相公书》），乃是托古改文的战略。本来，他很可以自由创造新文体，不必借重什么"三代、两汉之书"，什么"师古圣贤"，什么"探周公、孔子之意"和什么"独追古作者为徒"来作招牌；但是为着增高其革新言论的效率，为着达到改革专向外形发展的淫靡文体的目的，不得不采取这种迂回的战斗方式。

在中国历史上，托古改制的事，已数见不鲜。前乎韩愈者，有孔子、王莽，后乎韩愈者，有王安石。那么，韩愈托古改文，当然不算什么稀奇的事，何况刘勰在六朝也进行过托古改文的尝试。

其次，居在唐代古文运动副帅地位的柳宗元，在《答韦中立论师道书》里指示写作时，主张"本之《书》以求其质，本之《诗》以求其恒，本之《礼》以求其宜，本之《春秋》以求其断，本之《易》以求其动，此吾所以取道之原也。参之《穀梁氏》以历其气，参之《孟》《荀》以畅其支，参之《庄》《老》以肆其端，参之《国语》以博其趣，参之《离骚》以致其幽，参之《太史》以著其洁，此吾所以旁推交通，而以为之文也"。似乎有点文学复古的味道。其实，这是一种指示写作者要接受过去文学遗产的路碑，而不是指示写作者从事文学复古的指标。换句话说，这是指示写作者要接受《诗》《书》《礼》《易》《春秋》的优秀遗产，指示写作者要学习《穀梁》《孟》《荀》《老》《庄》《国语》《离骚》《太史》的优秀技能，而不是教人把文体复古到如《诗》《书》《礼》《易》《春秋》《穀梁》《孟》《荀》《老》《庄》《国语》《离骚》《太史》一样，这怎能够把它当作文学复古的证据。

我们以为唐代的古文运动，不是号召写作者模拟过去文学的形式，而是号召写作者采取接近口语的文学语言创造新形式，可以说：古文运动，它有着历史的继承性，也有它的创造性，是唐代散文革新的鲜明标志。

2. 古文运动的历史渊源

齐、梁以来的作家专向外形发展，向音律方面发展，向词藻方面发展，使文学走向没落的道路，这是没落的统治阶级在骄淫、颓废、绝望的情绪下的必然现象。等到统治阶级的政权暂时得到安定的时候，他们就会警惕起来，就会反对于封建秩序的安定不利的靡丽文风，为"古文"运动铺平了道路。古文运动从北周起，即已进入了伏流时期。苏绰用朴素文笔作《大诰》，隋帝国"普诏天下公私文翰并宜实录"。李谔上书指责齐、梁的文学，为"连篇累牍，不出月露之形；积案盈篇，唯是风云之状"，指责齐、梁文学"以傲诞为清虚，以缘情为勋绩"(《隋书》本传)。即是为"古文"运动铺平道路的具体表现。陈子昂发出"文章道弊五百年矣"(《与东方左史虬修竹篇序》)的反抗声，高举反齐、梁文风的大旗，对提倡"古文"是有推动作用的。李白敢于摒弃流行的骈文而用"古文"写信给韩荆州，是"古文"运动开天辟地的工作。李华、萧颖士之试为"古文"，算是"古文"运动的先遣工作。到了韩、柳的时代，古文运动的社会条件已趋成熟，韩、柳登高一呼，"古文"就登上了文坛的正统。

3. 古文运动的革新内容

古文运动第一个号召，就是不模拟过去的文学的内容与形式。韩愈高嚷着"唯陈言之务去"(《答李翊书》)，高嚷着"能自树立不因循"(《答刘正夫书》)，是有深长意义的。他所要"务去"的"陈言"，是包括了旧内容与旧形式两者；所要"自树立"的，是包括了要树立新内容与新形式两者；所"不因循"的，也是指不要因循旧内容与旧形式两者。韩愈高嚷着"搜春摘花卉，沿袭伤剽盗"(《荐士》)。反对齐、梁脱离现实的文化，反对忽视语言的社会作用的偏向。韩愈的学生李翱秉着乃师反对模拟的意志，而提出"创意造言，皆不相师"（《答朱载言书》）。即是说，创作要创造新内容，要创造新形式，绝不互相模仿。韩愈的盟友柳宗元也来响应这个号召而高呼着"引笔行墨，快意累累；意尽便止，亦何所师法"（《复杜温夫书》）。即是说，创作就在达意，达意完了就行了，而不要模仿。李翱更具体地提出创意的原则说："义深则意远，意远则理辩，理辩则气直，气直则辞盛，辞盛则文工。如山有恒、华、嵩、衡焉，其同者高也，其草木之荣，不必均也；如渎有淮、济、江、河焉，其同者出源到海也，其曲直浅深，色黄白，不必均也；如百品之杂焉，其同者饱于腹也，其味咸酸苦辛，不必均也……此创意之大归焉。"（《答朱载言书》）这在指示创作的内容，不要拾前人的牙慧，相反地，创作者要翻新立异以与前人比美。即是说：要与前人的作品比价值，而不是与前人的作品同内容同形式。李翱又提出创言的原则说："假令述笑哂之状曰'莞尔'，则《论语》言之矣；曰'哑哑'，则《易》言之矣；曰'粲然'，则《穀梁子》言之矣；曰'攸尔'，则班固言之矣；曰'辴然'，则左思言之矣，吾复言之，与前文何以异也。此造言之大归。"（同上）这在指示创作者要创作新词汇，而不要采取前人已经用过的词汇，犯"与前人何异"之嫌。

古文运动第二个号召，就是文学要走通俗化的大道。韩愈答"文宜易宜难"之问曰："无难易，唯其是尔。"（《答刘正夫书》）这就是说：为文宜表现真理，不必问其通俗与不通俗。这种答法虽不能作为说明韩愈主张文学通俗化的例证，至少可以作为韩愈不主张文学古奥化的反证。韩愈在写作实践上，力求文字生动明快，长短句相同，短句与短句之间有变化，短句与长句之间相错杂，使文字走向自然语势的道路，走向接近人民口头语言的道路，力求文字通俗，那是不可否定的事实。古文运动，既在号召不因循摹古，在创作实践上力求通俗，还能说它不是散文的革新运动吗？

在韩愈时代，由于佛教空前的发达，佛教徒的数量越来越增加；由于地方与中央不断地有争夺战争，壮丁的数量越来越减少。社会生产与社会消费失去了平衡，不仅是影响了人民生活，而且影响了世俗地主的政权。韩愈看到这种危急的现象，就起来从事两条战线的斗争，一面反对佛老，一面希望统治阶级要减轻人民的担负，这是他的古文革新运动的物质基础。

4. 古文运动的正副主帅——韩愈与柳宗元

韩愈字退之（公元七六八—八二四），是世俗地主出身，是唐代古文运动的主帅。他做过监察御史、刑部侍郎、吏部侍郎等官。他站在人民的立场，与寄生阶级的僧侣作斗争，终于被贬谪。他运用比较带有革新性的古文，来发挥他的仁政和天下统一的政治理论，和缓国内的阶级矛盾。他在《原道篇》里一方面主张："民者，出粟米麻丝，作器皿，通货财以事其上者也。"甚至很严厉地主张："民不出粟米麻丝，作器皿，通货财以事其上则诛。"但在另一方面又主张"故君者，出令者也"，责令君主对人民应推行仁政，对人民应做到"害至而为之备，患生而为之防"，如果不是这样，他就认为"则失其所以为君"。他这样显明地反对暴君，也还有他的进步意义。他这篇文章，气魄的伟大，条理的清晰，对后世的理论文起了示范作用。

韩愈又把带有革新的古文运用到文学散文，也有成就，他所作的《圬者王承福传》，通过圬者的口吻，说明"富贵之家"的无常，含有反对剥削人民的政治意义。唐自安史之乱以后，"富贵之家"的变易性更大，圬者为"富贵之家"所建筑的大厦，有一至的就败坏了，也有再至三至的就败坏了。向邻居询问败坏的原因，不是说本人遭杀戮，便是说子孙变卖了，或是说被官府没收了，文字很生动，寓意很深。在封建社会里，统治者权威很大，人民不敢直言，只有用寓言的手法来揭露统治者的罪恶，此文是含有寓言的意味。不过，在这个故事中，力主"用力者使于人，用心者使人"。存在着儒家"劳心者治人，劳力者治于人"的思想，又没有突破士大夫的阶级说教的藩篱。

韩愈写这一类型的幽默、讽刺的文字还很多，《毛颖传》《送穷文》《祭鳄鱼文》是比较优秀的篇子，多少起了震动统治者的作用。

韩愈把叙事、说理、抒情三者在散文中高度的统一，在《送董邵南序》里体现得更突出。他那种抑郁的感情、透辟的说理、简明的叙事，通过曲折的语言而紧密地结合。就是说客观生活经过作者的体会，变成作者的思想认识。由这种思想认识，再转化成高度的意志感情，所以感染力很强。他使散文的天地很广阔，也使文学语言有了健康的发展。

柳宗元字子厚（公元七七三—八一九），是韩愈的好友，古文运动的副帅。他是小地主出身，以王叔文事件的受株连贬谪到永州穷乡僻壤，郁郁不得志。他受了贬谪的磨炼，在思想感情上是同情农民的。他的《封建论》，肯定社会是发展的，抨击封建藩镇割据现象，符合人民大众的要求。他的《天说》，肯定天是无意志的自然物，有唯物论的倾向。

柳宗元所作的，有讽刺意味的散文，最富有艺术价值。他在《捕蛇者说》里，刻画苛政之毒，尤有甚于毒蛇之毒。他假设一捕蛇者三代受蛇之害，还是不愿意改业。为什么？因为捕蛇可以免税。捕蛇者也想到捕蛇的不幸，但与邻居担负赋税那种不幸比起来又不算什么了。捕蛇者举出担负赋税不幸的邻居锐减又得到安慰。捕蛇者的邻居与他祖父同时的不到十分之一，与他父亲同时的不到十分之二三，与他本人捕蛇十二年来的邻居不到十分之四五。他们哪里去了呢？不是逃亡，便是死亡。他描写"悍吏"收税的残酷："叫嚣乎东西，隳突乎南北，哗然而骇者，虽鸡狗不得宁焉。"真是惊心动魄。他描写人民在"悍吏"剥削下的生活痛苦："而乡邻之生日蹙，殚其地之出，竭其庐之入，号呼而转徙，饥渴而顿踣。"真是残酷已极。捕蛇者每年犯死的机会只有两次，没有邻居天天都在死亡中的那种恐怖。在这里写得最生动的，就是"吾恂恂而起，视其缶，而吾蛇尚存，则弛然而卧"数语，这刻画出捕蛇者的真实感情。这篇作品真是揭露苛政毒害最有力量的文字。

他所作的《种树郭橐驼传》，借郭橐驼养树的道理，来讽刺贪污官吏的烦扰，与《捕蛇者说》有同样的讽刺意义。

他的《山水记》，是中国古典文学的珍贵典范。他用最简练的语言，描绘景物很形象，流露了徘徊于欣赏山水和抗拒寂寞之间的感情。他在《始得西山宴游记》中说："心凝形释，与万化冥合。"似乎很静，但隐约犹有不平之气。他在《至小丘西小石潭记》说："坐潭上，四面竹树环合，寂寥无人，凄神寒骨，悄怆幽邃。以其境过清，不可久居。"流露作者那种欣赏山水和抗拒寂寞的感情。他在《钴鉧潭西小丘记》，借小丘之被弃，而感叹本人怀才的不遇。他写景，像写诗一样的美，可以说是散文诗。他能把自然景象溶化在作者内心感受中，借助于形象表达出来。他的山水记有生命，其秘密就在此。不过，柳宗元究竟是过于患得患失，所以在他的作品里所表现的积极性是不够的。

古文运动，经过韩、柳揭开了序幕，他们的追随者——皇甫湜、李翱继续推波助浪，一面做破的工作，对六朝文不遗余力地攻击，一面做立的工作，以身作则地大力为古文。这样群策群力地推动这个运动，遂形成古文运动的高潮，这个高潮到了晚唐、五代，虽然退减，但到了宋代，又掀起了第二次古文运动的高潮。

韩、柳在诗歌上也有大成就。韩愈创造一种"以文入诗"的风格，影响北宋诗人很大。柳宗元的诗与他的散文一样地在描写自然景物，同样在拒抗寂寞的感情。

唐代的文学批评，有一种发展规律：由停滞走向进化。诗的方面，由律趋俗。由很规律的律诗，解放为比较平易的通俗诗。文的方面，由骈趋散，由呆板的骈文，解放为比较活泼的"古文"，文学批评，也是跟着诗文发展的方向，向前发展着，而以天宝为分水界。

1. 天宝以前的文学批评

天宝以前的诗文，讲究辞藻、对偶、声律，还保存很浓厚的六朝气氛，在文学批评方面，也在这种气氛里讨生活。

就诗的对偶讲，崔融有三种对偶方式，元兢有六种对偶方式，皎然有八种对偶方式。就诗的声律讲，元兢有三种声术，佚名有二种律。就诗的辞藻讲，有元兢、元鉴合撰的《秀白篇》。就诗的格律讲，有李峤的十体，王昌龄的十七势，皎然的十九体。他们一致讲究诗的外形，把诗束缚到不能抒写自己的思想感情，这是诗的厄运。

诗的格律这样严，文也是这样严，专于在形式上下功夫，也就是说文学批评没有什么进展。

2. 天宝以后的文学批评

在声律论盛行的天宝以前，也还有少数作家反对声律、辞藻、对偶，陈子昂、李白就做这样的工作。陈子昂反对"彩丽竞繁"的齐、梁诗，提倡"以义补国"的比兴诗。李白反对建安以来的"绮丽"作风，而主张自由抒写。不过，陈、李提出文学批评的积极意见还不够，因为他们的时代条件还未完全成熟。

到了白居易出来，他建立了一套比较有系统的、相当完整的文学理论，作为自己和一般诗人写作的规范。由于白居易时代的统治阶级更加腐烂，使他更强烈地想念农民的惨痛生活，在他的诗篇里更鲜明地雕塑出农民苦痛生活的形象，发展了杜甫的现实主义的创造精神。

元稹的文学批评，与白居易同一观点、立场。他在《唐故检校工部员外郎杜君墓系铭》里推崇"干预教化"的作品，抨击"淫艳刻饰，佻巧小碎"的作品。他们两人的文学批评，在中唐以后有很大的力量。

白居易有一篇卓绝的千古的文学理论论文，就是《与元九书》，这封信有完整的文学理论体系，有很浓厚的现实主义精神。

白居易认为诗的意义，是"根情、苗言、华声、实义"。即是说，被事物感召所产生的感情，是诗的根本。从这根本出发，而生长语言的幼苗，而开出节奏的花朵，进而结成思想的果实。这是细密的构思过程，也就是诗歌艺术的创造过程。他用形象化的比喻，把诗歌中的感情、语言、声律、思想相互间关系，说得很透彻，把它们之间的主从关系，也说得很明白。

他又认为诗歌的作用，是"文章合为时而著，歌诗合为事而作"，是"救济人病，裨补时阙"，是"上以补察时政，下以泄导人情"，也就是说，诗歌要为政治服务，忠实地揭发社会罪恶和反映人民对美好生活的追求，唤起帝王、官吏对人民生活的关怀。透过反映现实的诗篇去了解人民，作为政治改革的张本。他要做到"为君、为臣、为民、为物、为事而作，不为文而作"（《新乐府序》）；他要做到"篇篇无空文，句句必尽规"（《寄唐生》）；他要做到"惟歌生民病，愿得天子知"（同上）。特别强调文艺的宣传作用。

白居易本此原则，批评过去的诗歌。他非常推崇《虞歌》和《洛汭歌》（其实是伪作——著者），因为它有政治意义。他也非常推崇《诗经》中的《风》诗，因为它有讽刺意义。他非常看不起晋、宋以后的诗，认为晋、宋诗"六义浸微"，梁、陈诗"六义尽去"。他拿政治标准来权衡作品的价值，是很正确的。他指出六朝诗歌的现实主义褪色，也是合乎历史真实的。

白居易对于唐诗，有相当高的评价，尤其推崇陈子昂、杜甫："唐兴二百年，其间诗人，不可胜数。所可举者：陈子昂有《感遇诗》二十首，鲍防有《感兴诗》十五首。又诗之豪者，世称李、杜。李之作，才矣，奇矣，人不逮矣；其风雅比兴，十无一焉。杜诗最多，可传者千余篇。至于贯穿今古，覙缕格律，尽工尽善，又过于李。然撮其《新安吏》《石壕吏》《潼关吏》《塞芦子《留花门》之章，'朱门酒肉臭，路有冻死骨'之句，亦不过十三四首。杜尚如此，况不逮杜者乎？"(《与元九书》)他一方面肯定杜甫，另一方面又觉得杜甫有讽刺意义的诗太少。这说明了白居易希望多产生那些暴露社会上不合理的现象的诗篇，这些诗篇反映出人民对不合理的现象的看法，以作为改革政治的依据。

白居易在诗歌形式方面，主张用通俗的语言，把人民心里要说的话说出来。他在《策林》里主张奖励质野的作品，"辞赋合炯戒讽谕者，虽质虽野，采而奖之；碑诔有虚美愧辞者，虽华虽丽，禁而绝之"。在题《新乐府序》里主张"篇无定句，句无定字，系于意，不系于文"。这些主张，都是文学通俗的重要条件。白居易写的诗，流传在人民的嘴上，印在人民的心上，人民这样喜爱，不是偶然的。在晚唐、五代绮丽派的文学虽抬头，也不能遮盖元、白的文学理论光辉。

（八）　小结

　　中国古典诗，经过李白、杜甫天才的发展，推向现实主义的高峰。他们的诗，歌唱出整个民族的面貌与命运，歌唱出大多数人民的希望与要求。李白的诗有反抗现实、征服现实的倔强精神，有一种爽朗、豪放、热情、自由的风格，成为后代人民反抗社会黑暗的战斗力量。杜甫的诗，以严肃的态度对待现实，忠实地暴露了统治阶级的丑恶面貌，有一种朴实、认真、严肃、深沉的风格，成为后代人民反抗暴力、反抗统治的战斗力量。两个诗人同是唐代的诗歌圣手，而其诗同为古典现实主义的最高典范。

　　白居易的诗，循着李、杜现实主义的路线，大步前进，运用人民的语言，说出了人民心里所要说的话，人民非常喜欢它。由于它热爱人民，反对强权，对王仙芝、黄巢发动农民起义，可能发生了影响。

中国的古典诗,经过李白、杜甫、白居易的天才的发展后,再不能向前发展,而以变形的姿态出现,产生所谓词。事实上李白的诗,已自由抒写,一点也不受律绝的格律限制,替词开辟了一条平坦大道。杜甫也有许多用长短句来描写的诗篇,对于词的降生,也起了催生的作用。白居易倡导《新乐府》,正是词降生前的喜讯。所以唐以后的诗人、词人、作曲家,没有哪一个不杂有李、杜、白的血液。

晚唐、五代的词得温庭筠、李煜的努力,已有相当的基础。到了宋代,便发展为词的黄金时代。在敦煌石室所保存的民间词,不仅是宋词、元曲的词汇的重要源泉,而且对发扬宋词、元曲现实主义的精神起过作用。

敦煌石室里所保存的变文,有唱的、有说的,想象力与创作力的丰富惊人。有现实主义的成分,使祖国文学提高到可以使用很长的篇幅,驰骋想象的内容。为后世弹词、宝卷、大鼓书的前身,在人民中起了很大的教育作用。

唐代的传奇小说,是后世平话、戏曲、小说的先辈,有浓厚的现实主义因素,也杂有浪漫主义成分。单就《莺莺传》来说,有演为诗歌者,有演为诸宫调者,有演为杂剧者,有演为小说者,花样翻新,种类繁多,把崔莺莺与张生恋爱的故事丰富起来,而且充满了反封建的斗争精神。

唐代“古文”运动,自韩愈、柳宗元开其端,得皇甫湜、李翱一般人响应,已形成蓬蓬勃勃的文学运动,到了晚唐、五代,这个运动虽然稍歇一点,但是到了宋代,经王禹偁、欧阳修、苏轼、王安石等提倡,古文运动又形澎湃,占着中国文学的正统,在宋代的小地主阶级与大地主阶级的政治斗争中,古文是一种锐利的斗争武器。宋代的语录，又未始不是唐代古文运动的别支。

　　总之，唐代文学，是循着现实主义发展的，是中国文学史上最重要的一页。从韵文方面说，它不仅把中国诗推到现实主义的高峰，而且为以下的诗歌创造了条件。从散文方面说，它不仅推倒了流行"八代"之久的骈文，而且为下一代的散文树立了楷模。至于变文的产生，传奇小说的发达，都是与古文运动的开展分不开的。

　　还有一点值得一提的，就是唐代文学，不仅在国内有很大的影响，连日本、朝鲜也有很大的影响。

八　封建制度表层稳定时代的文学

——北宋（约公元九七〇——一一〇〇）

（一）封建制度表层稳定时代的

汴京繁华

　　自赵匡胤代后周而兴，次第削平各小封建领主后（公元九六〇—九七五），于是五十余年扰攘的局面，又复归统一。他鉴于唐代藩镇和五代武夫跋扈，特把政权与兵权，悉集中中央，以为从此就可以使社会永久的安定。殊不知唐代藩镇和五代武夫的跋扈，乃是封建制度矛盾的象征。赵匡胤只看到封建制度的表面现象——藩镇和武夫的跋扈，而略忽这种表面现象的经济基础，所希望的社会安定，也只有暂时而已。本来，他自己也就是封建经济制度的产物，只有用政治手腕暂时稳定其获得的封建政权。故自赵氏立国以后的数十年，中原升平无事，尤其是汴京这些地方。在这升平无事之际，一般封建领主及依附封建领主的士大夫阶级，都沉湎于太平繁华之梦中，所以在这时期的文学内容，多半表现太平繁华的迷梦。

　　不过，这种繁华，拿地域来说，只限于王权所在地的汴京

一带;拿阶级来说,也只限于上层社会。而下层社会的民众,仍陷于高利贷榨取的深渊,据统治阶级自己报告:

> 稼一不登,则富者操奇赢之资,取倍称之息,……谷未离场,帛未下机,已非己有,所食者糠粃而不足,所衣者绨褐而不完。(《宋史·司马光传》)

悉与上层社会的繁华生活对立的农民生活苦痛,可不曾入当时文学的题材。

（二）词的黄金时代

　　在汴京繁华的迷梦中，自封建领主以至依附封建领主的士大夫，无不拿词来做文学的形式，当时工于词者甚多——"他们在闲居时唱着，在登临山水时吟着，他们在絮语密话时微讴着，在偎香倚玉时细诵着，他们在欢宴迎宾时歌着，在临歧告别时也唱着。他们可以用词来发思古之幽情，他们可以用词来抒写难于在别的文体中写出的恋情，他们可以用词来庆寿迎宾，他们可以用词来自娱娱人。总之：词在这时已达到了它的黄金时代了。"（引用郑振铎《中国文学史》语）在词的黄金时代，就是寇准、韩琦一般人，也能随手写成佳句。而秦观和柳永诸人，几乎成了词家专业了。其在下层社会中，也传诵得很普通，故叶梦得有"有井水饮处，即能歌柳词"之句（叶梦得《避暑录话》）。

　　在本阶级中的文学家，以欧阳修、苏轼、柳永和黄庭坚等为代表。

欧阳修（公元一〇〇七——一〇七二）字永叔，庐陵人。举进士试南宫第一，官至枢密副使，参知政事。他是当时古文运动大师，但是他的词也抓住了时代。晚年退休颍上，自号六一居士，有《六一词》，大致表现上层社会的繁华。(《宋史·欧阳修传》)他所作的《蝶恋花》：

庭院深深深几许，杨柳堆烟，帘幕无重数。玉勒雕鞍游冶处，楼高不见章台路。　　雨横风狂三月暮，门掩黄昏，无计留春住。泪眼问花花不语，乱红飞过秋千去。(《六一词》(宋六十家词本))

这真是繁华梦中的呓语。他的《蝶恋花》其二：

海燕双来归画栋，帘影无风，花影频移动。半醉腾腾春睡重，绿鬟堆枕香云拥。　　翠被双盘金缕凤，忆得前春，有个人人共。花里莺声时一弄，日斜惊起相思梦。(同上)

这表示享受很优越的物质生活而产生得意忘形的意识。

苏轼字子瞻（公元一〇三六——一一〇一），眉山人。父洵，弟辙，时号三苏。仁宗嘉祐二年试礼部，为欧阳修所识拔。他的词，有人批评很横放杰出，而他自己也认为必须"关西大汉，执铜琵琶铁绰板来唱"(《宋史·苏轼传》)。然而在我们看来，还是表示物质生活的意识为多，如《贺新郎·夏景》：

乳燕飞华屋,悄无人、桐阴转午,晚凉新浴。手弄生绡白团扇,扇手一时似玉,渐困倚、孤眠清熟。帘外谁来推绣户,枉教人、梦断瑶台曲,又却是,风敲竹。　　石榴半吐红巾蹙,待浮花、浪蕊都尽,伴君幽独。秾艳一枝细看处,芳心千重似束。又恐被、西风惊绿。若待得君来,向此花前,对酒不忍触,共粉泪,两簌簌。(《东坡词》(宋六十家词本))

　　此外,他所填的《西江月》《水龙吟》等词,也是表示这类意识。他的诗,其所表示的意识,也大致是这样,如《李钤辖座上分题戴花》:

　　二八佳人细马驮,十千美酒渭城歌。帘前柳絮惊春晚,头上花枝奈老何? 露湿醉巾香掩冉,月明归路影婆娑。绿珠吹笛何时见,欲把斜红插皂罗。(《苏文忠公集》)

　　柳永,初名三变,字耆卿,崇安人。仁宗景祐元年进士,官至屯田员外郎,故世号柳屯田,有《乐章集》。他运用白话填词,所以流传很广。(《乐章集》(宋六十家词本))其所作的《醉蓬莱·庆老人星现》:

　　渐亭皋叶下,陇首云飞,素秋新霁。华阙中天,锁葱葱佳气。嫩菊黄深,拒霜红浅,近宝阶香砌。玉宇无尘,金茎有露,碧天如水。

　　正值升平,万机多暇,夜色澄鲜,漏声迢递。南极星中,有老人呈瑞。此际宸游,凤辇何处,度管弦声脆。太液波翻,披香帘卷,月明风细。(《乐章集》)

这把上层社会的表面升平,描写尽致。又如他的《木兰花慢·清明》:

　　拆桐花烂漫,乍疏雨,洗清明。正艳杏烧林,缃桃绣野,芳景如屏,倾城。尽寻胜去,骤雕鞍绀幰出郊坰。风暖繁弦脆管,万家竞奏新声。　盈盈,斗草踏青。人艳冶,递逢迎。向路旁往往,遗簪堕珥,珠翠纵横,欢情。对佳丽地,任金罍罄竭玉山倾。拚却明朝永日,画堂一枕春醒。(《乐章集》)

这更显示了繁华的姿态。

黄庭坚字鲁直(公元一○四五——一一○五),分宁人。为苏门四学士之一。他的词,有许多是白话的,更有用方言写成的,撰有《山谷词》(《黄山谷集》)。他的《踏莎行》:

　　临水夭桃,倚墙繁李,长杨风掉青骢尾。樽中有酒且酬春,更寻何处无愁地。

　　明日重来,落花如绮,芭蕉渐展山公启。欲笺心事寄天公,教人长对花前醉。(《黄山谷集》)

这显示了生活华丽。又如他的《步蟾宫》：

> 虫儿真个忒灵利，恼乱得道人眼起。醉归来恰似出桃源，但目送落花流水。不如随我归云际，共作个住山活计。照清溪，匀粉面，插山花，算终胜风尘滋味。(《黄山谷集》)

这在形式方面，以白话入词；在内容方面，高度地显示生活的丰富。

此外王安石、秦观、苏子美、梅尧臣诸人，在当时文坛界的地位，也有相当威权，其所表示的意识，大致与上述诸人没有多少出入。

在这个阶段中，出了一位伟大的女诗人——李清照。

李自号易安居士(公元一〇八三一？)，济南人。父母都能文章，给她一个文学的幸运。她于二十一岁时嫁给一位大学士赵明诚，而明诚也是一位文学家。因此，他们的生活，据清照自述是十分快乐的(《漱玉词》)。她的词多半是嘲风雪弄花草的抒情小曲，当然与她的生活有关系。其所作的《如梦令·酒兴》：

> 常记西亭日暮，沉醉不知归路。兴尽晚回舟，误入藕花深处。争渡争渡，惊起一行鸥鹭。
>
> 昨夜雨疏风骤，浓睡不消残酒。试问卷帘人，却道海棠依旧。知否知否，应是绿肥红瘦。(《漱玉词》)

这是充满了快乐意识。但是到了后来,受了金兵南侵的影响,连年逃避,加以明诚病死,她的快乐生活消逝了,而踏入了生活艰难的前途。她这个时候所写的词,充满了悲哀的意识:

寻寻觅觅,冷冷清清,凄凄惨惨戚戚。乍暖还寒时候,最难将息。三杯两盏淡酒,怎敌他晚来风急!雁过也,正伤心,却是旧时相识。 满地黄花堆积,憔悴损,而今有谁堪摘?守着窗儿,独自怎生得黑!梧桐更兼细雨,到黄昏点点滴滴。这次第,怎一个愁字了得。——《声声慢》

风住尘香花已尽,日晚倦梳头。物是人非事事休,欲语泪先流。 闻说双溪春尚好,也拟泛轻舟。只恐双溪舴艋舟,载不动许多愁。——《武陵春》(《漱玉词》)

（三）古文运动的再起

古文运动，导源于唐韩愈，中间经过晚唐五代的反动，似乎又消沉下去了。到了欧阳修出世，古文运动为之再起。他做了当时古文运动的盟主，使古文运动的基础得以稳定。这时候，为什么有古文运动再起的事实发生呢？这当然与当时社会经济有深密的关系。宋初，社会表层经济相当的稳定，而实质的矛盾可未曾减少，所以，在思想界有理学的产生，以求社会的安定，跟着理学运动而来的，就有古文运动的再起，因为古文运动对于理学——新儒学的形式上有帮助。

与修并时为古文者，尚有范仲淹、宋祁、刘敞、司马光诸人，如祁与修所纂之《唐书》，司马光所作《资治通鉴》，都运用了古文形式，因之古文在社会的地位愈高。其后王安石、曾巩及三苏加入这个运动,声势更为之一振,遂把千余年流行的骈体文,几乎完全送到坟墓里去。而古文文体,就在中国文学形式上占着重要的地位。

九 畜牧民族侵略下的文学

—— 南宋（约公元一一〇〇——一二七〇）

　　到了宋徽宗时代，封建经济的矛盾愈尖锐化——徽宗信
用蔡京辈"周官惟王不会"①之说，穷奢极欲；又令朱勔兴花石
纲②，对民众巧取豪夺，社会经济愈形疲罢。方腊起事于浙
江，宋江横行于河朔，即是社会经济疲罢下之必然现象。虽统
治阶级把宋江等用武力镇压下去，可是社会经济疲罢现象依
然存在。北方的畜牧民族——女真乘着中国封建经济力的疲
罢，大举侵略，攻陷汴京，先后将徽宗、钦宗掳去。宋宗室康王
构乃南渡建都临安。其时将骄兵惰，失业农民到处骚动，局势
愈岌岌可危。金兵南下，康王由扬州退临安，金兵焚扬州而

---

　　① 《周礼·天官》：国家财用，皆有会计；惟王及后世子之衣服饮酒等皆
不会。

　　② 徽宗留意花石，命朱勔领苏州应奉局事，取其珍异者选送至汴，号花
石纲。

去。金又大举渡江，进攻临安，康王航海退温州。旋韩世忠大败金于黄天荡（公元一一三〇），金人乃北还，以所得河南、陕西各地与宋降臣刘豫，立为齐帝，由是宋金情势，借豫为缓冲国，康王始还都临安，而或南宋与金对峙之局（《宋史》《南宋书》）。中原既被畜牧民族占据，这时期的文学有两种趋势，一种是文人受了异族侵略的刺激，免去那种花月绮丽的恶习，表现出激昂慷慨的爱国情绪；一种是偏安之局定妥后，有些文人感觉国事无望，作品中只抒写个人疏淡的情绪。

（二）表示激昂慷慨的作品

在政府偏安江左的形势下，那般慷慨悲歌之士，目睹半壁河山，陷于异族之手，古代文化的中心，千年以来的东西两都，亦先后沦落，殊有愤激难平之感。文学家当然感受同样的刺激，在作品上充分地表现民族意识，这可以以岳飞、辛弃疾和陆游等为代表。

岳飞（公元一一○三—一一四一）字鹏举，相州汤阴人。所部与金人战皆捷。时秦桧主和，飞屡次上疏力陈和议之非，至有"愿定谋于全胜，期收地于两河，唾手燕云，终欲复仇而复国；誓心天地，尚令稽首以称藩"之语。（《南宋书·岳飞传》）他的感情既然这样热烈，故在其文学作品中，燃烧着民族思想之火。他的名作《满江红》：

怒发冲冠，凭栏处潇潇雨歇。抬望眼，仰天长啸，壮怀激烈。三十功名尘与土,八千里路云和月,莫等闲白了少年头,空悲切!

靖康耻,犹未雪。臣子恨,何时灭? 驾长车,踏破贺兰山缺。壮志饥餐胡虏肉,笑谈渴饮匈奴血! 待从头收拾旧山河,朝天阙。(《高中国文读本》中华书局)

岳飞爱国的情绪和痛恨异族的意识,都在词里显示了出来。真是何等奔放! 何等雄豪!

辛弃疾(公元一一四〇—一二〇七)字幼安,山东历城人。初为耿京掌书记,后奉表南归,高宗授为承务郎,累迁枢密都承旨,有《稼轩长短句》十二卷(《南宋书·辛弃疾传》)。他看到当时中国民族受异族压迫,养成一种豪侠的意志,如《破阵子》:

醉里挑灯看剑,梦回吹角连营。八百里分麾下炙,五十弦翻塞外声,沙场秋点兵。

马作的卢飞快,弓如霹雳弦惊,了却君王天下事,赢得生前身后名,可怜白发生。(《稼轩词》宋六十家词本)

弃疾以疆场杀敌,为民族光荣,在这首词里表现出来。再看他的《南乡子·登京口北固亭》:

何处望神州? 满眼风光北固楼。千古兴亡多少事,悠悠,不尽长江滚滚流。

年少万兜鍪,坐断东南战未休! 天下英雄谁敌

手——曹刘！生子当如孙仲谋。（《稼轩词》宋六十家词本）

这不是表现他的英雄慷慨的气概吗？但是，他还是没有出路，于是他便作《鹧鸪天》：

壮岁旌旗拥万夫，绵襜突骑渡江初。燕兵夜娖银胡
騄，汉箭朝飞金仆姑。

追往事，叹今吾，春风不染白髭须。却将万字平戎
策，换得东家种树书。（《稼轩词》宋六十家词本）

他以隐退为恨事，在这首词里表现出来。

陆游（公元一一二五——一二一〇），号放翁，越州山阴人。他是南宋的大诗人，也是词家。平生以恢复中原为志，所以他的作品具有悲壮的爱国热情，有《剑南集》词一卷（《南宋书·陆游传》）。我们看他的诗：

半年闭户废登临，直自春残病至今。帐外昏灯伴孤
梦，檐前寒雨滴愁心。中原形胜关河在，列圣忧勤德泽
深。遥想遗民垂泣处，大梁城阙又秋砧。——《秋思》

昔我初生岁，中原失太平。宁知墓木拱，不见塞尘
清。京洛无来信，江淮尚宿兵。何时青海月，重照汉家
营。——《北望》（《剑南诗钞》）

这不是"故国家山"之感吗？再看他的词：

　　雪晓清笳乱起，梦游处不知何地，铁骑无声望似水，想关河，雁门西，清海际。睡觉寒灯里，漏声断，月斜窗纸。自许封侯在万里，有谁知，鬓虽残，心未死。——《夜游宫》

　　中原当日，三川震，关辅回头煨烬，泪尽两河征镇，日望中兴运。　秋风霜满青青鬓，老却新丰英俊。云外华山千仞，依旧无人问。——《桃园忆故人》

　　壮岁从戎，曾是气吞残虏，阵云高狼烟夜举。朱颜青鬓，拥雕戈西戍。笑儒冠自来多误。　功名梦断，却泛扁舟吴楚。漫悲歌伤怀吊古，烟波无际，望秦关何处？叹流年又成虚度。——《谢池春》（《剑南词》宋六十家词本）

　　他受着爱国热情的燃烧，很想收复失地，而做一个民族英雄。他到临死的时候，犹念念不忘中原，故《示儿》诗有"王师北定中原日，家祭无忘告乃翁"之沉痛语。

　　陈经国，嘉熙淳祐人，有《龟峰词》。他的丁酉岁感事的《沁园春》：

　　谁使神州？百年陆沉青毡未还。怅晨星残月，北州豪杰，西风斜日，东帝江山。说和说战都难，算未必江沱堪晏安。（《龟峰词》四印斋刊本）

　　其悲愤、激昂，不在辛陆之下。

　　张辑字宗瑞，鄱阳人，有《东泽绮语集》二卷。他的词，也

多凄凉慷慨之音,如《月上瓜州》:

> 江头又见新秋,几多愁! 寒草连天,何处是神州?
> 英雄恨,古今泪,水东流。惟有渔竿,明月上瓜州。(《东
> 泽绮语集》彊村丛书本)

（二）表示激昂慷慨的作品

宋高宗和一般臣属沉于声色，没有进取的志愿与决心，一般无权的文人虽有进取的雄心而无进取的机会，在这种形势之下，所谓恢复中原，已成为诗人的梦想。他们也就万事灰心，意志消沉，在作品中也就充满了疏淡的意识，不复像少年时那样激昂了。

我们看弃疾晚年所作的《丑奴儿》：

> 少年不识愁滋味，爱上层楼。爱上层楼，为赋新词强说愁。而今识尽愁滋味，欲说还休，欲说还休，却道天凉好个秋。（《稼轩词》（宋六十家词本））

这哪里有英雄慷慨的影子？这完全是把世事看透之后所滋透的疏淡意识。

陆游在晚年消极的程度,较辛疾尤为深刻,几乎变成田园的隐士了:

> 过得一日过一日,人间万事不须谋;邻家幸可赊芳酝,红蕊何曾笑白头? ——《酒中信草》
>
> 绕屋清阴合,缘堤绿草纤,起蚕初放食,新麦已磨镰。苦笋先调酱,青梅小蘸盐。佳时幸无事,酒尽更须添。——《山家暮春》(《剑南词》(宋六十家词本))

他消极到"过得一日过一日",消极到"酒尽更须添",与他少年"自许封侯在万里"的意识比较起来,简直看不出是一个人的作品。不过,意识容易动摇,乃是带有小资产阶性的士大夫阶级的阶级性,陆游当不能例外。

此外姜夔的作品,也是表现清隽的意识。姜号白石,鄱阳人,流寓吴兴,有《白石词》五卷。他的名作:

> 过春风十里,尽荠麦青青。自胡马窥江去后,废池乔木,犹厌言兵。渐黄昏,清角吹寒,都在空城。——《扬州慢》
>
> 渐吹尽枝头香絮,是处人家,绿深门户。远浦萦回,暮帆零乱向何许?阅人多矣,谁得似长亭树。树若有情时,不会得青青如此……算只有并刀,难剪离愁千缕。——《长亭怨慢》(《白石词》(宋六十家词本))

中原被畜牧民族——金人占有后，在文化上也起了变化。畜牧民族不了解我们典雅的文句，也不需要所谓载道的文句，故产生一种新语体文，以满足他们的需要。董解元的《西厢搊弹词》，即是其时代的产物。陶九成谓金有院本六百九十种，（陶九成的《辍耕录》）足征其语体文发达之一般。

其后，金代的统治者，感觉到非利用中国人统治中国不可，于是拘留中国的文人，以为辅助。如吴激本为宋使，来金被拘，更令其屈服为臣，这一般被强迫在异族统治下的文人，不能不有怀乡之思。而怀乡之思，乃是当时文人很普遍的题材，如吴激之《岁暮江南回忆》：

> 南朝千古伤心事，犹唱后庭花。旧时王谢堂前燕，飞向谁家？恍然一梦，仙肌胜雪，宫髻堆鸦。江州司马青衫

泪湿,同是天涯。(《金文雅》)

又如蔡松年的《大江东去》,其思乡的情绪,何等紧张:

离骚痛饮,问人生佳处,能消何物? 江左诸人成底
事,空想岩岩青壁。(《金文雅》)

十 畜牧民族统治下的文学

——元代（约公元一二七〇——一三七〇）

（一）　畜牧民族统治下的社会现象

　　十三世纪的畜牧民族蒙古族侵占中国。地域扩张，亚洲全部及欧洲东南小部，尽入蒙古民族统治之下，建设空前的大蒙古帝国。这时候，把他们所统治的土地，划成九个区域，而组成九个王国。每个王国之中任命一个王，各王皆服从于元室，并且每年向元都的赋税机关作报告。同时在中国各城市，都有自己的卫队镇压中国人。每队最少者有千人，有的甚至一万、两万、三万人，军队的总数是难于统计的，惟军队中的分子，不一定完全是鞑靼人。在这种政治组织和多量的军队支配之下，被撤销了的儒教官僚，多陷于失业的状态（《元史》）。同时，中国士绅阶级的旧文学，已失去支配的威权，自然要产生一种适应社会需要的新文学。这种新文学，不是替古圣贤传道的，不是替个人找出路的，不是雕章琢句的，而是适应畜牧民族容易了解的语体文学。

　　戏曲为本阶段的主要的文学形态，故"元曲"这个名词，流行得很普遍。本来，中国的戏曲，发生很早，如春秋时晋之优施，楚之优孟，以机警的言谈和滑稽的态度，博得帝王欢笑，已具备戏曲的雏形。汉朝有所谓"俳优"之类，以乐舞娱乐帝王；唐玄宗设梨园子弟，专在宫中表演故事；民间剧也很流行。宋朝有滑稽剧、傀儡戏、影戏，所表演的多为历史故事。是戏曲在元以前，已就相当的发达。到了元代，把戏曲分为下列三部分：

　　1. 科　演者在舞台上的动作；

　　2. 白　演者的说话；

　　3. 曲　演者所唱的辞句。（王国维《宋元戏曲史·元剧之结构》）

　　因之，戏曲的组织愈进步，愈完密，我们可以说：元代是戏曲的形态的完成期。

元代的戏曲为什么很发达呢？畜牧民族，不了解中国文化，不能不做出浅白的戏曲，以供其娱乐或鉴赏，这是元曲发达的根本动力。同时，宋代的语录，在社会上流行很广，这也是促成戏曲浅白化的一个动力。

元曲所采取的题材，大半是因袭唐宋小说笔记，如石君宝的《曲江池》，是改编唐代白行简的《李娃传》而成；马致远的《黄粱梦》，是改编唐代小说《枕中记》而成；王实甫的《西厢记》，是扩充唐代小说《莺莺传》而成。都充满了封建意识，这是什么道理呢？我想恐怕是当时的作者在异族统治之下，不敢发挥自己的意见，更不敢涉及当时社会状况，特采取过去的题材，以避免文字狱之祸患吧。不过元曲虽采取过去的题材，但其中也反映着当时的商业繁荣，因为当时的中国商业，几乎成了世界商业的中心。

（三）畜牧民族统治下的戏曲家

元代的戏曲家，王国维把他们分为三个时期，第一期有关汉卿等二十七人，第二期有杨梓等七人，第三期有秦简夫等四人（王国维《宋元戏曲史·元剧之时地》）。本章所述，只限于第一期作家关汉卿、王实甫、白朴、马致远四人和第二期作家郑光祖一人。

关汉卿号己斋叟，大都人。生于金末，元初做太医院尹，为元代戏曲家之开山祖。他的戏曲，据钟嗣成的《录鬼簿》载称有五十八种，大部分已丧佚，今存者，有《玉镜台》《谢天香》《金线池》《窦娥冤》《单刀会》及《续西厢》等三十种，其中以《窦娥冤》与《续西厢》最有名。《窦娥冤》是最伟大的悲剧，叙窦秀才因欠蔡婆赈，把自己的女儿送给蔡婆做了媳妇，改名窦娥。又有名赛卢医者，也是蔡婆的债负人，因为无法还债，将蔡婆诱至郊外谋害，适遇张驴儿父子救护。驴儿遂欲娶窦娥，以作报答救死的礼物，但是窦娥不肯嫁给他。驴儿因此制毒药，谋害蔡婆。不料药被他父误服而死，于是驴儿诬告窦娥下毒药，判决死罪，其中叙窦娥被杀时情景凄惨，临刑时她呼冤道：如其是冤枉，颈血飞溅在丈二百练上，虽是六月，也要下雪。这显示了由高利贷所引出来的残酷。兹录本曲的词句的一段：

> （斗虾蟆）空悲戚，没理会；人生死，是轮回。感着这般病疾，值着这般时势，可是风寒暑湿，或是饥饱劳役，各人证候自知。人命关天关地，别人怎生替得，寿数非干今世。相守三朝五夕，说甚一家一计。又无羊酒缎匹，又无花红财礼，把手为活过日，撒手如同休弃。不是窦娥忤逆，生怕旁人论议。不如听咱劝你，认个自家晦气。割舍的一具棺材停置，几件布帛收拾。出了咱家门里，送入他家坟地。这不是你那从小儿年纪，指脚的夫妻，我其实不关亲，无半点凄怆泪。休得要心如醉，意似痴，便这等嗟嗟怨怨，哭哭啼啼。（钟嗣成《录鬼簿》[①]）

王国维称"此曲直是宾白，令人忘其为曲"（王国维《宋元戏曲史·元剧之文章》），足征浅白之一般。

王实甫，大都人，其生死年月不可考，据一般文学史家称为金末元初的人，兹姑从其说。他的作品，涵虚子所著录者凡十三种，《录鬼簿》所著录者则有十四种，多《娇红记》一种。今传于世者，有《崔莺莺待月西厢记》《四承相高会丽春堂》《丝竹

（三）畜牧民族统治下的戏曲家

---

① 　此处应为臧晋叔《元曲选》。

芙蓉亭》及《月夜贩茶船》数种,尤以《崔莺莺待月西厢记》为最有名。全剧共分五本,实甫作四本,汉卿续一本。其第一本剧名《张君瑞闹道场》,叙的是张君瑞过蒲城时游普救寺,在佛殿上遇见了寄居寺傍的崔相国之女——莺莺。她于顾盼中表示留情,君瑞遂因之神醉,迁住寺中,不复行。某夜,莺莺烧香时,君瑞曾隔墙故意吟了一诗给她听,她依韵和了一首。三月十五日,崔夫人为已故相国做道场,君瑞借搭斋之名,复与莺莺一晤。第二本剧名《崔莺莺夜听琴》,叙述莺莺的艳名,为将军孙飞虎所闻,率了大批人马包围普救寺,欲娶莺莺为妻。崔夫人在这种危急的形势下,不得已向大众宣布:谁能打退贼兵,无论僧俗,皆当将莺莺嫁他为妻。君瑞便乘机献策,一面用缓兵计,稳住了飞虎,一面遣和尚惠明,持书到白马将军杜确处求救。杜为君瑞的好友,闻耗是夜而来,擒了飞虎,解了围,至此,君瑞、莺莺、红娘,都以为此段姻事可告段落。不料崔夫人设宴酬谢君瑞时,命莺莺以兄妹之礼相见。此中原因,就是莺莺原已许下了她的内侄郑恒为妻。君瑞因此郁郁不乐,连红娘也为之抱不平,乃劝君瑞夜半弹琴,以探莺莺之心,而莺莺亦为所动。第三本剧名《张君瑞害相思》,叙述君瑞见了红娘,将一封信托红娘送交莺莺,但是红娘不敢将信直交小姐,只放在妆盒中,待她自见。莺莺见了信怒责红娘一番,然后写复书,命红娘交君瑞。当红娘交信时,把小姐责骂的情节述了一篇,使君瑞听了大为惶恐。及拆阅复信,读到"待月西厢下,迎风户半开",便喜形于色。夜间,他依约逾墙相从,莺莺见之,竟责以大义,使君瑞羞愧而退。自经过这个波折后,他便大病了,夫人命红娘去问病,莺莺乘机递君瑞一封信,约君瑞今夜相会；君瑞见信后，病竟不治而愈。第四本剧名《草桥店梦莺莺》，叙述当夜莺莺果然依约到君瑞书斋来，终夜无语。天未明，红娘便来捧之而去，君瑞如在梦中。自此，两人的感情愈为密切了。不久，便为老夫人察觉，敲打红娘，追问其究竟，红娘遂直诉其事。夫人在无可奈何之中，便答应了这桩亲事，惟须逼着君瑞必须上京求名后方可完婚，君瑞不得已，便别了莺莺上京而去。莺莺送他到十里长亭，依依话别。当夜，君瑞离了蒲东二十里，歇于草桥店，辗转不能寐。在梦中得见莺莺追来要求同行，但为军卒禁止，君瑞以言吓退了军卒，抱了小姐，谁知所抱的是琴童，在失望中而觉醒。实甫的《崔莺莺待月西厢记》至此而止。在这些情节里，显示了封建社会里的豪强欺凌弱寡，竟有抢婚的事实发生。同时又显示了那种虚伪的贞操观念，已经不能范围当时女子的心理，而有私奔的事实发生。他如封建社会之崇拜爵御，也在这里显示了出来。实甫所写他俩离别的辞句，极其凄美：

（正宫端正好）碧云天，黄花地，西风紧，北雁南飞，晓来谁染霜林醉，总是离人泪。

（四边静）霎时间杯盘狼籍，车儿投东，马儿向西，两意徘徊，落日山横翠。知他今宵宿在那里？有梦也难寻觅。

（一煞）青山隔送行，疏林不作美，淡烟暮霭相遮蔽。夕阳古道无人语，禾黍秋风马嘶，我为什么懒上车儿内，来时甚急，去后何迟。

（收尾）四围山色中，一鞭残照里，遍人间烦恼填胸

臆,思量这大小车儿,如何载得起。(《西厢记》)

白朴字仁甫,真定人,是关王的继承者。所作戏曲共十五种,今存者,只《梧桐雨》和《墙头马上》两种。此外还有《东墙记》《流红叶》及《一箭射双雕》三剧的残文,见于郑振铎所辑的《元明杂剧辑逸》中。《梧桐树》是他的名作,叙述杨贵妃死后,唐玄宗镇日思念,到处的景物,都是添愁的资料,尤其是深秋雨打梧桐时。他所写的辞句也极悲惨:

> 雨,一阵阵打梧桐叶凋,一点点滴人心碎了,枉着金井银床紧围绕,只好把泼枝叶做柴烧锯倒。(臧晋叔《元曲选》)

马致远号东篱,大都人。任浙江行省务官。他的剧共十四种,现存《汉宫秋》《荐神碑》《岳阳楼》《黄粱梦》《青衫泪》《陈抟高卧》《三度任风》七种,其中以《汉宫秋》最有名。《汉宫秋》叙述昭君出塞及自尽经过,并叙述元帝思念之殷。他所写的辞句很真挚:

> (梅花酒)呀!俺向着这迥野悲凉,草已添黄,色早迎霜。犬褪得毛苍,人搦起缨枪,马负着行装,车运着糇粮,打猎起围场。他,他,他,伤心辞汉主;我,我,我,携手上河梁;他部从,入穷荒;我銮舆,返咸阳。返咸阳,过宫墙;过宫墙,绕回廊;绕回廊,近椒房;近椒房,月昏黄;月昏黄,夜生凉;夜生凉,泣寒蛩;泣寒蛩,绿纱窗;绿纱窗,不

思量。

（收江南）呀！不思量，便是铁心肠，铁心肠，也愁泪滴千行。美人图今夜挂昭阳，我那里供养，便是我高烧银烛照红妆。（臧晋叔《元曲选》）

郑光祖字德辉，襄陵人。以儒补杭州路吏。他所作凡十九种，今存《㑇梅香翰林风月》《醉思乡王粲登楼》《倩女离魂》和《周公辅成王摄政》四种。其中以《倩女离魂》为最有名。剧中述张倩女与王文举指腹为亲。文举上京应举拜岳母，倩女魂亦随之赴京，在文举赴京的三年中，倩女卧床不起，及文举归来，倩女病亦大愈。其辞句录后：

（迎仙客）日长也，愁更长。红稀也，信尤稀；春归也，奄然人未归。我则道相别也数十年，我则道相隔着数万里。为数归期，则那竹院里刻遍琅玕翠。（臧晋叔《元曲选》）

十一 新封建化时代的文学

——明代（约公元一三七〇——一六〇〇）

自朱洪武驱逐蒙人，统一中国后，在土地关系方面和政治方面，都趋向于"古典的形式"，促成封建制度再度的复兴。

当时土地关系，据沙发诺夫说：

当明代初年，土地分成了两种：国有土地和私人的土地。国有土地占全国耕地八分之一，而苏州浙江及江南两省交界的地方私人的土地占十五分之一，其余尽属国有。……这些国有土地大部分配给王侯、皇室的亲族、仆役、宦官、国有的寺院及边境的官吏和兵士去了。

它的发展到了骇人听闻的程度。十五世纪的末叶，在京畿一区除了五所皇庄之外（一、二八〇、〇〇〇亩），还有三三二所官庄，这些都是皇帝赐给官僚或宫廷的幸臣的，占地约为三、三一〇、〇〇〇亩。自武宗即位之后，

（一五〇六—一五二一年）情形更是恶劣。在京畿一区，皇室农庄计有三百所之多。此外各地还有王侯所属的土地，有些王侯领有的官庄多至七十万亩。许多幸臣的土地一部分是皇帝赐予的，另一部分是抢劫人民的。当肃宗在位的时代（一五七三—一六一九年），在河南、山东和直隶强占的土地有四百万亩，后来都让与他的爱子福王去了。以后所处的时代更是恶劣，宫廷的幸臣是很尊贵的，政府左右都是将土地赏赐给亲王，他们的女儿和其他的人；另一种侯爵是亲王的夫人，她们每一个领有土地有百万亩之多，民众则陷于痛苦和失望之中。（《中国社会发展史》）

土地被封建领主这样占有和集中，而在政治方面又怎样呢？我们要知道："土地是政治权力的来源，政治权力表现在封建土地私有的形式。"当时的政治现象充分地表现君主专制的淫威，其最著者：

1. 徙江南富民十四万户于中都，防止他们异动；

2. 大封宗室，协助明室镇压一切；

3. 不设宰相，大权集于一身；

4. 以八股取士，闭锢士大夫阶级的思想；

5. 兴文字狱，以钳制士大夫阶级的言论。（《明史》）

这些政治现象，无非是封建阶级感觉权力动摇，不能不扩大其权力以求其生命的延续。因之，在这种政治形态下的文学，有两种对立的倾向：一种是拥护封建政权的表向，一种是封建社会的遗壳的暴露。

（二）表示拥护封建政权的意识

　　一般依附封建统治阶级的士大夫阶级，封建意识非常浓厚，其作品在君主意志和朱注六经支配之下徒事摹仿，故有"文必秦汉，诗必盛唐"的口号出现，高启及前七子、后七子即是其代表者。

　　高启字季迪，长洲人。元末避乱松江青丘，故自号青丘子。他与杨基、张羽、徐贲等诗人并称，号为"吴中四杰"。著有《吹台集》《凤台集》《娄江吟稿》《姑苏杂咏》，死时只有三十九岁。他的作品，一味摹古，纪晓岚评之曰：

　　　　启天才高逸，实据有明一代诗人之上。其于诗拟汉魏似汉魏，拟六朝似六朝，拟唐似唐，拟宋似宋……振元末纤秾缛丽之习，而返之于古。（《四库提要》）

其后，李梦阳出世，复古运动，愈形紧张。他与何景明、徐祯卿、边贡、康海、王九思、王廷相等称前七子。认定作诗文应尊重模拟，故云：

> 今人摹临古帖，不嫌太似：诗文何独不然。（陈田《明诗纪事》）

他把唐宋的文章全部抹煞，而以秦汉为依归，故又说：

> 西京以后，作者勿闻矣。（陈田《明诗纪事》）

再后，李攀龙、王世贞、谢榛、宗臣、梁有誉、徐中行、吴国伦，亦为复古健将，号称后七子。

（三）表现封建社会的遗壳

一般没有出路的士大夫阶级的作品，在暴露封建制度的矛盾。尤其侧重权贵豪绅肉欲生活和官吏豪绅榨取平民的描写。

我认定新兴的传奇与小说为明代文学的主干，便觉得他在文学史上自有他的进步。现在先讲传奇。

传奇体的戏剧之产生，乃由于元曲之繁衍。王世贞说：

> 三百篇亡而后有骚赋，骚赋难入乐，而后有古乐府，古乐府不入俗，而后以唐绝句为乐府，绝句少宛转而后有词，词不快北耳，而后有北曲（元曲），北曲不谐南耳，而后有南曲。（王世贞《艺苑卮言》）

这虽然没有道出文学变迁的因素，但可从此数语看得文学进步的轨迹来。传奇与元曲的差别，据胡翼云所见：

1. 元戏大都限于四折，传奇则不限制出数，可以多至数十出；

2. 元剧每折一调一韵到底，传奇则一出不限一调，且可挨韵；

3. 元剧全曲由一人独唱，传奇则凡登场的剧中人皆可唱曲；

4. 元剧多用楔子，传奇则无楔子，但把第一出叫做"开场"或"家门"，以说明一篇的大意。（胡云翼《中国文学史》）

我以为除了上述四点不同外，还有一点不同，就是南曲的词句较北曲要"优雅"一点，这恐怕是明代的士绅阶级，感觉到北曲"嘈杂"，不合口胃，致有此等改变吧。

明代传奇，存于今者尚有二三百种，而以《琵琶记》《荆钗记》《拜月亭》《杀狗记》四杰作为最有名。

《琵琶记》为高明所撰，明字则诚，永嘉人，为南曲首创者。元至正间进士，授处州录事，辟丞相掾，后避乱居鄞县，作《琵琶记》。元亡后，明太祖遣使征召，以病辞。《琵琶记》共二十四出，叙蔡邕中状元后，牛丞相强把女嫁给他，蔡妻赵五娘在家备极辛苦以供奉公姆。时年岁饥馑，蔡氏家徒四壁，五娘则领义仓米以维生计。继而公姆先后逝世，五娘剪发卖钱，又得张太公之助，得买棺营葬。后自画公姆真容负之，作道姑装束，弹琵琶，沿途乞食，入都寻夫。至洛阳，始与蔡邕相会，夫妻团圆，牛氏亦大为感动，自执姊妹之礼。后来蔡邕携两妻归乡，致谢张太公，服丧守礼。牛丞相说："一来蔡伯喈不忘其亲，二来赵五娘孝于舅姑，三来我的小姐又能成人之义，一门孝义如此，理当保奏，请行旌表。"这是本曲的大概。在本曲中，以赵五娘吃糠寻夫两出最动人：

> （三仙桥）一从他母死后，要相逢不能勾，除非梦里，暂时略聚首。若要描，描不就；暗想像，教我未描先泪流，描不出他苦心头，描不出他饥症候，描不出他望孩儿的睁睁两眸。只画得他发飔飔，和那衣衫敝垢，休休，若画做好容颜，须不是赵五娘的姑舅。（《琵琶记》）

从这曲的情节和词句看来，充分地表彰封建社会的节义，真是封建阶级的良好宣传品，宜乎封建统治者——明太祖赞赏道："五经四书如五谷，家家不可缺；高明《琵琶记》如珍馐百味，富贵岂可缺耶！"

《荆钗记》是明宁献王所作。宁献王名朱权，为太祖的第七子，号丹丘，著有《太和正音谱》。《荆钗记》共四十八出，叙述宋王十朋与钱玉莲订婚，以荆钗为聘礼。后十朋赴京应试，中状元，修书回家，乃彼之朋友孙汝权因落第回乡，欲夺玉莲为妻，私改王信，谓王已娶丞相之女，特修书与玉莲离婚。玉莲的继母亦逼着她改嫁孙汝权。玉莲不从，被迫投江，为钱安抚所救。后来几经波折，十朋终与玉莲结婚。《荆钗记》在这个情节里，显示家庭制度的缺陷。

《刘知远》，一名《白兔记》，不知作者为谁。叙述刘知远微贱时与富家女李三娘结婚。后知远为妻兄所逐,李三娘亦为兄嫂所虐待。三娘寻生一子,自己将脐带咬断,命之为咬脐郎。因兄嫂欲害此子,她只得托老仆将子送至刘知远处抚养。时知远已另婚岳氏,以讨贼有功,升为九州安抚使。咬脐郎长成后,通武艺,某日因追一白兔,遇三娘,终得夫妻母子团圆。(《白兔记》)这显示了封建社会的忠义。

《拜月亭》,亦名《幽闺记》。不知作者为谁。叙述金元混战时代,贡生蒋世隆与妹瑞莲、丞相海牙子兴福、王尚书女瑞兰,都在逃难中相遇,后来经过种种艰难困苦,结果世隆与瑞兰结婚,瑞莲亦嫁武状元兴福。(《幽闺记》)这显示了当时社会的混乱。

《杀狗记》为明初徐仲由所作。叙述孙华是一酒色之徒,常与恶少往来,因虐待其弟孙荣。其妻杨氏最贤慧,屡劝华不听,因设计以杀狗为杀人,待其醉归,佯告杀人事,夜中夫妇求朋友某帮助运尸城外,某恐连累不许,于是求弟荣帮助,荣慨然往助,从此华遂痛悔前非,善待其弟。后其友某索酒食于华家,华不招待,某怀恨而将其杀人诉之于官,但杨氏质于法庭,到城外掘穴检视,果然是狗。因是某以诬告受罚,孙氏一门蒙朝廷褒封。(《杀狗记》)这阐发了封建社会的夫义妇节、兄友弟敬的伦理。

明代小说,非常发达,现在要把小说发达的理由补说几句:

明成祖遣郑和太监下西洋,其动机本在寻找惠帝以巩固其自身的统治权,在表面上看来,只有政治上的意义。然而在无意识中使东西文化接触,使中国文化注入少许的新血液,愈使中国社会趋于复杂化，愈使中外商品贸易频繁。中国过去的文学形式，不能抓住这样复杂的社会，已在前两章叙述过。即新出的戏曲，以限于排演的关系，也不能抓住很复杂的社会，于是长篇小说应运而生，小说遂在本阶段占文学主要的形式。

在本阶级最著名的小说，要推《水浒传》和《金瓶梅》了。

《水浒》的作者为谁，历代学者聚讼纷纭。在科举时代，以作小说为末技，作者每自讳其名，这是作者传说不一的根本原因。兹介绍几个不同的说法于后：

1. 施耐庵所作说　胡应麟主此说：

今世传街谈巷语，有所谓演义者，盖尤在传奇杂剧下。然元人武林施某所编《水浒传》，特为盛行，世率以其凿空无据，要不尽尔也。余偶阅一小说序，称施某常入市肆，细阅故书，于敝楮中，得宋张叔夜禽贼招语一通，备悉其一百八人所由起，因润饰成此编。其门人罗本亦效之，为《三国志演义》，绝浅陋可嗤也。（胡应麟《庄岳委谈》）

2. 罗贯中所作说　王圻主此说：

《水浒传》，罗贯著。贯字本中，杭州人。编小说数十种，而《水浒传》叙宋江事，奸盗脱骗，机械甚详。然变诈百端，坏人心术，说者谓子孙三代皆哑，天道好还之报如此。（王圻《续文献通考》）

郎瑛在《七修类稿》中也主此说，曲亭马琴也依据此说。

3. 两人合作说　李卓吾本的《水浒传》，题为施耐庵集撰，罗贯中纂修，是他主张两人合作的。

4. 施作罗续说　金圣叹在《水浒传》卷首辩之，在十七回里这样说：

> 一部书七十回可谓大铺排。此一回可谓大结束，读之正如千里群龙，一齐入海，更无丝毫未了之憾。笑杀罗贯中横添狗尾，徒见其丑也。

我们以为作者是什么人，与《水浒传》本身价值没有什么关系，用不着多费时间去讨论，去考证，反正是元末明初的作品，这是大家都是没有疑问的。

它的本子，至少有三种：

1. 明中叶嘉靖间，武定郭勋家中传出一百回本；
2. 后来又有一百二十回本，新镌李氏忠义水浒全书；
3. 金圣叹评定之七十回本。

本子虽不同，而题材取自北宋梁山泊故事，则是一致的。《宋史》二十二卷载徽宗宣和三年事：

> 淮南盗宋江等犯淮阳军，遣将讨捕。又犯京东、江北，入楚海界，命知州张叔夜招降之。

又《宋史》三百五十一卷《侯蒙传》云：

> 宋江寇京东，蒙上书言：江以三十六人横行齐魏，官军数万，无敢抗者，其才必过人；今青溪盗起不若赦江，使讨方腊以自赎。

宋江等啸聚梁山泊，势力最盛，在宋末已遍传民间；到了元朝就有表演梁山泊好汉的戏曲，如高文秀的《黑旋风双献功》、康进之的《梁山泊黑旋风负荆》、李文蔚的《燕青博鱼》等（据《元曲选》），可见水浒故事，在元朝就已传得很普遍；到了元末明初，才有有系统的、具备小说形式的《水浒传》出现。

《水浒》的情节很复杂，无法叙述，大致是描写贵族豪绅剥削平民的状况和崇拜英雄侠士的心理。

我们看《水浒》第六回的豹子头误入白虎堂的情节，就可以看见这类意识：

> 恰才饮得三杯，只见女使锦儿慌慌急红了脸在墙缺边叫道："官人休要坐地，娘子在庙中和人合口。"林冲忙问道："在那里！"锦儿道："正在五岳楼下来，撞见个诈见不及的，把娘子拦住了不肯放。"林冲慌忙道："却再来望师兄，休怪休怪。"林冲别了智深，急跳过墙缺，和锦儿径奔岳庙里来；抢到五岳楼看时，见了数个人拿着弹弓、吹筒、黏竿，都立在栏杆边，扶梯上一个少年的后生，独自背立着，把林冲的娘子拦着道："你且上楼去，和你说话。"林冲娘子红了脸道："清平世界，是何道理，把良人妻子调戏。"林冲赶到跟前，把后生肩胛只一板过来，喝道："调戏良人妻子，当得何罪？"恰待下拳打时，认的是本管高太尉

蝼蛄之子高衙内。原来高俅新发迹,不曾有亲儿,无人帮助,因此过房这阿叔高三郎儿子,在房内为子,本是叔伯弟兄,却与他做干儿了,因此高太尉爱惜他。那厮在东京倚势豪强,专一爱淫坏人家妻女,京师人惧怕他权势,谁敢与他口争,叫他做花花太岁。当时林冲扳将过来,却认得是本管高衙内,先自软了手。高衙内说道:"林冲干你甚事,你来多管。"原来高衙内不晓得他是林冲的娘子,若是晓得时,也没这场事。见林冲不动手,他发这话,众闲汉见闹,一齐拢来劝道:"教头休怪,衙内不认得,多有冲动。"林冲怒气未消,一双眼睁着瞅那高衙内,众闲汉劝了林冲,和哄高衙内出庙上马去了。林冲将引妻小并使女锦儿也转出廊下来,只见智深提着铁禅杖,引着那二三十个破落户,大踏步抢入庙来。

林冲见了,叫道:"师兄那里去?"智深道:"我来帮你厮打。"林冲道:"原来是本管高太尉的衙内,不认得荆妇,故特无礼。林冲本待要打那厮一顿,太尉面上,须不好看。自古道:'不怕官,只怕管。'林冲不合吃着他的请受,权且让他这一次。"智深道:"你却怕本官太尉,洒家怕他甚鸟。俺若撞见那撮鸟时,且教他吃洒家三百铁禅杖了去。"林冲见智深醉了,便道:"师兄说得是。林冲一时被众人劝了,权且饶他。"智深道:"但有事时,便来唤洒家与你去。"众泼皮见智深醉了,扶着师父道:"俺们且去,明日和他再理会。"智深提着禅杖道:"阿嫂,休怪莫要笑话,阿哥明日再得相会。"智深相别,自和泼皮去了。林冲领了娘子并锦儿,取路回家,心中只郁郁不乐。且说这高衙内引了一班儿闲汉,自见了林冲娘子,又被他冲散了,心中好生着迷,怏怏不乐,回到府中纳闷。过两三日,众多闲汉都来伺候,见衙内心焦,没撩乱众人散了。数内有一个帮闲的唤作干鸟头富安,理会高衙内意思,独自一个到府中伺候,见衙内在书房中闲坐,那富安走近前去道:"衙内近日面色清减,心中少乐,必然有件不悦之事。"高衙内道:"你如何省得?"富安道:"小子一猜便着。"衙内道:"你猜我心中甚事不乐?"富安道:"衙内是想那双木的,这猜如何?"衙内笑道:"你猜得是,只没个道理得他。"富安道:"有何难哉? 衙内怕林冲是个好汉,不敢欺他,这个无伤,他见在帐下听使唤,大请大受,怎敢恶了太尉,轻则便刺配了,重则害了他性命,小闲寻思有一计,使衙内能够得他。"高衙内听得便道:"自见了许多好娘子,不知怎的只爱他,心中着迷,郁郁不乐。你有甚见识,能得他时,我自重重的赏你。"富安道:"门下知心腹的陆虞候陆谦,他和林冲最好,明日衙内躲在陆虞候楼上深阁,摆下些酒食,却叫陆谦去请林冲出来吃酒,教他直去樊楼深阁里吃酒,小闲便去他家对林冲娘子说道:'你丈夫教头和陆谦吃酒,一时气闷倒在楼上,叫娘子快去看哩。'赚得他来楼上,妇人家水性,见了衙内这般风流人物,再着甜言蜜语调和他,不由他不肯,小闲这一计如何?"高衙内喝采道:"好条计,就今晚着人去唤陆虞候来分付了。"原来陆虞候家,只在高太尉隔壁巷内。次日商量了计策,陆虞候一时听允,也没奈何,只要衙内欢喜,却顾不得朋友交情。且说林冲连日闷闷不已,懒上街去,巳牌时,听得门首有人

叫道："教头在家吗?"林冲出来看时,却是陆虞候,忙道:
"陆兄何来?"陆谦道："特望兄,何故连日街前不见?"林冲
道："心里闷,不曾出去。"陆谦道："我同兄去吃三杯解
闷。"林冲道："小坐拜茶。"两个吃了茶起身。陆虞候道:
"阿嫂,我同林兄到家去吃三杯。"林冲娘子赶到布帘下叫
道："大哥少饮早归。"林冲与陆谦出得门来,街上闲走了
一回。陆虞候道："兄我们休家去,只就樊楼内吃两杯。"
当时两个上了樊楼内,占个阁儿,唤酒保分付,叫取两瓶
上色好酒,希奇果子按酒。两个叙说闲话。林冲吃了八
九杯酒,因要小遗,起身道："我去净了手来。"林冲下得楼
来,出酒店门,投东小巷内去净了手,回身转出巷口,只见
女使锦儿叫道："官人,寻得我苦,却在这里。"林冲慌忙问
道："做什么?"锦儿道："官人和陆虞候出来,没半个时辰,
只见一个汉子,慌忙急奔来家里,对娘子说道:'我是陆虞
候邻舍,你家教头和陆谦吃酒,只见教头一口气不来,叫
娘子快来看视。'娘子听得,连忙央间壁王婆看了家,和我
跟那汉子去,直到太尉府巷内一家人家,上至楼上,只见
桌子上摆着些酒食,不见官人,恰待下楼,只见前日在岳
庙啰唣娘子的那后生出来道:'娘子少坐,你丈夫来也。'
锦儿慌忙下得楼时,只听得娘子在楼上叫杀人,因此我一
地里寻官人不见。"林冲见说,吃了一惊,不顾女使锦儿,
三步做一步,跑到陆虞候家,抢到扶梯上,却已关着楼门,
只听得娘子叫道："清平世界,如何把我良人妻子,关在这
里?"又听的高衙内道："娘子可怜见救俺,便是铁石人,也
告得回转。"林冲立在扶梯上叫道："大嫂开门!"那妇人听

得是丈夫声音,只顾来开门,高衙内吃了一惊,攧开楼窗,跳墙走了,林冲上得楼来,寻不见高衙内,问娘子道:"不曾被这厮污了?"娘子道:"不曾。"林冲把陆虞候家打得粉碎。娘子下楼,出得门外看时,邻舍两边都闭了门,女使锦儿接着,三个人一处归家去了。(《水浒传》)

后面还叙述高衙内将林冲诱至白虎堂逮捕,更买通禁卒陷害林冲的生命,写得非常生动。我们在这些情节里,可以看到封建社会的官吏富豪,不仅剥削民财,而且还强奸妇女;更可以看见那般依附官吏豪富而生存的爪牙,如何替他们的主人尽忠而帮同其主人来欺凌民众的姿态。至于禁卒苛待罪人的残酷,更血淋淋地显示了出来。后来鲁智深仗义救林冲,更显示了封建社会崇拜豪侠的心理。

我们再看他的十六回,在显示贵族豪绅剥削平民:

吴用引着阮家三兄弟,到了晁家庄上,相见后,晁盖大喜,便叫庄客宰杀猪羊,安排烧纸;次日天晓去后堂前面,列了金钱纸马,香花灯烛,摆了夜来煮的猪羊烧纸,众人见晁盖如此志诚,尽皆喜欢,个个说誓道:"梁中书在北京害民,诈得钱物却把去东京与蔡太师庆生辰,此一等,正是不义之财,我等六人中,但有私意者,天诛地灭,神明鉴察。"六人都说誓了,烧化纸钱……吴用定了计策,使白胜假装一个卖酒的。走上黄泥冈唱着一首山歌:

赤日炎炎似火烧,野田禾稻半枯焦,农夫心内如汤煮,公子王孙把扇摇。(《水浒传》)

作者把当时被压迫阶级那一种微弱的阶级意识的觉醒表现出来，所以说"公子王孙把扇摇"，所以那般所谓侠义之士要路截不义之财。

《金瓶梅》的作者是谁，无从考证，在封建社会里认为这种书是诲淫的书，所以作者不敢书名。其实这部书抓住了时代精神。在十五世纪的时候，帝王沉醉于淫欲生活中，自明成化到嘉靖年间，有方士李孜、僧继晓因献房中术而抓到富贵的地位；陶仲文进红铅而官至光禄大夫，因此，当时的士大夫莫不竞谈闺中方药，这种淫欲的风尚，普遍于社会，那些权贵豪绅强夺良民妇女，买婢纳妾，以满足个人的性欲。(《明史》)这种社会现象反映到文学上去，遂产生《金梅瓶》小说。本书的主人公是西门庆，他是一个土豪劣绅，因为贿赂蔡京，也做金吾卫副千户。他有一妻三妾，还不能满兽性，引诱潘金莲，鸩杀其夫武大郎。作者把他那种纵欲横霸的姿态，写得极生动。(《金瓶梅》)

此外，还有一部《三国志演义》，是一部历史小说；一部《西游记》，是一部神话小说。其价值虽远在《水浒》和《金瓶梅》之下，然而在中国社会里也还发生相当的影响。

十二 封建制度回光返照时代的文学

——清代（约公元一六五〇——一八五〇）

（一）封建制度回光返照时代的社会现象

自清军入关后，一方面摧毁明代的封建领主，使土地由集中又回复到分散的状态；一方面使军官和官吏帮助人民耕种空地，尽了特殊的作用，形成维持新封建官僚的泉源。耕地之扩大，自动地扩张了封建官僚基础。不过，在封建官僚基础扩大的行程中，因为农村经济的生产条件之恶化，高利贷得以发展，土地遂由封建形式财富一变而为封建官僚及高利贷统治的附属物，把封建制度建筑在行将崩溃的残基上。在政治方面，于重要的都市，驻满洲八旗，镇压汉人；并兴文字狱以钳制汉人的思想自由。同时，清朝的统治阶级也很聪明，感觉到单靠军队和文字狱来高压，是不中用的。并用牢笼政策——开博学鸿词科，纂修巨籍，以网罗人材；更表彰朱程理学，以作统治之强有力的武器。（《清史》）在这种政治形态之下，促成考据学的兴盛。而文学呢，也就形成两个不同的倾向：一是在拟古的形式上表现士大夫阶级吟风弄月个人享乐的意识，甚至透露了拥护封建制度的意识，一是显示封建社会的矛盾和封建贵族的奢侈生活。

（二）表示吟风弄月和拥护封建社会的意识

清代初年，因为统治者的引诱与压迫的关系，文学思潮，始终倾向于复古。兹分文与诗两方述之：

1. 文　清代的文，有骈文与散文之分。清初骈文，在文学界造成很浓厚的气氛。当时汉学家在研究学术的主张上最反对宋明理学，故对于宋明学者所倡导的古文也极力反对。他们所提倡的，是唐以前的骈偶文学。自然在思想不自由的气压下，只有从文学的形式上去努力，注意到词藻格律，这也不是偶然的事，清初最有名的骈文家，要推陈其年、吴绮和章藻功诸人。

陈其年，号迦陵，宜兴人，著有《湖海楼集》。尝说："吾胸中尚有骈体文千篇，特未暇写出耳。"（曾毅《中国文学史》引文）他的作品，大抵撮取经史诗歌小说之典物故事隽语，类集为册，以便逢题即写，敷衍成文，故为量甚巨。且为当时文人所重视,汪琬称美其文曰:"唐以前所不敢知,自开宝以来,七百年无此等作矣。"(曾毅《中国文学史》引文)此后,风气所及,骈体文更发达,继之者,有邵齐焘、袁枚、吴锡麟、洪亮吉、孙星衍、孔广森、刘星炜、曾焕等,号称八大家。洪亮吉为诸家中的最著者,他是一位极端的骈文家,论经学的文章也用骈文。其重要作品,据谭献所别举的,有:纪昀《四库全书进表》,胡天游《拟一统志表》《禹陵铭》,胡浚《论桑植土官书》,陆繁弨《吴山伍公庙碑文》,吴兆骞《孙赤崖诗序》,袁枚《与蒋苕生书》,汪中《自序》《汉上琴台之铭》,孔广森《戴氏遗书序》,阮元《叶氏庐墓诗文序》,张惠言《黄山赋》《七十家赋钞序》,孙星衍《防护昭陵之碑》,乐钧《广俭不至说》,此十五篇者,皆不愧八代高文,唐以后不能为也(谭献《复堂类集》)。

其后古文运动再起,与骈文对立。本来,在清初的文章家,如侯方域、魏禧、汪琬、姜宸英等,即皆以能古文负盛名,惟不能与骈文对抗。至桐城方苞,乃大唱古文义法,以鼓动当代文坛,并制定几条限制作古文的条例:

一、不可入语录中语;

二、不可入魏晋六朝人藻丽俳语;

三、不可入汉赋中板重字法;

四、不可入诗歌中隽语;

五、不可入南北佻巧语。(《望溪文集》)

方氏一大张旗鼓,风靡一时,其同乡姚鼐起而阐其说,古文愈见兴盛,以作载封建之道的工具。他说:

凡文之体类十三，而所以为文者八：日神，理，气，味，格，律，声，色。神理气味者，文之精也；格律声色者，文之粗也。然苟舍其粗，则精者亦胡以寓焉？学者之于古人，必始而寓其粗，中而寓其精，终则御其精者，而遗其粗者，文士之效法古人，莫善于退之，尽变古人形貌，虽有摹拟，不可得而寻其迹也。(《古文辞类纂自序》)

　　姚氏为文，近法归有光、方苞，而追拟韩愈为不祧之宗，为一代文宗，而"桐城派"这一个名字就跟着出来了。其弟子管同、梅曾亮、方东树的作品也很有名。后继者有曾国藩，为古文派没落时之最后殿军。

　　2. 诗　清代的诗，也逃不了时代的倾向，大都是摹仿的、复古的，是诗匠的诗。诗人的代表者，当推钱谦益与吴梅村了。

　　钱谦益字受之，号牧斋，常熟人。明崇祯时为礼部尚书，清兵南下时，谦益出降，授礼部侍郎，兼秘书院学士，其诗藻丽而沉郁，我们看他的《和盛集陶落叶》诗：

　　　　秋老钟山万木稀，凋伤总属劫尘飞，不知玉露凉风急，只道金陵王气非。倚月素娥徒有树，履霜青女正无衣。华林惨淡如沙漠，万里寒空一雁归。(顾实《中国文学史》引文)

　　吴伟业字骏公，号梅村，太仓人。崇祯时进士。明亡后亡居乡里，晚年为秘书侍讲，迁国子祭酒。其名作为《鸳湖曲》

《圆圆曲》，一叙崇祯与田贵妃事，一叙歌妓陈圆圆与吴三桂事，大致摹拟白居易《长恨歌》作风。

此后诗坛大师为王士祯，字贻上，自称渔洋山人，山东历城人，仕至刑部尚书，他的诗如《秋柳诗》，尽是堆砌典故。其他的诗，透露了个人享乐意识，如《送胡峤孩赴长江》：

> 青草湖边秋水长，黄陵庙口暮烟苍；布帆安稳西风里，一路看山过岳阳。（《渔洋诗集》）

他的诗的理论，主什么"神韵说"，以诗有化境，有天机神化之妙，力主诗须回复唐代王维、孟浩然，这也是他没有出路，才是如此的。

再后为袁枚。枚字子才，号简斋，钱塘人，世称随园先生。著有《随园诗集》《随园诗话》，其作诗理论，提倡性灵说，以诗是从人性情中来，故反对神韵派。他的名作：

> 忆昔童孙小，曾蒙大母怜，胜衣先取抱，弱冠尚同眠。鬓影红灯下，书声白发前，倚娇频索果，逃学免施鞭。敬奉先生馔，亲装稚子棉。掌珠真护惜，轩鹤望腾骞，行药常扶背，看花屡抚肩。亲邻惊宠极，姊妹妒恩偏。玉陛胪传夕，秋风榜发天。望儿终有日，道我见无年。渺渺言犹在，悠悠岁几迁。果然宫锦服，来拜墓门烟。反哺心虽急，含饴梦已捐，恩难酬白骨，泪可到黄泉，宿草翻残照，秋山泣杜鹃。今宵华表月，莫向陇头圆。（《随园诗集》）

这是透露了个人的回忆与感伤。

同时有赵翼、蒋士铨、沈德潜等均以诗著名。袁、蒋、赵称为乾隆三大诗家，此外有翁方纲，诗主江西派。

清代的小说，已深入社会，且能反映时代精神，为当时文学的主要形式。其最有名的小说，要算《红楼梦》和《儒林外史》。

《红楼梦》原名《石头记》，又名《金玉缘》。作者自云：一名《情僧录》，或名《风月宝鉴》，又名《金陵十二钗》。作者为曹雪芹。曹名霑（公元一七一九——一七六四），又号芹圃，汉军正白旗人。祖寅父頫俱为江宁织造。寅曾作《楝亭诗钞》，著传奇二种，并刻书十余种；好藏书，家藏精本二千余种。清世祖五次南巡，曾有四次以寅之织造署为行宫，雪芹于幼年时代，即生长于豪华的环境中。后頫卸任，雪芹随父归北京，时年仅十岁。后家庭衰落，到中年时，雪芹乃至贫居郊外，啜饘粥。《红楼梦》即作于此时。乾隆二十九年，殇子，雪芹伤感成疾，数月而卒，年四十余。（胡适《红楼梦考证》（《胡适文存》））

《红楼梦》是反映着康乾升平时代的贵族的脂粉生活。但是有些无聊的学者，无端自扰地索隐起来：

1. 王梦阮说《红楼梦》暗射清世祖与董鄂妃，兼及当时的诸名王奇女。——把宝玉射清世祖，黛玉射鄂妃。（王梦阮《红楼梦索隐》）

2. 蔡元培以为《红楼梦》是叙述康熙朝政治状态——金陵十二钗，为暗示江南清初时的名士。（蔡元培《石头记索隐》）

3. 俞樾等以为《红楼梦》是记述纳兰成德的事。（俞樾《小浮梅闲话》（《曲园杂纂》））

以上各家索隐，自胡适的《红楼梦考证》出世后，证明是雪芹自身的写照，于是《红楼梦》索隐之风才告一段落。

《红楼梦》真能抓住时代精神，在第十七回里，把乾隆时代那种奢侈之风尽量地显示了出来。第十七回是叙荣国府归省庆元宵的情节，修理大观园工程之大，虽廿世纪的公园也不过如此，单就室内装饰，也就令人惊讶。试看采办人贾琏报告：

妆蟒洒堆，刻丝弹墨，并各色绸绫大小幔子一百二十架，昨日得了八十架，下欠四十架。帘子二百挂，昨日俱得了。外有猩猩毡帘二百挂，湘妃竹帘一百挂，金丝藤红漆竹帘一百挂，黑漆竹帘一百挂，五彩线络盘花帘二百挂；每样得了一半，也不过秋天都全了。椅搭，桌围，床裙，机套，每分一千二百件，也有了。（《红楼梦》）

这种奢侈的程度，岂不骇人听闻？再看第十八回叙述元妃省亲的一段：

> 贾妃在轿内看了此园内外光景，因点头叹道："太奢华过费了！"忽又见监跪请登舟。贾妃下舆登舟。只见清流一带，势若游龙，两边石栏上皆系水晶玻璃各色风灯，点的银光雪浪；上面柳杏诸树，虽无花叶，却用各色绸绫纸绢及通草为花，粘于枝上，每一株悬灯万盏；更兼池中荷荇凫鹭诸灯亦皆系螺蚌羽毛做就的，上下争辉，水天焕彩，真是琉璃世界，珠宝乾坤，船上又有各种盆景，珠帘绣幕，桂楫兰桡，自不必说了。
>
> 于是进入行宫，只见庭燎绕空，香屑布地；火树琪花，金窗玉槛；说不尽帘卷虾须，毯铺鱼獭；鼎飘麝脑之香，屏列雉尾之扇。真是：金门玉户神仙府，桂殿兰宫妃子家。（《红楼梦》）

描写封建贵族的奢侈生活，在《红楼梦》里到处可看见。同时并显示了这种奢侈生活，乃是封建制度发展、崩溃过程中的一种必然现象。

书中的主人公——贾宝玉乃是雪芹少年时代的自画像。

其次《儒林外史》，为吴敬梓（公元一七〇一——一七五四）所撰。吴字敏轩，安徽全椒人。有《诗说》七卷，《文木山房文集》五卷，《诗集》七卷，早已遗佚。这部书描写出一个科举时代的龌龊社会，刻画出士绅阶级的好名利、贪吝、迂鄙的姿态，掊击封建残余下的礼教。他这样大胆攻击旧封建势力，正表现了商业资本与封建势力的矛盾，并显示了封建势力逐渐失了支配社会的威权。

儒林外史第二回，有一段描写科举的神秘性：

周进道："老先生的朱卷，是晚生熟读过的；后面两大股文章，尤其精妙。"王举人道："那两股文章，不是俺作的。"周进道："老先生又过谦了，却是谁作的呢？"王举人道："虽不是我作的，却也不是别人作的。那时头场初九日，天色将晚；首篇文章还不曾做完，自己心里疑惑，说：'我平日笔下最快，今日如何迟了？'正想不出来，不觉瞌睡上来，伏着号板打了一个盹；只见五个青脸的人，跳进号来，中间一人，手里拿着一枝大笔，把俺头上点了一点，就跳出去了。随即一个戴纱帽红袍金带的人，揭帘子进来，把俺拍了一下，说道：'王公请起！'那时俺吓了一跳，通身冷汗；醒转来拿笔在手，不知不觉写了出来。可见贡院里鬼神是有的，俺也曾把这话回禀过大主考座师，座师就道：'俺该有魁元之分。'"正说得热闹，一个小学生送仿来批，周进叫他："栏着"。

在第十九回里，显示了科举制的弊端，就是那替考的事：

潘三道："李四哥许久不见，一向在那里？"李四道："我一向在学道衙门前；今有一件事，回来商议，怕三爷不在家，而今会着三爷，这事不愁不妥了。"潘三道："你又捣些什么鬼话？同你共事，你是马蹄刀瓢里切菜，滴水也不漏，总不肯放出来。"李四道："这事是有钱的。"潘三道：

"你且说是什么事?"李四道:"目今宗师按临绍兴了,有个金东崖,在部里做了几年衙门,挣起几个钱来;而今想儿子进学,他儿子叫做金跃,却是文理不通的。考期在即,要寻一个替身,这位学道的关防又严,须是想出一个新法子来;这事所以要和三爷商议。"潘三道:"他愿出多少银子?"李四道:"绍兴的秀才,足足值一千两一个;他如今走小路,一半也要他五百两,只是眼下难得这一个替考的人,装一个何等样的人进去? 那替考的笔资多少? 衙门里使费多少? 剩下的你我怎样一个分法?"潘三道:"通共五百两银子,你还想在这里头分一个分子,这是就不必讲了;你只好在他那得些谢礼,这里你不必想。"李四道:"三爷,就依你说也罢了,倒底是怎个做法?"潘三道:"你总不要管,替考的人也在我,衙门里打点也在我,你只叫他把五百两银子,兑出来封当铺里,另外拿三十两银子给我做盘费,我总包他一个秀才。若不得进学,五百两一丝也不动,可妥当吗?"李四道:"这没的说了。"

当下说定,约着日子来封银子。……过了几日,潘三果然来,搬了行李同行;过了钱塘江,一直来到绍兴府,在学道门口,寻了一个僻巷子寓所住下。次日,李四带了那童生来会一会。潘三打听得宗师挂牌考会稽了,三更时分,带了匡超人,悄悄同到班房门口;拿出一顶高黑帽,一件青布衣服,一条红搭包来,叫他除了方巾,脱了衣裳,就将这一套行头穿上,附耳低言:"如此如此,不可有误",把他送在班房,潘三拿着衣帽去了。交过五鼓,学道三炮外堂;超人手执水火棍,跟了一般军牢夜役,吆喝了进去,排班站在三门口,学道出来点名,点到童生金跃,匡超人递个眼色与他;那童生是照会定了的,便不归号,悄悄站在黑影里。匡超人就退了几步,到那童生跟前,躲在人背后,把帽子除下来,与童生戴着,衣服也彼此换过来。那童生执了水火棍,站在那里,匡超人捧卷入号,做了文章,放到三四牌,才交卷出去。回到下处,神鬼也不知道。发案时候,金跃高高进了。潘三同他回家,拿二百两银子,以为笔资。(《儒林外史》)

在第三回里描写中了亚元的范进,乐到发疯;在第四回里描写范进丁母忧向汤知县打秋风那种尽孝的形态;在第五回里描写家财十万的严监生那种吝啬的形态,都非常生动。

十三　民族资产阶级意识萌芽时期的文学

——清　末（约公元一八五〇——一九一九）

（一）国际资本主义的伸入与封建经济的动摇

　　自鸦片战争后，继之以英法联军之役、甲午之役和庚子之役，国际资本主义的势力随着炮火而深入中国的农村，使农村经济和小手工业逐渐破产，固定了三四千年的社会基础，也就被资本主义之政治力和经济力把他推到行将崩溃的残基上。在这种经济转变的行程中，反映到政治上者，有太平天国的革命、戊戌政变、义和团的民族革命、辛亥革命。由政治经济现象所反映出来的思想：有崇拜西洋文明之郭嵩焘的《养吾卢记》，把孔子学说重新换上一副面孔之康有为的《新学伪经考》，充满资产阶级意识之谭嗣同的《仁学》和梁启超、章行严所鼓吹的自由平等的论文。此外，严几道译入赫胥黎的《天演论》《原富》和《群学肄言》，这都是由封建社会改变为资本主义的表征。在这个阶段的文学呢，有两个不同的倾向：一是表示对于封建社会的留恋，一是表示封建社会的残形和对于近代社会的期望。

　　从资本帝国主义的炮火震动了中国社会基础后，中国社会迅速地向前转变，当时的诗人如黄遵宪等便创应时代潮流的新体诗，小说家如李伯元、刘鹗、吴沃尧等便尽量地揭示旧社会的黑幕，翻译家林纾更进一步介绍西洋资本主义社会的新文学。不过，他们这般人阶级意识的觉醒，还是很微弱的。

　　黄遵宪字公度（公元一八四八—一九〇五），嘉应州人，著有《人境庐诗草》十一卷。他是个举人，充驻日公使参赞，及湖南按察使。当戊戌变法，他也是这运动中的一个人物。他作诗，不守旧法，我们看他的《杂感》其二：

　　　　大块凿混沌，浑浑旋大圜。隶首不能算，知有几万年？羲轩造书契，今始岁五千。以我视后人，若居三代先。俗儒好尊古，日日故纸研；六经字所无，不敢入诗篇。

古人弃糟粕,见之口流涎,沿习甘剽盗,妄造丛罪愆。黄土同抟人,今古何愚贤?即今忽已古,断自何代前?明窗敞流离,高炉爇香烟;左陈端溪砚,右列薛涛笺;我手写我口,古岂能拘牵?即今流俗语,我若登简编,五千年后人,惊为古斓斑。(《人境庐诗草》)

在这首诗里,已经暗示社会是进化的,文学也应当随社会进化,不应当拟古。

当时的中国在国际资本帝国主义压榨之下,他很慷慨激昂,故实际参加变法运动,促进中国这个国家变成现代式的国家,以与帝国主义抗,我们看他的《爱国短歌行》:

神州万里风浃浃,昆仑东南海为疆。岳岭回环江河长,中开天府万宝藏。地兼三带寒暑藏,以花为国丝为裳。百品杂陈饮馔良,地大物博冠万方。

我祖黄帝传百世,一姓四五垓兄弟。族谱历史五千载,大地文明无我逮。全国语文同一致,武功一统垂文治。四裔入贡怀威惠,用我文化服我制。亚洲独尊主人位。

今为万国竞争时,惟我广土众民霸国资,遍鉴万国无似之。我人齐心发愤可突飞,速成学艺与汽机。民兵千万选健儿,大造铁舰游天池,舞破大地黄龙旗。(《人境庐诗草》)①

---

① 应为作者误。此诗为康有为所作,未见于《人境庐诗草》。

这首词,不仅充满了民族意识,而且主张造铁舰和学艺与汽机,这不是主张变更生产的方法吗? 其次,如《降将军歌》《度辽将军歌》《聂将军歌》《悲平壤》《哀旅顺》《哭威海》等诗,都是资本帝国主义炮火中的创痛哀音。

李宝嘉字伯元(公元一八六七——一九〇六),江苏上元人,别号南亭亭长。曾居上海,办有《指南报》《游戏报》《海上繁华报》,为上海的小报之始创者。他著有:《庚子国变弹词》《官场现形记》《中国现在记》《文明小史》《活地狱》等书,尤以《官场现形记》为最有名。这部小说共分六十回,显示了封建社会崩溃过程中的官僚的腐败。在第十回里写江仙船上的一个妓女龙珠对周老爷说:

> 我十五岁上跟着我娘到过上海一荡,人家都叫我清倌人,我肚里好笑。我想我们的清倌人也同你们老爷们一样。
>
> 去年八月里江山县钱太老爷在江头雇了我们的船,同了太太去上任。听说钱太老爷在杭州等缺,等了二十几年,穷的了不得,连什么都当了,好容易才熬到去上任。他一共一个太太,两个少爷,九个小姐。大少爷已经三十多岁,还没有娶媳妇。从杭州动身的时候,一家门的行李不上五担,箱子都很轻的。到了今年八月里,预先写信叫我们的船上来接他回杭州。等到上船那一天,红皮衣箱一多就多了五十几只,别的还不算。上任的时候,太太戴的是镀金的簪子;等到走,连那少爷的奶妈,一个个都是

金耳坠子了！钱太老爷走的那一天,还有人送了他好几把万民伞。大家一齐说老爷是清官,不要钱,所以人家才肯送他这些东西。我肚皮里好笑,老爷不要钱,这些箱子是那里来的呢?……瞒得过我吗?做官的人,得了钱,自己还要说清官,同我们吃了这碗饭一定要说是清倌人,岂不是一样的吗?周老爷听了他的话,气的一句话也说不出,倒反朝着他笑;歇了半天,才说得一句"你比方的不错"。(《官场现形记》)

他借一个妓女的口吻,来形容官场的贪污。再看他的二十六回:

　　却说贾大少爷,……看看也到了引见之期,头天赴部演礼,一切照例仪注,不庸细述。这天贾大少爷起了一个半夜,坐车进城,……一直等到八点钟,才有带领引见的司官老爷把他带了进去,不知走到一个什么殿上,司官把袖一摔,他们一班几个人在台阶上一溜跪下,离着上头约摸有二丈远,晓得坐在上头的就是"当今"了。……他是道班,又是明保的人员,当天就有旨,叫他第二天预备召见。……贾大少爷虽是世家子弟,然而今番乃是第一遭见皇上,虽然请教过多少人,究竟放心不下。当时引见了下来,先看见华中堂。华中堂是收过他一万银子古董的,见了面问长问短,甚是关切,后来贾大少爷请教他道:"明日朝见,门生的父亲是现任桌司,门生见了上头,要碰头不要碰头?"华中堂没有听见上文,只听得碰头二字,连连回答道:"多碰头,少说话,是做官的秘诀。"贾大少爷忙分辨道:"门生说的是上头问着门生的父亲,自然要碰头;倘不问,也要碰头不要碰头?"华中堂道:"上头不问你,你千万不要多说话;应该碰头的地方,又万万不要忘记不碰,就是不该碰,你多磕头,总没有处分的。"一席话说得贾大少爷格外糊涂,意思还要问,中堂已起身送客了。贾大少爷只好出来,心想华中堂事情忙,不便烦他,不如去找黄大军机,……或者肯赐教一二。谁知见了面,贾大少爷把话才说完,黄大人先问:"你见过中堂没有? 他怎么说的?"贾大少爷照述一遍,黄大人道:"华中堂阅历深,他叫你多碰头少说话,老成人之见,这是一点儿不错的。"……贾大少爷无法,只得又去找徐大军机。这位徐大人,上了年纪,两耳重听,就是有时候听得两句,也装作不知。他平生最讲究养心之学,有两个诀窍:一个是不动心,一个是不操心。……后来他这个诀窍被同寅中都看穿了,大家就送他一个外号,叫他做琉璃蛋。……这日贾大少爷……去求教他,见面之后,寒暄了几句,便提到此事。徐大人道:"本来多碰头是顶好的事。就是不碰头,也使得。你还是应得碰头的时候,你碰头;不必碰的时候,还是不必碰为妙。"贾大少爷又把华黄二位的话述了一遍,徐大人道:"他两位说的话都不错。你便照他二位的话,看事行事,最妥。"说了半天,仍旧说不出一毫道理,只得又退了下来。后来一直找到一位小军机,也是他老人家的好友,才把仪注说清。第二天召见上去,居然没有出岔子。(《官场现形记》)

这形容官僚的丑态,惟妙惟肖。在封建社会崩溃中的官僚,必然他会卑鄙恶浊,用尽了方法来维持官僚地位。

吴沃尧字小允(公元一八六七——九一〇),别署茧暗,或趼人,广东南海人。生长佛山镇,因自号我佛山人。曾客居山东,游历日本,都不当意。最后寓居上海。曾主撰《月月小说》,著有《电术奇谈》《二十年目睹之怪现状》《九命奇冤》《恨海》《近十年之怪现状》等小说,尤以《二十年目睹之怪现状》一书为最有名。全书共一百零八回,以自号九死一生为主人公,历叙二十年中所闻社会种种怪状。看他在七十四回里描写北京同寓人符弥轩之虐待其祖的故事:

到了晚上,各人都已安歇,我在枕上隐隐听得一阵喧嚷的声音出在东院里。……嚷了一阵,又静一阵,静了一阵,又嚷一阵,虽是听不出所说的话来,却只觉得耳根不清净,睡不安稳。直等到自鸣钟报了三点之后,方才朦胧睡去;等到一觉醒来,已是九点多钟了。连忙起来,穿好衣服,走出客堂,只见吴亮臣、李在兹和两个学徒,一个厨子,两个打杂,围在一起窃窃私议,我忙问是什么事。……亮臣正要开言,在兹道:“叫王三说吧,省了我们费嘴。”打杂王三便道:“是东院符老爷家的事。昨天晚上半夜里我起来解手,听见东院里有人吵嘴,……就摸到后院里,……往里面偷看:原来符老爷和符太太对坐在上面,那一个到我们家里讨饭的老头儿坐在下面,两口子正骂那老头子呢。那老头子低着头哭,只不做声。符太太骂得最出奇,说道:'一个人活到五六十岁,就应该死的了,从来没见过八十多岁的人还活着的。'符老爷道:'活着倒也罢了。无论是粥是饭,有得吃吃点,安分守己也罢了;今天嫌粥了,明天嫌饭了,你可知道要吃的好,喝的好,穿的好,是要自己本事挣来的呢。'那老头子道:'可怜我并不求好吃好喝,只求一点儿咸菜罢了。'符老爷听了,便直跳起来,说道:'今日要咸菜,明日便要咸肉,后日便要鸡鹅鱼鸭,再过些时,便燕鱼翅都要起来了。我是个没补缺的穷官儿,供应不起……'说到那里,拍桌子拍凳的大骂。……骂够了一回,老妈子开上酒菜来,摆在当中一张独脚圆桌上。符老爷两口子对坐着喝酒,却是有说有笑的。那老头子坐在底下,只管抽抽咽咽的哭。符老爷喝两杯,骂两句;符太太只管拿骨头来逗叭儿狗玩。那老头子哭丧着脸,不知说了一句什么话,符老爷登时大发雷霆起来,把那独脚桌子一掀,匎訇一声,桌上的东西翻了个满地,大声喝道:'你便吃去!'

那老头子也太不要脸,认真就爬在他下拾来吃。符老爷忽的站了起来,提起坐的凳子,对准了那老头子摔去。幸亏站着的老妈子抢着过来接了一接,虽然接不住,却挡去势子不少。那凳子虽然还摔在那老头子的头上,却只摔破了一点头皮。倘不是那一挡,只怕脑子也磕出来了。"我听了这一番话,不觉吓了一身大汗,默默自己打主意。到了吃饭时,我便叫李在兹赶紧去找一房子,我们要搬家了。(《二十年来目睹之怪现象》)

这是显示了中国社会的伦理道德,被西洋资本主义摧毁无余,才有这样上下无序的纷乱现象。同时,我们看到作者对于这种怪现象没办法,只有消极地避免,而以搬家了之,这是他没有看到这种现象产生的物质因素,所产生出来的办法。

刘鹗字铁云,江苏丹徒人,通算学,行为放荡,后忽自悔,闭户岁余,乃行医于上海,旋又弃而学贾,尽丧其资。一八八八年河决郑州,他投效于吴大澂,治河有大功。后来山东巡抚福润保荐他奇才,以知府用。他住北京二年,上书请筑津镇铁路,不成;又为山西巡抚与英国人订约开采山西的矿,既成,世俗交谪,称为汉奸。庚子之乱,联军占据北京,京城居民缺乏粮食,很多饿死的。他就带了钱进京,想设法赈济。其时俄国兵占住太仓,太仓多米而欧人不吃米,他同俄人商量,用贱价把太仓米都籴出来,用贱价粜给北京的居民,救了无数的生命。后数年,政府即以私售仓粟罪之,流死新疆。当他治河时,发现了许多古文字的龟甲兽骨,曾费心研究,著有《铁云藏龟》一书,为一般治小学者所尊重。他在文学上也有地位,其名著为《老残游记》,即借铁英号老残者之游行,而历记其言论闻见,显示封建官僚的黑幕。如第十六回叙述刚弼误认魏氏父女为谋毙一家十三命重犯,魏氏仆行贿求免,而刚弼即以此证实之:

那衙役们早将魏家父女带到,却都是死了一半的样子。两人跪到堂上,刚弼便从怀里摸出那个一千两银票并那五千五百两凭据,……叫差役送与他父女们看。他父女回说:"不懂,这是什么缘故?"刚弼哈哈大笑道:"你不知道,等我来告诉你,你就知道了。昨儿有个胡举人来拜我,先送一千两银子,说,你们这案,叫我设法儿开脱;又说,如果开脱,银子再要多些也肯。……我再详细告诉你,倘若人命不是你谋害的,你家为什么肯拿几千两银子出来打点?这是第一据。……倘人不是你害的,我告诉他:"照五百两一条命计算,也应该六千五百两。"你那管事的就应该说:"人命实不是我家害的,如蒙委员代为昭雪,七千八千俱可,六千五百两的数目却不敢答应。"怎么他毫无疑义,就照五百两一条命算账呢?这是第二据。我劝你们,早迟总得招认,免得饶上许多刑具的苦楚。那父女两个连连叩头说:"青天大老爷,实在冤枉。"刚弼把桌子一拍,大怒道:"我这样开导,你们还是不招?再替我夹拶起来!"底下差役炸雷似的答应了一声:"嗄!"正要动刑。刚弼又道:"慢着。行刑的差役上来,我对你说。……你们伙俩,我全知道。你们看那案子是不要紧的呢,你们得了钱,用刑就轻,让犯人不甚吃苦。你们看那案情重大,是翻不过来的了,你们得了钱,就猛一紧,把犯人当堂治死,成全他个整尸首,本官又有个严刑毙命的处分。我是全晓得的。今日替我先拶贾魏氏,只不许拶得他发昏,但看神色不好就松刑,等他回过气来再拶。预备十天工夫,无论你什么好汉,也不怕你不招。"(《老残游记》)

这连当时清官的弊端显示了出来,真是封建社会的末日到了。

此外，曾朴的《孽海花》，也反映了时代的真影，据作者自己说："这书是我中国由旧到新的一个大转关。一方面文化的推移，一方面政治的变动，可惊可喜的现象，都在这一时期飞也似地进行。我就想把这些现象合拢了他的侧影或远景，和相连系的一些细事，收摄在我笔端的摄影机上，叫他自然地一幕一幕地展现，印象上不啻目击了大事的全景一般。"(《〈孽海花〉删改后要说的几句话》)又如苏曼殊的《断鸿零雁记》《绛纱记》《焚剑记》等，也在反映着时代。

同时，在这个时代，翻译文学也相当的发达，把西洋资产阶级的文学介绍过来，很合乎中国的新兴资产阶级的脾胃。在翻译文学上最有权威者，要推林纾了。林字琴南(公元一八五二——一九二四)，号畏庐，别号冷红生，福建闽侯人。用古文译小说，译有《茶花女》《黑奴吁天录》和《劫后英雄》等小说。《茶花女》为法国戏剧家小仲马所作，其中显示了资产阶级渴望婚姻的自由，而受社会束缚那种凄凉的情态。《黑奴吁天录》为十九世纪美国史拖活夫人所作，描写南美虐待黑奴的残忍，作者立在人道主义上，洒了满腔的热血，同情于这不幸的黑奴，对于解放黑奴战争不无相当的影响。这部小说，在中国资产阶级革命的高潮中，引起了不少的读者欢迎。《劫后英雄》系史格得所作，也是充满了资产阶级的意识。不过，林纾不懂西文，加之他自己搀入不少的封建意识，这是他的翻译的缺陷。

林纾除了翻译小说外，还有几部创作，一部《京华碧血录》，叙述戊戌政变、庚子拳变的事，对于那些引用义和团闯出大祸的王公大臣，真是深恶痛绝。一部是《蜀鹃啼传奇》，为反抗拳民暴动而死的吴知县致其哀感与敬意。一部是《金陵秋》，叙述辛亥革命南京方面的事。一部是《官场新现形记》，叙述袁世凯称帝和国会议员的事。这些题材，都是新鲜活泼的史实，上述这些作家，只是显示封建社会的黑暗，可没有指示新出路的积极的意识，这也是当时的社会物质条件不十分完备的关系。

在国际资本帝国主义冲破了中国封建经济时代，封建贵族感觉本阶级的权力地位的动摇和没落，乃发生依依不舍的留恋情态，在文学方面，特以拟古为最后之努力。因之在这阶级的文学，假古董还能在新文学的浪潮中掀起一点余波，这也仅仅是一点余波而已。王闿运、郑孝胥、樊增祥即是其代表者。

王闿运字壬秋（公元一八三二—一九一六），号湘绮，湖南湘潭人。咸丰乙卯举人，后来钦赐翰林院检讨。晚年在衡阳船山书院讲学，川湘人士多宗归之。著有《湘绮楼文集》八卷、《诗集》《别集》三卷，其他著述尚多，都收到《湘绮楼全集》。他的诗大多摹拟古人，以愈古为愈工。看他的《入彭蠡望庐山作》：

轻舟纵巨壑,独载神风高。孤行无四邻,窅然丧尘劳。晴日光皎皎,庐山不可招。扬帆载浮云,拥楫玩波涛。昔人观九江,千里望神臬。浩荡开荆扬,潆涔听来潮。圣游岂能从? 阳岛尚嶕峣。川灵翳桂旗,仙客阅金膏。委怀空明际,傲然歌且谣。(《湘绮楼全集》)

又如他的《望巫山作》:

　　神山凤所经,未至已超夷,况兹澄波棹,翼彼祥风吹。真灵无定形,九面异圆亏。晴云穴内蒸,积石露嵌奇。江湖汩无声,浩荡复逶迤。呼风陵紫烟,漱玉吸琼脂。赏心不期游,谁识道层峦。若有人世情,暂来被尘羁。(《湘绮楼全集》)

　　据他自己说"右与望庐山诗,皆学谢赤石帆海",是这两首诗是学谢灵运的《渡赤石进帆海》那首诗无疑。再看他的《回马岭柏树歌》:

　　泰山兮巃嵷,下宜柏兮上宜松。松是仙人家,柏作神鬼宫。秦皇昔日无仙才,欲攀松树望蓬莱。飘风骤雨不能下,独立徘徊一松下。后来封禅凡几君,时君无德况群臣,霍家都尉死山顶,汉武匆匆旋玉轮。自此群臣陪法驾,行到松前尽回马。南看十里柏阴阴,肃肃泠泠无妄心。乘舆去后此阴在,士女时来听玉琴。我昔南行桂阳道,参天翠柏如云扫。株株自谓栋梁材,千年枉向荒山

老。岂知此山百万株,云间各有神明扶。八十七君屡兴
废,明堂梁栋皆丘虚。从臣同来见此柏,亦言名字垂金
石,当时解笑秦汉君,今日几人如李霍。龙藏麟见古今
殊,大圣栖栖非小儒。颖水牵牛渭投钓,阿衡负鼎闵怀
珠。社栎十围欺匠石,卞珪三刖困泥涂。日暮长风送归
客,且从松子访盈虚。(《湘绮楼全集》)

这是他的七神歌最得意之作。据他自己所说,乃是学李
东川的《杂兴》诗中的"沉沉牛渚矶"一首而来,因为他最佩服
李东川这一首诗。此外如他的《拟鲍明远》《拟傅玄》《拟王元
良》《拟曹子建》等作,无一不在意味封建权力的动摇,而思拟
古有以稳定之。

郑孝胥字苏盦,号太夷,福建闽县人,光绪壬午解元,官至
湖南布政使,现为"满洲国"重要台柱,著有《海藏楼诗集》。他
真是一位封建余孽,所以他的诗多半是凭吊封建社会的挽歌。
看他的《世已乱身将老长歌当哭莫知我哀》:

驻颜却老竟无方,被发缨冠亦太狂!归死未甘同泯
泯,言愁始欲对茫茫。孤云万族身安托?落日扁舟世可
忘。从此湖山换兵柄,肯教部曲识蕲王。(《海藏楼诗
集》)

封建贵族,眼看着自己的阶级没落,只有"长歌当哭",这
也是必然的现象。

樊增祥字嘉父,又号樊山,湖北恩施人。光绪丁丑进士,

前清官江南布政使,民国后为徐世昌大总统时代秘书长,著有《樊山全集》。他对于西学的输入,非常愤慨。看他《和王梅溪居武林小诗之一》:

> 秋实春华迥不同,夷言扫尽汉唐风。龙头总属欧洲去,且置诗人五等中。(《樊山全集》)

我们在前面已经说过,西洋资本主义社会的科学哲学,相继输入中国来,封建余孽的诗人,感到一种压迫,在这首诗里显示出来。又如:

> 句律原参造化工,两间光景信无穷,若无盐豉菹何味?为有梅花月不同。略取蜀姜生辣意,定须越纸熟槌功,今当万事求新日,故纸陈言要扫空。(《樊山全集》)

在这首诗,我们可以看见中国社会意识的转变,封建余孽的诗人,自然感觉恐慌,只有发无谓的牢骚了。

此外陈三立、易顺鼎也是本阶段中吊古的诗人。

十四　封建残余与民族资产阶级混合统治时期的文学

——五四运动至一九二八

中国民族资产阶级，乘着国际资本主义混战（欧战）无暇东顾，得到相当的发展，很想摧毁压迫本阶级的封建政权，而易以本阶级所需要的德莫克拉西的政权。在这种封建制度向资本制度推移的步声里，新兴资产阶级，不断地与封建残余鏖战，五四运动、五卅运动、三一八运动，即是新兴资产阶级与封建残余鏖战的具体表现。

在新兴资产阶级与封建残余鏖战的行程中，物质方面，发生这样的变化：

1. 大多数人的身上已经是机械生产的洋货，不再是毛蓝大衫，大部分的手工业都已破产。新兴的产业虽然不多在中国人手中，然而沿海都市以及交通便利的内地的都市，大都为外来的资本主义所被化。

2. 社会上的生产关系，不再是从前的师傅与徒弟，而是近代的股东与工人。

3. 二三千年的帝政,二三百年的满人的统制,摇身一变而成为五族共和;原始的大龙旗,一变而为五条颜色的近代欧美式的幌子。(麦克昂《文学革命的回顾》)

至于意识方面,也发生下列的变化:

1. 伦常礼教以及对孔子的尊信一扫而空,陈独秀、吴虞是工作最力的份子,他们在当时理论中所运用的逻辑法,已能够从动的历史的观点上着眼。

2. 从前被封建观念取消了的独立的人格,这时跑出来了,个人主义开始站起,盲目的旧道德和伦常,都开始根本动摇。

3. 父系父权的宗法制度,在一般的言论中,受着极严厉的批评与攻击,家庭的权威,因此在一班青年中丧失了地位。

4. 一般人,尤其是学生,对于政治都有兴味地感到是自己的责任,要想清白的胡适之,终于说出"我们要不愿问政治,但政治没有一天不来侵犯我"这样的话来了。

5. 封建制度的形式是地方割据,语言不统一,而且也用不着统一,但在将来一个新制度下,这是不行的。于是黎锦熙、吴稚晖、钱玄同等,便很努力地提倡所谓"国语"及"注音字母"的运动。(天明《近三十年来中国思想界转变的概观》(《新东方》一卷八期))

这时期,经济转变非常迅速,所以意识的转变也是非常迅速,而且形成有组织的集团运动,《新青年》即是代表资产阶级向封建势力进攻的急先锋。我们看它的宣言:

我们相信世界各国政治上、道德上、经济上因袭的旧观念中，有许多阻碍进化而且不合情理的部分。我们想求社会进化，不得不打破"天经地义""自古如斯"的成见；决计一面抛弃此等旧观念，一面综合前代贤哲、当代贤哲和我们自己所想的创造政治上、道德上、经济上的观念，树立新时代的精神，适应新社会的环境。

我们理想的新社会，是诚实的、进步的、积极的、自由的、平等的、创造的、美的、善的、和平的、相爱互助的、劳动而愉快的、全社会幸福的。希望那虚伪的、保守的、消极的、束缚的、阶级的、因袭的、丑的、恶的、战争的、轧轹不安的、懒惰而烦闷的、少数幸福的现象，渐渐减少，至于消灭。（《青年杂志》）

这真是冲破封建壁垒很厉害的武器。在这种资产阶级意识向前迈进的当儿，表现于文学方面者，充满了资产阶级的意识，辛辣地讥刺了封建社会的一切典型。当时致力于资产阶级革命的健将陈独秀，对于文学革命标张三大主义：

1. 推倒雕琢的阿谀的贵族文学，建设平易的抒情的国民文学。

2. 推倒陈腐的铺张的古典文学，建设新鲜的立诚的写实文学。

3. 推倒迂晦的难涩的山林文学，建设明了的通俗的社会文学。（陈独秀《文学革命论》（《独秀文存》））

质言之，他就在推倒封建社会的旧文学，建设适合于新兴资产阶级的新文学。

同时，被陈独秀拉到革命文学战线的胡适，对于建设新文学的意见，标出八不主义：

1. 不做"言之无物"的文字。

2. 不做"无病呻吟"的文字。

3. 不用典。

4. 不用套语烂调。

5. 不重对偶——文须废骈，诗须废律。

6. 不做不合文法的文字。

7. 不摹仿古人。

8. 不避俗语俗字。（胡适《建设的文学革命论》（《胡适文存》））

这虽然没有陈独秀的三大主义那么积极，然而它的实质也向"打破封建社会享乐的趣味的装饰的死文学和建设实际应用的真文学"的路上走。

欧战后，国际资本主义得到暂时的协定，又有剩余的资本向中国投资，把中国束缚成了一个恒久的乡村，使国际资本主义的寿命得以延长。在这个条件束缚之下，中国资产阶级的革命，只有宣告流产。那些新兴的资产阶级竟和国际资本帝国主义国内的封建势力妥协起来，形成混合统治的局面，在这种形势之下，那些带有小资产阶级性的文学家很感觉苦闷，除很少数跟着时代潮流往前奔驰外，大多数小资产阶级停留在苦闷中，彷徨不知所措，甚至回复到封建意识上去。所以在本阶段的作品，只有表现苦闷的意识或封建的兴趣。

在这个时代轮齿转变迅速的阶段里，能够抓住时代的作家，要推鲁迅、周作人、徐志摩、郭沫若、郁达夫、张资平和冰心诸人为代表了。

鲁迅(公元一八八一——一九三六①)，是周树人的笔名，浙江绍兴人。父母都是读书人。十三岁时，家道中落，旋即父亲病殁，以学费无着，便不能不考入不要学费的南京水师学堂，后又改进矿路学堂。毕业后，以官费派送日本留学，先后入东京预备学校和仙台医学专门学校，此时即有从事文学的兴趣。一九一〇年从日本回国，已二十九岁，在杭州从事教育。民国成立后，任教部职员，同时并任北京大学、师范大学、厦门大学等教职，现在在上海专于卖稿和致力于新文化运动。(《中外

---

① 卒年为编者补。此段写于 1933 年。

文学家辞典》)

他的处女作《狂人日记》在一九一八年登在新文化运动最有威权的《新青年》杂志上，已对于封建势力表示猛烈的反抗：

> 我翻开历史一查，这历史没有年代，歪歪斜斜的每页上都写着"仁义道德"几个字，我横竖睡不着，仔细看了半夜，才从字缝里看出字来了，满本都写着两个字是"吃人"！（《呐喊》）

这不是代表新兴的资产阶级揭起了"离经叛道"的旗帜，深刻地轰击了四千年来吃人的"仁义道德"吗？这不是与当时努力于建设新兴资产阶级文化的陈独秀、胡适站在同一战线拼命地向封建壁垒进攻的表现吗？后又继续地发表了《孔乙己》《药》《明天》《一件小事》等短篇小说，大都是反对旧礼教，以冷静的态度和俏皮的文笔，对封建势力加以猛烈的攻击。

一九二一年，发表了《故乡》，这显示了中国农村经济破产已到了深刻化：

> "非常难，第六个孩子也会帮忙了，却总是吃不够……又不太平……什么地方都要钱，没有定规……收成又坏。种出东西来，挑去卖，总要捐几回，折了本；不去卖，又只能烂掉……"（《呐喊》）

这是农民闰土的诉苦，连官吏贪污的情形也表现出来了。同年十二月，又发表了《阿Q正传》，便一跃而为文坛上有权威者。在本文第一章里显示了封建势力支配了整个农村的姿态：

> 那是赵太爷的儿子进了秀才的时候,锣声铿铿的报到村里来。阿Q喝了两口黄酒,便手舞足蹈的说,这于他也很光采,因为他和赵太爷原来是本家,细细的排起来他还比秀才长三辈呢! 其时几个旁听人倒也肃然的有些起敬了,那知道第二天,地保便叫阿Q到赵太爷家里去;太爷一见,满脸溅朱,喝道:"阿Q,你这浑小子! 你说我是你的本家么?"
>
> 阿Q不开口。
>
> 赵太爷愈看愈生气了,抢进几步说:"你敢胡说! 我怎会有你这样的本家? 你姓赵么?"
>
> 阿Q不开口,想往后退了;赵太爷跳过去,给了他一个嘴巴。
>
> "你怎么会姓赵! ——你那里配姓赵!"(《呐喊》)

在第七章里显示着带着原始性的农民复仇观念：

> "革命也好罢",阿Q想,"革这伙妈的命,太可恶! 太可恨! ……便是我,也要投降革命党了。"

他的思想也迸跳起来了：

> 造反? 有趣,……来了一阵白盔白甲的革命党,都拿

着板刀,钢鞭,炸弹,洋炮,三尖两刃刀,钩镰枪,走过土谷
祠,叫道:"阿Q,同去,同去!"于是一同去。

这时未庄的一伙鸟男女才好笑哩,跪下叫道:

"阿Q,饶命!"谁听他! 第一个该死的是小D和赵太
爷,还有秀才,还有假洋鬼子,……留几条么? 王胡子还
可以留,但也不要了。

东西,直走进去打开箱子来:元宝,洋钱,洋纱
衫……秀才娘子的一张宁式床先搬到土谷祠,此外便摆
了钱家的桌椅,……或者也用赵家的罢,自己是不动手
了,叫小D来搬,要搬得快,搬得不快打嘴巴。(《呐喊》)

这深刻表现着农村破产下的农民只有革命的需要,而没
有革命的认识那副神气。所以这篇作品,在英法俄都有译本,
而罗曼·罗兰尤其极端地赞扬。

其后,他所发表的《孤独者》,表现了农村经济动摇中的知
识阶级没落的感伤。文中主人公卫连殳在封建势力压榨下和
经济苦闷中,喊出了"我还得活几天!"(《彷徨》)这种意志坚强
的知识分子,在文中赤裸裸地显示出来。

我们可以说:从一九一九年至一九二二年,鲁迅的作品
都是代表被压迫阶级或新兴资产阶级的"呐喊"声。他不仅在
当时文坛界占了第一把交椅,同时也是思想界的威权者。他
那勇敢不屈不挠的精神,站在时代的尖端向封建势力斗争,无
有出其右者。他以深刻的锐利的笔锋写出小说和杂感,每个
字都似把利刃刺穿了封建势力的腹心。他认清了当时的封建
势力是我们解放前途上的唯一的敌人,所以他毫不妥协地向

它作殊死战。五四运动后的青年，不断地作民众运动和参加实际革命工作，这固然是青年自身的需要，然而鲁迅作品的影响，也是不能抹杀的。

中国资产阶级的革命，没有他的前途，社会上仍充满了阴霾的黑暗，于是鲁迅的呐喊声倦怠了，终于在十字街头"彷徨"。我们要知道：鲁迅是站在革命的资产阶级的立场，他的敌人是封建势力，在五四时代，民族资产阶级是革命者，所以鲁迅和他们站在同一的立场去反抗封建势力。但是后来民族资产阶级完全反动了。不但不去反抗他的敌人，反而互相地勾结起来。鲁迅受了这封建势力复兴的打击，感到无限的悲痛；同时新时代的来临，他又不能迅速地赶上，更受了重大的打击，便在这夹攻中彷徨起来，至于感觉一切都绝望，所以他在《野草》里很消极地说：

> 这以前，我的心也曾充满过血腥的歌声，血和铁，火焰和毒，恢复和复仇。然忽而这些都空虚了，但有时故意地填以没奈何的自欺的希望，希望，希望，用这希望的盾，抗拒那空虚中暗夜的袭来，虽然盾后面也依然是空虚中的暗夜。然而就是如此，陆续地耗尽了我的青春。我早先岂不知我的青春已经逃去了？但以为身外的青春固在：星，月光，僵坠的蝴蝶，暗中的花，猫头鹰的不祥之言，杜鹃的啼泣，笑的渺茫，爱的翔舞……强然是悲凉漂忽的青春罢，然而究竟是青春。
>
> 然而现在何以如此寂寞？难道连身外的青春也都逝去，世上的青春也多衰老了么？（《野草》）

小资产阶级在革命艰难的过程中碰壁，就把人生看得非常灰暗，这也是小资产阶级的特性，鲁迅就是当时碰壁的青年的典型者。

　　当时的青年，碰壁之后，真是彷徨不知所之，他在《野草》里又是这样的描写着：

> 　　我有所不乐意的在天堂里，我不愿去；我有所不乐意的在地狱里，我不愿去；我有所不乐意的在你们将来的黄金世界里，我不愿去。呜呼！呜呼！我不愿意，我不如彷徨于无地。

> 　　我不过一个影，要别你而沉没在黑暗了。然而黑暗又会吞并我；然而光明又会使我消失，然而我不愿彷徨于明暗之中，我不如在黑暗里沉没。（《野草》）

　　这虽是鲁迅的自供，然而又是当时小资产阶级看不清社会所发生的共同性。

　　中国社会不断地被动地转变，革命的内容也转变了。但是鲁迅在一九二八年时代，还是醉眼朦朦，认不清社会，依然还站在小资产阶级的立点，嘲骂了革命文学家：

> 　　那些文学家，大抵是今年发生的，有一大串，虽然还在互相标榜，或互相排斥，我也分不清是"革命已经成功"的文学家呢？还是"革命尚未成功"的文学家呢？（《语丝》十七）

他对于社会没有看清楚，认为革命文学是偶然地产生，所以积极地反对，并且还积极地主张"我自己是照旧讲'趣味'"。

但是，中国社会，还是不断地往前进，鲁迅终于被时代前进的轮齿声所惊醒，便也开始认识了革命的到临，于是鲁迅的意识也转变了，一九三〇年，鲁迅加入了左联，并在左联成立会这样演说：

> 我以为在现在，左翼作家是很容易成为右翼作家，为什么呢？第一，倘若不和实际的社会斗争接触，单在玻璃窗内做文章，研究问题，那无论怎样激烈，大都是容易办到的，然而一碰到实际，便即刻要撞碎了。……第二，倘不明白革命的实际情形，也容易变成右翼。革命是痛苦，其必然混有污秽和血，决不如诗人所想的那般有趣，那般完美。……（《对于左翼作家联盟的意见》）

他似要继续当日反封建精神来反抗新兴资产阶级。他对于新兴文学理论，有相当的贡献，继续译了卢那卡尔斯基的《艺术论》《文艺与批评》《溃灭》《竖琴》和《一天的工作》，并在各杂志上发表不少关于文学理论的论文，如《论"第三种人"》等。不过，他自所谓转变以后，始终没有创作过。两月前，他曾来平，我问他不创作的理由，据他的回答："我现在与劳苦大众不接近，对于他们的生活方式和经验，都很缺乏，当然不敢创造。"我们希望鲁迅多努力，变成新时代的文艺战士。

周作人（一八八五——一九六七），号岂明，浙江绍兴人。曾在江南水师学堂毕业，继又至日本留学，受过日本资本主义文化的洗礼。归国后，历任北京各大学教授。五四时代，与乃兄鲁迅同努力于新文化运动。他看到当时的封建势力还整个地统治了全国，对于人民的自由，还尽量地剥削和压制，即自身也感到无限的苦痛，于是就和被压迫资产阶级站到同一的立场，努力地向旧威权者——封建势力进攻。他在思想上，把统治中国数千年的偶像孔二先生极力地抨击。对于中国传统的一尊的旧文化，都加以详细地分析，揭破它的黑幕。对于西方资产阶级的自由的、平等的新文化极力推崇。他反对和攻击东方的精神文明，否定它的存在的价值，揭示它的必然崩溃的命运；同时，对于当时的新文化机构，他热烈地提出西方的德莫克拉西的文化，作为发展的动向。在文学上积极地去反抗旧文学，把世界上的新文学努力地介绍过来。在这种由封建的文化机构突变到较为进步的资产阶级的文化机构的斗争过程中，周作人不能不被推为与乃兄齐名的一位战士。他的作品多半采用小品散文形式，如《自己的园地》《雨天的书》《谈虎集》《谈龙集》和《永日集》，都是小品散文。他在《国粹与欧化》里这样说：

> 我们主张尊重各人的个性，对于个性的综合的国民性，自然一样尊重，而且很希望其在文艺上能够发展起来，造成有生命的国民文学。（《自己的园地》）

他要建设资产阶级的国民文学，很努力地介绍西洋文学，故译《陀螺》《炭画》《玛加尔的梦》《狂言十番》《黄蔷薇》和《空大鼓》等书。

但是，自欧战后，世界新文化机构成熟，扫动了所有的世界的生活集体，为文化渐趋于整个世界的统一性计，中国应当飞越资本主义这个阶段，而进于全世界文化的水准。中国在这种突变的新局面下，旧势力大联合向新兴的革命势力进攻，作最后的挣扎；同时，新兴的革命势力为完成它历史的任务，努力向旧势力血战，在这种局面之下，周作人开始没落，他还是迷恋旧梦，寻求已逝的趣味：

> 我已明知我过去的蔷薇色的梦都是虚幻，但是我还在寻求。（《自己的园地》）

他在寻求的道上寻求旧梦，以安慰自己。

他把文学当作"使看的人能得到愉快的一种东西"（《中国新文学的源流》）所以他把文学与革命的关联割断：

> 而现在中国情形，又似乎正是明季的样子，手拿不动竹竿的文人，只好避难到艺术世界里去。这原是无足怪的，我常想文学即是不革命，若革命就不需要文学，及其他种种艺术或宗教，因为他已有了他的世界了……实在我只想说明，文学是不革命，然而原来是反抗；这在明朝小品文是如此，在现代的新散文亦是如此。（《燕知草跋》）

他是新兴资产阶级的代言者，他所要求者是绝对的个人自由，要反抗一切的权威，他在五四时代革命和现在没落，都是必然的。

叶绍钧字圣陶（公元一八九四——一九八八），江苏吴县人。曾任小学教员多年，对于教育极有研究。他是文学研究会的会员，现任开明书店《中学生》杂志主编。他自处女作《隔膜》发表后，颇受一般青年欢迎。他的作品的内容，大致是显示中国教育的黑暗，他认定在现在经济制度下的教育的改善，是没有希望的。因为生活与经济的关系，那所设立的教育机关，对于儿童无益，不过是安插人吃饭而已。所以他大胆说"教育是损害的"（《一课》），"教育是摧毁了儿童的动的生命，教育是笨伯"（《火灾》）。他在《乐园》里，说明了教师的清苦，在《母》里，显示了教师因经济的关系怎样的不安定的姿态，在《前途》里则描写教师的收入不能供给家用，不得不另寻副业的苦衷。在《饭》里显示了学务委员为着经济的骗取，不得不有卑劣的行为，在《校长》和《搭班子》里显示在宗法社会里办学棘手的姿态。

一九二八年，他在《教育杂志》上发表一篇教育小说——《倪焕之》，把五四到一九二七大革命时代小资产阶级青年心理的转变，步步抓住。书中主人公——倪焕之鉴于辛亥革命失败，专于从事教育，因为他把教育的力量看得很大，一切的希望都悬之于教育。他本是一位小学教员，和他的同志小学校长蒋冰如很艰辛地在死水似的乡镇里试验新的教育。他得不到社会的同情，也得不到同事的谅解和热心的赞助，他还是很有兴趣地干下去，期望将来有丰盛的收获。但是，"五四"到来了，这种怒潮，汹涌遍全国，连倪焕之也被激荡了，他热烈地讲演，连衣襟都淋湿了也不觉得气馁，他发现："从今以后，我们要把社会看得同学校一样重，我们不但教学生，并且要教社会。"后来倪焕之的老同学——王乐山由北京归来，批评他过去的一切都是幻想："我现在就可以对你武断，但八九分是不会错的。他们进入社会，参加了各种业务，结果是同样的给社会吞没了，一毫也见不出什么特殊的地方。要知道社会是一个有组织的东西，而且你们教给学生的，只是比较好看的枝节。拿了这少些，就要希望他们有所表见，不能不说是一种奢望。"焕之听了这番话，如梦初醒，更促进他的思想迅速的转变。他感到了几重幻影：理想的教育，结婚的幸福，都是过去了，他要找求新的生活意义，新的努力方向，从农村来到都市——上海，接着便来了五卅怒潮，这怒潮更把倪焕之激动了，虽然他一面从事教育事业，一面还是参加革命运动。他对于一九二七的革命高潮，希望是很大的，以为从此中国就可以走上新的途径，谁知土豪劣绅也混入革命的队伍来，一切的希望又成了泡影，只有借酒浇愁，痛哭流涕，以至得了肠窒扶斯来结束了他生命的旅程。(《倪焕之》(《教育杂志》二二卷))在他这些情节里，表现"一个富有革命性的小资产阶级的知识分子，怎样地受十年来时代的壮潮所激荡；怎样地从乡村到城市，从埋头教育到群众运动，从自由主义到集团主义。"(茅盾《读〈倪焕之〉》)这确是本阶段中一件成功的作品。

同年十二月，他又作了一篇《抗争》，叙述一位小学教员因政府连年欠薪和打折扣，他受生活的驱使，吹动同业罢教，力争结果，罢教又没有成功，而自己的饭碗已摔破了。(《抗争》(《教育杂志》二三卷一期))在这里显示了在封建残余的统治下，对于教员的忽视；同时并显示了一般小资产阶级的教员没有集团的意识和行动。这真是当时很普遍的现象。

此外，文学研究会会员郑振铎和沈雁冰，在当时翻译上颇有贡献。沈雁冰留在下章再说。郑振铎有《新月集》《飞鸟集》《灰色马》《贫与罪》《泰戈尔诗》等书，颇努力于近代西洋文学介绍。

郭沫若（公元一八九二——一九七八），四川嘉定人。日本福冈帝国大学医科毕业。在帝大时，即对于文学有热烈的嗜好，如《女神》等，即为当时杰作。自毕业后，更努力于文学运动，与成仿吾、郁达夫、张资平等组织创造社（一九二〇），主编《创造月刊》《创造周报》《创造季刊》等，为《新青年》以后最有权威的杂志。他们是站在资产阶级的立场——"他们主张个性，要有内在的要求；他们蔑视传统，要有自由的组织；这内在的要求，自由的组织，无形之间便是他们的两个目标。这用一句话归总，便是极端的个人主义的表现。个人主义就是资本主义社会中的根本精神。他们在这种意识下，努力行动了，努力创造了。"（麦克昂《文学革命之回顾》）沫若即是主持这个运动的中心人物。这时候，沫若还是一个艺术至上主义者，其作品，大半是歌咏自然带有浪漫性，但又充满了反抗精神。我们看他的诗——《女神》：

> 除夕将近的空中，
>
> 飞来飞去的一对凤凰，
>
> 唱着哀哀的歌声飞去，
>
> 衔着枝枝的香水飞来，
>
> 飞来在丹穴山上，

山右有枯槁了的梧桐，

山左有消歇了的醴泉，

山前有浩茫茫的大海，

山后有阴莽莽的平原，

山上是寒风凛烈的冰天。

············

即即！即即！即即！

茫茫的宇宙，冷酷如铁！

茫茫的宇宙，黑暗如漆！

茫茫的宇宙，腥秽如血！

宇宙呀！宇宙！

你为什么存在？

你自从哪里来？

············

五百年来的眼泪倾泻如瀑。

五百年来的眼泪淋滴如烛。

流不尽的眼泪，

洗不净的污浊，

浇不熄的情炎，

荡不去的羞辱，

我们这飘渺的浮生，

到底要向哪儿安宿。

——《凤凰涅槃》

我是一条天狗！

我把月来吞了，

我把日来吞了，

我把一切的星球来吞了，

我便是我了！

....

我飞奔，我狂叫，我燃烧。

我如烈火一样地燃烧！

我如大海一样地狂叫！

我如电气一样地飞跑！

　　　　　——《天狗》

太阳的光威，

要把这全宇宙来熔化了！

弟兄们！快快！

快也来戏弄波涛！

趁着我们的血浪还在潮，

趁着我们的心火还在烧，

快把那陈腐的旧皮囊，全盘洗掉！

新社会的创造，全赖吾曹！

　　　　　——《浴海》(《女神》)

　　这种热烈的感情，真是有把现社会的一切都要毁灭的气概。钱杏邨批评这篇作品有四个优点：第一是灵感的丰富；第二是诗里面所蕴藏的一种伟大的力；第三就是情绪的健全；第四是狂暴的表现。(《现代中国文学作家·郭沫若及其创作》)确有相当的正确。

再看他的戏剧——《三个叛逆的女性》:《聂嫈》《王昭君》《卓文君》,借历史上的人物,来暴露封建残余社会里的旧礼制的缺陷,充满煽动女性反抗的精神。我们现在举出《卓文君》里一段对话:

卓　你这说的是什么话,你在向什么人说话?

文　我以前是以女儿和媳妇的资格对待你们,我现在是以人的资格来对待你们了。

卓　啊!不得了,不得了!造反了!造反了!

文　你们一个说我有伤风教,一个叫我寻死,这是你应该对着你们自己说的话。

卓　造反了!造反了!

文　我自认我的行为是为天下后世提倡风教的。你们男子们制下的旧礼制,你们老人们维持着的旧制,是范围我们觉悟了的青年不得,范围我们觉悟了的女子不得!

卓　奇耻大辱!奇耻大辱!这娼妇要把我气死了!

文　我不相信男子可以重婚,女子便不能再嫁!我的行为我自己问心无愧。爹爹!

卓　啊!谁是你的爹爹!啊!气死我了!气死我了!

文　你要叫我死,但你也没有这种权利!从前你生我的只是一块肉,但这也不是你生的,只是造化的一次儿戏罢了!我如今新生了,不怕你就骂我死,但我要向朝生的路上走去,红箫妹妹哟!你与我同向生的路上走去吧!不怕那儿就是荆棘满途,我与你是永远要向生的路上走去！这把宝剑，我就借了，借用来做为我们开除荆棘的利器了。

　　卓　　啊！气死我了！气死我了！秦二，周大，你们快把那泼妇束缚了吧！气死我了！气死我了。（《三个叛逆的女性》）

　　这种暗示不要女子做骸骨迷恋的旧梦，暗示女子自己努力成为同男子一样的一个人。这实在是两重压迫下的妇女们的醒钟。

　　再看他的小说《橄榄》，反抗的精神，尤在《女神》及《三个叛逆的女性》之上。他痛恨资本主义制度：

　　学医有什么。我把有钱的人医好了，只使他们更多榨取几天贫民。我把贫民的病医好了，只使他们更多受几天富儿们的榨取。

　　啊！如今连自己的爱妻，连自己的爱儿也不能供养，要让他们自己去寻生活去了。我还有什么颜面自欺欺人，忝居在这人世上呢？（《橄榄》）

　　这虽然是沫若的自供，可也是当时没有出路的小资产阶级的共同现象。这些现象，是现经济制度的矛盾里产生出来的。

　　他对他自己的生活非常愤恨：

　　我们的生活真是惨目！我们简直是牛马，等于过酷地被人使用了的不幸的牛马。……我们是被幸福遗弃了的人,无涯的痛苦便是我们所赋与的世界。……我们简直是连牛马也不如,连狗彘也还不如! 同样的不自由,但牛马狗彘还有悠然而游、怡然而睡的时候,而我们无论睡游,无论昼夜,都是为这深不可测的隐忧所荡击,是浮沉在悲愁的大海里。……我们绞尽一切心血,到底为的是什么? 为的是替大小资本家们做养料,为的是养育儿女来使他们重蹈我们的运命的旧辙!(《橄榄》)

他受了经济的苦闷所发出的呼声。他对于生似乎倦怠了,竟至于希望死,或"死在火上、死在铁道上",或"用烟酒慢性自杀",或"死在汽车的飞轮的底下"。此时,沫若对于社会的认识,还是很浅薄,他不知道青年受经济的压迫,乃是历史的必然。所以想自杀。

此外他所发表的《星空》《落叶》《瓶》《塔》,翻译的《浮士德》《少年维特的烦恼》等,都充满了渴望自由和浪漫的意识。

一九二四年后,对于社会认识比较深刻了,他翻译河上肇的《社会组织与社会革命》一书,也是促成他社会认识深刻的一个动力。关于这一点,他在给成仿吾的信中说得很明白:

　　我从前只是茫然地对着个人资本主义怀着的憎恨,对于社会革命怀着信心,于今更得着理性的背光,而不是一味感情作用了。这书的译出,在我一生中形成一个转变的时期。把我从半眠的状态里唤醒了的是它,把我从歧路的彷徨里引出了的是它,把我从死的暗影里救出了

的是它，我对于作者非常感谢，我对于 Marx、Lenin 非常感谢。（《创造月刊》一卷二期）

同时，五卅革命高潮的惊荡，和自身经济苦闷的刺激，也是他思想转变的基本原子。他自思想转变后，实际去参加革命行动，曾任总政治部副主任。其时所发表的《前茅》，已是革命时代的呼声：

> 马路上面的不是水门汀，
> 是劳苦人的血汗与生命！
> 血惨惨的生命呀，血惨惨的生命，
> 在富儿们的汽车轮下……滚，滚，滚，……
> 兄弟们哟！我相信就在这静安寺路的马道中央，
> 终会有剧烈的火山瀑喷！
> ——《上海的清晨》

> 前进！前进！前进！
> 世上一切的工农，
> 我们有戈矛相赠，
> 把我们满腔热血，
> 染红这一片愁城，
> 前进！前进！前进！
> 缩短我们的痛苦，
> 使新的世界诞生！
> ——《前进曲》（《前茅》）

他的革命情绪紧张,阶级意识似乎已觉醒了,所以当时与语丝派战,与新月派战,曾发表不少关于新兴文学理论的论文,虽理论很幼稚,然在中国革命文学的文献上,还是有他的地位。近来,他已赴日本研究中国古代的甲骨文,发表了《古代社会研究》和《甲骨文研究》。他转变后,除译了辛克莱的《石炭王》《屠场》《煤油》等著作外,从没有创作过,因为他脱离了祖国,脱离了劳苦大众,而当年《橄榄》那样的杰作,不复再见了,虽然他现在也是左翼作家的一员。他要想在新兴文艺界做一重要斗争的战士,还要看他将来的努力程度如何!

郁达夫(公元一八九六——一九四五),浙江富阳人,创造社中坚分子。一九一一年去日本,翌年入东京第一高等学校肄业,便与西洋文学开始接触,先研究俄国诸作家的作品,后转到德国各作家的作品上去,在该校四年中,所读西洋文学至千余部。入帝大后,对于文学嗜好,更加热烈。一九二一年,发表了他的处女作《沉沦》,很受中国青年的欢迎,次年回国,更努力于文艺创作。历任北大、武大、中大、安大文学教授,现寄居上海。他的创造,多半表现畸形社会制度下的性的苦闷、经济的苦闷和政治的苦闷。

他表现性的苦闷的作品,要推《沉沦集》为代表了。集中收了三篇——《沉沦》《南迁》和《银灰色的死》。《沉沦》描写青年对于异性的要求,非常热烈,犯手淫呀,在旅舍里窥浴呀,在苇草后听到女子和男子解衣带的声音,舌尖吮吸的声音呀,都赤裸裸地在纸上活动。其后写青年的后悔:

"我怎么会走上那样的地方去,我已经变成一个最下等的人了。悔也无及,悔也无及。我就在这儿死了吧。我所求的爱情,大约是求不到了。没有爱情的生涯,岂不同死灰一样么?唉!这干燥的生涯,这干燥的生涯。世上的人又都在那里仇视我,欺侮我,连我自家的亲弟兄,自家的手足,都在那里挤我出去到这世界外去。我将何以为生,我又何必生存在这多苦的世界里呢?"(《沉沦》)

这是性的要求很强烈的呼声。在《南迁》和《银灰色的死》里同样地表示青年性的苦闷。他表现经济的苦闷,在《茑萝集》《鸡肋集》里到处都可以找得到:

> 一踏了上海的岸,生计问题就逼紧到我的眼前来,缚在我周围的运命的铁锁圈,就一天一天地扎紧起来了。(《茑萝集》)
> 东奔西走,为饥饿所驱使,竟成了一个贩卖知识的商人。(《鸡肋集》)

吃饭成问题,是现代经济制度之下的青年共同现象,达夫就是这般吃饭成问题的青年的典型者。在他的《过去集》里表现经济的苦闷更深刻:

> 今晚在宴会的席上,在许多鸿儒谈笑的中间,我胸中的感觉,同在这样的白杨衰草的墓地里慢步时一样。不过有一点我觉得比从前进步了。从前我和境遇比我美满的朋友——实际上除你们几个人之外,哪一个境遇比我

不美满？——相处，老要起一种感伤，有时竟会滴下泪来。现在非但眼泪不会滴下来，并且也能与他们一样地举起箸来取菜，提起杯来喝。不过从前的那一种欢谈的冲动，现在没有了。他们入座，我也就坐。他们吃菜，我也吃菜。劝我喝酒，我就喝，干杯就干杯。席散了我就回来。雇车雇不着，就慢慢地在黄昏的街道上走。同席者的汽车马车，从我身边过去的时候，他们从车中和我点头，我也回头一点。他们不点头，我也让他们的车子过去，横竖是在后头跟走几步，他们的车子就可以老远地上我前头去的，所以无避入叉路上去的必要。还有一点和从前不同的地方，就是我默默地坐在那里，他们来要求我猜拳的时候，我总笑笑，摇摇头，举起杯来喝一杯酒，教他们去要求坐在我下面的一个人猜。近来喝酒也喝不大醉，醉了也不过默默地走回家来坐坐，吸吸烟，倒点茶喝喝。(《日记九种》)①

这虽然是达夫在经济压迫下挣扎颓废的自述，实在是现代青年在社会里挣扎的缩写。

一九二五年到广东去，经济的苦闷，被政治的苦闷压倒了，所以他在广东的作品，那原有的苦闷渐渐消失，让政治的苦闷来代替这个空间了。他痛恨当时的政治现象：

在社会意识上，没有民众的存在；在利益享受上，没

---

① 本段应摘自《过去集·北国的微音》，非《日记九种》。

有民众的分儿，然而实际上，填在社会的最下层，时时刻刻，各到各处，在那里受压榨、被宰割的，仍旧是民众。那些坐汽车、穿制服、发启事、住洋房的人，仍旧是少数。真正在从事于制造、耕种、服役，而又到处在被杀被欺的，仍旧是多数。多数的民众，现在正在水深火热之中。他们受的苦，受的压迫，倒比未革命之前，反而加重了。（《日记九种》①）

他不仅对于当时的政治很失望，对于所谓革命军人也一样的失望：

> 革命军人和其他军人，都是一样的腐败，一样的恶毒。（《日记九种》）

不过，他当时对于政治的厌恶，还是站在浅薄的人道主义的观点上，仍不免了有幻灭的制作。

政治不断地袭击达夫，使达夫对于社会更有进一步的认识。他的思想，也由个人的转向集体的方面，他的行动也由颓废的走向向上的一途，最后他毅然地做一个革命战士，宣告一九二六以前的达夫的死刑：

> 我从前是……只愿退让，不敢前进。现在，被我的手下的暗箭伤了几处，倒反使我的勇气鼓舞起来了。我觉得

---

① 本段应摘自《〈民众〉发刊词》。

这一种鬼蜮,终有一天要死在天使的照魔镜下的。……所以我觉得走消极的路,是走不通了,我想改变从前的退避的计划,走上前去!(《公开状答日本山口君》)

他对于人生的态度既然改变,对于文学的态度也随着改变了:

我们在这一个时代里所要求的是烈风雷雨般的粗暴伟大,力量很足,感人很深的文学,就是跃动的,有新生命的文学。(《〈鸭绿江上〉读后感》)

不过,达夫虽然转变了,而小资产阶级的幻灭,感伤的残影,还在他的脑子里晃动;真正反映新时代的作品,还有待于达夫将来的努力!

张资平(公元一八九三——一九五九),广东梅县人。日本帝大毕业,初学矿学地质学,后从事于文学。创造社成立后,被推为理事,为该社重要份子之一。他自《飞絮》等篇发表后,颇受一般青年欢迎,在文坛上遂大露头角。他的小说的内容,一方面描写青年渴望婚姻自由的热烈及其被残余封建势力所侵蚀的心理,一方面描写青年在现在经济制度下挣扎生活的痛苦。自五四运动后,什么"三从四德"和"女子无才便是德"的信条,已不能范围带有资产阶级意识的妇女。自由恋爱,几乎成当时青年男女一致的要求。对于旧式婚姻的不满意,和新式婚姻的追求,而发生自杀、堕落或成神经病,已成为很普遍的现象,这些现象乃是解放过程中的青年必然的性的病态,资平的小说如《不平衡的偶力》《飞絮》和《苔莉》,即是反映这类的事实。同时,那般刚从封建壁垒解放出来的青年,封建意识的游魂常来搅扰,还保留男子把女子当作私产来强占的观念,来摧残受了解放洗礼的女子。如《苔莉》中的克欧,即是封建意识还未完全洗掉的小资产阶级的青年,他在二十三节里这样描写着:

才把她搂抱到怀里来和她狂热的接吻,忽然的又恨起她来了。忙坐起来紧握着铁拳乱捶她的背部和臀部。

"你恨我时就让你捶吧。捶到你的愤恨平复。你只不要弃我,不理我。"她流着泪紧紧地贴靠着他的胸膛。

"恨你,真恨你!"他拼命地。捶了后又和她亲吻。

"恨我什么事?"她流着泪问。

"恨你不是个处女了!"

"……"她听见了这一句,脸色灰暗地凝视他。她像受了不少的惊恐,她像听见他给她一个比死刑要残酷的一种宣告。

"你的处女美怎么先给他夺去了呢?"他再恨恨地骑在她身上乱捶她的臀部和痛捏她的腿。

"对不住你了!真对不住你了!你要我做什么事我都可以替你做!你的任何种的要求我都可以容纳。只有这一件是我无力挽回的。望你恕了我吧。只望你恕我这一点!你的要求——比阿霞的爸爸的还要深刻的要求——我只有拒绝过一回。只有这一件,望你恕了我吧。"苔莉痛哭起来了。

——只要你是个处女时，就拒绝我的要求，我也还是要爱你的。他望着她的憔悴的姿态愈想加以蹂躏。(《苔莉》)

在这妇女解放的初期，妇女被男子引诱而失了处女的身份，复因失了处女的身份而被男子割弃的、轻视的，也是很普遍的现象，资平的作品，真是抓住了时代精神和青年的性的病态了。同时，在他的作品里，还显示了小资产阶级的各种生活姿态。在《植树节》里，显示了资本主义下小资产阶级知识分子在病中的绝望，充满了阴暗的调子。在《兵荒》里显示了战乱时代的恐怖生活和失业悲哀，并透露了在过去几年的旧军阀统治时代下的教育的轮廓。在《晒禾滩畔的月夜》和《最后的幸福》里，尽量地显示妇女纵欲生活。这都是时代精神片段的表现。

一九三〇年，资平受了时代浪潮的冲激，转变了方向了，很想表现劳苦大众的意识，他所发表的短篇小说如《在上海》《寒夜》，长篇小说如《柘榴花》和《青春》，都是在显示劳苦大众的被压迫的生活，但其中很缺乏目的意识性，钱杏邨称"他还是站在进步的小市民的立场上在发着牢骚，他并没有站在新立场上来说话。……依旧是小资产阶级个人主义的感情冲动。"(《现代中国文学作家·张资平的恋爱小说》)确实是事实。我们也同钱杏邨一样地希望他："努力地克服残余的小资产阶级的病态，以及个人主义的情绪……"(《现代中国文学作家·张资平的恋爱小说》)

徐志摩(公元一八九七年——一九三一)，浙江海宁人。曾任中央大学、北京大学等校文学教授，为新月派之中坚人物，曾主编《北京晨报》副刊及新月出版之《诗刊》。一九三一年由南京乘飞机返平，在济南遇险。他的诗集，有《志摩的诗》《翡冷翠的一夜》《猛虎集》，他的散文，有《巴黎鳞爪》《自剖》《落叶》，他的戏剧，有《轮盘》《卞昆岗》，他的翻译，有《赣第德》《玛丽玛丽》。他的作品的内容，完全是优裕资产阶级的表白：

> 我是一只醺醉了的花蜂，我饱啜了芬芳，我不讳我的猖狂……我是一只幽谷里的夜蝶，在草丛间成形。……我是一枝飘泊的黄叶，……在旋风里飘泊。我是一颗不幸的水滴，在泥潭里匍匐。……我欲化一阵春风，一阵吹嘘生命的春风，催促那寂寞的大木，惊破他深长的迷梦。我要那洗度灵魂的圣泉，洗掉这皮囊腌臜，解放内里的囚犯，化一缕轻烟，化一朵青莲。……假如我是一朵雪花，在半空里娟娟地飞舞，等着她来花园里探望，她身上有珠砂梅的清香，那时我凭借我的身轻，溶入她柔波似的心胸。（钱杏邨《现代中国文学作家·徐志摩先生的自画像》）

他的生活形态，在这里显示了简单的轮廓。我们再看他的《呻吟语》：

> 我亦愿意赞美这神奇的宇宙，
> 我亦愿意忘却了人间有忧愁，
> 像一只没有挂累的梅花雀，
> 清朝上歌唱，黄昏时跃跳；

　　假如她清风似的常在我的左右！

　　我亦想望我的诗句清水似的流，

　　我亦想望我的心池鱼似的悠悠；

　　但如今膏火是我的心，

　　再休问我闲暇的诗情？

　　上帝！你一天不还她生命与自由！（《翡冷翠的一夜》）

这简直是资产阶级的绮梦。

他是资产阶级的阔公子，求爱，求美，求自由，在他的作品里到处浮现着：

　　生，爱，死——

　　三连环的迷谜；

　　拉动一个，

　　两个就跟着挤。

　　老实说，

　　我不希罕这活，

　　这皮囊，——

　　哪处不是拘束。

　　要恋爱，

　　要自由，要解脱——

　　这小刀子，

　　许是你我的天国！

　　——《决断》

爱，就让我在这儿清静的园内，

闭着眼，死在你的胸前，多美！

头顶白杨树上的风声，沙沙的，

算是我的丧歌，这一阵清风，

橄榄林里吹来的，带着石榴花香，

就带了我的灵魂走，还有那萤火，

多情的殷勤的萤火，有他们照路，

我到了那三环洞的桥上再停步，

听你在这儿抱着我半暖的身体，

悲声的叫我，亲我，摇我，咂我！

——《翡冷翠的一夜》

他的生活虽然很优裕，但是仍然感不愉快，希望有更美的更能满足他的幻想的欲望的生活到临，于是构成他离开人间，飞上天去的人生观：

去吧，人间，去吧！

我独立在高山的峰上；

去吧，人间，去吧！

我面对着无极的穹苍；……

去吧，种种，去吧！

当前有插天的高岸；

去吧，一切，去吧！

当前有无穷的无穷！

——《去吧》（《志摩的诗》）

他想离开人间,事实上又不可能,只有做他美丽的童心的绮梦:

> 小舟在垂柳荫间缓泛,
> 一阵阵初秋的凉风,
> 吹生了水面的漪绒,
> 吹来两岸乡村里的音籁。
>
> 我独身凭着船窗闲想,
> 静看着一河的波幻,
> 静听着远近的音籁,
> 又一度与童年的情景默契!
> 这是清脆的稚儿的呼唤,
> 田场上工作纷纭,
> 竹篱边犬吠鸡鸣:
> 但是无端的悲戚与凄惋!
>
> 白云在蓝天里飞行:
> 我欲把恼人的年岁,
> 我欲把恼人的情爱,
> 托付与无涯的空灵——消泯。
> 回复我纯朴的,美丽的童心:
> 像山谷里的冷泉一勺,
> 像晓风里的白头乳鹊,

像池畔的草花，自然的鲜明。——《乡村里的音籁》
（《志摩的诗》）

这充满新兴资产阶级的幻想。

他既站在资产阶级的立场，在他的作品中，又充满了个人主义的思想：

> 我只是个极平常的人，没有出人头地的学问，更没有非常的经验，但同时我自信我也有我与人不同的地方，我不曾投降这世界，我不受他的拘束。我是一只没笼头的野马，我从来不曾站定过，我人是在社会里活着，我却不是这社会里的一个，像有离魂病似的，我这躯壳的动静是一件事，我那梦魂的去处又是一件事。（《迎上前去》）

> 我是一个不可教训的个人主义者。这并不高深，这只是说我只知道个人，只认清个人，只信得过个人的，我信德莫克拉西的意义只是普遍的个人主义。（《列宁忌日——谈革命》）

他自己直认是一个个人主义者，无异直认是资产阶级的立场。钱杏邨是这样地批评他：

> 他可以说是生长在养尊处优的环境里，他是一个个人主义者，虽然他的环境很好，生活很优裕，然而，他是感到种种的不满足，种种的束缚；加以受了近代的个人主义的自由思想的哲学的陶熏，所以他极力地想获得个人的绝对

的自由。（钱杏邨《现代中国文学作家·徐志摩自画像》）

这有相当的正确。在这民族资产阶级挣扎的过程中，志摩真是资产阶级的阔公子的典型者，他的作品，完全是站在资产阶级的立场。

谢冰心，福建闽侯人。（公元一九〇〇——一九九九）曾留学美国斯莱大学，现任燕大文学教授。她的处女作《超人》出版时，文坛为之震动。后又继续发表《繁星》《春水》《往事》等作。在美留学时，发表《寄小读者》，归国后，又发表《南归》。她的作品的内容，充满了神秘的幻想：

> 醒着的，
> 只有孤愤的人吧！
> 听声声算命的锣儿，
> 敲破世人的命运。
> 残花缀在繁枝上：
> 鸟儿飞去了，
> 撒得落红满地——
> 生命也是这般的一瞥么？（《繁星》）

这种神秘的幻想，是从小资产阶级的矛盾生活滋长出来。由神秘的幻想，进而为生命的探讨：

> 只在人类的天空里是光明的，
> 他从黑暗中飞来，

又向黑暗中飞去，

生命也是这般不分明么？（《春水》）

月儿越近，

影儿越浓，

生命也是这般的真实么？（《繁星》）

她探讨生命结果，感到人生的无常，发生一种闲愁怅惘的情绪，不得不追忆童年时代的美梦，以求安慰：

童年啊！

是梦中的真，

是真中的梦，

是回忆时含泪的微笑。（《繁星》）

她过着幽闲美丽的资产阶级的生活，犹感到现实生活的烦闷、灰暗，发生个人主义的虚无思想，这是构成她的作品的基本原因。

此外，王独清、赵景深、徐祖正、陈源、许地山、洪深、熊佛西、丁西林、余上沅等在本阶段的文坛界，俱有相当地位，都是新兴资产阶级的代言者。又，本阶级的文学家，如鲁迅、郭沫若、郁达夫和张资平受了时代浪潮的冲激，已努力于新兴文艺运动，都是很有希望的作家，等到他们有代表新时代的作品发表时，再在下章补述。

十五　劳苦大众觉醒时期的文学

——一九二八至现在

资本主义内在矛盾的开展，已到了最后的阶段。一九二九年开始世界经济大恐慌，与此前周期发现的恐慌去比较，已成一个终极的形势。工业恐慌，农业恐慌，金融恐慌，如狂风巨浪的汹涌，促成全世界革命运动的开展，暗示了政治的危机，将随着经济的危机来临。帝国主义的国家，为维持行将倾堕的宝塔，更加采用残酷的压迫手段、欺骗的政策，企图挽救这个严重的危机——什么军缩会议，什么经济会议，虽然在计议怎样再行分割市场，怎样统一攻进苏联战线，然而他们相互的矛盾未曾减少。而相反的，苏俄之五年计划得到成功，各殖民地的革命势力不断地开展。证明了资本主义社会总崩溃的必然性。

在世界资本主义总崩溃的前夜，中国也一样的不景气：

1. 经济的破产：失业的恐慌，农村的破灭（如农产品价格低廉,农民负债累累),民族工业的惨败(如江浙纱厂、丝厂的倒闭),金融界的紧张,已成为不可掩饰的事实。

2. 洪水的灾难:一九三一年的水灾区域,达十六省之多,死亡人数,达二十余万,流离失所的农民,更不知多少!最近长江的水势,又有演成浩劫的趋势。据报纸所载,汉口水位已平江岸;九江、下关,水已登陆,照这样下去,一九三一的浩劫不难再临,这都能予中国以重大的影响。

3. 民族利益的丧失:自九一八以来,在不抵抗口号之下而丧失东三省,在空言抵抗之下而丧失热河,更进而冀察危急。所谓上海协定,所谓平津协定,又不知送掉民族利益多少!最近又发生美国麦棉借款、国联技术合作等事件,这都是拍卖中国民族利益的举动。

4. 政府统治力量的破产:各处军队的哗变,"围剿"赣闽红军的失败,甘陕川赤区的开展,这都是政府无力统治的证明。

在上述形势之下,劳苦大众的阶级意识,逐渐觉醒,革命的情绪,集团的力量,都在迅速地开展,已暗示新时代必然的来临。文学运动方面,也展开两个对立的场面:一是站在资产阶级的立场,麻醉小资产阶级及劳动大众,维护现社会的一切;一是站在劳苦大众的立场,具有反抗一切旧势力的精神,并指示劳苦大众的正确的出路。本章所述,只限于后者。

（二） 新兴文艺运动概况

一九二八年，中国的文坛界呈出了一个剧变，发生很剧烈的文艺论战，李初梨、冯乃超等新由日本回国，以唯物论的辩证法与语丝派、新月派作文学理论的笔战，开新兴文学运动之始。当时李初梨在《文化批判》上对于新兴文学下了这样的一个界说：

1. 不是写穷的文学。

2. 在这经济的基础根本变革的时代，不限定非无产阶级不能创造的东西，革命的知识分子是可以把以前的文学清算，同时在严密的社会科学的基础上指示将来的文学出路。这革命的知识分子虽然属于小资产阶级，由于斗争的结果，他是可以抛弃自己的阶级而降于无产阶级的人们，所以他不是替无产阶级建设他们的文学，而是他自己建设自己阶级的文学。

3. 并不是写炸弹就够了的文学。

4. 并不是观照地单写出无产阶级的理想、痛苦，就够了的文学。

5. 并不是自然发生地单表写些革命情绪就够了的文学。

它的使命是在宣传组织它的主体的阶级斗争的意识，——自然是对现阶段而言——而它的立足点，全然同从来的文学反对，以新世界观、无产者的世界观、战斗的唯物论为背景，新美学的法则，表现无产阶级的现实生活、意识、心理和感情。（《文化批判》）

这种理论虽然浅薄，但在新兴文学运动的过程上自有它的地位。此后蒋光慈、戴平万努力于新兴文艺的创作。光慈发表了《短裤党》《丽莎的哀怨》和《冲出云围的月》等作，表现小资产阶级的个人主义的毒怨。平万发表了《陆阿六》，叙述抗租运动的激烈。他们的意识虽不成熟，技巧虽幼稚，在新兴文艺启蒙时代，还有它的时代价值。我们可以说：蒋光慈是中国的白诺内宜。

一九三〇年，领导中国新兴文艺运动的集团——左联在上海成立了，颁行理论与纲领，并发表了成立宣言：

社会变革期中的艺术，不是极端凝结为保守的要素，变成拥护顽固的统治之工具，倾向进步的方向勇往迈进，作为解放斗争的武器。也只有和历史的进行取同样的步伐,艺术才能够焕发它的明耀的光芒。

诗人如果是预言者,艺术家如果是人类的导师,他们不能不站在历史的前线,为人类社会的进化,清除愚昧顽固的保守势力,负起解放斗争的使命。

然而,我们并不抽象地理解历史的进行和社会发展的真相。我们知道帝国主义的资本主义制度已经变成人类进化的桎梏,而其"掘墓人"的无产阶级负起其历史的使命,在这"必然的王国"中作人类最后的同胞战争——阶级斗争,以求人类彻底的解放。

那么,我们不能不站在无产阶级的解放斗争的战线上,攻破一切反动的保守的要素,而发展被压迫的进步的要素,这是当然的结论。

我们的艺术不能不呈献给"胜利不然就死"的血腥的斗争。艺术如果以人类之悲喜哀乐为内容,我们的艺术不能不以无产阶级在这黑暗的阶级社会之"中世纪"里所感觉的感情为内容。

因此,我们的艺术是反封建阶级的,反资产阶级的,又反对"失掉社会地位"的小资产阶级的倾向。我们不能不援助而且从事无产阶级艺术的产生。

我们的理论要指出运动之正确的方向,并使之发展,常常提出新的问题而加以解决,加紧具体的作品批评,同时不要忘记学术的研究,加强对过去艺术的批评工作,介绍国外无产阶级艺术的成果,而建设艺术理论。

我们对现实社会的态度不能不参加世界无产阶级解放运动,向国际反无产阶级的反动势力斗争。

这真是新兴文学运动史上一篇最重要的文献。三年以来，各地的左联，根据这个宣言努力奋斗，在艰苦的状态中向前开拓着。最有成绩的左翼作家，要推茅盾、田汉、丁玲和蒋天翼了。

茅盾（公元一八九六——一九八一），浙江桐乡人，是沈雁冰的笔名。他也是文学研究会的重要份子，主编《小说月报》，并努力于西洋文学的介绍。他在一九二八年以前，就有三部代表时代的作品，现在在这里补述几句。

当广东国民革命军出师北伐时，他即加入政治团体，努力于革命运动，武汉时代，任《民国日报》主笔，一九二六年后，又放弃政治工作，埋头于三部曲——《幻灭》《动摇》《追求》之创作，把一九二五年大革命时代的小资产阶级的意识形态，和盘托出，真是代表时代的巨作。

《幻灭》是描写小资产阶级的游离与幻灭的心理形态。主人公静，便是革命时代的小资产阶级女子的代表者。她是一个畏惧男性者，经不起男性的威逼，到处表现了懦弱的性格。她受革命浪潮的冲激，决计跑到武汉去革命，及看到革命人物的溷浊，却又不高兴幻灭了，但是不久又参加做革命工作。这种游离与幻灭，完全表现了小资产阶级女子的特性，作品里表现得淋漓尽致。

《动摇》是显示当时社会政治的情状和剖解投机分子的心理之作。书中重要革命人物：胡国光是豪绅阶级的投机分子；方罗兰是改良主义的代表，具有社会民主党不彻底的思想；史俊是具有冲动性的革命党人，李克是一个健全的革命党

人。作者着力于胡国光,描写胡国光的心理确是很精细,表现
投机分子的口吻很生动:

> 国光服务地方十年,只知尽力革命,有何劣迹可言?
> 县党部明察秋毫,如果我是劣绅,也不待今天倪甫庭来告
> 发了。
>
> 请方部长明察,不要相信那些谣言,光复前,国光就
> 加入了同盟会;近来对党少供献,自己也知道,非常惭愧。
> 外边的话,请方部长仔细考察,就知道全是无稽之谈了。
> 国光生性太鲠直,结怨之处,一定不少。(《动摇》)

再看改良主义的方罗兰的调和哲学:

> "要宽大,要中和! 惟有宽大中和,才能消弭那可怕
> 的仇杀。现在枪毙了五六人,中什么用呢? 这反是引到
> 更利害的仇杀的桥梁呢?(《动摇》)

这书中所描写的改良主义者和投机分子,真是大革命时
代到处可以找得到。

《追求》是描写在革命流产以后的小资产阶级的知识分子
的暗淡、灰色的人生观。书中章秋柳女士有一段演说:

> 我们这一伙人,都是好动不好静的,然而在这大变动
> 的时代,却又处于无事可作的地位。并不是找不到事;我
> 们如果不顾廉耻的话,很可以混混。我们曾想到闭门读

书这句话，然而我们不是超人，我们有热火似的感情，我们又不能在这火与血的包围中，在这魑魅魍魉的大活动的坏境中，定下心来读书。……我们不配做做大人老爷，我们又不会做土匪强盗，在这大变动时代，我们等于零，我们几乎不能自己相信尚是活着的人。我们终天无聊纳闷，……我们大笑大叫，我们拥抱，我们亲嘴，我们含着眼泪浪漫颓废。但是我们何尝甘心这样浪费了我们的一生，我们还是要向前进！"（《追求》）

小资产阶级的知识分子，处在时代急流之中，既没有革命的勇气，又不甘愿反动，当然只有悲哀、幻灭，章秋柳即是这样的青年的典型者。

不过他这三部著作，只能把一九二七大革命时代的黑暗的一方面深刻地画了出来，因为他此刻的阶级意识还是游离的。

茅盾经过了两年的苦闷、静默，终于发现了苦闷不是出路，加之社会条件作用他，于是加入新兴文化运动的集团，努力于新兴文艺的创作了。两三年来努力的结果，有两部伟大的作品，一部是《子夜》，一部是《春蚕》。

《子夜》，可以说是目前中国社会的缩影。在第一章里，显示封建地主阶级与民族资产阶级冲突的激急，吴老太爷从农村跑到上海来，看不惯都市一切的现象，竟一气得脑充血而死。同时，又可以看到中国社会是一个畸形社会，我们从书中人物——张素素与李玉亭的对话就可以看得出来。

"玉亭,你看我们这社会到底是怎样的社会?"

"这倒难以说定。可是你只要看看这儿的小客厅,就得了解答。这里面有一位金融界的大亨,又有一位工业界的巨头,这小客厅就是中国社会的缩影。"

"但是也还有一位虔奉《太上感应篇》的老太爷!

"不错,然而这位老太爷快就要——断气了。"

"内地还有无数的吴老太爷。"

"那是一定有的。却是一到了上海就也要断气了。上海是——"(《子夜》)

在第二、三章里,显示了中国的民族工业,在国际资本主义国内封建势力压榨和劳苦大众阶级意识觉醒的今日,没有发展的可能:

　　　笑声过后,雷参谋望着周仲伟,很正经地说:

　　　"大家都说金贵银贱是中国振兴实业推广国货的好机会,实际上究竟怎样?"

　　　周仲伟闭了眼睛摇头。过一会儿,他这才睁开眼来恣恣地回答:

　　　"我是吃尽了金贵银贱的亏! 制火柴的原料——药品,木梗,盒子壳,全是从外洋来的;金价一高涨,这些原料也跟着涨价,我还有好处么。采购本国原料吧? 好! 原料税,子口税,厘捐,一重一重加上去,就比外国原料还要贵了! 况且日本火柴和瑞典火柴又是拼命来竞争,中国人又不知道爱国,不肯用国货,……"但是周仲伟这一套提倡国货的大演说只好半途停止了，因为他瞥眼看见桌子上赛银灰盘旁边的火柴却正是瑞典货的凤凰牌。唐云山笑了一笑，随手取过那盒瑞典火柴又来燃起一根茄立克，喷出一口浓烟，在周仲伟的肩头上猛拍了一下说：

"对不起，周仲翁。说句老实话，贵厂出品当真还得改良。安全火柴是不用说了，就是红头火柴也不能'到处一擦就着'，和你仲翁雅号比较起来，差得远了。"

周仲伟的脸上立刻通红了，真像一根"红头火柴"。幸而孙吉人赶快来解围："这也怪不得仲翁。工人太嚣张，指挥不动。自从有了工会，各厂的出品都是又慢又坏；哎，朱吟翁，我这话对么？"

"就是这么一回事！但是，吉翁只知其一，未知其二！拿我们丝业而论，目今是可怜得很，四面围攻：工人要加工钱，外洋销路受日本丝的竞争，本国捐税太重，金融界对于放款又不肯通融！你想，成本重，销路不好，资本短绌，还有什么希望？我是想起来就灰心！"朱吟秋也来发牢骚了。在他眼前，立刻浮现出他的四大敌人，尤其是金融界⋯⋯

朱吟秋代他回答：

"他们用我们的次等货。近来连次等货也少用。他们用日本生丝和人造丝。我们的上等货就专靠法国和美国的销路，一向如此。这两年来，日本政府奖励生丝出口，丝茧两项，完全免税，日本丝在里昂和纽约的市场上就压倒了中国丝。"

雷参谋和黄奋跳起来大叫怪事。⋯⋯此时陈宜君慢吞吞地发言了：

"掺用些日本丝和人造丝，我们也是不得已。譬如朱吟翁的厂丝，他们成本重，丝价已经不小，可是到我们手里，每担丝还得纳税六十五元六角；各省土丝呢，近来也跟着涨价了，而且每担土丝纳税百十一元六角九分，也是我们负担的。这还是单就原料而论。制成了绸缎，又有出产税，销场税，通过税，重重迭迭的捐税，几乎是货一动，跟着就来了税。自然羊毛出在羊身上，什么都有买客来负担去，但是销路可就减少了。我们厂家要维持销路，就不得不想法减轻成本，不得不掺些价格比较便宜的原料品。……大家都说绸缎贵，可是我们厂家还是没有好处！"

接着是一刹那的沉默。风吹来外面"鼓乐手"的唢呐和笛子的声音，也显得悲凉，像是替中国的丝业奏哀乐。好久没说话的王和甫突然站起身来，双手一拍，开玩笑似地说道：

"得了！陈君翁还可以掺用些日本丝和人造丝。我和孙吉翁呢？这回南北一开火，就只好待在上海看跑狗，逛堂子，算了吧，他妈的实业！"（《子夜》）

这些资本家一席话，把中国民族工业前途的暗淡，赤裸裸地表现了出来。在第四章里显示封建地主的剥削和农民骚动的急激化。在第五、七两章显示了劳苦大众在资本家压榨之下那种斗争的姿态。在第八章里说明冯云卿因为要打听买公债的消息，不惜把女儿送给金融界巨头赵伯韬弄玩。在第九章里描写革命群众为着纪念五卅所表现出来的集体力量和斗争英勇的阵容，都写得非常生动。不过，他这篇作品，只是把当时社会现象具体地描写出来，可是缺乏了目的意识性，使读者读后，如看万花筒一样，没有多大印象似的。

《春蚕》是茅盾集合自一九三二年二月到今年①一月在各杂志上发表过的八个短篇而成。其中《林家铺子》一篇在描写小商人的没落，《春蚕》和《收秋》两篇在描写农村经济的破产。《春蚕》和《收秋》，是用同一的家庭和同一的人物来描写的。前者是描写农村副业——养蚕的没落；后者是描写农民的丰收，一样的没有出路，所以他有这样的呼声：

> "还种什么田，白辛苦了一阵子，还欠债！"
>
> "真正世界变了！"

中国农村在国际资本和国内封建残余两重压迫之下，必然的要崩溃，无论正业或副业。茅盾这两篇小说，即是把中国农村崩溃的必然性实证出来；同时，并指示农民正确的出路。这确实比《子夜》要进步一点。

《林家铺子》是叙述林家铺子因为送了四百块钱给党老爷，而得到公然出卖东洋货的机会。在这年关里为着填补亏空，于是"剜肉补疮"地"大放盘"，并乘着上海变乱后的难民到镇，又做出卖"一元货"的投机，但是贪官污吏的剥削和敲诈，都市里金融资本的压榨，乡村农民购买力的薄弱，和上海战争

---

① 指 1933 年。

的影响,林家铺子终于倒闭。最后写林先生携着爱女出奔,财产被一有力的债权者分得净尽,一般无力的债权者因为没有分着向党部请愿,反而受警察的挨打,张寡妇葬送儿子,气得发疯,这都描写得很生动、逼真,与《春蚕》同样的得到成功。

田汉字昌寿(公元一八九八——一九六八),湖南人。他在中国戏剧界露头角很早,曾组织南国社,在各处表演话剧,受广大青年群众欢迎。他在没有转变以前,其思想偏向于唯美主义、个人主义、浪漫主义,如《南归》《湖上的悲剧》,即是充满这类意识。自一九二九以后,即打破其唯美主义倾向,而努力于新写实主义创作。最有成就的作品,当然要推《乱钟》《扫射》《战友》和《一九三二的月光曲》了。

《乱钟》是描写日本帝国主义者攻陷沈阳时,当地大学生的情形,以及他们对这一问题的理解力。在他们的日常生活的展开之中,指示了青年大众对于反日运动的思想上的种种的倾向,而把那些不正确的指摘出来。

《扫射》是描写长春的民众与日帝国主义的冲突,中国的士兵与民众联合抗日。在这剧中暴露了日帝国主义的残暴,中国官吏的怯弱,小商人的卖国。

《战友》是描写一个参加沪战而瞎眼的大学生和一个参加沪战而折臂的士兵在医院里治伤,听到上海协议的消息后,非常愤激,而吐出"我们大家是白牺牲了。我的眼睛是白瞎了,老刘的手是白断了"的惨声来。这里充满了反帝意识和反对出卖民族利益的统治者的意识。(《文学月报》)

上面这三幕剧,都以反帝为主题,在学生群众中,总激起了广大的影响;但是还含有不少的小资产阶级成分,这又不能不说是失败的地方。

《一九三二的月光曲》描写上海汽车工人斗争的英勇的姿态。主人公王茂林是一位很健全的革命工人，张国良是一位带有封建社会的侠气的工人，施德润是一位新有觉悟的工人。我们看看下列这一段对话：

> 茂林　他是我们的阶级的敌人！是我的什么亲戚！
>
> 三姐　那你就不认他做亲戚了！
>
> 茂林　……
>
> 三姐　你干脆连我也不必认了吧。
>
> 茂林　（冷然地）这没奇怪的。你哪一天做我们阶级的敌人，我哪一天不认你做老婆！
>
> 三姐　……（停住拍小孩的手拭泪啜泣）
>
> （新卖票工人林德润穿着号衣突然跑进来）
>
> 德润　（一把握住茂林的手）茂林哥，我——我不是你们的敌人，是你们的战友。
>
> 茂林　（把德润用力推开）妈的，你是我们的战友？你这破坏我们罢工的工贼！
>
> 德润　茂哥，你听我说！
>
> 茂林　没有什么说的，你走！不然我就要打你。
>
> 德润　茂林哥，你要打你就打罢，你应该打的，我破坏了你们的利益。但那时我也有我的苦衷，我从中学毕业出来，满望找一点什么事情，谁知道从故乡跑到武汉，从武汉跑到广州，到处都是失业的人，找不着半点事，回

到上海来又找不着你们，住在小客栈里一点办法也没有，恰好这个时候公司里闹风潮，把旧有的卖票的都开除了，另招新工，有人劝我去投考，我只好去试一试，自然很容易就考取了。当时说工资一层比旧工人的二十三块钱还有加，我当时想到在这一个时候是找着生路了。

茂林　（愤然）你可晓得你找着了生路，别人都被你们害得不能活了吗？

德润　晓得的。起先我不过觉得有些问良心不过，后来我看见你们组织了决死队，到处打汽车，我自己又给你们拖下来打了一顿，我才晓得事情是比我所想的严重得多。我想宁可不吃饭，不可以再做工贼。

从这一段对话里，可以看见工人阶级意识的强度。最后写巡捕到茂林家里来捕张国良，国良竟说出："好的，好汉做事好汉当，今晚中秋佳节，不要连累了你们，让我去自首吧。"这岂不是还保留封建社会的英雄思想的表现吗？他这一篇作品，比前三篇确实要进步，在意识方面。但是，在技巧方面，还不见得大众化，比如描写茂林说："你可以用同乡的关系去接近他们，可不能停留在同乡的关系上"，这简直是小资产阶级的知识分子的口吻，哪里是劳苦大众的口吻呢？这不能不说是这篇作品一点微疵。（《文学月报》）

丁玲，湖南常德人，曾在上海大学念过书。在她的思想没有转变以前，在文坛上即露头角。其所发表的《莎菲女士的日记》，描写五四运动后解放的青年女子在性爱上的矛盾心理，颇为深刻。她曾与左翼作家胡也频同居过，自一九三一年二月胡被坑杀后，她的思想乃找着正确的路线。主编《北斗》，为一年前最有威权的杂志。她所发表的《水》，为转变后之作。此后继续发表了《某夜》《消息》和《奔》，都是新兴文艺运动过程中最优秀的成果。近几天来，常有丁玲失踪的传说，在这个年头儿，左翼作家很容易被捕杀，也许丁玲就是这样牺牲了，这真是新兴文艺运动一个最大的损失。

她在《北斗》杂志上所发表的《水》，是一篇反映一九三一年的洪水灾难的作品，其中展开了庞大的洪水的画卷，描写了广大的饥饿的人群，以及他们从对自然的苦斗，一直到为生活的抗争的全部过程：

> 猛然一下，像霹雳似的，堤被冲溃了几十丈，水便像天上倾倒下来地卷来，几百个人，连叫一声也来不及地便被卷走了。
>
> 水更无情地朝着有人的地方，有畜的地方，有房屋的地方，带死亡涌去。
>
> 男人的声音和女人的声音混合着，都忘记了一切，都只有一个意念，都要活，都要逃去死。

这写洪水的泛滥，何等惊心动魄！"都要活，都要逃去死"，这写饥饿大众紧张的生活，何等生动！

在第三节里描写灾民无以为生的惨状：

> 街的两头站了许多刚刚从县城里添来的荷枪的兵士。也有一些是镇上团防临时加的团丁。墙上贴了碗大

的字的告示。有认得字的人便解释着给其他的人听：说是已经上呈文到县里去了，不久就有好消息来，要这些人安分地等着，如有不逞之徒，想趁机捣乱，就杀头不赦……他们没有法，便只好留在镇外，走到几家镇外的人家去敲门，想讨一点东西吃，但是门总喊不开。

不安更增加了。到县城去的路已经断了，但是用帆船却又带来了一些军火，并没有救济来。装满了帆船又向着县里去，是长岭岗上的几家大店铺的老板和家眷。……农民们的忍耐的精神，和着施舍来的糠，野地的果子、树叶支持着他们的肚皮，一天一天地又挨过去。弥漫着的还是无底的恐慌和巨大的饥饿。虽然是在悲痛里，饥饿里，然而到底是一群，大的一群，他们互相都了解，都亲切，所以除了那些可以挨延着他们的生命的东西外，还有一种强厚的、互相给予的，对于生命进展的鼓舞，做成了希望在这群中，这新有的力，跟着群众的增加而在雄厚了。

这里显示饥饿群众对于政府或慈善家的希望渐渐绝望，促成饥饿大众的觉醒，而产生一种革命的力量，后来竟有"怕什么人？起来！拼他一拼，全不过是死吓"的呼声。这是这篇作品最好的地方。（《北斗》第一卷一、二、三期）至于这篇东西的缺点，钱杏邨这样地批评："作者虽描写了统治者对饥饿大众的高压，却没有指示堤决并不完全是由于天灾，而是由于官厅吞没了农民血汗，筑堤疏河工作没做，以及做得不强固，指示出谁是洪水灾难的责任者，使农民对统治阶级有更进一步的理。"(《北斗》第二卷第一期)这确是很正确的批评。

《奔》是以乡下活不了而大批地向都市去和都市里留不住又回到乡村来的农民为题材。她描写在乡村活不了的农民——张大憨子等对于都市的希望：

> "我身上会比你多么？还不是那一点阎王债，一块光洋，和四张毛票，什么事都到了上海再讲，莫那么短气。"李祥林把缺着嘴挤了进来插着这么说。
>
> "对的，找着他们就好了。上海大地方，比不得我们家里，阔人多得很，找口把饭还不容易么？"张大憨子又把那烂眼皮朝家的那方挤了几挤，想着这是烧早粥的时候，又想着借来的那斗米和剩下的两簸箕糠，吃总是不愁了。于是他又接下去说道："只要我得到事做，总不怕他那孙二疤子，妈的这东西，到夏天我们归账时，一人三石谷算在一块，便宜点，亩把田又差不了好些了。"
>
> "只要归得上海，再多点也不要紧，就怕……"乔老三说着就把头低下去了。

但是都市能满足他们的希望吗？都市能救济他们的失业和贫穷吗？这不过是农民梦中的希望吧。接着作者描写张大憨子看见他的姐夫时，而姐夫已经干瘪使他不能认识了；同时，又描写从他的姐夫和姐姐的口中，吐露出都市生活的艰难来：

> "唉！憨子，你来得正好，你大姐天天都在念你，想得

要命,说是能看到屋里一株树也好,要是弄得到盘费,早就和他回来了,去年的收成听说很好,不晓得回去弄它几亩田种种弄得到不?"

"唔……"

"你看我瘦得多了啊! 病到并没有病过,就是一天十四个钟头吃不消,机器把一身都榨干了,没有让机器轧死总算好,不过这条命……憨子,你们来做什么的?""憨子,家里还好吧,饭总该有得吃,我又小产了,那天厂里闹罢工,我摔了一跤",妇人从破絮中伸出了一副可怕的面孔来,像个老女巫的面孔。

"唔,还好……"

"憨子! 我们还是想回去,你帮忙替我打听生意好不好,上海实在找不到工做,活不下去,你看,我一歇下来就两个多月,她又睡在床上。憨子! 你们到底来干嘛的?"

这把中国现社会的经济状况整个地刻画了出来。(《奔》(《现代》第三卷第一期))这是作者技术最高度的表现。

张天翼,是一个后起的作家。两三年来,他的作品产生的量是很多的——《从空虚到充实》《小彼得》和《鬼土日记》,计包括十三篇,都是整个资本主义社会的缩影。钱杏邨是这样批评这些作品:

> 一幅在这过渡时期的知识阶级以及兵士工农的当前生活的不安、反抗,部分的人物的新的生活的追求的画像。作者在这些描写上,是得到成功。不过,他虽然描写

了在过渡期间的大众新的生活憧憬的追求,他还没有"十
足地抓紧了新的个性",所以,他不能使已经踏进了新的
生活的个性有新的开展。(《北斗》第二卷第一期)

这个批评是很正确的。去年他在《文学月报》上发表了一
篇《最后列车》,是以东三省事变做主题,其中写上级军官抱定
不抵抗主义往后撤兵,激发下级士兵自动反帝的革命情绪,致
酿成士兵的哗变。同时并透露了乡村农民流离失所的惨状。
这篇作品,无论在技巧方面或意识方面,都较前有进步。最近
他又在《文学》上发表一篇《一件寻常的事》,是以一个受经济
压迫的失业工人做主题。描写失业工人的变态心理状态。因
找不到工作,整天地喝酒以麻醉自己,又痛打患了肺病卧床不
起的老婆和不满十岁的儿子。后来,他有新的觉悟了,于是把
不能治好的老婆毒死,而自己带儿子去找出路,并说出"怎样
也要活着"的话来。关于工人变态心理和新觉悟的描写,真是
很不坏,惟所谓新的出路,没有具体地指出来,又使本文结论
模糊得很,这又不能不说是本文的缺点。

此外,白薇的《假洋人》《莺》《北宁路某站》和《敌同志》,蓬
子的《一幅剪影》和《雨后》,巴金的《马赛之夜》和《电椅》,适夷
的《SOS》《死》和《活路》,都是新时代的文艺。

在文学批评上,钱杏邨要占重要的地位。他曾发表《现代
中国文学作家》两集,对现代中国文学家有严正的批评。后来
在《北斗》上所发表的《一九三一年中国文坛的回顾》,其批评
的观点更要正确。他如《上海事变与鸳鸯蝴蝶派文艺》《上海
事变与大众歌曲》《上海事变与资产阶级文学》《上海事变中的

北方作家》和《革命的罗曼谛克》，都是有价值的批评文学。

在这中国新兴文艺运动展开的过程中，对于西洋新兴文学理论的介绍，也有很好的成绩。林柏修翻译蒲列汗诺夫的《艺术论》、柯根的《理论与批评》，雪峰翻译蒲列汗诺夫的《艺术与社会生活》、梅林格的《文学评论》、卢那卡斯基的《艺术之社会的基础》，鲁迅翻译卢那卡斯基的《文学与批评》和《艺术论》，苏汶翻译波格达诺夫的《新艺术论》，沈端先翻译柯根的《新兴文学论》，韦丛芜翻译托洛斯基的《文学与革命》，樊仲云翻译伊科维兹的《唯物史观的文学论》。他如胡秋原的《唯物史观艺术论》，对于蒲列汗诺夫的艺术理论，有一个有系统的介绍，高滔的《近代欧洲文艺思潮史纲》，对于西洋文艺的纵的方面，有一个正确的把握，于中国新文艺术运动都有一臂之助。

总之，中国新兴文艺运动，正在艰难的状态中开展着，这是历史的必然。

编　后　记

　　我的《中国文学史纲》,自高等教育出版社教材编审处印出当作内部交换教材之用的本子后,我收到不少的意见。这些意见,有的直接寄来的,有的是由教育部、《新建设》、《文艺报》、《文学遗产》、《文汇报》转来的,也有的是在报刊上发表的。北京师大中国文学教研组对我的稿子,讨论过八次,尤以五六两章讨论的次数最多,提了不少的意见。人民文学出版社编辑部同志也提了不少的意见。这些宝贵的意见,给我很大的启发与帮助,我在这里表示衷心的感激!

　　我进行了几次修改。在修改过程中,对于已经消化过的意见,都遵照修改了;对于未消化的意见,就不知道怎么修改,只有等待提高思想水平再说。

　　我认为中国文学史上的斗争,主要是现实主义与反现实主义的斗争,可不是唯一的。即是说,除了现实主义与反现实主义外,还有其他的东西。我们要认识现实主义的复杂性,更要认识文学的复杂性。

　　我又认为中国的现实主义是从《诗经》开始的。《诗经》中有些作品,描写真实,表现了事物的本质和它的规律性,而且

是站在人民的立场的。至少可以说,《诗经》是有现实主义的
因素了。

从《诗经》起,就有现实主义与反现实主义的斗争,而且不
断在发展。有时现实主义占优势,有时现实主义成了低潮。
经过这复杂的斗争,现实主义的成分是逐渐上升的,到了《红
楼梦》出现时,中国古典的现实主义达到了高峰。

我又把革命的浪漫主义摆在现实主义的范畴里讲,因为
革命的浪漫主义含有现实基础。

我朝着这个方向努力。这种努力的方向,不知对否?请
专家们指正!

此稿承刘盼遂先生费神审阅,王石波、聂石樵同志协助修
改,邓魁英、石弘、杨文汝、朱家钰等同志协助校对,谨此道谢。

谭丕模　一九五六·一一·

编后记

533